新 潮 文 庫

堕 落 刑 事

マンチェスター市警 エイダン・ウェイツ

ジョセフ・ノックス
池田真紀子訳

目次　*Contents*

Ⅰ　アンノウン・プレジャーズ　*Unknown Pleasures*　11
Ⅱ　サブスタンス　*Substance*　141
Ⅲ　クローサー　*Closer*　279
Ⅳ　スティル　*Still*　391
Ⅴ　コントロール　*Control*　505
Ⅵ　パーマネント　*Permanent*　597
訳者あとがき　615

主要登場人物

エイダン・ウェイツ（エイド）………マンチェスター市警巡査
パーズ……………………………………　〃　　　　警視。ウェイツの上司
ピーター・サトクリフ（サティ）……マンチェスター市警警部補
ラスキー…………………………………　〃　　　　巡査部長
リッグズ…………………………………　〃　　　　巡査
デヴィッド・ロシター…………………保守党国会議員。司法大臣
イザベル・ロシター……………………デヴィッドの娘
アラン・カーニック……………………　〃　警護役の公安刑事
ゼイン・カーヴァー……………………麻薬密売組織フランチャイズのボス
ダニー・グライプ（グリップ）………カーヴァーのボディガード
サラ・ジェーン…………………………　〃　恋人
キャサリン………………………………フランチャイズの集金係の女
グレン・スミスソン（ニール）………バー「ルービック」のバーテンダー
ザ・バグ（ダディ・ロングレッグス）……ゲイのカリスマ的存在
ジョアナ・グリーンロー………………十年前に失踪した女性
シェルドン・ホワイト…………………麻薬密売組織バーンサイダーズの幹部

堕落刑事

ジョアナに

過去はいま未来の一部であり、現在には手が届かない。

——『ハート&ソウル』ジョイ・ディヴィジョン

　あのあと、俺は夜勤に戻された。俺を日の当たる場所には二度と出せない。俺は午前四時の緊急通報に応じ、動かないエスカレーターを上り、下った。何も考えないようにした。以前なら造作ないことだった。数カ月が過ぎ、吐いた息が白くなるのを見て、愕《がく》然《ぜん》とした。また十一月が巡ってきたことが信じられない。

「俺は休憩中だ」サティは意地でも車を降りようとしなかった。雹《ひょう》の降る夜もあれば、みぞれの夜もあった。今夜は土砂降りで、雨は街灯の光を撒《ま》き散らしながら路面を洗っている。こういう日がなければ路面はずっと汚れたままだ。サティが新聞をよこし、俺はそれを傘代わりに広げて車を降りた。

　チャリティ・ショップからの通報だった。俺は店長の唇が動くのを見つめた。戸口で雨宿りしているホームレスを追い払ってくれという。腑《ふ》に落ちない話だったが、俺も真剣に聞いたわけじゃない。店長の真っ黒な鼻毛はもつれて固まり、そのままヒトラーの口ひげに育ちそうだった。俺は戸口で眠りこんでいる男や女を見やり、警察の時間を無駄にするなと言い置くと、雨のなか車に戻った。

車に乗りこみ、濡《ぬ》れた新聞をサテイに返した。一緒に来なかった罰だ。サテイはむっとして俺を見たあと、小さく折りたたんだずぶ濡れの新聞に視線を向けた。

「これ見たか」サティは新聞をこっちに向けて俺の反応をうかがった。「こんな死に方はしたくないよなあ」

写真は雨でにじんでいた。文字もにじんでいる。それでも、知った顔だとわかった。あるグループの一人。前の年、俺がほんの短いあいだだけ知っていた三人の女のうちの一人。記事の小見出しには享年《きようねん》二十三とあった。俺が知っていた彼女は二十二歳だった。俺はウィンドウの外を見た。またも巡ってきた十一月に目を凝らした。彼女は最後の一人だった。サティがこっちに体を傾けて咳払《せきばら》いをした。いまにも死にそうな音だった。

「話せよ。あれはいったい何だったんだ」

俺はサティをまっすぐに見た。「訊《き》く相手を間違ってる」

俺が知っているのは始まりだけ、一年前の始まりだけだ。俺が食らったスリーストライク、そしてノーと言えなくなった理由だけ。俺の人生をかすめて去った女たちのことは、とうてい説明できない。俺の人生をほんの一時《いつとき》だけ変えた女たち。話したところで伝わらないだろう。彼女たちの笑い声、屈辱感、そして秘密。その夜の残りの時間、俺の視線は通りを行く人々、少女たち、女たちの上をさまよい続けた。あの三人が生きられなかった人生がそこに重なって見えた。

朝早く部屋に帰り、グラスに酒を注いで腰を落ち着けた。ラジオをあちこちの局に合わせてみたものの、先延ばしにも限界が来た。記事をもう一度読み、何カ月ぶりかであの記憶と正面から向き合った。

「あなたは私まで殺すのね」と彼女は言った。

俺が知りたい。あれはいったい何だったのか。

I
アンノウン・プレジャーズ
Unknown Pleasures

1

若いカップルは道を渡って俺をよけた。誰かのポケットで小銭が鳴った。

地面に突っ伏していると、毎日通る道がふだんと違って見える。自分がどこにいるのだったか、少し考えてようやく思い出した。地面に張りつくような霧が空気を曇らせ、そこを通り抜けていく輪郭を歪《ゆが》ませる。街全体のピントがぼやけ、金曜の夜はまたも輝きを奪われていた。

しびれた左腕を体の下から引き抜き、腕時計を確かめた。風防が割れていた。路面に倒れこむと同時に止まったと仮定し、しかもそれからまだ数分しかたっていないと仮定すると、一時間以上の余裕がある。乾いた服に着替えてからバーに向かっても、受け渡しを確認するのに余裕で間に合うだろう。手で壁を探って立ち上がった。顔が痛い。脳は留め具が壊れたように頭蓋骨《ずがいこつ》のなかを転がり、そこに刻まれていた暗証番号や幼なじみの名前が消去されていく。

霧に消える若いカップルの後ろ姿を見送った。ソーシャルメディアや街頭監視カメラと国家の目があってもなお、俺たちが住むこの世界では、その気になれば消えることは可能だ。その気がないのに消されることもある。不祥事のリークからざっと一月《ひとつき》がたっていた。

俺が世間から消えて、一月《ひとつき》が過ぎた。

ついさっき誰かに思いきり殴られた後頭部に手を触れた。財布はポケットにちゃんとあった。強盗に遭ったわけではなさそうだ。警告だろう。通りにはほかに誰もいないが、俺を追っている視線を感じた。

通りがぐらりとかしいだ。街灯にすがりついてそれを止めた。目を閉じたまましばらく歩き続けた。何かにぶつかろうとかまいやしない。

角を曲がると、バック・ピカデリーだった。道沿いの古ぼけた赤煉瓦《あかれんが》の建物と外付けの非常階段ですぐにわかった。細い路地の左右から建物が迫り、閉所恐怖症になりそうに窮屈だ。夕方降った雨が月明かりを反射し、俺は何よりノスタルジアに駆られてそこを歩き出した。路地の出口に終夜営業のコーヒーショップがある。昔よく通った。行かなくなってもう何年もたつ。あれから街は様変わりした。いま行っても、あのころ知っていた客はいないだろう。

路地を歩き出してすぐ、背後で車のエンジンが始動した。低いうなりとともに目覚めたエンジンは、準備運動をして体をほぐしたあと、なめらかな回転に落ち着いた。細い路地に光が満ち、俺の足もとから歪《いびつ》なシルエットが延びた。

それは記憶にあるより瘦《や》せていた。

振り返ったとたん、ハイビームの光をまともに食らって視界が飛んだ。車は路地の入口でアイドリングしていた。ふん、見るようなものは何もないぞ。俺は前に向き直って歩き続けた。路地を半分くらい行ったところで、背後の光が震えた。ヘッドライトが追いかけてくる。

エンジンの回転速度が上がり、車が近づいてきた。音から察するに、もう一メートルと離れていなかった。俺は完全に消えてはいなかったらしい。背中を照らすヘッドライトの熱を感じた。振り返り、光に目を細めて、ドライバーの顔を見たいとはもう思わなかった。予想どおりの人物であることのほうが怖かった。

建物のくぼんだところに張りついて、車を先に行かせようとした。車はすぐには動き出さなかった。光に目をこらすと、ＢＭＷだった。黒いペイントとクロームの光沢の塊。夜が肺に流れこむ。血管を流れる血はごうごうと鳴っていた。ウィンドウが下りたが、車内は見えなかった。

「ウェイツ巡査だな」男の声だった。

「そっちは誰だ？《フーズ・アスキング》」

助手席側から女の笑い声が聞こえた。

「誰も訊いて《アスキング》はいないよ。いいから乗れ」

2

フロントガラスを叩《たた》く雨は、俺に向けてしかめ面《つら》を作っていた。血管はすり切れていまにも破れそうだった。俺は後部座席に座り、拳《こぶし》を固める真似《まね》をして気をまぎらわせていた。コートのポケットにあるスピードのことを考えた。

「噂《うわさ》は本当らしいな」俺の思考が伝わったか、運転席の男はそう言った。四十代後半と見えた。肩幅が広く、ハンドルを操作するたびに上体がボクサーみたいに左右に動いた。サイズを合わせて仕立てたスーツのジャケットはチャコールグレーで、髪の色もほぼ同じだった。バックミラーを確かめる動きは無造作で、俺が存在しないかのように目は合わない。女のほうは、くすんだ金色の髪をきっちりポニーテールに結っていた。

俺は黙っていた。

濡《ぬ》れた服は冷たく、俺は歯が鳴らないように顎《あご》に力を入れた。車の装備でたった一つ販売店のオプション品でないものは、警察無線だった。音量は最小にセットされていた。高級なバニラの香水の香りが漂ったが、知っているブランドのものではなかった。ただ、前に座った二人のどちらにも似合わない。それは金のにおい、若さのにおいをさせていた。

車は俺のいた場所から一直線に離れていく。ナイトライフが、ネオンが遠くなる。無人の店、一つまた一つと消えていく個人商店が背後に去った。借り手のいない巨大なビル。死に瀕《ひん》したメインストリート。

「何の用だって？」俺は尋ねた。

バックミラー越しに男と目が合った。「さあな、訊《き》かなかった」

車はディーンズゲートに入った。

一・五キロを超えて延びるディーンズゲートは、街の中心を貫く大通りだ。この一・五キロと少しにすべてが凝縮されている。紹介制のレストランからホームレス向けの無料食堂まで。そして、その二つのあいだに収まるあらゆるもの。

「で、どこにいる」

「ビーサム・タワー」

俺は何か罰当たりな言葉を吐いたらしい。

「行ったことがあるみたいね」女が言った。

ビーサム・タワーは、ロンドンを除く国内最高層のビルで、市内で建設が予定されていた数棟の超高層ビルの一つでもある。上へ、もっと上へを合い言葉に、新しい建物は、その一つ前に完成した高層ビルより数メートル高く設計された。青天井の成長を表す黒い金属の巨大な棒グラフ。デベロッパーは、この街でただ一つ換金性を持つもの――独身の男女――にローンを組ませ、法外な値札をぶら下げたちっぽけなアパートメントを売りつけて大儲《おおもう》けできると踏んだ。ところが、彼らの頭は高い雲の上にあって、現実が見えていなかったのだろう。不況の大波が寄せて砕けたとき、オーナー、投資家、建設会社はすべてを失った。男性の自殺率がわずかに上昇し、それ以外の人々は耐え抜いた。

捨て置かれた建設現場のほとんどはスクラップ業者の食い物にされている。放置されて朽ち、野ざらしの基礎に雨水を溜《た》めているだけの現場もある。地面にできた傷のように赤く錆《さ》びている。ビーサム・タワーでさえ、三年にわたった建設期間中には完成が危ぶまれた時期があった。それでもどうにかこうにか建設は続行され、街全体に突きつけられた中指のように、天高くそびえている。

車はディーンズゲートをそれてタワーの車寄せに入った。フランク・シナトラばりにスーツをびしりと着こなした駐車係が来て、満面の笑みでウィンドウから運転席をのぞきこんだが、ドライバーの男の顔を一目見るなり笑みを引っこめ、地下駐車場の入口に向けて手を振った。

ビーサム・タワーにはヒルトン・ホテルと居住用物件が同居し、最上階には特別仕様のペントハウスもある。

3

ビル自体は薄くすらりとしているが、その足もとの四階建ての別館はでっぷりとしている。別館にはダンスホールとスイミングプールがあり、そしてトップ二パーセントに属する富裕層のにこやかな令息令嬢が群れる場だから、広くなくてはいけないに決まっている。ロビーとロビー併設のバーの壁は、ほぼ全面がガラス張りだ。誰かがふと外に視線を向けたとしても、見えるのは、ガラスに映った自分の姿だけだ。

ここに来るのは初めてではなかった。

その前の年、このタワーの十九階の客室から、若い女がガラス窓を突き破って転落死した。その女、ダーシャ・ルジツカは、チェコ共和国出身の未成年セックスワーカーだった。十四歳で地元の業者に売られ、ヨーロッパを横断してはるばるマンチェスターにやってきた。中東欧諸国で若い女の失踪《しっそう》は珍しくないから、連れてくるのは簡単だ。家出の常習犯という背景を用意すればいい。だが、ダーシャが連れてこられたのには、別のもっと基本的な理由があった。

美しい女だった。近ごろもてはやされるような、がりがりに痩せた美人ではない。〝美〟の本来の意味どおりの美女だった。陰りのない真っ白な肌は、それだけでセックスワークに向いていた。たとえ人生が悲しみのパレードであろうと、ダーシャはその肌のおかげで透明感を失わずにいたからだ。俺は職業柄、少女たち、女たちが、ファックの対象かパンチの的として――あるいはガラス窓に投げつけるためのものとして――扱われた結果を繰り返し目《ま》の当たりにする。そのたびに、やる方ない怒りを抱く。美が最悪を招く世界など、どこか狂っている。

ダーシャには自力でガラスを突き破るほどの力はなかったはずだ。しかし、彼女が転落した客室には誰もいなかった。俺は宿泊客や従業員を何時間も足止めし、そのフロアに出入り可能なキーカードを持っていた全員から事情を聴いた。金持ち連中からの苦情を受け、本部から警部補が来て、俺の捜査をやめさせようとした。俺は警部補を十九階の無人の客室に引っ張っていき、何が問題なのか説明した。

警部補は納得しなかった。そこで俺は部屋の入口まで下がって窓に狙《ねら》いを定めた。その下に横たわる街をにらみ据えた。警部補は俺の意図を察し、やめろと怒鳴った。俺は何より警部補の顔に浮かぶ反応を見たいがために助走を開始したが、窓ガラスに突っこむ寸前に阻《はば》まれた。

それは、俺のツーストライク目だった。次のスリーストライクで俺は新聞の一面を飾り、俺の評判は地に落ちて、俺にもできる唯一《ゆいいつ》の仕事を引き受けることになる。
ダーシャの死は自殺として処理され、その判断はいまも覆《くつがえ》っていない。
以来、俺はビーサム・タワーには一度も行っていなかった。

4

「コンウェイ巡査部長よ」女の刑事が握手を求めて俺に手を差し出した。

ここまで運転してきた男は、俺たちをロビーで待たせておいて、フロント係と話をしていた。おそらく公安の刑事なのだろうが、フロント係にずいぶん馴《な》れ馴《な》れしく接している。美しい幅広の回転ドアから入ってきたタキシード姿の男のグループが、大きな笑い声を上げた。軽やかな足取りでロビーを行く彼らの真上に、ファミリーカーくらいありそうなサイズのシャンデリアが下がっていた。いっそあれが落ちればいいのにと思いながら、俺はコンウェイ巡査部長に顔を向けた。

「彼はあなたの何が気に入らないのかしらね」彼女は自分のパートナーのほうに顎をしゃくった。ちょうどそのとき、男の刑事がフロントに背を向けてこちらに歩き出した。コンウェイ巡査部長は姿勢を正し、俺には見向きもしなかったふりをした。

エレベーターはペントハウス階に向けて延々と上昇を続けた。このタワーのペントハウスに行くのは初めてだ。男の刑事が上層階へのアクセスに必要なキーカードを使った。スピーカーから流れていた『マイ・ハート・ウィル・ゴー・オン』のＢＧＭバージョンが終わり、フェイドアウトしたあと、またフェイドインしてイントロが始まった。このビルのほかのありとあらゆるものと同じく、エレベーターも、鏡と、鏡のように周囲を映すスチールでできていた。

俺は自分の靴を見ていた。

四十五階に着き、しゅっとわざとらしい音を立てて扉が開いた。エレベーターの取り澄ました音声が案内を終える前に、男の刑事が俺の腕をがっちりとつかんだ。

コンウェイ巡査部長をエレベーターホールに残し、シンプルで上品な内装が施された長い廊下を歩いた。この階のほかに二つある部屋の前を通り過ぎると、その先に装飾のない黒塗りのドアがあった。男は自分のキーカードで解錠し、だだっ広いばかりで無個性な住居のリビングルームへと俺の背を押した。

ここのペントハウスについてはマスコミがさんざん取り上げた。販売対象は超リッチ層のみ。ペントハウスそのものに価格ほどの価値はないが、金と引き換えに得る価値はそれではない。高度百五十メートルの暮らしだ。数百万の人々を見下ろして暮らすという、めったに手に入らないチャンスに金を払うのだ。あるいは、それだけ距離があっても見分けられるほどでかい頭の持ち主ならば、数百万の人々から見上げられて暮らす、そうそう手に入らないチャンスに。

部屋は暗かった。眼下のネオン輝く夜景がほのかな間接照明だ。リビングルームの三方の壁は巨大なガラス板で、ほぼ百八十度の眺望が開けていた。

「座れ」チャコールグレーの刑事が言った。

俺は立ったままでいた。

「いいだろう。彼はすぐに来る」それだけ言うと、刑事は踵《きびす》を返して出口に向かった。人ひとりがやっと通れる分だけドアを開けてするりと出ると、静かに閉めた。

自分の存在を消すように。

ドアが閉まるなり、俺は飛びついてのぞき穴に目を当てた。廊下には誰もいなかった。そんなに速く移動できるものだろうか。チャコールグレーの刑事がドアのすぐ向こうでしゃがんでいる図が頭に浮かんだが、あまりにも馬鹿《ばか》げている。

「ほかには誰もいないよ、ウェイツ。気にしているのがそのことなら」

俺は声のしたほうを振り返った。きらめく街の灯を背にした男の黒い輪郭が見えた。

「その黒痣《くろあざ》はどうして」男が言った。いかにも上流階級出身といった〝オクスブリッジ〟・アクセントだった。

俺は自分の目に触れた。「いいタイミングでいい場所に居合わせたようです」

「カーニック刑事に嫌われたかと思ったよ……」

「ええ、自分より先にやった奴《やつ》がいるとわかってがっかりしているようでした」

「私のときもそうだったな」男はほのかな明かりのなかに足を踏み出し、微笑《ほほえ》んだ。

「自己紹介がまだだったね。国会議員のデヴィッド・ロシターだ」

俺は部屋の奥へ進んだ。ロシターは長身で堂々とした風采《ふうさい》の持ち主だった。年齢は四十代なかばくらい、あつらえのスーツを着て、有能な政治家らしい熱気を発散していた。さすが人に会うのが仕事の人物とあって、握手は力強く、両手を使って俺の手を包みこんだ。掌《てのひら》は温かかったが、結婚指輪は冷たかった。

「かけてくれたまえ」ロシターが言った。

俺は椅子《いす》に腰を下ろした。ほんの一瞬の間を置いて、ロシターも座った。

「興味深いな」

「何がでしょうか、ミスター・ロシター」

「私は左側の椅子を勧めたのに、きみは右側の椅子を選んで座った。ところで、デヴィッドと呼んでもらえないか」

俺は笑みを浮かべた。両目に鈍い痛みが走った。

「なぜ来てもらったか、不思議に思っているのではないかね、エイダン」

「ウェイツと呼んでください」俺は言った。「親睦《しんぼく》目的の面会ではなさそうですから」

「けっこう。では、ウェイツ。政治ニュースは読むほうかな」

「ええ、必要に迫られれば」

ロシターはまた微笑んだ。笑みを浮かべるたびにまっすぐ俺の目を見て、きみは実におもしろいことを言うねと伝えてきた。ロシターの写真なら新聞の一面で何度も見たことがある。戦争犯罪人に対してもいまと同じ表情を向けていた。

「私が何者か、きみが知っていると決めつけないほうがいいだろうね」

「国会議員のミスター・デヴィッド・ロシターでしょう」

「私の経歴についてはどのくらい知っている？」〝経歴〟の前に短い間があった。

「新聞に書いてある程度は」

「新聞に書いてある話は鵜呑《うの》みにしないほうがいい。きみはそれを誰よりよく知っているのではないかな。〝悪徳〟刑事エイダン・ウェイツ君……」

俺はそれを無視した。「父上も国会議員で、それなりの功績を挙げた。しかしあなたは父上より理想家肌だった。兄上が政治の最前線に躍り出たころ、あなたはまだ弁護士として金を稼ぐのに忙しかった。若くして結婚し、いまもその妻との結婚生活を維持している。といっても、老舗《しにせ》ウォッカ醸造会社のご令嬢を自分から手放す男などいるわけがない」

またもあの笑み。

「あなたは奇妙なタイミングで政界入りした。保守党はその四年前に政権を失っていたし、あなたが入党したあとも四年間、政権を奪い返せなかった。それでもあなたは党への信頼を取り戻すのに貢献した。保守党の方針に反して同性婚や女性の権利を支持した。

移民にさえ前向きな発言をした。閣僚入りにふさわしい適度な大胆さを示した。元弁護士であることを考えれば、司法大臣に任命されたのは自然な成り行きだった。きれいな娘が二人いる、垢抜《あかぬ》けた雰囲気の家庭的な人物であることも有利に働いたのではないかと俺は思います」

「私の伝記が書けそうだね」ロシターは言ったが、語尾が小さくなって消えた。俺の手が震えていることに気づいたらしく、すかさず立ち上がると、部屋の隅のバーでグラス二つにコニャックをなみなみと注いだ。

「どうも」俺はグラスの一つを受け取った。

「で、きみの支持政党は」ロシターは元の椅子に座り直した。

「まだ決めていません」

「無党派か」

「政策なんて漠然としたものでは、俺が直面するような問題は解決できませんから」

ロシターはコニャックを口に含み、舌の上で転がすようにしてから飲みこんだ。

「世界を救いたいなら、まずは一度に一人ずつ、といったところか」

俺はうなずいた。

「考え方によってはそれも正しいのだろうね」ロシターは座ったまま身じろぎをした。

「仮に、特定の一人について相談があると言ったらどうする？　いますぐ救わなければならない人物が一人いると言ったら」

「俺より適任の人間がほかにいくらでもいると言いますね」

「私は新聞など信じないという話はもうしたね」

俺はコニャックを一口飲んだ。「できるだけのことはすると思いますが、廊下にいるチャコールグレー氏にやれないことなんてないんじゃないですか。俺より融通が利《き》きそうだ」

ロシターは俺の返答が気に入ったらしい。

「いやいや、ウェイツ。頼めるのはきみ一人なんだよ。ゼイン・カーヴァーという名前に聞き覚えはあるかな」

俺は答えなかった。

「今朝」ロシターが先を続けた。「きみの上司に相談した。パーズという話のわかる人物だ」

「俺が何も聞いてないのはなぜでしょうね」

「きみと連絡が取れないからだ。さすがのカーニック刑事でも、居所を突き止めるのに数時間かかった」

「目立たないように探してくれてありがたかったな。あのBMWはストリートに完璧《かんぺき》に溶けこんでましたから」

「それは申し訳なかった。公安は自分たちも富裕層の一員になったように勘違いしているようだ」

「俺は悪党どもの一員になった気分でいますよ」

「だからこそきみに頼みたいのだ……」

「パーズ警視の了解がなければ、カーヴァーの話はできません」

ロシターは俺の顔をつかのま見つめたあと、ジャケットのポケットから電話を取って俺に差し出した。

「いや、あなたから電話してください」俺は言った。

ロシターは微笑み、アドレス帳をスクロールして、電話がつながるのを待った。例によってパーズは即座に応答した。

「いま、きみの部下のウェイツがここに来ている」ロシターは電話に向かって言った。

「彼なら申し分ないよ。いかにもそれらしい。勤務中だろうに酒を断らなかった。ただ、きみの了解がなければ、私とは話せないそうだ」

ロシターはまた電話を差し出した。俺は今度は受け取った。

「警視」

「ウェイツ」パーズ警視のスコットランド訛《なまり》の不機嫌そうな声が聞こえた。「大臣に最大限の便宜を図れ。話はまた明日」

電話はぶつりと切れ、俺は電話をロシターに返した。

「ゼイン・カーヴァーというのは？」ロシターが言った。

「麻薬密売組織のボスです」

「きみにとってはどのような存在だね」

「うまくいけば突破口になりそうな人物」

「彼に接近するのが目下の任務というわけか」

「そうです。いまは任務内容が変わりそうだって予感がしてきてますが」

ロシターは何も言わなかった。

「カーヴァーが業界で成功を収めるとしたら、それは奴が変わり種だからです。ほかの売人はただの悪党ですが、奴はビジネスマンだ。俺の仕事は、そこを利用できそうかどうかを探ることです」

「利用というと？」

「可能性は三つ。まず、奴にほどほどの圧力をかければ、ほかの密売組織を密告するかもしれない。奴は業界最大手というわけではないし、一番の切れ者というわけでもありませんから。しかし、最大手で一番の切れ者を排除する機会に飛びつく可能性はあります。二つ目は、奴が警察内に飼っている人間の名前を吐かせられるかもしれない。三つ目、これが何よりおもしろそうな可能性ですが、カーヴァーは単なるお飾りにすぎないかもしれない」

「何の？」

「奴の上に、さらに十数人いるかもしれないということです。警察が把握していない大物がずらりと並んでいるのかもしれない」

「これは好奇心から訊くのだが、この仕事はきみにどんな利益がある？　きみの信用はいまや地に落ちているわけで……」

「俺の信用なんて初めからあってないようなものでしたから。それより、頼みというのは、ミスター・ロシター？」

ロシターはまた酒を飲んだ。グラスに前歯がぶつかる音がした。

「私の娘について何を知っているかな。下の娘だ。イザベル」

「美人で、若い。十八歳？　十九歳？」

「十七歳だ」ロシターが言った。「どうやらこのカーヴァーという人物と関わり合いになっている」

「未成年ということですね。だったら、パトロールカーをやって連れ戻せばいいでしょう」

「パーズ警視も同じことを言った。あいにく、それよりは繊細な対応が必要になりそうでね」

俺たちを三方から囲むガラスを雨粒が叩き始めた。初めは一つひとつ区別がついたが、ほんの数秒のうちに雨の勢いが増し、部屋全体が雨の波紋に取り巻かれた。俺は話の先を待った。

「きみのような世情に通じた若者なら、新聞が前回、イザベルを取り上げたのがいつのことだったか覚えているだろう」

「入院したときでした」俺は答えた。「過労で」

ロシターは何も言わない。

「過労ではなく、自殺未遂――？」

ロシターがうなずく。「鬱病《うつびょう》を患《わずら》っている。母方の遺伝のようだ。その前にも何度か自殺を試みたが、前回ほど決定的なのは初めてだった。大量に出血した。マスコミに隠し通すには騒ぎが大きすぎた。そこで、過労で倒れて搬送されたことにしてもらった」

彼の目は俺の右側のどこかを見ていた。そこにそのときの光景が描き出されているのだろう。

「私が新聞社を回って懇願した」

「なるほど」

「なるほど？」

ロシターは現実に戻ってきた。口にしかけていた言葉をのみこみ、穏当な質問に切り替えた。「娘が自分の首に刃物を突き立てる以上につらいことは、この世に一つしかない。わかるかな」

俺は首を振った。

「娘が病院で目を覚まして帰宅するなり、なぜ命を救ったのだと言って親を恨むことだよ」ロシターは酒を飲み干した。「娘からこう言われたのだよ、ウェイツ。自分の病気のことは理解している、暗い霧に覆《おお》われたような日があるだろうこともわかっていると。それから娘は、恐ろしいほど冷静な声でこう続けた。今日は頭のなかはすっきり晴れている。だから救急車を呼んだ私を許せないと」

「国会議員のご令嬢がゼイン・カーヴァーに頼るとは、ずいぶんな落差と思えますが」

「あの子はそのずいぶんな落差を落ちたのだ」ロシターは言った。「友達を介して接点を持ったようだ。私の知るかぎり、一月《ひとつき》前からフェアヴューで暮らしている」

「一月《ひとつき》？」俺はそう訊き返したが、ロシターは答えなかった。

フェアヴューとは、ゼイン・カーヴァーの自宅の呼び名だ。ヴィクトリア朝風の大邸宅で、市の南側、若者が集まる学生街に位置している。週ごとにハウスパーティが開かれ、キャンパスのアイドル的な男子学生から地元のセレブリティまで、あらゆる人々が集まってくることで有名だ。

「パーズ警視がどう説明したか知りませんが、俺に与えられた命令は、連中の周辺を探るようにというものです。現金の受け渡しを確認したり、下っ端《ぱ》の売人と酒を飲んだりはしましたが──」

「みごとに彼らに馴染《なじ》んでいるようだね」ロシターは言った。「しかし、今日付できみの任務内容は変更された。きみは組織に潜入する。手を汚す。キープレイヤーと接触する」

「お嬢さんは？」

「娘が警察に付き添われて帰宅するというリスクは冒せない」

「お言葉ですが、ミスター・ロシター、マスコミはすでに一度あなたの要請を聞き入れたわけですから、おそらく次も聞くでしょう。そもそも、お嬢さんを無事に取り戻せるなら、スキャンダルくらい何でもないでしょう」

「スキャンダル？」ロシターは言った。「仮にそれで娘を取り戻せるのなら、私は迷わず辞表を出すよ」

俺はその言葉を信じた。だが、この時点で警戒すべきだった。ロシターはまるでイザベルがすでに死んでいるような話し方をした。ロシターは気を取り直したように続けた。

「私が原因であの子がまた自分を傷つけるようなことがあってはならない。わかるね？」

表情がはっきり見えていたら、理解できたかもしれない。だが、俺たちは闇《やみ》に包囲されていた。

俺は肩をすくめた。

「きみはまだ若い。もう少し歳月がたてばわかる。自分も親になればわかるよ」

「で、お嬢さんのために何をしろと？」

ロシターは口をつぐんだ。それについてはまだきちんと考えていなかったとでもいう風だった。

「近づくことはできるかね。あの子の無事を確認できるだろうか」

「元気かと本人に訊くのが一番早そうですが」

「直接の接触は控えてもらいたい」

「どんどん話をややこしくしてくれますね、ミスター・ロシター」

「本人の意思に反して連れ戻したくない。警察に付き添われてという事態はもっと避けたい」

「俺が警察の人間だなんてわかりゃしませんよ」俺は言った。「廊下にいる公安でさえ俺を探すのに手間取ったくらいですから」

ロシターは黙っていた。

「いいですか、相手は犯罪組織です」

「彼らと一緒にいたら、どのようなトラブルに巻きこまれかねないだろうか。セックスがらみか」

最後のひとことを口に出すのはよほど苦痛だったようだ。カーヴァーは紳士のつもりでいますから。自分はビジネスマンだと思っている」

「つまり安心していいということだね」

「その答えは過去に〝ビジネスマン〟相手にどんな経験をしたかによって変わるでしょう。俺なら、危険な兆候だと考えます。若い女を食い物にする方法はほかにもいくらでもありますから。世間に名の知れた女となればなおさらです。この街のほかの売人なら、お嬢さんをひどい目に遭わせていたでしょう。ただ、それならそれで、とっくに家に逃げ帰ってカウンセリングを受けているでしょうね。いくら父親を憎んでいるとはいえ」ロシターは忍耐の末に俺の無神経な言い草を無視した。「しかし、ゼイン・カーヴァーは違うと？」

「奴は別です。お嬢さんがどこの誰なのかまず調べると思いますよ。お嬢さんを手厚くもてなすくらいのことはするでしょうね。奴はエイトをさばいていて――」

「エイト？」

「ヘロインです。頭文字のHがアルファベットの八番目だから。商品名としてキャッチーだし、街角やクラブでは無害そうに聞こえる」

「ありえない。イザベルはこれまで山ほど問題を起こしてきたが、さすがに薬物は――」

「一度でもやったら誰だってはまるんですよ。いずれにせよ、あのあたりは学生の多い地域です。ここ数年、カーヴァーはクラブドラッグを大量にさばいてのし上がってきたんです。ところで、奴はイザベルがあなたの娘だと知ってるようですか」

「知っている可能性はある」ロシターはごくりと喉《のど》を鳴らした。「イザベル本人はその事実を恥と思っているようだが」

「知ってるとしても、奴は危険なゲームをするでしょうね。あなたがお嬢さんを強引に家に連れ戻すことはないということまでは知らないわけだから」

「たしかに」ロシターはぼんやりと結婚指輪をもてあそんでいた。

「お嬢さんは過去にも家出を？」

「これまでは五つ星のホテルに逃げこむだけだった。私のアメックス・カードを使って」

「いまお手もとにお嬢さんの写真はありませんか」

ロシターは胸ポケットから写真を引き出し、マッチの火を守るようにもう一方の手を添えて差し出した。透き通るように白い肌と砂色の髪、知的な青い瞳《ひとみ》をした美少女。写真のイザベルの目はレンズより少し上を向いている。カメラを構えた人物を見つめているのだろう。

「聞いてくれ」ロシターが身を乗り出した。「さっきは、密売人と酒を飲んで楽しんでいるのではなどと言ってしまって悪かった。さぞ大きなプレッシャーを感じているのだろうに」

しばし沈黙が流れた。

「ほかに必要な情報があれば」ロシターが言った。

「お嬢さんをカーヴァーに引き合わせた友人の名は？」

「あいにく私は彼女に会ったことがない」

「彼女？」

「いや、彼かもしれないし、彼らなのかもしれない」

「奥さんならもしかしたら――」

「アレクサは体調が優れなくてね。そっとしておいてやりたい」

「わかりました。で、いまごろになって急に関心を持ったのはなぜです？」

俺がそう訊くと、ロシターは片方の眉《まゆ》を吊《つ》り上げた。

「イザベルは一月《ひとつき》も前から家に帰っていないのに、なぜいまになって急に？」

「そのことか。よく気づいたな」ロシターの顎の筋肉が盛り上がった。「きみには話しておいたほうがいいだろう。私はいま同時に二つの戦線を維持しようとしているのだよ、ウェイツ。アレクサもやはり鬱病を患っている。妻との関係は、しばらく前から……ぎこちないものになっている。かわいそうにイザベルは、その板ばさみになって、居場所を失った」

「俺から連絡を取りたいときはどうすれば？」

ロシターは浮き出し印刷の名刺を差し出した。俺は浮き上がった文字を指でなぞった。

「その番号にいつでも電話してくれ。昼でも夜中でも」

「酒をごちそうさまでした。連絡します」

部屋を出る前に最後に見ると、ロシターはソファの上で力なく背を丸め、やつれた顔に苦渋の表情を浮かべていた。

5

ルービックは、よくある洞窟《どうくつ》のように奥行きの深いバーで、夜が更《ふ》けるにつれてナイトクラブの様相を帯びる。最盛期には有名なポストパンク・バンドがこぞってライブを開き、ハシエンダ（訳注／一九八〇年代から九〇年代にかけて〝マンチェスター・ムーブメント〟を牽引した有名クラブ）に劣らない賑《にぎ》わいを見せたが、いまとなっては遠い昔の栄光だ。店はバーやクラブが集まるロックスの近く、市街を貫く運河に面した位置にある。赤い間接照明があるだけのビアホールは薄暗く、営業時間中に直接光が灯《とも》されることはない。イギリス国内最大の空間の一つで、数千人が集まってようやく隣の客と肘《ひじ》が触れ合うかどうかという広さだ。

三つのフロアに計四つのバーが設けられている。

この三週間、俺は四つのうち一番大きなバーを取り仕切っているバーテンダーを観察していた。堂々たる体軀《たいく》に、ファッションとして無精髭《ぶしようひげ》――セクシーな〝夕方五時の影〟――を生やしている。計算高くて用心深そうな人物だった。金曜の夜にはその印象がさらに強まる。ゼイン・カーヴァーの集金係が来て、ドラッグの多額の売上金を回収していく日だからだ。フランチャイズのドラッグはまずここにまとめて配達され、大男のバーテンダーが近隣のほかの〝加盟〟クラブに分配する仕組みになっているようだ。

巧妙なシステムだ。

ドラッグでハイになった大勢の人間を隠したいなら、酒に酔った数千人にまぎれこませるのが一番だ。ゼイン・カーヴァーから見れば、この大男のバーテンダー一人にリスクをそっくり押しつけられるシステムでもある。カーヴァーの商品は幅広い。あらゆるクラブドラッグを扱っている。商品には、頭文字のアルファベット順に対応する番号が振られていた。Cで始まるコカインは3、Eのエクスタシーは5、Kのケタミンは11。客はその数の指を立てるだけで、ドラッグの名称を口にせずに購入できる。

カーヴァーには、ストリートレベルの小物よりもホワイトカラー犯罪者との共通点が多かった。それこそが奴の成功の真の秘訣《ひけつ》だ。たとえば、商品を配達する日と売上金を回収する日を別にしている。それを考えると、イザベル・ロシターとのビジネスを介さない結びつきは、興味深い例外といえそうだ。

その日は集金日だった。

デヴィッド・ロシターに呼び出されたせいで、俺が店に着いたときにはもう金の受け渡しは終わっていたものの、それまでとは事情が変わった。ついに組織と直接の接触を図る時が来た。

集金係の女は一目で見分けられた。バーカウンターの前に立って、いつもどおりストレートのウォッカをトールグラスで飲んでいた。黒いタイツに黒のショートブーツ。ホットピンクに彩《いろど》られた唇は、まぶしい笑みを描いていた。栗色《くりいろ》のロングヘアを下ろし、ビンテージものらしいスウェードのジャケットを着ている。ジャケットはきっと本人の生まれ年より古いものだろう。いい女だった。年齢は二十代の初めくらいか。〝背景に同化する〟手本だった。

俺が彼女のグラスを倒したときも、彼女は動じなかった。長く濃いまつげに縁取られた目を軽く見開いただけだった。すぐにバーテンダーに合図して新しいグラスを頼んだ。どんなときも平静を保つことも仕事のうちなのだろう。

「悪かった」

「気にしないで」彼女は言った。

「キャサリン……だったね」

そう名前を確かめると、彼女は一瞬動きを止め、それから顔の向きを変えて俺を見た。

「前にゼインのパーティで会った」

「そうだったかしら」クエスチョンマークはついていなかった。

「話をした。短時間だが」

実際には、彼女がカーヴァーと話しているところを一度か二度見かけたことがあるだけで、彼女ともカーヴァーとも会ったことはなかった。後ろの壁際《かべぎわ》に突っ立っているだけの平凡な女たちから、彼女の名前を聞き出しただけのことだ。女たちは、彼女のことを有名人か何かのように話した。「キャスはね、彼のお気に入りの一人なのよ」女たちはそう言った。キャスも彼女たちと同じように、後方の壁際という下積みから始めた。コネはなかった。そこからスタートして少しずつ前へと進み、パーティにいるその他大勢からパートナーへと昇格した。壁際の女たちは、キャスの成功の要因は粘り強さだと考えていた。知り合いを増やせば、自分たちだっていつかキャスのようになれると信じている。だが、利口な女なら、自分にチャンスが巡ってくることはないと、手遅れになる前に悟るだろう。

バーテンダーが新しいグラスを運んできた。彼はそのあいだずっと俺に刺すような視線を向けていた。俺の頭のなかで記憶が火花を散らした。どこかで見たことのある顔だ。向こうは俺を知っているだろうか。新しいグラスを受け取ってほっとしたのか、キャサリンは俺ににこやかな笑みを向けた。さっきまでの芝居がかったまぶしい笑みとは別物だった。彼女は優れた俳優に共通する特質を備えていた。どんな役柄を演じているときも、過不足のない真実味を醸《かも》してリアリティを保つ。話している途中でふいに人格を切り替えたとしても、いずれか一方が悪目立ちすることはない。

「そうね」キャサリンは言った。「前にも会ったかもしれない……」

「この分はおごらせてくれ」

「お酒をおごる口実として女の子のグラスをまた倒そうと思ってるなら、次はその子がお店のおごりで飲んでるわけじゃないことを先に確かめたほうがいいわよ」

キャサリンはカウンターを離れようとした。

「そうでもしないと相手をしてもらえないと思った」俺はその後ろ姿に言った。

キャサリンは振り向いた。「どうかしら、相手をしたかもしれないわ。ところで、その目の痣、似合ってる。その目印がなかったら、また会うことがあっても誰だか思い出せないかも」

「なら、いまあるこいつが消えそうになったら、また次の目印をつけに行こう」

「それがいいわ。ところで、えっと……」

「エイダン」

「エイダン」彼女の顔から笑みが消えた。「本気でトラブルを探してる?」

俺は何も答えなかった。

「わざと危険に突っこんでいくタイプに見えるけど」

キャサリンはほんの一瞬だけバーテンダーに視線をやった。俺もそっちを見た。バーテンダーはたくましい胸の前で腕を組み、こっちをにらみつけていた。

「いや」俺は言った。「そんなことはしない」

「だったら、一つアドバイスさせて」彼女は一歩近づいた。「もう帰ったほうがいいわ。反対の目にも痣ができる前に」

「きみの言うとおり、痣があったほうが顔を覚えてもらえる」

彼女の目はまたバーテンダーをちらりと見た。「覚えられないほうが幸せかもしれないわよ」

「迷惑をかけたな」

それで納得したのか、バーテンダーは俺たちから離れて若い女のグループの注文を取りに行った。キャサリンは酒を大きくあおったあと、グラスをカウンターに置いた。そのとき、名刺大のカードを一枚、グラスの下にさりげなくすべりこませた。

「そうね、いつかお酒をごちそうになろうかな……」

キャサリンは最初と同じ作り物の大きな笑顔を作ったが、その寸前にほんの一瞬だけ、本物の笑みが浮かびかけたように見えた。

「次もまたグラスを倒すことにするよ。じゃあ、お休み」

キャサリンは背筋の伸びた優雅な足取りで歩み去った。

俺はグラスの下からカードを抜き取って掌に隠した。一分ほど待ってから店を出て、借りているフラットに帰った。壊れた腕時計をくず入れに放りこみ、スピードをやって、服を替えた。

6

スリーストライク目は、ほかの誰でもない、俺がしでかしたことが原因だった。アウトを宣告されたあとでは、フランチャイズの集金係をバーからバーへとつけ回すだけのことであっても、仕事があるだけ運がいい。

それまでの何週間か、ときおり深夜勤務を買って出ていた。本来は昼勤の日でも、深夜のシフトに交替してもらうためなら何だってした。夜の九時から朝の五時、ふだん見慣れた街が別物に変わっていく様子は、何度見ても見飽きることがなかった。街のネオンサインに照らし出される、満面の笑みを車のウィンドウに押しつけた子供。

夜の街を行く人々もいい。

みな若く、酒に酔い、恋を謳歌《おうか》していた。女は稲妻、男は有言不実行。トランスセクシュアルやゴス、ゲイは夜を取り戻し《テイク・バック・ザ・ナイト》、目抜き通りに多様性を添え、俺には意味さえわからない言葉を一斉に叫ぶ。夜の街は効果を発揮した。夜は俺をいくらかしらふに保つ。トラブルからいくらか遠ざける。

困ったことがあるとすれば、上司だった。ピーター・サトクリフ警部補。それが本名だ。出生証明書にその名が印字された瞬間、奴の運命は決まった。国民的憎悪《ぞうお》の対象

（訳注／十三人を殺害した連続殺人犯〝ヨークシャー・リッパー〟ピーター・サトクリフのこと）と結びつけられて、子供のころはいじめられたことだろう。何にせよ、ろくでもない名前で、本人も名前に似合ったろくでもない奴だ。周囲は〝サティ〟と呼ぶ。殺人犯と勘違いされることはなくなったが、それは本人の光線過敏症を揶揄《やゆ》するニックネームでもあった（訳注／〝サティ〟は発音によって〝sooty〟〈すすまみれで黒い〉とも聞こえる）。

　太陽光アレルギーのサティは、死人みたいに青白い。

　サティからたくさんのことを学んだとはいえ、ろくでもない知識も多かった。俺が深夜勤務を始めたのは、夜の街にロマンチックな幻想を抱いてのことだったが、現実があっという間にそれを追い散らした。俺は日が暮れて初めて街に出没する売人〝ヴァンプ〟のことを知らなかったし、密売組織のことも何一つ知らなかった。誰が何を売っているのか。彼らをどこで見分けたらいいのか。俺にでも一目でわかるのは〝スマイラー〟くらいのものだった。笑う奴《スマイラー》と呼ばれる由来は、左右の口角から伸びる長さ二センチほどの傷痕《きずあと》だ。支払いが遅れたり、偉そうな口を利いたりして売人を怒らせたことを示す、消えないしるしだった。

　どいつがラッシュボーイズでどいつがホエイリーズのメンバーか、サティは口笛の合図を一つ聞いただけで区別できた。南下しすぎたバーンサイダーズのメンバーも即座に見分けた。クラブからクラブを渡り歩くフランチャイズの集金係――通称〝セイレーン〟――も。しかもサティには、トラブルを探し当てる超能力じみた眼力まで備わっていた。ある日曜の朝、といっても午前二時や三時の話だが、俺とサティはオクスフォード・ロードを巡回していた。学生の下宿街から大学、そして大学から街の中心部へと続くオクスフォード・ロード沿いを行けば、この街の最良のものと最悪のものとが一度に見られる。街娼《がいしょう》とそれを品定めする男ども、売人とその客。

街の一番人気のランドマークの一つもこの道路沿いにあった。カレー・マイルだ。視力が及ぶかぎり、パキスタン料理、バングラデシュ料理、カシミール料理の店が何百とひしめき合っている。活気と多様性にあふれたムスリムのにぎやかなコミュニティ。ここが注目の対象として急浮上したのは、あるテクニックが広まったせいだ。

〝ショールのテク〟とサティは呼ぶ。この界隈《かいわい》では昼夜を問わずブルカ姿の女性が珍しくない。そこで、若い女が挙動を隠すためにブルカを着る。ブルカに隠れて商売をしている売人もいるし、ブルカを着てこそつく常用者も現れ始めていた。それはサティをひどく怒らせた。ブルカの下の肌の色は浅黒いかもしれない。だが、単なる常用者がムスリムのふりをしているだけかもしれない。サティはブルカを敵と定めた。

俺たちは終夜営業の屋台で買ったコーヒーを飲んでいた。サティは煙草《たばこ》をくゆらせていた。やがてサティが俺の脇腹《わきばら》をつつき、まっすぐ前を見たまま顎《あご》をしゃくった。

「あの女。行くぞ」

「え？　どの？」

サティは通りの反対側を歩いている黒いブルカ姿の小柄な女を指さした。

「俺の目には帰宅途中の市民にしか見えない」

「いいから行くぞ」

サティはそう言って通りに足を踏み出し、行き来する車のドライバーに向けてどうとでも解釈可能な合図をしながら横断すると、小走りで女を追い、行く手に立ちふさがった。女はサティを迂回《うかい》しようとしたが、サティは片手を挙げた。

「アッラーフ・アクバル」サティは息を切らしたまま言った。

女は無言だった。

「おい」サティは言った。「その頭巾《ずきん》を取りな」

女は左右に視線を走らせた。必死で逃げ道を探している。やがて観念したか、黒いヘッドピースを取った。薄くなりかけの麦藁色《むぎわらいろ》の髪が露《あら》わになった。白人で、見るからに薬物の常用者だった。肌の色はサティに負けないくらい青白い。俺がようやく追いついてみると、女の顔に〝しるし〟があった。左右の口角から二センチほどの傷痕が伸びていた。

「何だよ、そのにやにや笑いは。引っこめな」

サティは自分の冗談に笑った。女は表情を変えなかった。

「そっちのお手々に持ってるものを見せてもらえるかな、お嬢ちゃん？」

女は体の脇に下ろした右手をしっかりと握っていた。その手をしぶしぶ前に出して開く。汗染みて皺《しわ》くちゃになった十ポンド札が二枚。

サティは二枚とも取り、「おう、ありがとよ」と言って歩き出した。

女は空っぽの自分の手を見つめた。それから説明を求めるような目で俺を見た。

「警部補」俺はサティの後ろ姿に呼びかけた。弱々しい声だった。「警部補……」もう一度繰り返したが、サティは振り返らない。そこで今度は大声を出した。「サトクリフ！」

サティはようやく立ち止まって振り返った。うつろな目をしていた。

「さすがにまずいでしょう」俺は言った。

サティはすぐには動かなかった。歩道を急ぎ足で行き交う人の流れにさからうように突っ立っていた。長い間があって、やっとうなずいた。女のところに戻ると、自分のポケットを探って、さっき取った紙幣を返した。それから女の腕をつかんで俺のほうに引っ張ってきた。

「身体検査だ」サティが言い、俺はサティを見つめた。「身体検査だ。これは命令だからな」

俺はしかたなく女に向き直った。大勢の通行人が大回りしながら追い越していった。みなサティから充分な距離を確保しようとしていた。女がふたたび両手を差し出し、金を受け取った一方を開いた。紙幣のあいだに、さっきはなかった大麻の袋がはさまれていた。サティが一歩前に出る。驚いた表情を装《よそお》っていた。

サティはちっちっと舌を鳴らし、女の腕を背中にねじって手錠をかけた。そのまま引きずるようにして通りを渡り、駐《と》めておいたパトロールカーに向かいながら、いやらしい笑みを俺に向けて言った。

「金を返した俺の判断は正しかったな」

車のなかで、女は泣いた。俺たちは逮捕の手続きをすませ、麻薬を証拠物件保管室に預けた。俺と良心との闘いは短時間でけりがついた。翌日、俺はセントラル・パークの警察本部に徒歩で行き、入館簿に記入して、エレベーターで五階に上がった。暗証番号を入力し、押収《おうしゅう》された違法薬物の保管室がある立入制限エリアに入った。コカインとタルカムパウダーをすり替えた。それだけのはずだった。だが、パーズ警視はその日、偶然にも保管室の点検を指示していた。保管室を出て廊下を歩き始めたとき、耳の奥で自分の血がごうごうと音を立てていたことを覚えている。

細く甲高い声が追いかけてきた。「ちょっといいですか、巡査……」

俺は即座に事態を悟った。死ぬほど怯《おび》えながら、パーズ警視のオフィスの前で待った。二時間後、パーズがドアを開け、入れと言った。パーズと言葉を交わすのはそれが初めてだった。パーズは座れと言い、そこから俺がひそかに〝パーズ流尋問〟と名づけたものが始まった。

つまり、パーズは何も言わなかった。

沈黙が続き、俺はついに耐えられなくなった。洗いざらいぶちまけた。そもそも始まってさえいなかったキャリアが終わりになるようなことをしでかしましたと白状した。パーズはいっさいの意見をはさまず黙って聞いていたが、俺の話が終わると、椅子の背にもたれていま聞いた話を反芻《はんすう》しているような表情をした。その目の奥で好奇心がきらめいたように見えた。

やがて、あのスコットランド訛で言った。「自分は規則を守らなくても許されるとでも思っているのか」

「サトクリフは――」

「サトクリフについては私に任せておけ。おまえの記録をざっと眺めた。悪くない。協調性にやや欠けているようだが。私が探していたとおりの者かもしれん」

「は？」

「率直に言おう。いまから二つの選択肢を提示する。正直なところ、私としては一つ目を勧める」

俺は先を待った。

「まずは一つ目。この場でおまえを解雇し、刑事告発する。有罪にして、おまえに独房暮らしを味わわせてやる。マスコミにも記事を書かせる。汚職刑事だと世間に宣伝させる。一生、まともな職には就けまい」

「もう一つは?」

「私のためにちょっとした仕事をする。おまえが何をしでかしたか、すでに署内に噂《うわさ》が広まっているだろう。昼飯時には街中の隅々まで伝わっているはずだ。それを利用できそうだ」

「利用? どう?」

パーズは身を乗り出した。「いかにも汚れて見える刑事を探していた」

そして計画のあらましを説明した。

ゼイン・カーヴァーが現役刑事を金で抱きこんでいることは公然の秘密だ。証拠物件が行方不明になったり、カーヴァーの拠点の手入れが失敗して収穫なしに終わったりといったことが何年も続いてきた。奴《やつ》に飼われている刑事を突き止めること、それが俺の任務になる。そいつらよりももっと汚れている芝居をする。嘘《うそ》の情報をリークし、罠《わな》を仕掛ける。

「どっちを選んでも」パーズは言った。「即日、停職処分とする。公判の開始までだ。正規の捜査からはずれてもらう。つまり、何をしていようとおまえの自由だ。悪党どもと親しくしようと、それも自由というわけだ」パーズはサメの笑みを作った。「私の配下になるなら、そして任務を成功させたら、さっき話した告発はすみやかに取り下げられる……」

「なのに、一つ目を選べと」

「第一の選択肢はおまえのキャリアを破滅させる。第二の選択肢は、おまえの人生そのものを破滅させかねない」

「返事はいつまでに?」

「そうだな、いまここで告発状を書くとしよう」パーズはボールペンをかちりと鳴らして芯《しん》を出した。「刑務所行きがいやなら、告発状を書き終える前に私を止めることだ」

第一の選択肢は最悪だ。だが、何より俺を怯えさせたのは独房というキーワードだった。俺は施設で育った。簡易ベッドに食堂、門限。そういったものはとうの昔に一生分味わった。俺はパーズを見た。ペンは猛烈な勢いで紙の上を走っていた。そこに綴《つづ》られた語を――共謀、職務上の不正――見て、選択の余地など最初からなかったと悟った。

「やります」俺は言った。

失うものは何一つないつもりだった。フランチャイズに潜入する仕事も悪くないとさえそのときは思えた。パーズは、俺の正体が暴《あば》かれることをそれこそ病的に恐れた。俺が潜入捜査中であることを知っているのは、この世に三人だけだった。

それまでのフラットを引き払い、持ち物は貸倉庫に預けた。街の中心部に引っ越した。

街の心臓部へ。そこでバーからバーへとフランチャイズを追いかける。潜入前の知り合いに出くわしたら何と言ってごまかすか、あらかじめ考えに考えたが、そのころつきあっていた女にしばらく会えなくなると話すと、彼女は笑った。「それっていまと何か違うわけ？」彼女は自分の持ち物をバッグに放りこんだ。「そもそもろくに会えたためしがなかったじゃない」

署に顔を出すことはなくなった。俺は行方知れずになった。マスコミに脚色された情報が流され、俺について書かれた記事を世間は鵜《う》呑《の》みにした。

〝汚職刑事エイダン・ウェイツ〟。

脳味噌《のうみそ》が回転して点と点をつなぐ。キャサリンがバーに残したカードをもてあそぶ。それはフェアヴューで――ゼイン・カーヴァーの屋敷で開かれる深夜のパーティの招待状だった。そこに行けば、イザベル・ロシターの動静を今日のうちに確認できるだろう。ワインのボトルを用意し、ジャケットを着た。スピードをやると、速効で気合いが入った。出かける前に窓の前に立ち、深呼吸を繰り返しながら、どこまでも続くビル群を眺めた。

五十階分の、瞬《まばた》きをしない、明るく輝く窓。

7

ドアを拳《こぶし》で叩《たた》いて待った。

重低音がきいた音楽が家全体を鼓動させていた。ガラス窓や壁がびりびりと震え、家がにじり寄ってきているかのような印象を与えた。そのサウンドが表通りから人を引き寄せていたが、ドアをノックする勇気は誰にもないのだろう、彼らは玄関前の通路の入口でただ群れ、リーダーを仰ぐような目で俺を見つめていた。

フェアヴューは、マンチェスターの最高級住宅街、ウェスト・ディズベリー地区とウイジントン地区のちょうど境目にある。一流のものだけに囲まれて育った、豪邸一族の主《あるじ》といった趣の邸宅だった。俺は赤ワインのボトルの首をつかみ、底の部分を何度かドアに打ちつけた。

ドアが開き、黒いイブニングドレス姿の若い女が顔をのぞかせた。肌は病人のように白く、髪は生まれつきの赤毛のようだ。俺に向かって何か言ったが、その言葉は室内からあふれ出した音楽に押し流された。マスカラで強調された目、時代を超越したドレス、聞こえないまま消えた言葉。どことなく現実離れして、一九二〇年代のサイレント映画の一場面を思わせた。俺はどうしていいかわからず彼女を凝視した。そういう反応には慣れているのか、女は俺の手からキャサリンのカードを受け取って招き入れた。なかに入った。固体の空気がぶつかってきた。笑い声と無数の手足から成る喧噪《けんそう》。どちらを向いても誰かが踊り、汗のしぶきを散らし、キスを交わしていた。ドアを開けた赤毛の女に礼を言おうとして振り向くと、彼女はすでにドアを閉めて掛けがねをかけ、別の男と会話を再開していた。二十歳より三十歳に近い俺は、予想どおり、ここでは完全に浮いていた。

キャサリンの姿は見当たらなかったが、別の女が俺の目を引いた。右手の隅のほうにたたずむその女は、どうしようもないほど場違いだった。パンクスタイルの髪はシルバーに近い金色に染めてある。目鼻立ちは整っていた。線の細い華奢《きやしや》な体つきは十七歳の少女のそれだったが、服装でその幼さを帳消しにしようとしている。髪の房をくわえて嚙《か》みながら生気に欠けた目を室内にさまよわせ、少し年上の粋《いき》がった男たちの意味ありげな視線を引きつけていた。

イザベル・ロシター。

縁《へり》のほつれた薄手のスカーフを巻いていた。しじゅうそれを指でいじってちゃんと首もとにあることを確かめている。父親によれば、自分で首にナイフを突き立てたという。あのスカーフはその傷痕を隠しているのだろう。

俺は戸口から奥へ踏み出し、入れてもらった礼らしき言葉をつぶやきながら、卒倒しかけたような表情を赤毛の女に向けた。女は、毎日数百人の男を悩殺している美女にはきっと不可欠であろう冷め切った目でそれを受け止めた。俺はイザベル・ロシターに愛想よくうなずきかけて、さらに奥へと進んだ。

廊下は大渋滞だった。俺は酒のボトルからじかに飲んでいる二十歳そこそこの酔いどれの海をかき分けて進む。エイトを注射かあぶりでやってうつろな目をしている連中もいたが、今夜の主力はエクスタシー、ここでの呼び名でいうなら〝ファイブ〟らしい。すぐ奥の空間で踊っている奴らには溶けこめそうにない。そもそも廊下で潮のように満ち引きを繰り返している海を泳ぎ切る自信さえなかった。かといって、上の階に逃れるのは無理だろう。階段は、トイレやシャワー、寝室、そしてセックスの順番待ちをしているカップルで埋め尽くされていた。

「それ一口もらえない」耳もとで若い女の声がした。

白磁の肌、真っ白な歯、まぶしいブロンドの髪が視界に閃《ひらめ》いた。この子の父親から渡された写真が頭に浮かぶ。イザベル・ロシターは写真より痩《や》せていたが、この空間でそれが目立つことはない。イザベルより五歳から十歳上のほかの女たちもみな似たような体つきをしていた。生存できるぎりぎりまで余分を削り落として磨き上げたような体型。

「どうぞ」俺はボトルを渡した。一口飲んで口もとを拭《ぬぐ》うあいだ、イザベルは俺に対する関心を失った。誰かが自分たちを意識していることを期待するような視線を室内に巡らせている。廊下の人波に押されて俺との距離がいっそう縮まったところで、その視線は初めて俺の上をさっとなでた。ふたたび俺の目をとらえた彼女の目は、失望の色を浮かべていた。

「どうして来たの」イザベルは音楽に負けじと声を張り上げた。

それはもっともな疑問だった。俺の年齢、身のこなし、黒ずくめの服は、若さとエネルギー、色の洪水という背景にまるきりそぐわない。

「きみが一口飲みたがってるだろうと思ったから」

イザベルは完璧《かんぺき》な並びの真っ白な歯をのぞかせた。「サラ・ジェーンとどういう知り合い？」

「サラ・ジェーン？」

「さっきあなたがくらくらしてた赤毛のひと」

「彼女なら、今夜が初対面だ」

「サラ・ジェーンは自分が知ってる人しか入れないのに……」

「俺はほら、間違われやすい顔をしてるから」

「間違われやすい顔？」イザベルは初めて俺の顔をまともに見た。「その目の周りの痣《あざ》は、だから？」

「そう、人違いの結果だ」

「ふうん」

イザベルは俺のボトルからまた一口飲んだ。人に押されて、俺たちの距離はますます近くなった。

「その痣、どうせメークでしょ。怖そうに見せようとか考えて」

「わざわざメークなんかしないさ。どこかのパーティに行って、その場で一番でかい奴を罵倒《ばとう》すれば、本物を作れるんだから」

イザベルは片方の眉を吊り上げた。「ゼインとはもう会った？」

俺たちの距離は、唇が重なりそうなくらい近かった。俺は音楽に負けないよう、イザベルの耳もとに唇を寄せた。

「ゼインは今夜いるの」

「まだ見かけてないけどね」

「でも、彼のことは知ってるわけだ」

「まあね」イザベルは焦点の定まらない表情で答えた。

「噂を聞くかぎり、目に痣ができる程度じゃすまなそうな相手だよな」

「サラ・ジェーンをどうして知ってるって言った？」

「知らないと言ったよ」

イザベルは俺との距離を開けた。

「だったら、どうしてここにいるの」

「いい子と知り合うため」

「ゼインはいい子を集めてるわけじゃない」

「現にきみがいるじゃないか」

俺の甘ったるいお世辞を聞いて、イザベルは鼻に皺を寄せた。

「ここに来たときのわたしはあんまりいい子じゃなかったし、いまはもっとこじらせちゃってる」

「こじらせてる？　どんな風に？」

イザベルは向きを変えて行こうとした。俺はボトルを取り返した。

「もらおうと思ったのに」

「そう言われてもな」

「ちょうだい……お酒くらい、大したことないでしょ」

俺はうなずいてボトルから一口飲んだ。

イザベルは小首をかしげて退屈そうな顔を装った。「引き換えにフェラしてあげてもいいけど」

廊下の人の流れに押され、俺たちはさらに近づいた。イザベルは頬を赤くしているように見えた。俺はボトルを渡して一歩後ろに下がった。

「お返しはいらないよ」

イザベルは手のなかのボトルをしばらく見つめた。「ごめん」決まり悪そうなぎこちない笑み。「今日はわたし、ちょっとどうかしちゃってるみたい」そう言って後ずさり、飢えた若者の波間に消えた。

波に流されるまま、俺は部屋から部屋へと動き回った。鍵《かぎ》のかかった部屋が一つだけあった。あの奥は何だろう。その夜は、赤毛のサラ・ジェーンもイザベル・ロシターもそれきり見かけなかった。俺の知るかぎり、カーヴァーとキャサリンはその夜は顔さえ出さずじまいだった。四人は一緒にいるのではないかと、根拠もないのに想像した。四人でどこかまったく別の場所に行ったのではないか。何もかも俺に見せるための芝居だったのではないか。パーズは俺をいったい何に引きこんだのだろう。

8

翌日は朝早く目が覚めた。土曜日。十月最後の一日。デヴィッド・ロシターの名刺を探し、十一桁《けた》のうち十桁まで入力したところで電話を切った。代わりに別の番号にかけた。一つ目の呼び出し音でパーズ警視が電話に出た。

「ウェイツか」パーズはいつも即座に電話に出る。電話が鳴り出す一瞬前から画面をにらみつけ、発信者の氏名が表示されるのを待っているのだろう。うなるように低いパーズの声には、スコットランド訛《なまり》がかすかに聞き取れた。

「警視」

「ロシターはどんな様子だった」パーズが訊《き》いた。

「父親のほうですか、娘ですか」

「まずは父親から」

「酒をごちそうになりました。驚きました。警視がいらっしゃらなかったことにも驚きました」

「ふむ」パーズは言った。「上が決めた話だからな。大臣と、我らが親愛なる警視正とで」

「警視正のお考えは？」

「私が出ていけば正規の捜査の様相を帯びかねないというのが彼女の判断だった。体裁という意味でも適法性という意味でも、おまえの任務の二つの側面を切り離しておくことにご執心だよ」

「さすがですね」俺は言った。

「ふむ」パーズは応じた。

チェース警視正の話になると、パーズの声にかならず疑念が入りこむ。俺はそれを聞くとうれしくなる。パーズの内心が透けて見えるのはこのときくらいのものだ。チェースがロシターの依頼をパーズに振ったのは当然のことと思えるが、パーズは不愉快に感じている。しかも女性からの命令とあらば、怒りは倍増しだろう。

パーズの声が思考に割って入った。「自分が誰の命令で動いているか、優先事項は何か、勘違いするな。いずれにせよ、これから二週間のあいだにフランチャイズと接触を図る予定でいた。私が今回の依頼に同意したのも、それがあってのことだ」

「了解」

「昨夜、屋敷に行ったんだな」

顔を見ないと、質問なのか、すでに知っている事実をただ述べているだけなのか、判断がつかない。

「はい」

「で？」

「カーヴァーはいませんでした」

「ドラッグの売買は」

「ありました。ただし、学生がやるような代物《しろもの》だけです」

「イザベル・ロシターはどうだった」

「いました。ミスター・ロシターからじかに接触するなと言われましたが、見るかぎり無事なようでした」

イザベルが俺からワインをボトルごとさらっていったことを思い出した。パーズに面と向かって嘘をつかずにすんでほっとした。

「カーヴァーの屋敷で寝泊まりしているのか」

「ええ、見るかぎりでは。大臣に電話で報告しようかと思いましたが、その前に警視のご意見をうかがいたくて」

「大臣に逐一報告しろ。ただし、その前に、何について逐一報告すべきか、私の指示を仰げ。向こうにはぼんやりした輪郭だけ伝えておけばいい。今朝の新聞は見たか」

「いいえ、まだです」

「だろうな。どうせ身支度もまだだろう。年末ぎりぎりになったらグリーンロー事件の情報提供を訴える広告を出そうと考えていた。おまえがフランチャイズと接触するタイミングを狙《ねら》ってな。しかし計画全体が前倒しになったから、今日の『イヴニング・ニュース』にねじこんだ。来週の初めにもう一度出す」

紙名こそ『マンチェスター・イヴニング・ニュース』だが、朝刊も発行している。いまからどこかで買えれば運がいい。

「広告の狙いは？」

「失踪《しっそう》からおおよそ十年が経過した」

電話越しにパーズの息遣いが伝わってきた。表向きは麻薬の密売をターゲットとしていても、パーズ警視の真の関心はジョアナ・グリーンロー失踪事件にあるのではないかという気は薄々していた。グリーンロー失踪事件はフランチャイズに関連する有名な未解決事件だ。

「被害者の家族も関わっているんですか」

「天涯孤独だった。十五歳のときに出産したが、子供は手放した。今回の広告にゼイン・カーヴァーがどう反応するかが知りたい。何もしないようなら、反応を促せ」

「やってみます」

「事件について、どんなことでもいいから奴にしゃべらせたい」パーズはそう繰り返した。

それで俺が危険にさらされるとしても、パーズは気にかけていない。かえってそのほうが好都合くらいに考えているだろう。どのみち俺との取引でパーズが失うものは何もなかった。

「それ以外は、すべて予定どおりに進めろ」

「了解しました」

「ほかに何か？」

イザベルの顔が脳裏をよぎった。ワインのボトルを片手に頬を赤らめるイザベル。このうえさらに他人を脅して思いどおりに動かすような人間の手に彼女の人生を委《ゆだ》ねる気にはなれなかった。

「いえ、とくにありません」俺は答えた。

9

グリーンロー事件の広告記事は、パーズ警視が個人的に熱意を注いでいるプロジェクトだった。まるでデリケートな生態系を観察するようにフランチャイズを間近に観察するという任務は、俺とパーズの最初の取り決めには含まれていなかった。池に巨岩が投げこまれたようなものだった。俺の潜入捜査は自爆作戦に変わった。

彼女はジョアナ・グリーンロー失踪事件は、都市伝説よりはいくらか信憑性《しんぴょうせい》のある話だった。二〇〇〇年代初めにゼイン・カーヴァーの集金係をしていた。カーヴァーの最初の集金係だった。カーヴァーに不利な証拠を提供することに同意して、警察内の伝説になった。古株の刑事はいまでも〝まずありえない〟の意味で彼女の名前を引き合いに出す。

——奴の犯行を裏づける証拠は出てこないだろうな。ジョアナ・グリーンローでも現れないかぎり。

起床し、身支度を調えて『イヴニング・ニュース』を買いに出た。でかでかとした広告記事だった。これなら間違いなく目を引くだろう。

マンチェスター市警 情報提供を呼びかけ
ジョアナ・グリーンロー失踪事件に関して

十年。

記事には、ジョアナ・グリーンローは誰からも好かれる二十六歳の女性で、犯罪者の世界とつながりをもっていたが、その縁を断ち切って新たな人生を踏み出そうとしたところで消息を絶ったと書かれていた。しかし、真相はもう少し複雑だ。

バーを利用したフランチャイズ展開の発案者は、カーヴァーではなくジョアナだった。それ以前のゼイン・カーヴァーはそこらの小物の一人だった。人生の目標が定まらないまま、中毒性の低いソフトドラッグを個人相手にさばいていた。それをフランチャイズが一変させた。カーヴァーは、マンチェスターの混沌《こんとん》としたドラッグ・マーケットの誰も持っていなかった特質を備えていた。プロ意識と販売戦略だ。困ったことに、それに加えて野心にも満ちあふれていた。カーヴァーが市場拡大に向けて動き出すや、麻薬密売シーンは血で血を洗う戦場になった。ジョアナが警察に出頭したのは、友人でもあった別の集金係が殺害されたのがきっかけだった。

ジョアナは特別措置で保護され——要するに低予算版の証人保護プログラムだ——サーズフィールド・ストリートの空き家に匿《かくま》われた。サルフォード地区のサーズフィールド・ストリートといえば、端から端まで廃墟《はいきょ》のような空き家が並ぶゴースト・ストリートだ。空っぽで人が寄りつかない、更地にして再開発する価値さえない界隈。人を隠すにはうってつけだった。

保護プログラムは規模が小さかった。したがって隠れ家に見張りを立てる予算はなかった。その日、勤務の終わりに隠れ家に立ち寄ったパトロール警官は異変を感じた。玄関を何度もノックしたが応答がなく、しまいにドアを蹴破《けやぶ》った。なかに入ったところで、ブーツの底を拭った。上がり口に白と黒の塗料が塗りつけられていたからだ。

俺は記事に添えられたジョアナの写真を見つめた。黒っぽい色をした生まれながらの巻き毛、丈の長い厚手のセーターに黒いレギンス。麻薬の密売人というより、画学生といった風だった。どっちつかずの表情を浮かべていた。微笑《ほほえ》もうとしているようにも見えるし、顔をしかめようとしているようにも見える。どこかの家のリビングルームで撮影したもので、ジョアナは暖炉の脇のくぼんだところに立ち、そのまま壁の奥に消えてしまおうとしているようだった。

十年前。

パトロール警官は家をくまなく探したが、ジョアナはどこにもいなかった。スーツケースと衣類もなくなっていた。

世間が知るかぎり、ジョアナ・グリーンローはそれきりこの世から消えた。ゼイン・

カーヴァーがジョアナの失踪にどう関わっていたのか、俺は知らないままですませたかった。

10

次の一週間は、その前の一月《ひとつき》と同じ退屈な監視活動に戻った。近隣のバーに出入りし、フランチャイズの販売網の地図を頭に描く。ふだんなら単独行動できるのはありがたいが、このときは金曜のパーティの鮮烈な印象が消え残っていた。これまで知り合った人々の人生、これから知り合う人々の人生にもっと深く踏みこみたかった。二重生活は刺激的ではあったが、俺にとってはそれ以上の意味を持っていた。自分が選べなかった人生を一部でもやり直す二度目のチャンスのように思えた。

月曜日、イザベルの件を報告しようとデヴィッド・ロシターに電話をかけた。ペントハウスに来てくれ、コーヒーでも飲みながら詳しく聞きたいと言われた。

「一時間後に行きます」俺は答えた。

「車を迎えに行かせよう」

住所を伝えていないことを思い出したのは、電話を切ったあとだった。十分後、前回と同じ黒いBMWが来た。今回はカーニック刑事ひとりきりだった。無言でビーサム・タワーへ車を走らせた。カーニックに付き添われてエレベーターに乗った。同じBGMが淡々と流れていた。四十五階に上ると、電流が駆け抜けるような高揚感を覚えた。カ

ーニック刑事が先に立って廊下を歩き、前回と同じペントハウスに着いた。カーニック
はドアを開けて俺を通し、自分は廊下に残ってドアを閉めた。
淡い冬の日射《ひざ》しが室内をセピア色に染めていた。今回はデヴィッド・ロシターはリビ
ングルームに座っていた。座っていてもやはり押し出しがいい。カーニックがドアを閉
ざすのを待って、口を開いた。
「ウェイツ」ロシターは立ち上がって俺の手を握った。
「ミスター・ロシター」
「かけてくれたまえ」
それぞれ椅子《いす》に座った。
「大した報告はないんですが」
「それは聞いてから判断するよ。きみがかまわなければ」
「金曜の夜、ここで話をしたあと、ロックスのバーに行きました。ここ一月《ひとつき》くらい、監
視を続けている男がそのバーにいます。フランチャイズと関わりがありそうな人物で
す」
「バーの名前は？」
「それは勘弁してください」
ロシターが眉《まゆ》を吊《つ》り上げた。

「あなたの依頼は私的な種類のものと理解していますが、これは進行中の捜査に関わる事項です。何もかも話すわけには……」

ロシターは渋面を作った。「いいだろう、先を続けてくれ」

「毎週金曜は要注意の日です。カーヴァーの集金日でもあるからです」

「金はどうやって集めるのかね」

「カーヴァーは若い女性の集金係を何人か抱えていて、夜遊びに繰り出した風を装って各店を回らせます。集金係は店のスタッフとおしゃべりをしたりふざけ合ったりしてから、金を受け取ってタクシーでカーヴァーのところに戻ります」

「タクシーを使って安全なのか」

「ええ、そのタクシー会社もカーヴァーの所有ですから。金曜にここで話をしたあと、集金係の一人と接触して、カーヴァーのパーティの招待状を手に入れました。金曜の夜にはたいがい奴の屋敷でパーティが開かれます。ドラッグ、ＤＪ、ダンス、そのほかいろいろ」

「ドラッグ？」

「主にエクスタシー」

「で、イザベルは」

「元気な様子でした」

「元気？」

「ええ、いかにもパーティを楽しんでいる若い女性といった様子でした」

それは完全な真実とは言えないが、俺の見るかぎり、イザベルには行動を監視すべきところなど何一つ見受けられなかった。急いで父親に知らせなくてはならないこともない。ロシターは俺の返答をしばし反芻した。

「きみの予想は」

「俺は当てずっぽうの予想はしません。見たままのことしかわかりません」

「そのとおりだと思いたいね」ロシターは俺の目をひたと見据えた。「いまのやり方では不充分だ、ウェイツ。イザベルに何が適切か、私に何が必要か、きみにわかるはずがない。何もかも話してくれ。判断は私がする。自分のしていることを心得ているつもりでいるだろうが、きみはまだ若い。すべてのディテールに神経が行き届くわけではないだろうし、気づいたところでその重要性をかならず理解できるとはかぎらない」

「お言葉ですが、ミスター・ロシター――」

「言葉は充分だ。私が求めているのは事実だよ」

しばらく沈黙が続いた。

「結婚指輪をはずすのはなぜですか、ミスター・ロシター」

ロシターの視線が揺らいだ。

「失礼、いま何と言ったかな」

「結婚指輪です。はずすのはなぜですか」

ロシターは指先をこめかみに当てた。「いったい何の話――」

「初めて握手をしたとき、指輪は冷え切っていました。あなたの肌は温かかったのに、指輪は冷たかった。今日も同じでした。指輪をはずす必要が生じたら、パンツのポケットにでも入れておくといいでしょう。体温とほぼ同じ温度に保てる場所にしまっておくのがいい。寒い季節ですから、体から離れたコートのポケットに入れて外出したりすると、手よりも冷たくなってしまう。いらぬ質問を招く結果になるだけです」

「いったい何の話をしている？」

「俺が気づいたディテールの話です」

ふたたび沈黙が続いた。ロシターの目は俺の背後のどこかを見つめていた。誰か部屋にいるのか、俺の背後に立っているのかと思った。だが、俺は前を向いたままでいた。ロシターの視線がようやく動き、俺の目を見つめた。彼は冷ややかな笑みを浮かべた。

「話は以上だ」

11

今回の任務のうち少しでもおもしろそうな仕事は、規則的な間隔を空けて週全体にばらした。金曜日が近づくにつれて時間の進みは鈍くなり、次のパーティの日が早く来ないかとじりじりした。ロックスのバー、ルービックだけが同じ興奮をかき立てた。

俺はルービックの従業員を観察した。彼らの動きを注視した。

ルービックはゼイン・カーヴァーのドラッグ販売網の中核拠点だ。そしてバーテンダーはその要《かなめ》の存在だった。ある日、俺はペーパーバックを携えて店に行き、それを傍らに置いてビールを二杯飲み、バーテンダーの動きを注意深く目で追った。そいつは何をするにも――カクテルを作るときも、チップを受け取ったときも――不満げだった。だが、それだけではなかった。

俺はやはりこの男をどこかで見たことがある。

単なる思い過ごしではなさそうだと考え、セント・ピーターズ・スクウェアに向かった。広場に面して建つ中央図書館は、四年がかりの改装を終えて再オープンしたばかりだった。古典ローマ様式を模した巨大な円形の建物で、灰色のオフィスビル街にあってひときわ目立つ。改装後に訪れるのは初めてだったので、新聞の保管室がどこか職員に尋ねなくてはならなかった。

『イヴニング・ニュース』を延々とめくり続けてようやく目当てのものが見つかった。あのバーテンダーの写真だ。無精髭《ぶしょうひげ》はなかった。裁判所前の階段でカメラに笑顔を向けている。安っぽいスリーピーススーツに汗染《あせじ》みができていた。ダーツの地方大会の優勝者とでもいった風情《ふぜい》だ。

スミスソンに無罪判決

ルービックのバーテンダー、グレン・スミスソンは、デートレイプの容疑で逮捕、起訴された。被害者は、生まれて初めて故郷のアイルランドを出てマンチェスターの大学に通い始めたばかりの十八歳のエレノア・キャロルという女子学生だった。スミスソンには窃盗、家庭内暴力、〝デートレイプ薬〟ロヒプノールの密売容疑での逮捕歴があったものの、強姦《ごうかん》容疑の裁判で検察側は大敗を喫した。裁判官は〝証拠を汚染し、改竄《かいざん》し、紛失した〟として捜査陣を非難した。記事に書かれてはいないが、行間を読むなら、被害者の女性も脅されたようだ。告訴を取り下げ、大学にも退学届を出して故郷に帰っている。

それがフランチャイズの力だ。

俺はそいつの写真を長いこと見つめた。

これまでに接触した人々はそれぞれ強烈な個性の持ち主だった。裏社会で仕事をしているのもなるほどと思える。しかし、あのバーテンダーは仕事を心の底から嫌っている。俺はそこに興味をそそられた。

12

十一月。フェアヴュー。金曜の夜。今週もまた、音楽の荒ぶる鼓動が壁を震わせていた。パーティに加わりたいが決心のつかない連中が家の前にたむろしている光景も同じだった。一度経験したあとでは、またあの場に戻りたくてたまらなかった。出かける前にスピードを一錠口に放りこみ、着いたところでもう一錠やった。今回はノックしなかった。ノックする間もなくドアが先に開いた。細かくカールした赤毛、今夜もまた黒いドレスをまとった真っ白な肌。サラ・ジェーンが俺を見てうなずいた。その目はこう言っていた。〝あなたのことなら覚えてる〟。だが、それだけだった。

サラ・ジェーンの美しさは残酷な種類のものだった。死の間際《まぎわ》に眼裏《まなうら》に浮かび上がってくる類《たぐい》の美しさ。その美の持ち主と出会った日、勇気はどこに隠れていたのだろう、勇気はなぜ、間違ったとき、間違った相手を前にしたときばかり湧《わ》いてくるのだろうと、死を前にしてついに後悔させるような。

俺はなかに入り、サラ・ジェーンはドアを閉める。パーティは前回以上の盛況ぶりだった。沸き立つようなエネルギーが屋敷を隅々まで満たし、壁という壁から汗が噴き出していた。サラ・ジェーンに礼を言おうと向きを変えたとき、熱狂の原因がすぐそこに立っているのが見えた。

ゼイン・カーヴァー。

サラ・ジェーンと並んで立ったカーヴァーは、カリスマ性と、手の切れそうな冷たい非情さを発散していた。三十六歳くらいと、いまここにいるなかで最年長で、いかなる汚点もなかったことにできる金とドラッグを握っている。ブランドもので固めたカジュアルな装《よそお》いは、ストリート育ちの起業家といった雰囲気だった。カーヴァーは異人種の父母のあいだの子だ。笑顔は輝くように明るい。飛び抜けて背が高く、この屋敷の所有者だというのに、腰をかがめなくては廊下ひとつ歩けない。おかげで、カーヴァーが天井を支えているようにも見えた。本人もそれを気に入っているのだろう。フェアヴューは死んだ両親の遺産で、それ以外にもちょっとした不動産ポートフォリオと毎年の不労所得も相続しているはずだ。麻薬密売のような暴力の世界で生きる必要などないはずだが、それこそ世襲財産のある人物を特徴づける姿勢ではないか。旧家出身の人間ほど、新しい種類の金を手に入れようと躍起になるものだ。

サラ・ジェーンが俺に向き直って何か言おうとした。

カーヴァーがそれをさえぎった。

「だが、俺の言うとおりだろう」イギリス南部のアクセント。ただし、それを実際に使うのはなぜか、イギリス南部以外の地方の住人に限られる。

サラ・ジェーンはカーヴァーに向かって早口に何かささやいた。カーヴァーは携帯電話のメッセージをスクロールしながらそれを聞き流した。俺が来たために雰囲気が変わったように思えた。帰ろうかと一瞬考えた。が、俺は二人のほうに軽くうなずき、背後を意識しながらその場を離れた。

しばらく廊下で酒を飲んでいると、またサラ・ジェーンの姿が見えた。セルフタンニング剤で作った、肝臓が悪くて黄疸《おうだん》が出たみたいな日焼け肌をしたほかの女たちと並ぶと、サラ・ジェーンの肌は青ざめて見えるほど白くてなめらかだった。まるで浮遊するように抵抗なく、人間の壁をすり抜けていく。

俺は音楽に負けない大きな声で呼びかけたが、サラ・ジェーンは振り返らなかった。そこであとを追いかけようとしたが、後ろから押され、人の谷間に転落しかけた。すぐに体勢を立て直して顔を上げたとき、パーティの主催者、ゼイン・カーヴァーが人を強引にかき分けてサラ・ジェーンを追いかけていこうとしていた。

カーヴァーの肩をつかもうとすると、誰かに後ろから引き戻された。小さな山のような男だった。俺がぶつかってそいつの酒をこぼしたらしく、全身から怒りをみなぎらせていた。こいつなら知っている。カーヴァーのボディガード、ダニー・グライプだ。

仲間内では〝グリップ〟で通っている。

グリップが俺を小突く。「おまえ、何のつもりだよ、あ？」

こうして目の前にしてみるとどことなく異様だった。目玉は転げ落ちそうなくらい飛び出ている。左腕は右腕より細く短い。髪はまだらに禿《は》げていた。グリップは万有引力の威力に感嘆しているような目で、床に落ちたグラスと俺を交互に見ていた。

「何のつもりだって訊いてんだよ」

俺は答えなかった。答えが浮かばない。グリップがまた俺を小突く。俺は奴《やつ》を笑った。怒りで奴の口が丸くすぼまった。こんな窮屈な空間で殴り合いの喧嘩《けんか》をするのは物理的に不可能だが、それでも奴はいいほうの手でパンチの構えをした。周囲がその腕をつかんで止めた。

いますぐこの家を出ていくか、サラ・ジェーンとカーヴァーを追って奥へ向かうか。気が進まないまま、俺は人をかき分けて二人が消えたほうへ向かった。根拠があっての噂《うわさ》かどうかわからないにせよ、カーヴァーの周辺では女がたびたび姿を消す。

キッチンに入ると、庭に面したガラス戸の前に十人ほど集まっていた。ここでは音楽はかなり遠ざかり、彼らが一様に声をひそめて話している内容も聞き取れた。サラ・ジェーンとカーヴァーはガラス戸から外へ出たようだ。俺はガラス戸に近づいた。二人のシルエットが見えた。庭の小道の最奥《さいおう》に立っている。激しい口論のさなかのようだった。二人の白い息は見えるが声は聞こえない。長身のカーヴァーがはるか高みからサラ・ジェーンを見下ろしていた。俺は最悪の事態を予期し、集まっていた連中に肩越しに怒鳴った。

「おい、おまえら全員、廊下に出ていろ。ゼインにプライバシーをやってくれ」

ゼインの名が出たとたん、野次馬のほとんどは逃げるように廊下に出た。大柄で頭の弱そうな一人が、俺の背後から庭をのぞこうとした。

「あそこで何やってるんだろうな」そいつがうわずった声で言った。

「プロポーズだ」俺は言った。「ほかにありえないだろ」

そいつは気分を害したように鼻の穴から息を吐き出した。

室内が明るいせいで、カーヴァーとサラ・ジェーンの姿はガラスに映った俺自身の顔に重なっていた。双頭の怪物のようだ。まもなく頭同士が争いを始めて距離が開いた。俺はガラスに顔を寄せて引き戸を開けようとしたが、ちょうどそのとき、人影の片方がもう一方を殴りつけた。

影は二つに分かれ、薄暗がりで動きを止めた。十一月の夜をほのかに照らすガーデンランプの明かりに激高した二人の息が白く浮かび上がり、橋のように二人を結んでいた。ものの数秒で二人とも落ち着きを取り戻し、息は白さを失い、やがて二人をつなぐものはなくなった。

俺はガラスに映った自分の顔に目の焦点を合わせ直した。そこに懸念《けねん》や衝撃はなかった。俺の顔は、ただ好奇心だけを浮かべていた。

振り向くと、驚いたことにイザベル・ロシターがいて、部屋の隅から俺を見つめていた。ワインボトルが並んだ壁にもたれている。あの二人を見つめる俺の魅入られたような表情をガラス越しに観察していたのだろう。頭上のライトが彼女の髪をネオンのように輝かせていた。

「やあ、また会ったね」

「あ、先週の」

イザベルは、たったいま俺に気づいたふりをした。漂うような足取りでこちらに来る。視線もどこかを漂っていた。カーヴァーとサラ・ジェーンのほうに軽くうなずく。

「あの二人、すごくいい感じのときもあるんだけど」

「いいって、どんな風に」

イザベルは肩をすくめた。「彼女と話してて彼が笑うのを見たことがある」

「つまり、彼はめったに笑わないということか」

「あなたは彼を笑わせたことがある？」

「いまはきみだけで手一杯だよ」

「なら、笑わせてよ」イザベルは言った。「いまは何してるつもり？」

「それはきみしだいかな」

「わたし？」

「きみの誕生日しだいだ」

イザベルは眉を片方だけ吊り上げた。父親とまったく同じ表情。

「占星術に凝っててね」

「わたしたち、きっと相性抜群だろうな……」

「そうかな。きみに名前はあるの」

「古臭いこと訊かないで。つまんない」イザベルは唇の端を持ち上げた。「いまどき、電話番号で充分じゃない？」なかばジョークで言っている。

俺はこの子がますます気に入った。俺がキッチンを出ようとすると、イザベルが俺の手を取って引き止め、魔性の女の役柄をふいに放り出して言った。

「イザベル。わたしの名前はイザベル」

「三音節の名前か。困ったな、覚えられそうにないぞ」

イザベルがようやく本物の笑みを浮かべた。「友達はみんなイジーって呼ぶの」

「友達？」俺は庭に目をやった。

カーヴァーとサラ・ジェーンがなかに戻ってこようとしていた。二人とも無表情だ。ガラス戸に映った俺は、さっきと同じようにこちらを見つめていたが、その顔にはもう関心のかけらもなくなっていた。ただ冷たい表情をしていた。

「あの二人はきみの友達ということか」

　イザベルが俺の手を引く。「サラ・ジェーンとどういう知り合い？」

「言ったろう、彼女のことは知らない」

「わたしも言ったよね、サラ・ジェーンは知らない人を絶対に入れないの」イザベルはそう言ってワインのボトルを俺に渡した。「これ、お返し。先週の分」

　俺は弱々しい笑みを残してキッチンを出て、まだおねしょを卒業できていなさそうな二十歳《はたち》そこそこの小僧どもの海にふたたび飛びこんだ。

　──サラ・ジェーンは知らない人を絶対に入れないの。

　警告のつもりだろうか。人の波はゆっくりと揺れていた。玄関まであと少しというところで、熱を持った大きな手に肩をつかまれた。振り返ると、鼻から血を滴《したた》らせたゼイン・カーヴァーが俺をまっすぐ見つめていた。キッチンのほうに首をかしげ、それから俺の耳もとで言った。

「話をしようか、ブラザー」

13

カーヴァーが通ると、パーティに集まった連中は即座に道を譲った。体格ゆえというより評判ゆえだ。誰もが顔から笑みを消して俺を見た。不安げな奴もいた。カーヴァーがサラ・ジェーンに殴られて鼻血を出していることに気づいたのだろう。隣の部屋から音楽が大音量で聞こえていたが、俺にはそれを意識する余裕はなかった。前を歩くカーヴァーはキッチンに入った。俺は一つ深呼吸して、それに続いた。

イザベルはもういなかった。キッチンにいるのは三人だけだ。ゼイン・カーヴァー、俺、それについさっき口論したばかりのグリップ。死人が歩いているような奴だった。直接光が灯《とも》って明るいキッチンで改めて見ると、左腕はたしかに右腕より細くて短かった。それだけではない。左半身全体が歪《ゆが》んで衰えていたし、充血した目はやけに大きく見えた。

「ああ、そいつだ」グリップが言った。

「ドアを閉めろ」誰にともなくカーヴァーが言った。

俺が閉めた。ドアハンドルに触れた掌《てのひら》が汗で滑った。俺は唯一《ゆいいつ》の出口を自分でふさごうとしている。頭のどこかから生存本能が〝よせ〟と叫んでいた。ドアが閉まると、音楽はほとんど聞こえなくなった。

「こいつだよ」グリップがしつこく繰り返した。「さっき俺に殴りかかってきやがった」

カーヴァーは笑みを浮かべただけで黙っている。立っている位置の関係で、カーヴァーの影が二つくっきりと延びていた。キッチンにはライトがいくつかあり、それぞれ別の方角に向いていた。

「グリップに殴りかかったのか」しばらくしてカーヴァーが口を開いた。

「いや」

グリップはシンクに唾《つば》を吐いた。俺のせいでいやな味がしたとでもいうように。左手の動きは不自然で、体が動いたことに気づいてからあわててそれを追いかけているようだった。

「とすると、こいつが嘘《うそ》をついているわけか」カーヴァーが言った。

「勘違いだろう。何かと勘違いの多い奴みたいだから」

グリップは俺のほうに一歩踏み出したが、そこで思いとどまった。代わりにワインボトルの首をつかんで壁に叩《たた》きつけ、割れ口を俺に突きつけるようにした。

「わかったような口きいてんじゃねえよ」

床の上にガラスと赤ワインの水たまりができていた。

カーヴァーがグリップを見た。「わざとじゃなかったんだろう。この男は――」

「エイダンだ」俺は口をはさんだ。

カーヴァーは一瞬の間を置いてから続けた。「エイダンは、状況を判断してキッチンから人を追い払うような冷静な男だ。俺がそこでサラ・ジェーンと……」薄い笑みを浮かべて言葉を探す。「……話をしているのに気づいて」

グリップは黙りこんだ。顔が赤かった。知るかぎりの語を頭のなかでスクロールして、適切な一つを探しているような表情をしている。割れたボトルの首をまだつかんだままだった。

「サラ・ジェーンはいまどこに？」俺は言った。

カーヴァーがグリップにうなずいた。グリップは俺に肩をぶつけながら出ていった。ドアが開いた隙《すき》に、音楽が、世界が、キッチンに流れこんできて轟《とどろ》いた。〝社会の底辺からのし上がる〟と歌うラッパーのわめき声がどんより沈んだビートに乗って聞こえた。

次の瞬間、ドアが閉まった。

カーヴァーは携帯電話を取り出し、カウンターにもたれると、メッセージをスクロールし始めた。ときおり手を止めてすばやく返信をタップし、またスクロールを再開する。そのまま二分ほどが過ぎた。やがてカーヴァーは画面に目を落としたまま言った。

「なぜサラ・ジェーンのことを訊く？」

俺は答えようと口を開きかけたが、カーヴァーがさえぎった。

「ルービックに入り浸っているのはなぜだ。以前にもこの家に来たことがあるとキャサリンに言ったのはなぜだ」

「前にも来たことがあるからだ」

「嘘をつくな」カーヴァーはにやりとした。「先週の金曜にキャサリンと話したときはまだ、一度も来たことがなかった……」

　俺は黙っていた。

「存在は知れてるんだよ、エイド」カーヴァーはまだメッセージをスクロールしている。

「気づいたのはキャサリンだけじゃないし、俺たちが把握してるのはルービックに来てることだけじゃない。ヘックスの従業員も、二週間で七回、おまえを見た。ベースメントも似たようなものだ。ウィッスルストップの監視カメラにも映ってた」

　カーヴァーはフランチャイズの販売拠点になっている小さなバーの名前を列挙した。ロックス周辺や街の中心部だけでなく、ノーザンクォーター地区でも俺の姿は確認されている。カーヴァーは俺を一瞥《いちべつ》してからまた携帯電話に目を落とした。

「謎《なぞ》の白人男。おまえは俺の上顧客になろうとしているようだ」

「それが近道と思えた」

「そのふりをしていればいつか実現する、か。悪いが、ここじゃ通用しないぜ、ブラザー。キャサリンに俺が指示したんだ。もぐりこみたがっているようなら、こっちから招待してやれって」

「どうして」

「何度も来るから。あきらめが悪いから」カーヴァーは肩をすくめた。「何かよほど俺に伝えたいことがあるんだろうと思った。ただし手短に頼むよ。百通のメッセージが俺の注意を求めて争っている」

「いや、俺は別に――」

「俺の基準でいうと、おまわりは最低中の最低ランクに位置している。ウェイツ刑事……だろう?」

カーヴァーは目を上げ、俺の肩越しに背後のどこかを見た。振り向くと、庭に面したガラス戸のすぐ向こうでグリップが煙草《たばこ》を吸っていた。割れたワインボトルをまだぶら下げている。俺を見てウィンクをした。骨折ってそうしたように見えた。俺の背中を冷や汗が伝って腰のくぼみにたまった。動物の生存本能は、今度は〝逃げろ〟とわめいていた。カーヴァーは笑い、携帯電話にまた目を落とした。

「そう心配そうな顔をするなよ、ブラザー。俺も新聞くらいは読む。知らない人間はこの家に入れない」

「俺を知らないだろうに」

「証拠のドラッグをくすねた。賄賂《わいろ》も受け取っていたかもしれない。最低限のことは知ってるさ。俺好みの刑事のようだ。一つ残念な点がある。おまえは首になった。〝調査終了まで停職処分〟」

カーヴァーは俺について書かれた新聞記事を画面に表示し、そこから読み上げていた。ページをスクロールして顔をしかめる。

「写真うつりはいまひとつだな、エイド」そう言って目を細めた。「痣《あざ》がないだけましか」

「まだ首になったわけじゃない」

「首になったも同然だろう。それに、いまのところ俺は友人に不自由していない。友人のなかには、いまも現役の身分に無事しがみついている奴もいる。というわけで、ほかに話がないなら――」

「あんたを狙ってる極秘捜査班《ゴースト・スクワッド》にも友人はいるか」

カーヴァーは顔を上げ、このキッチンで話を始めて以来、一番長く電話から目を離した。

俺は続けた。「そもそもゴースト・スクワッドの存在を知っている友人が一人でもいるのか」

「話を聞こう」

「ゴースト・スクワッドは、汚職刑事をいぶり出すことを目的として設置された、表向きは存在しない捜査班だ」

「表向き存在しない？　どういう意味だ」

「特別の権限を与えられて、特定の警察官を調べている。証拠を無効にしたり、捜査情報を犯罪者にリークしたりしている刑事を」

カーヴァーは無言だった。

「あんたの友人のなかに、当てはまる奴がいそうだろう」

「俺の友人たちがそのことを知らないのはなぜだ？」

「極秘だからさ。その班に属しているのは定年間際の年寄り連中だけだ」

カーヴァーは薄ら笑いを浮かべた。「悪徳刑事を追っている年寄り連中がなぜ俺に関心を持つ？」

「あんたは運がいいからだよ、ゼイン。あんたはいつだってついてるよな。この十年、毎日があんたのラッキーデーだった」

カーヴァーはガラス越しにグリップにうなずいた。グリップは向きを変え、小道をたどって庭の奥へ消えた。カーヴァーは酒を一口飲み、カウンターから体を起こすと、ドアに向かった。

カーヴァーは一種異様な雰囲気をまとっていた。体がでかいというだけではない。舞台に立った俳優のように、つねに周囲を意識し、舞台装置が醸《かも》す効果を計算して動いている。低い天井、ライトの配置、電話。カーヴァーがいるだけで、その空間にあるものすべてが小道具と化し、カーヴァーは自分の存在感を大きくするため、あるいは消すために、それらを自在に利用する。話す相手によって、アクセントさえ微妙に変えた。それだけではない。相手の一部を吸収し、それを歪めた上で、ふたたび相手に投影する。サラ・ジェーンの突き放した無関心、グリップの抑制された攻撃性。俺と話すときのカーヴァーは、不透明で本心を読みにくい人物になった。遊園地のびっくりハウスのいびつな鏡に映った自分と話しているようだった。

「そうだな、単に運に恵まれているだけなんだろうな。本当のところは俺にもわからない」

「連中もおそらく同じことを考えている。運がついに尽きたとき、ゼイン・カーヴァーはどこまで本当のことを話すかと……」

「その捜査班のことをなぜ俺に話す？」

いつしか二人とも声をひそめていた。

「捜査情報を手土産にして次の就職先を探そうとか、そういう話じゃない。だが、あんたもさっき言ったとおり」俺はカーヴァーの電話にうなずいた。「写りの悪い写真が載った記事が出た。俺は首だってことを大々的に宣伝されたようなものだろう。それで考えた。自分には何か金に換えられるものがあったかなと。こいつはでかい話だし、影響が及ぶ連中はそろって金を持ってる。迷わずそこに行くのは当然だろう」

「そのゴースト・スクワッドとやらが極秘なのに、おまえが知っているのはなぜだ」

「俺がこんなことになってるのはそのせいだ」

「おまえも一員だったということか」

これに俺は答えなかった。カーヴァーはもう一度考えを巡らせた。

「違うな」カーヴァーはそう言って笑い出した。「尻尾《しっぽ》をつかまれたか」

「まあ、そんなところだ。俺を逮捕しようと思えばできたのに、連中はしなかった。俺が証拠保管室からくすねたとされているブツは、従来の基準でいえば出所不明のはずだった。現に出所不明だった。ところがある日、俺の身分証じゃ保管室に入れなくなった」

「誰かが感づいたわけか」

「そうじゃない。誰かが罠《わな》を仕掛けたんだ。俺は取調室に放りこまれて尋問を受けた。担当したのはよそ者で、用意された台本を棒読みしているだけだった。それが目覚ましのベルの一つ目だ。連中は、署内の責任者が誰なのか隠そうとしている。

取り調べで主に訊《き》かれたのは金のトラブル、部外者との関わり、脅迫の有無だった。それが二つ目のベルになった。連中はあらかじめ人物像を描いていた。

本当なら、ただ俺を首にすれば片づく種類の不正行為じゃない。重い懲役刑に相当す恐れている。しかし、どうやら俺は自分たちが罠にかけようとした相手じゃなさそうだと連中は気づいた。俺は一言の説明もなく本部から異動になった。三つ目のベルだ。連中は噂を恐れている。

それまでもずっと疑問に思ってはいた。俺の尻尾をつかみ、権限を取り上げ、揉《も》み消したのは誰か。それに加えて、連中がわざわざ罠を仕掛けたのはなぜかと考え始めた」

カーヴァーは携帯電話をポケットにしまい、俺の話に全神経を向けていた。

「俺が間抜けにも罠にかかっちまったのは確かだ。連中が俺なんかよりよほど大きな何か、誰かに狙《ねら》いを定めてるってことも確かだ。もっとでかい不正を暴《あば》こうとしてる。しかし、本部内から逮捕者が出れば、本来のターゲットは警戒して地下に潜るかもしれない。そこで俺は作戦から遠く離れた部署に異動させられ、数週間後、取るに足らない容疑で告発された。あんたも新聞で読んだ容疑で」

「それでゴースト・スクワッドの存在を思いついたというわけか」

「思いついたんじゃない。見つけたんだよ。連中が上層部の指示で動いてることはわかってた。捜査班がセントラル・パークの本部に置かれてることもな。そこで、何日かかけて本部に出入りする人間をチェックした。それでリストからかなりの名前が消えた。要注意の印をつけた名前もあった。そうこうするうち、デレク・ライトを見かけた」

「俺も知っているはずの名前か、それは」

「警部だ。この三月に定年退職したはずなのに、十月になってもまだ出勤してきていた。次にレッドグレーヴを見かけた。やはり退職したはずの古株だ。ティルマンも見た。定年退職した刑事が何人も、裏口からこそこそ出入りしている。あんたの友人たちが知らずにいるのは、だからだ」

「そのロートルどもは、人目を忍んで何をやっている？」

「古い捜査ファイルを点検してパターンを探し、適切な対応を取る。ゼイン・カーヴァーが幸運に恵まれた事件のファイルにたどりついたら、同じ刑事の名前が繰り返し出てくると判明するだろう」俺はここでわざと間を置いてから、先を続けた。「あとは、その刑事にそれなりのプレッシャーを与えるだけだ。ある親しい友人が刑務所に行くことになるぞと言うだけですむ。それを境に、あんたの友人たちは間違った情報をあんたに渡し始め、あんたはついに運に見放される」

カーヴァーは指の付け根の関節で顎《あご》をごりごりとさすった。それは俺の悪い癖だ。カーヴァーの前で同じ仕草をしただろうか。

「いまの話を信じる理由がない」カーヴァーは言った。「おまえは解雇された。おまえはもう警察の人間じゃない――」

「信じるも信じないもあんたしだいだ。だが、警察に本当に友人がいるなら、そいつらにおおよそのところを確認させるのは簡単だと思う」

カーヴァーは俺を注視した。「簡単か。どうやって」

「午後五時から六時、本部の東側の出入口を見張ってれば、ライト、レッドグレーヴ、ティルマンが帰るところを確認できる」

「毎日か」

「俺が調べたかぎりでは、火曜から金曜だ。ライトとティルマンは、たいがい八時から九時のあいだに出勤する。レッドグレーヴは、日によって違う」

カーヴァーは俺の目をまっすぐに見た。頭のなかで俺の話を検証しているのがわかる。

「おまえに何の得がある?」

「今夜、サラ・ジェーンはどこへ?」心に葛藤《かっとう》があるような口ぶりを装った。特定の個人を話題にすることに抵抗を感じているような。

カーヴァーは〝おまえにいったい何の関係がある〟と言いたげに眉根を寄せた。俺は奴の目を見つめ返した。一瞬、そのままにらみ合った。まもなくカーヴァーが笑い出した。

「まさか、セメントで固めて庭の地中に埋めたとでも疑ってるのか」

「俺だって新聞くらいは読む」

カーヴァーは笑みを凍りつかせ、俺のほうに一歩踏み出した。

「ジョアナの件を探るつもりか」

俺は答えなかった。カーヴァーが詰め寄ってくる。

「どうなんだ、え？」

本当にキレかけているわけではないだろう。そういうこともありえると俺にわからせようとしているだけだ。

「さっきも言ったが、俺は次の就職先を探しに来たわけじゃない。ビジネスマンが相手なら迷わず手を組むよ。だが、殺人者となると、そういうわけにはいかない」

「サラ・ジェーンは頭を冷やしに外に出た。そのうち帰ってくる」カーヴァーは少し間を置いて続けた。「ジョアナもいつか帰ってくるだろうと思うことがある。広告はまだ見ていないが、ありがたいよ。警察はずいぶん前にジョアナの事件を忘れたようだからな。俺は片時も忘れていないが」

「彼女に何があった？」

カーヴァーはまた眉をひそめた。携帯電話が振動を始め、あちこちのポケットを叩いて電話を探す。

「ライト、レッドグレーヴ、ティルマンだったな」

俺はうなずいた。

「また来週にでも来い。何らかの確認が取れたら、礼をするよ」

カーヴァーは電話に応答し、俺は出口に向かった。キッチンから出ようとしたところで、カーヴァーが声を張り上げた。

「さっき言ったことは本当だぜ」

その声は真剣味を帯びていたが、電話に向かって言っているのか、俺に向かってなのか、判然としなかった。

14

その晩はそれきりカーヴァーを見かけなかった。音楽がやむと、誰もがそのとき立っていた場所でいきなり死んだように見えた。床のあちこちに正体をなくして眠りこんだ奴が転がっていた。ほっとして、俺はイザベルからもらったワインをがぶ飲みした。それから、ようやく人がまばらになった階段を上った。一段上るごとに興奮が静まっていった。絶え間ない音楽のビートの代わりに、いまは生きて鼓動しているような耳鳴りが聞こえた。

踊り場で右に足を向け、甘い香りのする広々としたバスルームに入った。暗いなか、若い女がトイレに座っていた。便座は下ろしてあるが、女はきちんと服を着たまま頭を抱えている。妊娠したかと怯《おび》えているような姿勢だった。明かりをつけると、見るも無《む》惨《ざん》なイザベル・ロシターだった。意識はないが、呼吸はしていた。

抱え起こしてそっと床に座らせた。その体は軽くて何の手応《てごた》えもなかった。放置されていたグラスを二つ洗って水を汲《く》み、意識が戻ったり遠のいたりを繰り返しているイザベルの横に並んで腰を下ろし、水を飲んだ。少し前から俺の視界もぼやけ始めていたが、そうやって座っているうちにすべてのものが焦点を失い、スローモーションで揺れ動き始めた。遠近の感覚が狂い、水平がわからなくなった。

ワインか。

――これ、お返し。先週の分。

強力な催眠剤が混ぜこまれていたようだ。ロヒプノールかＧＨＢ。昏睡《こんすい》するほど大量に飲んでいないことを祈ったが、意識の輪郭がぼやけた。ふらつきながら立ち上がったとき、俺は笑っていたように思う。

イザベルはまた両手で頭を抱えていた。くしゃくしゃのパンクスタイルの髪、ストッキングも何も履いていない脚。靴も履いていなかった。カラフルなペディキュアのせいで、幼い子供のように見えた。俺はかがみこみ、イザベルをそっと揺すって起こそうとしたところで、スカーフがほどけていることに気づいた。

彼女の頭を持ち上げた。

首の傷痕《きずあと》は、想像以上に大きかった。一年以上前に癒《い》えたことを考えると、色も想像以上に濃かった。アルファベットのＺにも見える形をしている。迷いのない深い線状の傷が二本、それをつなぐ浅い傷が一本。自殺未遂をしたとき、自分でナイフを首に突き立て、ナイフを引き抜いた。そしてもう一度、さらに深く突き立てたのだ。

俺はスカーフのほつれかけた端を引き寄せてゆるく結び、傷痕を隠した。乾いた厚手のタオルを脚にかけてやり、明かりを消してバスルームを出た。

ふらふらしながら最初に見つけたドアを開け、暗さに目が慣れるのを待った。そこは大きな部屋で、キングサイズのベッドが壁際に寄せて置かれ、カーペットの上で何組かのカップルが眠っていた。カップルにつまずきながらベッドに近づくと、男が一人、いびきをかいていた。そいつを押して床に落とし、自分がベッドに横たわった。疲れ切り、体は震えていた。鼓動のベースラインが全身を揺らしている。視界に映る部屋は回転を続けていた。

時間は矢のように飛び、未来と過去を行き来した。一時間過ぎたのかもしれないし、数分のことだったのかもしれない。ドアが勢いよく開いた。床の上の奴らがごろりと向きを変えて光から逃げるのが見えた。俺は眠っているふりをした。ドアが閉まった。

ふたたび暗闇《くらやみ》が訪れた。

静かな足音が床を探りながらベッドに近づいてくる。女だ。俺の隣に横たわって体を寄せてきた。煙草と新鮮な空気のにおいがし、スカートの下の汗の湿り気が伝わってきた。

「また会ったわね」耳もとでキャサリンがささやいた。

回転を続ける部屋のなかで、その声は標識灯のように明るく輝いた。暗闇で二人の指がからみ合い、彼女は俺の手を自分のももに沿って上へと導いた。脚のあいだは熱を持っていた。下着を着けていない。「まだトラブルを探してる？」キャサリンは笑った。

甘美な音だった。彼女の浅い息遣いが俺を高ぶらせた。俺のスラックスのボタンがはずされ、彼女の手が俺のものを愛撫《あいぶ》した。現実なのに、遠い記憶のように、あるいは誰かから聞いた話を思い出そうとしているように感じられた。数分で俺は果て、彼女は俺の顔や首筋にそよ風のように軽いキスを散らした。

「ゼイン」とささやく彼女の声を聞いたような気がする。

消耗しきって仰向けになったところで、重たい息遣いが耳についた。口を開け、静かに息をしてみたが、音はやまない。部屋の奥の暗がりにひっくり返った他人の息の音だった。意識が遠ざかり、俺は夢のない深い眠りへと引きずりこまれた。

目を開け、跳ねるように起き上がると、刺すような昼の光がカーテン越しに部屋を照らしていた。部屋がぐるりと回った。経験からいうと、右回りのあいだは大丈夫だ。反対を見ると、ベッドは空っぽだった。キャサリンはいなかった。枕《まくら》に彼女の香りが残っていた。ふらつきながらベッドを下りて部屋を出た。家のどこかから人の気配はしていたが、踊り場も階段も無人だった。階段を下り、誰もいない廊下を歩き出したところで、閉ざされたドアの奥からくぐもった話し声が聞こえて足を止めた。

「シェルドン・ホワイト？」若い女のものらしき声が言った。俺の知らない名前だったが、その声が伝えてくるものはよく知っていた。

恐怖だ。

いま思えば、そのドアを開け、くぐもった声の主たちの会話に加わればよかったのだろうが、そのときの俺は、一夜かぎりの関係がのちに重要な意味を持つとは夢にも思っていなかった。そのときの俺は何も考えていなかった。玄関を開け、誰にも会わずにすんだことに安堵《あんど》しながら、十一月の空の下に出た。

まばゆい陽光に目を細めたとき、カーヴァーの屋敷の玄関前に巨大な鳥の糞《ふん》のようなものがあることに気づいた。白と黒。まだ濡《ぬ》れているそれを、俺はまたいで歩き出した。

15

「ひどい顔だな」パーズはそう言いながら椅子《いす》にかけろと身振りで示した。月曜の朝だった。スコットランド訛《なまり》はいつもどおり際立っていたが、それ以外は何もかも背景に馴《な》染《じ》んでいた。パーズは何をとっても灰色の男だ。警視に昇進した時点で、髪も服も年齢には、どちらも似合わず灰色になっていた。内面の世界に引きこもって暮らしているらしいパーズに似合っている。俺たちはオクスフォード・ロードから一本入ったところにある薄汚れた安食堂にいた。俺が堂々と本部に出入りするわけにはいかない。

俺は新聞をテーブルに置いて押しやった。

パーズが真ん中のページを開いて読み始めた。

俺の報告書をにらみつけて、数分が過ぎた。

それは重要な事実だけを列挙した報告書だ。

俺がドラッグを使ったことや一夜かぎりの関係は省いた。イザベルの転落ぶりも控えめに書いた。実際を知る人物がいたら、そう、誰かに突っこまれたら、彼女を守るためだと俺は弁解するだろう。だが正直な話、なぜ伏せておくのか自分でもよくわからなかった。パーズ警視を信用していないからか。デヴィッド・ロシター議員を信用していないからか。

前回のパーティから週末をはさんだのに、まだドラッグの影響が残っていた。電球のかすかなうなりやオーブンのファンの低い回転音が、シンセサイザーの音のように耳の奥に響く。パーズは読むのを中断し、新聞の上から俺を見た。それで気づいた。座ったときからずっと、俺は爪先《つまさき》で椅子の脚を叩いていたらしい。叩くのをやめた。パーズは人差し指をしおりのように使い、報告書のどこを読んでいたかマークしていた。一行読み返してから言った。

「カーヴァーの印象はどうだ」同じことを何度も言わせるなとでもいうような口調だった。

「押しの強い人物。警察内に友人がいるのは確かです。ゴースト・スクワッドの話をしたら、体中を耳にして聞いていました」

「何らかの反応をしそうだったか」

「ライト、レッドグレーヴ、ティルマンが本部を出入りするのを友人が何度か目撃すれば、引っかかると思います」

「フェアヴューの住人は誰と誰だ」

俺は軽く振り返って店の入口のほうをうかがった。ほかに客はいない。

「カーヴァーとグリップは間違いありません」俺は答えた。「女たち――キャサリンとサラ・ジェーン、イザベルもだと思います。ルービックのバーテンダーは違うようです」

「先週の金曜の夜は？」

「その前と似たようなものでした。あの屋敷ではさほど危険な薬物は売り買いされていません。ただし、なんとなく不吉な空気が漂っていました。緊張感というのか」

「ボスの元ガールフレンドの失踪《しっそう》事件が大々的に蒸し返されていることを考えれば、不思議ではないね」パーズは自分が出した広告のことを思い出してほくそ笑んだ。「ジョアナ・グリーンローの話題をカーヴァーにぶつけてみたか」

「急所を突いたようです。向こうも押し返してきました」

「ほう？」

「ただし、警視が期待しているような反応ではありませんでした。記事はまだ読んでいないが、警察が動いてくれるのはありがたいと言っていました。ジョアナがこれだけ長く忘れられていたのは納得がいかないと」

「おまえはどう判断する？」

「本気で言っているように見えましたが、カーヴァーのすることはいつも少し芝居がかっているので」

「何か知っているような含みはあったか」

「いいえ」警視こそ、知っていて俺に話していないことはないのか。「彼女がひょっこりフェアヴューに帰ってくるのではないかと思う日があると言っていました。ジョアナは十年前に行方不明になっただけのことだと思っているようです。情報提供を求める広告は泣きどころに触れはしたようですが……」俺は最後まで言わなかった。

「ほかにも何かあると思うんだな」

「カーヴァーがあらゆる情報に通じているのはいつものことなのかもしれませんが、俺の出入りに気づいたのは、ふだん以上に警備体制を強化していたからではないかと」

「ふむ」パーズは言った。

「シェルドン・ホワイトという名前を小耳にはさみました――」

パーズはさっと目を上げて俺を見た。「誰がその名前を出した？」

「フェアヴューにいた女たちの誰かです」

パーズは俺を見つめた。俺の報告書をはさんだまま新聞を閉じた。それから、いつも以上に低い声で言った。

「シェルドン・ホワイトは過去のクリスマスの精霊だ。バーンサイダーズ最盛期の大幹部でね。つい先日、七年の刑期を終えて出所した」

「なるほど」

パーズの目が光った。「ジョアナ・グリーンロー失踪事件で捜査対象にもなった」そう言って自嘲《じちょう》気味に鼻を鳴らした。「シェルドン・ホワイトの名前が出たとすると、動揺している証拠だろう」

「その件を俺が知らされていなかったのはどうしてです」

パーズは俺が目の前にいることを思い出したように言った。「おまえにはカーヴァーに集中してもらいたかった」

「話の半分だけ聞かせてあの家に行かせるのはやめてもらいたいですね」

パーズは俺をにらみ据えた。「おまえは私の指示どおりに動いていればいい。手を引きたいなら、連中とまとめて刑務所に放りこむまでだ」また新聞を広げ、俺の報告書から読み上げる。「イザベル・ロシター。どんな娘だ」

俺は無意識のうちにまた爪先で椅子の脚を蹴《け》っていたことに気づいて、やめた。

「悪ぶった子供です。でも、十七歳ならたいがいあんなものでしょう」

「十七歳か」パーズは掌で顔をなでながら言った。「カーヴァーの屋敷で何をしている？」

「カーヴァーは若い女を何人も身近に置いています。イザベルもそのうち集金係に加わって、バーを回るようになるのではないかと思います。いかにもそんな見た目です」

「外見は当てにならないものだ。情緒は安定しているのか」

「ええ、あの年ごろだった俺に比べれば」

「つまり、怪しいということだな」

「首の傷を見ました。何があったか知りませんが、周囲の気を引きたくてやったというレベルではなさそうです」

「ふむ」イザベルには大して関心がなさそうな声だった。「次はいつ行く予定だ」

次の情報に飢えている。いまからまたフェアヴューに行けと言い出しそうだった。

「カーヴァーから、今度の金曜のパーティに招待されました」

「いいね」パーズはにやりと笑った。「クソ金曜日の和平合意か（訳注／ベルファスト合意〈聖金曜日の和平合意〉からの連想）」

パーズが笑顔を作ると、目の周りの皺《しわ》が深くなってサメのエラ孔《あな》そっくりだ。

「買収している刑事がゴースト・スクワッドをどう見たか、そのときわかります」

パーズはうなずき、観察するような目で俺を見た。「イザベル・ロシターごときにあまり熱心になるんじゃないぞ。チェース警視正がどこにおっぱいを突っこもうと本人の勝手だが、尻《しり》の軽いわがまま娘にかまけて私の捜査が失敗するなど絶対に許さん。おまえはとにかくフランチャイズの件に専念するんだ」

――イザベル・ロシターごとき。

「了解しました」俺は言った。

「一つ確認したいことがある。正直に答えろ」

俺はパーズの視線を正面から受け止めてうなずいた。

「おまえは薬物を使っていないだろうな」

俺は椅子の脚を蹴るのをまたやめた。

「使っていません」俺は答えた。

それから、店員が注文を取りに来るのを待たずに席を立って店を出た。

16

個室のドアに鍵《かぎ》がかかったことを確かめてから、手の甲にラインを作った。水曜の夜だった。前の週と同じようにフランチャイズの拠点をひととおり回り、どこで誰を見たか記憶に刻みつけた。そのあとベースメントに来て飲んでいた。店名のとおり地下にある小さなバーで、床はべたつき、自然光はまったく入らない。

男子便所を出た。喉《のど》の奥がひりつき、何を嗅《か》いでもスピードのにおいがした。ものごとの動きがふだんより速いように思えたが、それはサラ・ジェーンの姿を見つけた衝撃の余波だったのかもしれない。鮮やかな赤い髪、襟ぐりのおそろしく深いドレス。今日は集金でバーを回っているようだ。ルービックではそれまで一度も見かけたことがなかった。このベースメントのように、中心街から少しはずれた小規模なバーの集金を担当しているのだろう。

「やあ」俺はサラ・ジェーンがバーテンダーとの話を終えるのを待って声をかけたが、彼女は俺をろくに見もせずに階段を上って行ってしまった。どのみち無視されたのだろうが、俺がカーヴァーに話した内容を奴《やつ》から聞いたのかもしれない。ゴースト・スクワッド。

ライト、レッドグレーヴ、そしてティルマンは、決まった時刻に警察本部を出入りし続けている。カーヴァーから秘密情報を受け取った汚職刑事は、彼らの出入りを待ち、目撃し、俺のここまでの話を裏づけることになるはずだ。だが、確かなことは金曜まで、次のパーティまではわからない。組織の信頼、あるいはそれに近いものが得られれば、それを足がかりにして潜入捜査の仕込みにかかれるだろう。

期待で胸が高鳴った。パーズ警視ほどフランチャイズ殲滅《せんめつ》に熱意を燃やしているわけではないが、それでもこの作戦のおもしろみが俺にもわかり始めていた。十年前のジョアナ・グリーンローの失踪。ゼイン・カーヴァーの闇の帝国。奴のバー。奴の女、セイレーンたち。それに誘い寄せられたイザベル・ロシター。そこにいま、シェルドン・ホワイトという新しい層が一つ重なった。息を吹き返した宿怨《しゅくえん》、過去からふいに吹きつけてきた嵐《あらし》。

作戦が成功していれば、その一週間後にはターゲットは留置場にぶちこまれ、俺は、たとえ名と名誉が泥まみれであろうと元の生活に戻っていただろう。ゼイン・カーヴァーは逮捕され、奴のバーは閉鎖され、奴の女は散り散りになっていただろう。イザベルにも別の未来があったかもしれない。

俺は幾度となくあの瞬間に戻る。俺がコントロールを失う直前のその瞬間を思い返す。もし作戦がうまくいっていれば、俺があれほどのトラブル、あれほどの苦しみを抱えこむことはなかっただろう。何人かの命を救うことだってできたかもしれない。

ビールで喉の痛みを癒やした。スピードは、俺を神出鬼没の存在、誰の支配も受けない気分にさせる。俺はあらゆる場所にいて、無数の構成部品を作動させる。人は遠くから見た物体にすぎない。超高層ビルの、瞬《まばた》きをしない、明るく輝く窓。

17

次の二日間は、フランチャイズを離れて過ごした。フランチャイズが恋しかった。フランチャイズを引力のように、俺をフェアヴューに引き寄せる力のように感じた。金曜日が来て、カーヴァーの屋敷に通じる道を早足でたどった。地鳴りのような重低音に誘われた目立ちたがり屋や野次馬には目もくれずにその前を通り過ぎた。行く手で何が待ち受けているか、予想もつかなかった。吉と出るか凶と出るか、まったくわからなかった。

サラ・ジェーンがドアを開け、俺の顔さえ見ずに一歩脇《わき》によけた。彼女のむき出しの肩の向こうに見える廊下は、熱気と人と生命《ライフ》にあふれていた。音楽のベースラインに合わせてストロボライトが明滅する。俺がなかに入ると、サラ・ジェーンは俺のすぐ後ろにいたカップルの鼻先でドアを閉めた。

「やあ」俺は喧噪《けんそう》に負けない声で言った。

サラ・ジェーンがさえぎるように言った。「会いたいそうよ」

彼女の背後に広がる人の海に、キャサリンの姿が見えた。栗色《くりいろ》の長い髪が、背後の壁の上を滝のように流れ落ちていた。彼女とともにした夜のことを思い出した。現実に起きたこととは思えなかった。キャサリンは廊下の左側の壁際《かべぎわ》に立ち、こちらに背を向けた男と話をしていた。ストロボライトが彼女の輪郭を閃《ひらめ》かせ、次の瞬間には暗闇がそれを隠す。キャサリンは俺に気づいて目を見開いた。

「もしもし」サラ・ジェーンが俺の目の前で指を鳴らす。

「案内してくれ」

サラ・ジェーンを追って人の海を渡るのは簡単ではなかった。狭いスペースにあまりにも大勢が密集していた。サラ・ジェーンが近づくと、王侯貴族に道を譲るように人が分かれたが、彼女が通り過ぎるなり道はふたたび閉ざされる。ストロボライトのせいで時間の進みは鈍り、歩く道のりはスナップショットの連なりになった。肩越しにキャサリンのほうを振り返った。男はまだキャサリンと話していたが、彼女は俺を目で追っていた。その目は何かを伝えようとしていた。

「なんだよ、どこ見て歩いてんだよ」グリップが俺の肩にぶつかってきた。俺はグリップを見た。グリップは俺の額を指ではじいてにやりと笑った。笑った拍子に下唇がぱくりと二つに分かれ、血の滴《しずく》が一つ、そこからあふれて顎を伝った。奴はまた俺の額をはじいた。俺はサラ・ジェーンを見失った。グリップを押しのけてキッチンへと急いだ。サラ・ジェーンは俺がちゃんとついてきているかどうかを確認しないままキッチンのドアを開けた。俺はかろうじて追いついた。俺は人いきれで汗をかいていたが、サラ・ジェーンは涼しい顔をしていた。

入口の脇にイザベル・ロシターが一人で立っていた。前回と同じほつれたスカーフ、同じパンクスタイルの出《い》で立ちで、自分の色褪《いろあ》せた傷だらけのドクターマーチンのブーツを見つめていた。俺がサラ・ジェーンを追ってきたことに気づき、大きな声で言った。

「彼女のこと、知らないって言ったじゃない」

俺はイザベルの脇を抜けてキッチンに入り、ドアを閉めた。抑えた照明は明滅せず、音楽もかすかにしか聞こえてこない。ゼイン・カーヴァーは、俺が前の週、最後に見たとおりの場所にいた。カウンターにもたれ、携帯電話のメッセージをスクロールしている。すぐそばに、高価そうな酒のボトルとグラスが二つ。メッセージの一通に目を通したところで顔を上げ、サラ・ジェーンを見た。

「しばらく二人にしてもらえるか」

また携帯電話に視線を戻す。サラ・ジェーンは〝好きにすれば〟と言いたげな笑顔を向けたあとくるりと向きを変えて出ていき、ドアを閉めた。

「な」カーヴァーが言った。「彼女は元気でぴんぴんしてるだろ」

「サラ・ジェーンは知っているのか」

「俺からは話していない。なぜ?」

「対応が冷たいような気がした」

「嫌われていない証拠だ。〝冷たい〟なら、ふだんの温度よりいくらか高いくらいだ」

カーヴァーは画面をタップしてメッセージを打っている。俺は待った。

「ヘネシーでいいか」カーヴァーはようやく目を上げ、酒のボトルを顎で指した。

「ああ、もらうよ」

カーヴァーは携帯電話をカウンターに置き、ボトルの封を切ってグラスに景気よく注ぐと、一方を俺に差し出した。グラスは特注のもので、掌《てのひら》に感じる重みが心地よかった。

カーヴァーが乾杯の仕草をした。「新しく芽生えた友情に」

二人ともにやりと笑い、グラスを軽く触れ合わせた。コニャック。ヘネシーと知っていて飲むのは初めてだった。すばらしく美味《うま》かった。いい酒を飲んだとき特有の効能を即座に感じた。消えていることにさえ気づかずにいた炎が、腹の奥でふたたびぽっと燃え上がる。

カーヴァーは俺を見て言った。「ライト、レッドグレーヴ、ティルマン。今週、三人とも警察本部を確かに出入りした」

「あんたの友人はどう判断した？」

「おまえをこの部屋に呼び戻す理由がありそうだという判断だよ、エイド。〝目立たないようにちょいと調べてみた〟そうだ」カーヴァーはそいつの口真似《くちまね》をして言った。俺には聞き覚えのない口調だった。「本部六階の管理部の女と昵懇《じっこん》の間柄でね。おまえが言った三人は、オフィスを一つ、常時立入禁止にしている。6・21A会議室。それを承認した人物の名はその女の権限では確認できなかったが、パークス・ロード慰霊碑委員会とやらの名義になっていた」

「重犯罪担当の刑事が三人、戦没者慰霊碑の名前のプロジェクト……」

「大げさだよな」カーヴァーはにやりと笑った。「せめて五人くらいは死なないと慰霊碑など建たない。俺は友人に何から何まで話したわけじゃないが、そいつは自分の目で確かめた断片から推理して、内密の捜査が行われているようだと報告してきた」

「不安視していたか」

カーヴァーは携帯電話を取った。話しているあいだもひっきりなしに振動してメッセージの着信を知らせていた。カーヴァーはスクロールを再開した。この件について俺の役割は終わったというメッセージを態度で示していた。

「報酬を約束したな。金額を言ってみろ。ちなみに、そのヘネシーも持って行っていいぞ」

「お言葉に甘えて……」俺はボトルを取り、ラベルを眺めてから、二つのグラスにたっぷり注ぎ足した。「二万？」

「吹っかけすぎだな。仕切り直せ」

俺は酒を一口飲んだ。ほどよい酔いを感じた。「七千」

「五千」カーヴァーはにやりとした。「グリップと話せ」

「あいつには嫌われてる気がする」

「あいつはこの世の全員を嫌っている。何か困るのか」

「そのせいで俺の人生が面倒くさくなるようなら困るな」

「そんなことにはならないさ」カーヴァーは画面をスクロールしながら言った。「あいつにはすべて指示してある」

カーヴァーがメッセージを入力し終えるのを俺は待った。

「で、次は？」

カーヴァーは眉間《みけん》に皺を寄せた。「おまえは知らないほうが幸せだろう」

その素っ気ない態度に、俺を食い下がらせようという意図を感じた。もっと情報を持ってくるから報酬を倍にしてくれないかと交渉するのを待っている。

ここからが本番だ。「俺の話にはまだ先があるかもしれないぜ」

「たとえばどんな」

「ゴースト・スクワッドについて気になることがある。五千以上の価値がある情報だ」

「聞こうじゃないか」

「わざわざ本部に集まるのはなぜか」

カーヴァーは黙って肩をすくめた。

「物理的な資料を参照しやすいからだ」

「いまどき資料は全部データになってるだろう」

「本部じゃないと見られないものがある。もっと言えば、その部屋じゃなければ見られないものがある。その部屋を立入禁止にするほどの何かだ。警察本部のネットワークや共有ハードディスクを使っているとは考えられない。目立ちすぎる。すぐに見つかる。誰にでもアクセスできる」

「だから?」

「たぶん、あんたや俺、あんたの友人に関して集めた情報が存在するなら、まとめてその部屋に集められているんだろう。おそらくはネットワークに接続していないハードディスクに」

カーヴァーはまた携帯電話をカウンターに置いて、俺の話に集中していた。

「そのデータを消せば、証拠は何一つ残らない」

「どうやって消す?」

「あんたに話を持ってくるまでの二週間、俺は本部を見張ってた。ライト、レッドグレーヴ、ティルマン。三人とも月曜は一度も本部に来なかった。あんたの友人は先週見張っていたんだろう。その三人は月曜にも来たか」

カーヴァーは少し考えてから答えた。「月曜日は見ていない」

「なら、月曜にその部屋に忍びこめばいい」

「それだけか」

「彼らは目立たないように自然に振る舞っている。俺たちはその部屋のことを知ってるし、いつ無人になるかも知ってるわけだ。彼らはドアに鍵をかける以上のセキュリティ対策を取れない。特別なことをすれば目立つからな。それに、まともな神経の持ち主がそんなものに興味を持つか？　パークス・ロード慰霊碑委員会だぞ。しかも部屋はよりによって六階にある」カーヴァーが話に引きこまれているという手応えを感じた。「月曜ならその部屋に忍びこめる」

「ふむ」

「今度の月曜でもいい。その次まで待ってもいい」

カーヴァーは俺の目に視線を据えた。「たしかに、五千以上の価値がありそうだな」

俺たちはもう少し話を続け、コニャックを飲み終えた。カーヴァーはどっちつかずの態度を貫いたが、上機嫌だった。俺をキッチンから追い払うときも、ヘネシーを持って行けと言って聞かなかった。パーティに戻ると、俺はなぜか人気者になっていた。グリップがにじり寄ってきた。汗みずくで、動きがぎこちなかった。ビニールのレジ袋をうなるような声とともに俺の手に押しつけた。俺がうなずくと、のろのろと人込みに消えた。袋には現金が入っていた。五十ポンド札の同じ厚みの束が五つ。俺は苦労してジャケットのポケットに押しこんだ。

イザベルを探した。彼女とサラ・ジェーンのあいだで何かあったのかと思った。俺たちが一緒にいるのを見たとき、イザベルの声はがっかりしているように聞こえた。パーズ警視がイザベルにまるで関心を持っていないことを思い出して、俺の不安は募った。〝イザベル・ロシターごとき〟。実の父親は、娘が消えていることに一月《ひとつき》も気づかずにいた。彼女が本当に消えていたりしませんようにと祈りたい気分だった。

「何かのお祝い?」キャサリンがヘネシーのボトルに顎をしゃくって言った。

「毎日がお祝いさ」

ボトルを渡すと、キャサリンは微笑《ほほえ》んだ。本物の笑みを目にするのは久しぶりだった。目まで笑っていた。この屋敷には似合わない笑み。俺たちのあいだにふさわしくない笑みだった。キャサリンはボトルから一口飲み、顔をしかめて、ボトルを返してよこした。

「私にはちょっと強すぎる《リッチ》」

俺はポケットの現金を連想した。

「貧しいのが好みなら、俺は理想の男かもしれない」

キャサリンがまた微笑む。「そう?」

「少なくとも暇つぶしの相手くらいはできる」

「私の飲み物をうっかり倒したりも」

「あれは本当に悪かった」

「気にしないで。おかげでニールから解放されたし」

「ニール？」

「ルービックのバーテンダー――私を自分の女と思いこんでるの。女と見るとシャワーカーテンになって……」

「シャワーカーテン？」

「まつわりつくってこと」

「ファッショナブルな無精髭《ぶしょうひげ》を生やしている男の話だよな」

「そうよ。徹夜で殺人事件を解決しようとしてたみたいな顔をしてる人の話」

俺は笑った。ニールか。グレン・スミスソン、デートレイプ容疑をかけられたが無罪放免になった男は、別の名前を使っているわけだ。いいことを聞いた。

「ほとんどの男は私たちには話しかけてこないけど」

「そう聞いて安心だ」

「安心？　ねえ、私のグラスを倒した本当の理由は何なの、エイダン」

「きみと知り合いたかったから」

「ゼインに近づくためじゃなく？」

「その前にきみに近づきたかった」俺はそう答えてから、自分が本気で言っているらしいことに気づいた。

キャサリンは俺の胸に手を置き、じっと目を見上げた。

「だったら、暇つぶしにつきあってくれない……」挑発するような声だった。

「暇つぶしのつもりが、気がついたら人生が終わってたなんてことになっても知らないぞ」

俺たちはまた少し酒を飲んだ。人の波に押されるまま前に進み、後ろに戻りを繰り返しているうち、いつのまにかまた二階に来ていた。唇を合わせたとき、それで何もかもが変わる予感がした。俺の人格、俺の体。俺の人生。唇を離したとき、俺はまだ俺のままだった。それでも、その俺にしばらくは我慢できそうな気がした。こうして彼女がいるから。俺の視線に気づいて、キャサリンは笑い、胸に軽くパンチした。それから俺たちはまたキスをした。

一時間ほどして、俺は屋敷を後にした。玄関ドアを閉めたとき、何か濡れたものが手に触れた。指先を確かめた。白と黒。前の週、この玄関先で見た鳥の糞と同じ。近くに鳥はいない。指を鼻先に持っていった。塗料のにおいがした。俺は小道を歩きながら、木の葉に汚れをなすりつけた。

真夜中すぎ、ノーザンクォーター地区に戻ったころ、視野に映る何もかもが心地よくぼやけていた。水を飲み、鎮痛剤も二錠のんで、眠ろうと腰を下ろした。携帯に新しいテキストメッセージが届いていた。発信者は知らない電話番号で、本文は一行だけだった。

ゼインは知っている。

18

翌朝は早く起床した。シャワーを浴びているとき、指についたまま乾いている白と黒の塗料が目にとまった。一週間前にカーヴァーの屋敷の戸口でまたいだ鳥の糞のことを連想し、そこからジョアナ・グリーンロー失踪事件を連想した。

——隠れ家の上がり口に白と黒の塗料が塗りつけられていた。

電話をつかむ。詳しい人物に相談したいが、心当たりは一人しかいなかった。一つ深呼吸をしてから、サティの番号にかけた。ブルカの女を逮捕して以来、サティとは一度も会っていない。奴のなかでは、俺はあの翌日に証拠のドラッグをくすねて停職処分になっている。いまも深夜勤務を続けているなら、ちょうどベッドで眠りこけている時間帯だろう。

サティは声というより音で電話に出た。「うぐ?」

「サティ?」

「うぐ」

「ウェイツです」

「ウェイツ?」目が覚めたらしい。「おまえが何の用だ」

「ちょっと知恵を借りたいことができて……」

「無理な相談だな。あんなことをしでかしておいて電話してくるとはいい度胸じゃねえか」

「わかってます」

「こうやって口をきいてるだけでも俺の立場がまずくなるんだ。裁判になったら、俺は検察側の証人に喚《よ》ばれる。ちなみに、喜んでおまえに不利な証言をするぞ」

「わかってます。急を要する相談じゃなければ、電話なんか――」

「貸す金ならねえよ。時間もない。だから――」

「金の無心じゃない。ギャングのサイン《タグ》の話です」電話の向こうは無言だったが、好奇心をくすぐられているのがわかった。「タグを知り尽くしてるのはあんたくらいのものだから」

「何の捜査だ」

「知り合いから頼まれた仕事ですよ。セキュリティ関係」

「礼金は出るのか」

「一時間につき百ポンド」サティが鼻を鳴らす。「二百――それ以上は出せません」

サティが唇をなめる気配。思案している。「どこで」

「タウンでは？　ザ・テンプルで落ち合いませんか」

地元の有名バンドのフロントマンが経営するザ・テンプルは、公衆便所だった地下空間を改装したバーだ。適度に陰気で価格もリーズナブル、サティのお気に入りの店だった。

「金、忘れんなよ」サティは言い、電話を切った。

19

ザ・テンプルの階段を下りた。暗さに少しずつ目が慣れた。店内は狭苦しいが、ここのジュークボックスは街で一番充実している。今日は『メイン・ストリートのならず者』がかかっていた。サティはバーカウンターのそばでパイント瓶のギネスを飲んでいた。俺に気づいてビールを飲み干し、音を立ててグラスを置いた。

「同じの、あと二つな」サティは女性バーテンダーに言った。「こいつが払う」

俺は椅子に座り、代金を支払ってビールを一口飲んだ。

「調子はどうです？」

「金」サティは全身をかきむしりながら言った。

俺は金を渡した。カーヴァーからもらった五千ポンドの一部、五十ポンド札四枚。

サティは二度数えた。「よっしゃ。で、何を知りたいって」

「ジョアナ・グリーンロー」俺は言った。

「それのどこがセキュリティ関係だよ」

「周辺調査というか。ジョアナが失踪したとき、玄関口に何か残ってたって話を思い出して」

「白と黒の塗料な」サティは鼻を鳴らした。「昔のバーンサイダーズのタグだ」

「つまり――」

「つまりもクソもねえよ。そんなもん、誰だってやれることだろうが。当時だって調べたはずだがな、塗料程度じゃ何の証拠にもならねえ」

「バーンサイダーズについて、どこまで知ってます？」

「何だって知ってるぜ」サティは肩をすくめた。「昔な、バーンサイド・エステートって工業団地があったんだよ。街の中心部から三キロくらい北、アーウェル川沿いに」ビールを一口。自分の話に乗ってきているのがわかる。「団地全体がこう、川に面してた。工場に船を直《じか》づけして荷物のやりとりができるようにな。八〇年代に生産ラインが海外に移って、団地は閉鎖された。そのあと、俺たちがいま知ってる肥だめになったわけだ」

「俺は一度も行ったことがなくて」

「見学に行く手間を省いてやるよ。無人の倉庫があるだけだ。いるのはジャンキーと商売女とホームレスだけ」

「バーンサイダーズは」

「メンバーはもうほとんど残ってないな。残党はタールで食ってる」

「タール？」

「うぐ。フェンタニルから作るドラッグな。モルヒネの百倍強い。安く作れて、安く買える」サティは口もとを歪《ゆが》めた。「骨の髄までハイを味わえるが、感染リスクも高い。手足を切断する羽目になることもある」

「白と黒の塗料は——」

「もう使ってない。当時の縄張り争いの遺物だよ。縄張りの目印に使ってた。いまじゃもう、マーキングするほどの縄張りは残ってない」

「それはどうして」

サティはじろりとこちらを見た。「いったい何の調査だよ」

「知り合いの家の玄関に、何度か白と黒の塗料が塗ってあったそうで」俺は少し間を置いて続けた。「ちょっと調べてみるからって金をもらったんですよ。あんたに迷惑をかけた分の埋め合わせになるかなと思って……」

サティは鼻を鳴らした。「玄関口に白と黒の塗料？　横断歩道のペイントじゃねえの？　いまさら〝サイダーズ〟とも思えねえ。連中は終わってる。メンバーは塀のなかで、当面出てこない」

「どうしてムショに」

「ゼイン・カーヴァーだよ。十年くらい前に連中の縄張りを荒らし始めた。血なまぐさい争いには発展しなかったが、ジャンキーでも気づくような抗争だった。奴のエイトはサイダーズのタールより純度が高い上に、値段も手ごろだった。しかも、支払いが少々遅れたくらいのことでいきなり刺されたりせずにすむ。奴は業界を、まあ言ってみりゃ、紳士化したわけだな。バーンサイダーズは一気に時代遅れになった。だからタグも廃《すた》れた」

俺はギネスを一口あおった。いま聞いた話を頭に浸透させた。タグがもう廃れているからといって、今回のことと関連がないとは言い切れない。黄金時代を思い起こさせる効果を狙《ねら》ってタグを利用している奴がいるのだとすれば、なおさらだ。とはいえ、いまさら復活した理由がギャングの抗争に関連しているとは考えにくかった。それに対応するような争いの兆候や暴力事件が一つも見当たらないからだ。それよりももっと個人的なもの、ジョアナ・グリーンローの失踪に端を発しているように思えた。

「そうだ、ちょうどいい機会だから渡しとく」サティはポケットから封筒を取り出した。「署に届いた。おまえ宛《あて》だ。悪いが、開封させてもらったよ……」

俺は封筒を受け取り、一枚だけ入っていた便箋《びんせん》を引き出した。紙は張りを失っていた。何度も開かれ、読まれ、次の誰かに回されたのだろう。署名を確かめた。驚きを腹の底に押し戻そうとした。それから手紙を封筒に戻して、ポケットに入れた。

「おかしいよな」サティが鼻を鳴らし、にやりとした。「おまえ、施設育ちって言ってなかったか」

俺は話題を変えた。「シェルドン・ホワイトって名前に心当たりは」

サティは俺をじっと見つめた。「あるさ。けど、奴ならまだ……」

「最近出所したって話です」

「ほんとかよ、それ」サティはしばし考えを巡らせた。「とすると、さっきの話は取り消しだ。奴が出所したんなら、バーンサイダーズにとっちゃ風向きががらりと変わったわけだからな」

20

家に帰った。ジャケットを掛けた。手紙はまだポケットにあったが、開かずにおいた。

スリーストライクの一つ目は、俺の生い立ちに関係していた。どこの誰なのか、どこで生まれたか。俺は年齢を重ねるのがうれしかった。一秒ごとに子供時代から遠ざかれる気がした。少なくとも自分ではそんな風に思っていた。しかしパーズ警視に首根っこを押さえられたとき、過去からは逃れられないことを痛感した。冒頭で張られ、第三幕あたりで回収される伏線。

俺たちの母親は、子供を望んでいなかった。

声を上げたら何か変わっていたかもしれない時期には誰にも話さなかったし、年月がたつうちに俺自身の記憶からも薄れた。いまとなっては幼いころのことはあまり覚えていない。子供時代の話を科学捜査並みの精度で再現できる人も世の中にはいる。珍しいエピソードなら、すらすら話せるという人は多いだろう。だが、俺にとっては生まれる前の話と思えるくらい遠い出来事でしかなく、ときにはもっと遠ざかってほしいと思うことさえある。しかし特定の事実を忘れると、自分だけでなく、他人までがっかりさせることになる。懐《なつ》かしい思い出話をされて、こっちはきれいさっぱり忘れていたときの、旧友の顔から引いていく笑み。

妹のことは、俺の記憶から消えかけていた。

顔や姿を頭に思い描くことはできるが、それがどこまで正確なものかわからない。俺のなかの妹は、ぽっちゃり太ったよちよち歩きのみすぼらしい子供だ。すり切れたワンピースを着て、膝丈《ひざたけ》のソックスの片方が足首までずり落ちている。それが妹の性格をよく表していた。怖いもの知らずのお転婆娘《てんばむすめ》。好奇心旺盛《おうせい》で向こう見ず。一方で、年齢のわりに口数が少なかった。よく一人で考えごとをしていた。異様なほどいつも額が熱かった。俺がその額に冷えた手を当てて温めているときでも、妹は俺を見上げることさえせず、そのとき分解していたもの、あるいは組み立て直していたものから目を離さずにいた。妹の巻き毛を覚えている。皺を寄せて何かに集中している小さな額も。

施設のおとなたちが急に動いたりすると、妹がかならずびくりとしたことも覚えている。俺はこれからも何気ない瞬間に妹のことを思い出して、うっかりドアにぶち当たったりするのだろう。道路の真ん中で急に立ち止まるのだろう。シャワーを浴びていて、とくに何も考えていなかったはずなのに、気づくと両手で顔を覆《おお》ってうずくまっていたりするのだろう。渡された手紙は開けられない。それが俺の最初のストライクだった。

俺の生い立ち。俺はどこの誰なのか。どこで生まれたか。

21

パーズ警視に電話をかけた。

「作戦開始です」

「月曜か」

「6・21A会議室。おそらく来週の月曜に偵察して、無人だと確認できればその次の月曜に忍びこむと思います」

「無人になるよう段取りをしておく。よくやった。ほかに何か報告はあるか？」

サラ・ジェーンの氷の軽蔑《けいべつ》を思い浮かべる。イザベルの非難。イザベルがパーティから消えたこと。グリップの血まみれの笑顔、キャサリンの作り物ではない笑顔。〝それで何もかもが変わる予感がした〟。サティとのやりとりを思い出す。塗料。金のことも考えた。五千ポンドの現金。そんな大金を持つのは初めてだった。札束は、以前の人生でのわずかな持ち物を預けた貸倉庫に持って行った。この仕事が終わるまでそこに置いておくつもりだった。知らない番号から届いたメッセージのことも思い出した。

ゼインは知っている。

「以上です」俺は答えた。

Ⅱ
サブスタンス
Substance

1

土曜日。個室は紫外線ランプで照らされている。街の中心街にあるバーのトイレで紫外線ランプが流行しているのは、薬物常用者が針を刺す静脈を探しにくくなるからだ。ルービックも例外ではない。いったん通りに出て静脈にボールペンで印をつけ、紫外線ランプに照らされたトイレに戻って針を刺す常用者もなかにはいる。白目を赤大理石みたいに充血させて個室からよろめき出てくる彼らの腕には小さなX印が並んでいて、まるで小さなキスマークが並んだ誕生祝いのカードのようだ。

ドアに鍵《かぎ》がかかっていることを確認してから、便座に足を置いて上った。用意してきたドライバーでネジを慎重に抜き取り、照明器具を天井から外した。ここまでバーテンダーのスミスソンを何週間も観察してきた。トイレの清掃係は別にいるというのに、スミスソンがトイレに入ったきりしばらく出てこない場面がたびたびあった。俺は小さな穴から手を入れて天井裏を探った。

袋。

まず一つ下ろしてみると、コカインが詰まっていた。ほかに、さまざまな錠剤が入った袋が三つと、即注射できるエイトの小袋がたくさん入ったジッパー付きの袋が一つ。

ほとんどの袋をそのまま天井裏に戻し、照明器具を元どおりに取りつけてから、床に下りた。

手の甲にコカインのラインを作った。腕全体が震えた。目を閉じ、深く息を吸い、全身を研ぎ澄ませて、自分の体が秩序を取り戻すのを待つ。次にまぶたを開いたとき最初に目に映ったのは、タンクのすぐ上にある落書きだった。

　これから始まる夜を忘れよ

丸一分ほどその落書きをぼんやり見つめたあと、細心の注意を払ってコカインを元の透明ポリ袋に戻した。

トイレの水を流し、ドアの鍵をはずして個室を出た。

バーは目を覚まそうとしているところだった。陰鬱《いんうつ》に沈んだ最後の一時間が過ぎて、にぎやかな時間が始まった。昼間の定職に就いている人々、仕事帰りに仲間と一杯飲もうという客が、見る間にテーブルを埋めていく。キャサリンの姿も見えた。バーカウンターでいつものトールグラスに注いだストレートのウォッカを注文している。栗色《くりいろ》の髪を肩にふわりと下ろしていた。意図せずとも、周囲の男どもの心拍数を上昇させている。

イザベル・ロシターもいた。

二人が一緒にいるところを見たのは初めてだった。イザベルをフランチャイズに誘ったという友人は、キャサリンのことなのだろうか。そうではないことを願った。そう考えてふと思い当たった。俺とキャサリンの利害は一致しない。俺はおそらくキャサリンを刑務所に送りこもうとしている。自分の姿が映っていることに気づいて、俺はビールグラスを押しのけた。イザベルが襟もとに手をやり、たくましい胸をしたバーテンダーとはにかみがちに言葉を交わしていた。記事の見出しが目に浮かんだ。

スミスソンに無罪判決

バーテンダーが何か言い、キャサリンがさっと顔を上げた。二人のあいだで言い争いが始まった。キャサリンはイザベルをかばうように前に立ったりもした。

最終的にイザベルがキャサリンをなだめ、バーテンダーと何らかの取り決めをしたようだ。キャサリンはそれ以上は口をはさまず、角のブース席に移動した。バーテンダーは女性の同僚に何か伝え、カウンターから出て店の外に向かった。まもなくイザベルもそれに続いた。テーブル席を埋めた男たちの視線はイザベルに釘付《くぎづ》けだった。連中の目も引きずられて一緒に店を出て行こうとしているようだった。俺はキャサリンの様子をうかがった。一緒に店を出るかと思ったが、彼女はとどまった。

俺がカウンターに行くと、女性バーテンダーは三人の注文をいっぺんにこなそうとしていた。オーストラリア人の陽気なブロンド娘だ。おそらく留学生だろう。

「ウォッカを四倍《クワドルプル》で」俺は言った。

「それ、違法だから」

「彼女には出しただろう」俺は隅のブース席にいるキャサリンを指さした。女性バーテンダーは俺の指さしたほうを見てから俺に微笑《ほほえ》んだ。

「あのひとは特別なの。あなたは特別じゃない」

「じゃあ、ジェイムソンをソーダ割りで」俺は痛烈な一言に対してチップをはずみ、酒を一口飲んでから、カウンターに背を向けた。キャサリンの視界をかすめるように歩き、彼女に背を向けて隣のテーブルについた。次にどうすべきかと考えていると、背後で椅《い》子《す》の脚が床をこする音、次に板張りの床を踏むヒールの音が聞こえた。左手がまた震え出し、直前に何かやっておけばよかったと後悔した。

「エイダン」キャサリンが言った。俺は視線を上げた。黒いスウェードのハイヒール、レザーのペンシルスカート、襟ぐりの開いたトップス。肩に流れ落ちる栗色の髪。数週間前に知り合ったばかりの女。目と目が合ったとき、奇跡だと思った。

「キャス」

彼女が微笑む。「また目に痣《あざ》を作ろうとしてるみたいね」

「たしかに、次の痣に着実に近づいている手応《てごた》えがあるな。一緒に飲まないか」

キャサリンは隣のテーブルから自分のグラスを持ってきた。

「痣を作ってくれそうなのは誰なの」キャサリンは真向かいに腰を下ろした。

「カーヴァーに殴られるかと思った瞬間があったが、不発に終わった」

「そのチャンスならまた巡ってくるわよ」

キャサリンはまだイザベルとバーテンダーの件を腹に据えかねているらしく、俺たちの会話まで素っ気ない雰囲気になった。

「ところで、彼をどう思う」

「ゼインか。彼のパーティはいいね」

「それだけ？」

「まだ短時間話しただけだから」

「でも彼はあなたと話をしたわけよね。たいがいの人は話すチャンスさえもらえないのよ。大げさでも何でもなく……」

「きみは彼をどう思う」

キャサリンは答えなかった。俺が話題を変えるのを許さなかった。

「どうしてしじゅうあの家に来るの、エイダン」

俺とはもう二度も寝たのに、俺のことを何も知らないことにいまさら気づいたのだろう。

「仕事を探してるんだよ。この前の金曜にゼインと話したのもその件だ」

「彼の〝女たち〟の一人になりたいの？」

「きみは自分のことをそう考えてるの？」

「自分のことはどうとも思ったことがない」キャサリンは少し考えてから続けた。「でも、誰のものかって訊《き》かれたら、誰の所有物でもないって答える」

「きみに金を払っていても？」

「私と寝たことがあっても」

向かって右の方のどこかで、女性バーテンダーがグラスの載ったトレーを落とした。グラスが割れる派手な音が響いて、半数くらいのテーブルの客がはやし立てた。

「ああいうのは苦手だな」俺は言った。

「グラスを落とすこと？」

「何か過《あやま》ちをして注目を浴びること」

「過ち？」

「いや、そういう意味じゃなく――」

「いいの」キャサリンは俺の手をぎゅっと握って黙らせた。「私は話を振った。あなたは話題を変えた。それだけのことだし、もうどうでもいいことよ」持ち物を集めて立ち上がった。「おやすみ、エイダン」

たいがいの女は、切り詰めた笑顔を俺に向ける。別の誰かのため、後々のために節約したような笑み。しかしキャサリンは違う。彼女はいつだって本物の笑顔を作る。俺はいつだって彼女に嘘《うそ》をつく。

俺は立ち上がったが、彼女はもう、板張りの床にヒールの音を響かせながら歩き出していた。まもなく立ち止まって振り向いた。

「あなたはもう少しいる予定？」

「そうだな、たぶん」戻ってきてまた座ってくれないかと思いながら、俺は答えた。

「私は先に行ってるって、私の連れに伝えて」

「あの金髪の子か」

キャサリンはうなずいた。「そう、あの金髪の子に。ねえ、仕事を探すなら、どこかほかに行ったほうがいいと思うの。もっとましな仕事があるはずだから」そう言って俺に背を向け、店を出た。

それは彼女が俺と会話を試みた数少ない機会の一つだった。俺は何かもっと別のことを言うべきだった。もっとましなことを言えなかったのか。

イザベル・ロシターは一時間ほどたって店に戻ってきた。スカートの裾《すそ》が一時間前より何センチかずり上がっている。しずしずと歩いて婦人用トイレに向かった。バーテンダーはその五分ほど前に戻ってきていて、店にいるほかの男たちと同じようにイザベルをさりげなく目で追っていた。トイレから出てきたイザベルは店内をぎこちなく見回してからしゃなりしゃなりと歩いてバーカウンターに行き、新しい友人が立っているのとは反対側の端に落ち着いた。

店の外で何をしていたにせよ、用事がすんだあと、バーテンダーからもう帰れと言われていたのだろう。

女性バーテンダーはイザベルの前を素通りしてほかの客の注文を取っている。未成年と知っていて避けているようだ。イザベルは限界までしぼんでしまったように見えた。数分後、恍惚《こうこつ》としたような表情でバーカウンターに沿ってゆっくりと歩き出した。鼻の下を拭《ぬぐ》い、携帯電話を取り出して、何か読んでいるようなふりをした。店内は寒いくらいなのに、イザベルはうっすらと汗をかいていた。ドラッグでハイになっているらしい。

バーテンダーは客と談笑していたが、人のあいだからイザベルが現れたことに気づくと、わざとらしく向きを変え、配水管がどうとかと大きな声で言いながら店の裏に向かった。イザベルはスーパーマーケットで迷子になった子供のようだった。

バーテンダーと話していた男がイザベルのほうに顔を向けた。酒に酔って、心臓発作でも起こしかけているように赤くむくんだ顔をしていた。カウンターに置いていた腕を下ろすふりをしてイザベルの太ももを触った。イザベルが目を上げると、男は口の横に手を当て、彼女の耳もとに顔を寄せて何かささやいた。イザベルは十七歳、男は見たところ五十代後半だ。イザベルは眉《まゆ》をひそめ、一歩後ろに下がって首を振った。そして節約バージョンの笑顔を作り、「けっこうです」と言った。

あれなら生き延びていけそうだなと俺は思った。俺だってまだ若い。あらゆる物事の半分はセックスと金でできていると思っていた。イザベルは滑るような足取りでゆっくりと出口へ歩き出した。顔を真っ赤にした男は向きを変え、彼女の後ろから手を伸ばしてスカートの裾を持ち上げた。イザベルはスカートを引き下ろして歩き続けたが、店内は歓声に包まれた。

俺はまた酒のグラスを見つめた。琥珀色《こはくいろ》の液体の内側にミニチュアの俺が浮かんでいる。立ち上がったが、わざとのろのろ動いた。俺が店から出るまでに、イザベルがいなくなってくれているといい。だが、イザベルはすぐ前の歩道に立って、白くなる自分の息をぼんやり見つめていた。

「イザベル」俺は声をかけた。

イザベルが芝居がかったきらめくような笑顔で振り向いた。俺が誰だかとっさにわからなかったのだろう、視線が泳いだが、笑顔は崩れなかった。両手が動いてバッグを押さえる。

「ゼインのところで会っただろう……」

「ああ、星占いの人」イザベルはぱっと顔を輝かせて一歩近づいた。「どうしてこんなところに」

「ちょっと飲みに来ただけさ。きみに会えて安心した」

イザベルは真顔に戻った。〝どういう意味？〟と言いたげだった。

「さっきキャサリンに会ってね。先に行っていると伝えてくれと頼まれた」

「そう」イザベルは傷ついたような顔をした。「行き先は言ってた？」

「いや。何か怒っているみたいだったな」

イザベルは頬を赤らめ、しかめ面《つら》をしてそれをごまかした。押しつけがましいようで気が引けたが、もう少し話を聞き出さなくてはならない。

「俺の連れも帰っちまったんだが、もう少し飲みたい気分だ。どうかな、俺がおごるから……」

イザベルは少し迷ったあと、俺の脇《わき》を通り過ぎて店に戻っていった。別の誰かの真似《まね》をしているように見えた。

2

ダンスフロアを離れたとき、俺たちの体は震えていたが、それでもまだ踊ろうとしていた。俺はイザベルに酒をおごり続け、イザベルは口もとを両手で覆《おお》い、身を乗り出してはまたのけぞったりして笑い続けていた。口紅と同じオレンジ色をした剝《は》がれかけのネイルエナメルが店の明かりを映す。イザベルの目はときおり俺の背後のどこかへ泳ぎ、俺と一緒にいるところを他人が見ているかどうかを確かめた。

キャサリンが座っていた隅のブース席はまだ空いていた。ラストオーダーの時間が来て、ほとんどの客は立ち上がり、踊るか、バーカウンターで列を作るかしていた。キャサリンのグラスは、彼女が帰ったときのまま残っていた。カップルが目につき始めたのはそのタイミングだった。イザベルは椅子の背に体を預け、連れ立って帰って行く男や女を目で追った。腕と腕をからめているカップルもいれば、無表情なカップルもいる。

イザベルが音楽よりも大きな声で、誰にともなく言った。「どのカップルは知り合ったばかりで、どのカップルは本物なのかな」

「べたべたしているカップルは知り合ったばかり。互いに話もしないカップルは本物」

イザベルは酒のグラスを揺らし、何気ない口ぶりで言った。「ゼインとサラみたいに?」

俺はイザベルを見つめた。座ったときからずっと体が震えているが、彼女はそれを隠そうとしていた。いったい何でハイになっているのだろう。フェアヴューで俺が経験したのと同じものだろうか。

「イジー、先週、ワインをボトルごとくれたよな。あれはどこから持ってきた?」

イザベルは記憶をたどった。「どこかな。ニールからもらったんだったかも」

バーテンダーがイザベルの酒に薬物を混入したわけか。次に何を訊かれるか察しがついたのだろう、イザベルは話をそらそうとした。禁煙とわかっているだろうに、俺の視線をとらえたまま煙草《たばこ》を取り出す。手がひどく震えていて、火をつけるのに俺の手を借りる羽目になった。煙を深々と吸いこみ、俺の顔に向けて吐き出す。

「ゼインのこと、あんまり好きじゃないでしょ」イザベルは話題を変えた。

「すごく好きというわけじゃないな」

「どうして」

「ユーザーだから」そう答えると、イザベルはいぶかしげな顔をした。「他人を利用する《ユーザー》という意味だよ。ドラッグをやるほうのユーザーじゃなくて」

「彼は他人を利用したりしないよ、あなたと違って」

俺は微笑もうとしたが、彼女の若さゆえか、それは意見というより、疑う余地のない事実のように聞こえた。たとえばX線検査の結果のように。

「あなたは自分の弱点を利用するよね」イザベルは言った。「わたしと同じ」

「きみの弱点は何かな」

イザベルは聞こえていないふりをして、音楽のリズムに合わせて首を揺らし始めた。目を射るレーザーエフェクトがどうのとか、今夜は羽目をはずそうとかいう歌だった。

「この歌、好き」イザベルが言った。

俺は黙って質問の答えを待った。

「わたし、人に好かれるタイプじゃないのよね。あなたも同じでしょ」彼女の歯はかたかた鳴っていた。煙草の煙をまた深々と吸いこむ。「でも、ある意味ではそれって得かも。いつの間にか相手の心に入りこめるから」

「俺たちは誰の心に入りこもうとしている？　ゼイン・カーヴァーか」

イザベルは自分が吐き出した煙を目で追った。「彼はそれとは違う……」

「何と違う？」

「ローン。負債。仕事」

「きみは大学に進む前の一年間をただ楽しんでいるだけということか」

「いけない？」

「得るものは何もないかもしれないぞ」

イザベルはジョニー・ロットンの間延びしたような口調を完璧《かんぺき》に再現して言った。二人とも笑った。

「未来はない《ノー・フューチャー》」

「たしかに、バックパックを背負って、自分と同じような年齢の人たちと一緒に世界の未開の地巡りでもしたほうがいいんだろうけど」

俺は自分のグラスを彼女のグラスに軽く打ちつけた。「ドラッグの密売が急に楽しそうに思えてくるな」

「わかってくれる人が見つかってうれしい。ほかの人はみんな家に帰れって言うから」

「みんなって?」

「ゼイン、キャサリン、グリップ。あそこにいる人たちみんな」

「きみの家はどこだ、イジー」

「うちの話はしたくない……」

「そもそもどうしてここにいる?」

イザベルは俺の顔を見た。

「きみはこういう世界に馴染《なじ》んでいるようには見えない」

「そうかな」

「裕福な家庭のお嬢さんに見えるよ」

「よけいなお世話」イザベルは言った。「あなたは貧乏な家の子供に見える」

「俺がここにいるのは、だからだ」

イザベルは鬱屈した感情を抑えているような表情をした。「わたしがここにいるのは、拒食症の人みたいに痩《や》せた女の子に囲まれて育ったせいかな。それと、わたしの手を握ったり、わたしに捧《ささ》げる詩を書いたりするだけで満足しちゃう男の子たち……」

「〝イザベル〟と韻を踏む言葉を探すのは一苦労だな」

「まあね」イザベルは言った。「めったにない」

「しかし、その友達だってみんないつかおとなになる。いまよりましになる」

「人はおとなになると、ましになるものなの？」

俺は黙っていた。イザベルはテーブルに落ちた煙草の灰を指ではじいた。灰は俺の腕の皮膚を焦《こ》がした。

「この前、ゼインと話してたでしょ。彼を〝ユーザー〟呼ばわりした？」

「そういう話にはならなかった」

「どんな用だったの」

「アドバイスを求められた」

「へえ」

「家を塗装し直したいとかでね。パステルグリーンは自分の夢見るような瞳《ひとみ》とマッチするだろうかと訊かれた……」

「彼は他人を利用するって言ったよね……」

「言ったよ。さて、ほかの話をしようか」

「いいじゃん」イザベルは言った。「ゼインは誰を利用してるの。教えて」

俺は黙ってイザベルを見つめた。その視線の意味にイザベルが気づくまで。

「よけいなお世話」イザベルはまた言った。今度は本気だ。煙草をテーブルでもみ消す。オレンジ色の口紅が吸い口に移っていた。「自分のことは自分で決めるから」そう言ってスカーフをきっちりと結び直す。

この前見た傷痕《きずあと》が脳裏に浮かんできて俺は目をそらし、何気なくバーカウンターのほうに視線をやると、バーテンダーがあの死んだ目でまたもや俺を凝視していた。俺は無罪判決を思い出した。消えた証拠物件。奴《やつ》がイザベルに渡した、薬物入りのワイン。今夜は俺という邪魔者がいる。

俺は奴に手を振った。

イザベルはキャサリンが置いていったウォッカのグラスを引き寄せた。一息に三分の一を飲むまで、どちらも瞬《まばた》き一つしなかった。

「よせよ」俺はテーブル越しに手を伸ばしてグラスを下ろさせようとした。千人もの人間に囲まれて、俺たち二人は耳を聾《ろう》する静寂のなか、にらみ合った。

「見てよ、わたしたち」長い沈黙のあと、イザベルが言った。「本物のカップルみたい」

閉店時間が来て照明が明るくなり、俺たち全員を無防備にさらけ出した。ひんやりとした暗がりではあれほど生き生きとして見えた男や女が、たちまちしぼんでしおれたように見えた。それまで天井を支えていた音楽が追い払われて店は活気を失い、空っぽになった。バーテンダーがテーブルのあいだを縫ってグラスを集めながら、こちらに近づいてきた。落ちくぼんだ灰皿のような目は、さっきからずっと俺を凝視していた。距離が縮まるにつれて、ぎらついた険悪な表情をしているのがわかった。

「閉店だ」飲み残しのグラスを集めたバスケットを俺たちのテーブルにどんと置いて言った。

イザベルは鼻から血が流れていることに気づき、コンパクトをのぞいていた。

「俺を待ってろよ」バーテンダーがイザベルに言った。

イザベルは頬を赤らめ、彼を見上げて小さくうなずいた。

「俺が送っていくつもりだった」俺は言った。

「なんでだ」

「よからぬことを考えている輩《やから》がいないともかぎらないから」

「こいつにまつわりつかれてるのか」バーテンダーがイザベルに訊いた。

イザベルは疲れた目で俺を見つめた。その目を見るかぎりドラッグの効果は切れかけているのに、イザベルの態度はどこか不自然だった。この男を怖がっているのだろう。

「そうなの」イザベルは小さな声で答えた。「迷惑してるの」

バーテンダーは鼻を拭い、首を回した。それからにやりと唇を歪《ゆが》めた。集めたグラスが入ったバスケットの片側を持ち上げ、勢いよくひっくり返した。何もかもが一度に俺の上に降ってきた。割れたガラス、飲み残しの酒とビール。それにどこからか流れた血が混じって、俺の脚を濡《ぬ》らした。イザベルが椅子の上で身をすくめた。ほかの客が息をのむ気配がした。周囲の会話がぴたりとやむ。男のグループが歓声を上げた。うなだれ、神妙な面持ちで出口に向かっていた連中が足を止めて振り返った。

「おっと、ごめんな」バーテンダーがにやついたまま言った。シャツのポケットからハンカチを取り出し、身を乗り出して、俺の顔についた液体を拭おうとした。肩と肩がぶつかった。奴の名札が俺の鎖骨に食いこんだ。

俺は息を整え、ふらつきながら立ち上がった。椅子が後ろに倒れた。ガラスの破片の尖《とが》った感触が頬に張りついていた。

「ニール」女性バーテンダーの声がした。奴の後ろに立ち、奴の腕を押さえて落ち着かせようとしていた。

俺は前によろめいた。バーテンダーが俺の胸を押し返す。出口に向かっていた連中が次々と足を止めて騒ぎを見守った。笑ったりはやし立てたりしている奴もいた。奴らの視線が俺の神経をなおも逆なでした。醜態を演じる酔っ払いを見ているような目だった。

「悪かった」俺はイザベルに向かって言い、自分が倒した椅子にあやうくつまずきそうになりながら、十組以上の目にさらされてトイレに向かった。

「外で待ってろ」バーテンダーがイザベルに言った。

男子トイレに入った。血を流し、腰から下がびしょ濡れで、酒の臭《にお》いをぷんぷんさせている俺を見るなり、そこで話をしていた二人組が目を見交わして出ていった。俺はイザベルのことを考えた。縮こまったようなか細い声。それから、裁判所前の階段で笑っているスミスソンを思い浮かべた。鏡の前を通ったとき、そこに映る自分の姿が視界をかすめた。赤い顔をして震えていた。

今夜のスタート地点となった個室にまっすぐ入った。便座の上に立って天井の照明器具を引き剝がす。その周囲の石膏《せっこう》ボードの三分の二が一緒に剝がれ落ち、ドラッグの入った袋が床に散らばった。袋を一つずつ破り、逆さまにして中身を便器に空けた。錠剤がいくつか浮かんでいるだけになるまで、何度も水を流した。念のためもう一度流してから個室を出た。

トイレの入口のドアが開く気配がして、きっと奴だろうと直感した。俺はゆっくりと向きを変えた。照明の光の残像が亡霊のように尾を引いた。バーテンダーは自信に満ちた足取りで近づいてきて、俺を壁に向けて突き飛ばした。皮膚の下で、俺の鎖骨が悲鳴を上げた。

奴の手が伸びてきて俺の顎《あご》をつかみ、力をこめた。

「彼女は俺のものだ」奴は俺の目をにらみつけ、脅すような調子で言った。

俺の視界がにじんだ。奴の顔が目の前にあって、ウォッカの臭いのする息が吹きかけられた。奴は俺の顔を一度、二度、平手で叩《たた》き、もう一度叩こうとまた構えた。

俺はうなずいた。奴は俺を放し、鏡をのぞいた。また平手打ちを食らわせるかのように肩をすばやく動かした。俺がびくりとすると、奴は小さく笑った。鏡に映った自分の姿に満足し、威嚇《いかく》するような歩き方でゆっくりと出口に向かった。いつでも向きを変えて飛びかかれるぞ、俺を殺せるんだぞとほのめかしている。俺は奴がドアハンドルに手をかけ、ドアを押し開けようとするまで待った。

「グレン」俺は言った。

本名で呼びかけられて、奴は振り向いた。「あ、何だって？」

ドアが閉まった。

「グレン」

「誰が俺をそう呼んだ？」奴は俺をにらみ据えた。「誰がそう呼んだ？」

「あんたの本名だろう。グレン・スミスソン」

奴はきっちり二歩で俺のところまで来ると、また壁に押しつけた。

俺の肺から空気が抜けた。

「俺の名前はニールだ」奴は名札を俺の鼻先に突きつけた。「覚えとけ」

「人違いだったか」俺は言った。「新聞で見た男かと思った――」

グレン・スミスソンのパンチが胸にめりこんで、俺は失神しかけ、壁を滑って床に座りこんだ。俺が壁にぶつかった衝撃で、ライトが点滅し始めていた。俺は床に転がり、空気を求めてあえいだ。スミスソンは鼻で荒い息をしながら俺を見下ろしていた。やがてしゃがみこむと、とっとと失《う》せろ、さもないと殺すぞとささやいた。単なる脅しではない。

「失せな」奴は俺を出口の方角に蹴《け》った。

俺は這《は》ってドアまで行き、それにすがりついて立ち上がった。振り向くと、点滅する光のせいで、奴は異次元から来た生物のように見えた。俺は足を引きずって外に出た。いまは酒だけでなく汗で全身が濡れていた。

いつになく明るく照らされたビアホールは無人だった。震える手で手近な椅子をつかみ、トイレの前まで引いて行った。ドアを開ける。スミスソンは鏡の前で髪をなでつけていた。

「何だ?」奴が言った。

「紫外線ランプが切れかけてるみたいだぜ」

奴は俺をねめつけた。だが、俺の言葉の意味がようやく脳に染みこんだのだろう、ゆっくりと振り返り、ドラッグが隠してあった個室のほうを向いた。破壊された照明器具を見上げて事態を悟り、あんぐりと口を開けた。

空っぽの袋を見つけたときの奴の顔を見てやりたかった。便器の周囲にちらかった粉、小便や糞《くそ》にまみれて浮かんでいる錠剤を見つけた瞬間の奴の表情を見たかった。ゼイン・カーヴァーが売り物を紛失した人間の腕や脚にどんなことをしてきたか、奴も知っているだろう。

俺はドアが自然に閉まるに任せ、外側のハンドルの下側に椅子を嚙《か》ませた。閉店時刻を過ぎて静まり返った無人の巨大なホールを歩いていると、スミスソンの肩がトイレのドアに何度もぶつかる音が背後で聞こえた。その音は建物全体にこだました。規則正しい大きな音。俺たちをのみこんだ巨大生物の鼓動。俺は非常扉から外に出た。十一月の外気が、俺の肌の上のビールと汗を凍りつかせた。

街灯の下にイザベルが立っていた。全身が青い光に染まっていた。近づいてきたのが俺だと気づいて二度見した。俺は笑みを浮かべた。イザベルはその意味を誤解して後ずさりし、路面の穴に足を取られた。

3

イザベルは呂律《ろれつ》が回らなくなっていた。俺は彼女の腕をつかんでタクシー乗り場に引っ張っていった。

「何があったの」

「何をしてきたの?」

彼女の靴は路面の上をただ滑っていた。タクシーのそばまで来たところで彼女は俺の腕を振り払おうとし、俺は手を放した。イザベルは地面にへたりこんだ。この子を送っていくのがあのバーテンダーでなくて本当によかったと思った。また腕をつかんで立たせた。恐ろしいほど軽かった。イザベルは後部座席の俺の隣で酔いつぶれ、運転手がバックミラー越しに片目をつぶってみせた。

「ラッキーボーイめ」運転手は言った。

バーでの様子から判断して、イザベルを家族の家に送り届けることにした。父親から何と言われていようとクソくらえだ。彼女のバッグをのぞいて父親の自宅が記された身分証の類《たぐい》を探した。タクシーはとりあえず父親の選挙区のある方角に走っていた。気づくと俺はイザベルを間近に観察していた。ときおり身じろぎしながら眠っているイザベルは、信じがたいことに、写真で見たあの少女に戻ったように見えた。

携帯電話はパスワード保護されていなかった。送信済みのメッセージをのぞく。あった——唯一《ゆいいつ》、俺の番号に宛《あ》てて送られたメッセージ。


ゼインは知っている。


イザベルから二度同じことを言われた。俺がフェアヴューに入れたのは、彼らが俺のことを知っているからだと。果たしてどこまで知っているのだろう。このテキストメッセージは冗談なのか。警告か？　それとも、カーヴァー本人による手のこんだ揺さぶりか。カーヴァーは俺の番号を調べたのか。それをイザベルに教えたのか？　それとも、イザベルの電話を借りただけなのか。イザベルが撮った写真のフォルダーをスクロールした。フランチャイズのメンバーとのナイトライフがとらえられていた。留守電サービスに新着メッセージがあるようだったが、眠っているイザベルが身動きをしたため、俺は携帯電話をバッグに返した。

その拍子にバッグから札束がちらりとのぞいて、心が沈んだ。

即座に確認するわけにはいかなかった。運転手がバックミラー越しにイザベルをじろじろ見ている。十分ほど時間が過ぎ、車が渋滞にはまると、運転手はミラーの角度をいじってイザベルのスカートのなかをのぞこうとした。また車が走り出したところで、俺は金を数えた。赤い輪ゴムでまとめられた、数百枚の十ポンド札と二十ポンド札。バーテンダーと一緒に店から消えたあのとき、イザベルは集金に回っていたのだ。

ウィンドウの外、世界に何かを約束しながら背後へ流れていくネオンサインの輝きを見つめた。次に、ガラスに映ったイザベルの寝顔を見つめた。

「そこの角を曲がってもらえるか」俺は言った。運転手がウィンカーを出して角を曲がった。「悪いが、いま来た道を戻ってくれ」

4

フェアヴューに着いたときには午前零時を回っていた。通りは閑散としていた。精算しようと身を乗り出したとき、運転手の脂染《あぶらじ》みたジーンズの股間《こかん》が盛り上がっているのが見えた。手でそこをさすりながら財布を確かめている。

「釣り銭がない」運転手は言った。

俺はうなずき、イザベルを車から降ろした。「ここで待っていてもらえるか」

運転手は眠ったまま俺の腕にもたれているイザベルを見て、ウィンクをした。「もちろん待ってるよ、兄ちゃん」

ジャケットを脱いでイザベルの肩にかけてやった。イザベルを抱えてまっすぐに立たせ、カーヴァーの家のほうに向きを変えた。夜は無限に続いている。すぐそばの街灯は電球が切れていたが、ほぼ完全な暗闇《くらやみ》に包まれていても、誰かに見られているような気がした。

屋敷に通じる道の先で、煙草の火が二つ、ぼんやりと輝きを放っていた。カーヴァーを刺激しないよう、できればイザベルを一人で屋敷に入らせたかったが、屋敷に近づくにつれて、それはあまりいい考えではなさそうだと思い始めた。煙草の一方が投げ捨てられ、靴の底でもみ消されて、それを吸っていた人物の姿は完全に見えなくなった。

背後で車のエンジンが始動した。振り返ると、タクシーがそろそろと動き出そうとしていた。通りの少し先まで進んで停まる。側灯のほのかな光が、塀にもたれた若い女の輪郭を浮かび上がらせた。女は顔を上げ、ウィンドウ越しに運転手が言った何かに笑い、立ち上がって運転手のほうに身をかがめた。いくつかの短いやりとりののち、女は助手席側に回って車に乗りこんだ。車はふたたび走り出し、角を曲がって消え、通りはまた闇に沈んだ。

クソったれめ。

屋敷に向き直ると、もう一つ残っていた煙草はすでにもみ消されて、それを吸っていた人物も見えなかった。イザベルはまだ俺にもたれかかっている。俺は屋敷の玄関へと急ぎ、ドアを乱暴に叩いた。

俺が訪れた最初の三度とは対照的に、この晩の屋敷は静まり返っていた。聞こえるのは並木の枝を揺らす音だけだった。アドレナリンが血中に放出され、俺は人間らしい感覚を取り戻した。バーテンダーに痛めつけられた鎖骨がうずき、腕に抱えたイザベルのはかなすぎる重みを感じた。ドアにもたれていると、時間が遠ざかった。錠前の音が聞こえて、はっと体を起こした。

ドアが開き、サラ・ジェーンが俺たちを見つめた。赤い巻き毛は濡れていた。肩の辺りで豪快に渦を巻き、肌をいつも以上に青白く見せていた。寝る前にシャワーを浴びていたのだろう。俺はどうやら、玄関を開けるのはキャサリンでありますようにと思っていたらしい。サラ・ジェーンは眠りこんだままのイザベルを見た。次に、世界中の悪をひとまとめにした男を見るような目で俺を見た。

「何があったの」

「運がよければ、本人は覚えていないだろうな」

「この子が運に恵まれたことなんて一度もない。とりあえずなかへ」

サラ・ジェーンが脇によけ、俺はイザベルを抱えて入り、肩を使ってドアを閉めた。屋敷全体にこだましたその音は、パーティの残響のようだった。浮かれ騒ぐ烏合《うごう》の衆がいない屋敷は実に洗練されていた。たくさんの油絵、装飾品、木に白いペイントを施した飾り椅子。

「こっちに」サラ・ジェーンが気の進まない様子で言った。一番手前のドアの鍵を開ける。整理整頓《せいとん》の行き届いた薄暗い書斎だった。パーティの夜はいつも立入禁止だった部屋だ。イザベルを革張りのソファに横たえた。彼女は身動きをしただけで目は覚まさなかった。

「水をもらえないか」俺は言った。

サラ・ジェーンはすぐには動かなかった。それでもまもなく踵《きびす》を返して書斎を出て行った。彼女の何かがふだんと違っているような気がした。水のグラスと鎮痛剤を持って戻ってきた。

「薬はやめておこう。酒のほかに何をやってるかわからないから」

サラ・ジェーンは、ビールの染みた俺の服を疑わしげな目で見た。

「俺がこの子を見つけたときはもう、この状態だった」

サラ・ジェーンのどこがいつもと違うのか、ようやくわかった。化粧をしていないせいで、無防備に見えるのだ。濃いアイラインという背景を取り払われたまつげは、長く繊細だった。それが緑色の瞳を引き立て、陰影のある頼りなげな表情に見せていた。本人もそれを自覚している。

俺はイザベルの頭を支え、水を飲ませてやった。二週間で二度目だ。次にバッグから金を出し、サラ・ジェーンにうなずいた。二人で書斎を出て静かにドアを閉めた。

「あの子、どこに行ってたの。その、あなたが見つけたときはどこに？」

「例のバーだ。ルービック。ロックスの近くの」

「バッグも持ってきてくれてよかった……」

「これだけの荷物が入っていたことを考えるとな」俺は現金を渡した。

サラ・ジェーンは俺の目を見たまま手探りで現金を確かめ、深々と息をついた。

「どうして取らなかったの」

「俺のものじゃないから」

「あの子は？」

「あの子も俺のものじゃない」

「残念なことにね」

「彼女、この屋敷で歓迎されていないのか」

「そうは言ってないわよ」

「言ったようなものだ」

「私たちはなぜかはぐれ者を引き寄せてしまうの……」

イザベルのことというより、俺のことを言っているように聞こえた。

「ともかく、俺はこれで失礼するよ」

サラ・ジェーンは札束に目を落としてから、また俺を見た。「私たち、ちゃんと自己紹介してなかったわね……」

「エイダンだ」俺は手を差し出した。

サラ・ジェーンはその手を一瞬だけ握った。冷たい手だった。ついさっきまで外で煙草を吸っていたせいか？　もしそうなら、もう一人は誰なのか。

「サラ・ジェーンよ」いやでたまらない仕事か何かのような言い方だった。

「イザベルのこと、さすがにゼインに知らせないわけにはいかないよな、サラ・ジェーン」

「イザベルがまずい立場に置かれなければいいが」

「あの子もいいかげん慣れてるわよ」

俺は黙って先を待った。

「十代の女の子が、知らない男たちと夜中までほっつき歩いてるんだもの」

「知らない男たち？」

「あなたが一人目じゃないってことよ、エイダン。それはともかく、あなたは何週間も前からここに入りこもうとしてたでしょう。あなたが無事にお金を届けてくれたとゼインに伝えてもかまわない？　印象がよくなるかもしれないわ」

「いや、俺のためなど考えてくれなくていい」

「あなたのためじゃないわよ、刑事さん」

俺はサラ・ジェーンを見つめた。

「心配しないで。知ってるのは私だけだから」

ゼインとグリップも知っている。ゼインからは、サラ・ジェーンは俺の正体を知らないと聞いていた。あれからサラ・ジェーンに話したのか、サラ・ジェーンが自分で気づいたのか。

「イザベルの携帯から俺にメッセージを送ったか？」

サラ・ジェーンは微笑んだが、それは俺を引き寄せるのではなく遠ざけようとする笑みだった。

「どこから俺の番号を手に入れた？」

「もう行って」

「そうだな」ドアの向こう側からイザベルが身動きを始めた気配が伝わってきた。「あの子は帰したほうがいいんじゃないのか。本当の家に」

「家でもトラブル続きなのよ。本人にその気がなくてもトラブルを引き寄せる女の子もいるの」

「ずいぶん理解があるんだな」

「私に理解がなかったら、あの子はここにはいないわ。さあ」サラ・ジェーンは先に立って玄関に向かった。「もう帰るってさっき言ってなかった？」

「外のほうがかえって暖かそうだしな。ところで、さっき来たとき、すぐそこで知った顔を見かけたような気がする」

「知った顔？」

「ああ。バーンサイダーズのメンバーだ」

「え？」サラ・ジェーンは玄関ドアから後ずさりした。

「外にいるのは誰だと思うんだ、サラ？　シェルドン・ホワイトか？」その名前に対する反応を見たかった。

「それ、誰？」彼女はとぼけたが、説得力に欠けていた。

俺はドアを開けて闇のなかへと足を踏み出した。振り返ると、サラ・ジェーンは俺の後ろを離れて家に戻っていた。

「ゼインの元ガールフレンドを失踪《しっそう》させた男だよ。奴の動向に用心するだろうな、俺だったら」

木々の枝を渡る風の音がまた聞こえた。どこか遠くで救急車のサイレンが鳴っている。

「あの子を連れていって」サラ・ジェーンの声が追ってきた。

「ついさっきは――」

「すぐそこの部屋に寝泊まりしてるの」サラ・ジェーンは小さなテーブルにかがみこみ、メモ用紙に番地を書きつけた。「あの子はあなたには若すぎるわ、刑事さん。私なら、その点を考えて行動するけど」

「ありがとう」俺はメモを受け取った。

急いでいても、サラ・ジェーンの文字は几帳面《きちょうめん》で細く尖っていた。彼女に似合っている。俺は書斎にイザベルを連れに戻った。さっきとは違う姿勢で横たわっていた。目は閉じていたが、もしかしたら俺たちの話が聞こえていたのかもしれない。

表通りに続く小道をたどり、出口で俺はいったん足を止めた。屋敷を振り返る。二階の窓に淡い明かりが映っていた。携帯電話の画面だろう。さっきは否定したものの、俺が奴の金を無事に届けたことをカーヴァーも見ていたのならいいと思った。

5

イザベルの部屋は、遠目からも目立つ、ブルータリズム建築の見本のようなコンクリートの立方体の建物にあった。おそらくオフィスビルとして着工したものの、不景気のあおりを食らって途中で方針が変わり、居住用のアパートビルになったのだろう。エントランスの上の壁に、赤いスプレーペイントの落書きがあった。

FERMEZ LA FUCKING BOUCHE.（うるせえ黙れ）

なかに入ると巨大な階段が延びていた。足音を吸収する枯葉色のカーペットが敷いてある。イザベルは腕を俺に巻きつけてどうにかまっすぐ立っていたが、足は地面に引きずっていた。階段を上る途中で、ときおりどこかのドアの奥から話し声が聞こえてきた。頭上の電球がうなる音だけが絶えず聞こえていた。

イザベルの部屋はくたびれて薄汚れていた。電灯のスイッチを入れると、天井の真ん中に一つぶら下がった裸電球が灯《とも》った。面積に対して明るすぎ、俺の視野に血の染みみたいな点々が残って、瞬きをしようと電球から目をそむけようとそれは消えなかった。ワンルーム形式のアパートで、そこそこの広さの部屋にソファベッドが一つとバスルームがある。

イザベルをソファベッドに横たえ、俺は自分がここにいることを正当化する口実を探すかのように室内のあちこちを見て回った。ハンガーに掛かった服が部屋をぐるりと取り巻いている。まだ一度も袖《そで》を通していないらしい、軽やかな色のサマードレスばかりだ。薄汚れた机が一つ、カーテンの下がった窓が一つ。バスルームには化粧品類がいくつかと、派手な黄色の文字でＳＭＩＬＥと書かれたタオルが一枚。それは強烈な嫌みに思えた。

それだけだった。

ウォッカを見つけて水道水で割り、イザベルと入口のドアの両方を視界に収められる位置に腰を下ろした。部屋は異様なくらい整然としていた。ここで誰かが暮らしていることを匂《にお》わせるものは何一つなかった。世の中から脱線した十七歳の少女がここで一月《ひとつき》も暮らしているようには見えない。俺の心に何かが反響し、この部屋が何を連想させるかようやく思い当たった。

イザベルの父親のペントハウスだ。

その二つはあらゆる意味でかけ離れていた。共通するのは、不自然なほど個性に欠けていることだけだった。二つの部屋が共有するとらえどころのなさ、生活感の欠如。こんな部屋はほとんど見たことがない。職業柄、この数年で数え切れないほど大勢の被害者の自宅、見られて困るもののない善良な人々の部屋を這い回るようにして調べた。ふつうは長年のあいだに集まった物品が詰まっていて、それが住人の人生を定義している。ところが、この部屋はまるで違っていた。何か悪事をした人物のすみかのようだった。

そうか。デヴィッド・ロシターのペントハウスに感じたのも、それだ。

ウォッカで頭がしゃっきりした俺は、立ち上がって室内を子細に観察した。調べるに値するものは一つだけ。入口と反対側の壁際《かべぎわ》に置かれたイケアの机だ。適当に組み立ててそこに置いたといった風で、しかもそれ以来、誰からもろくに使われていないのは明らかだ。

イザベルはまだ眠っていた。

日記帳やノートはなかったが、写真は何枚か出てきた。家庭用の高性能プリンターで印刷された光沢仕上げのモノクロ写真だ。パラレルワールドで生きているイザベル・ロシターが写っていた。道がどこかで二つに分かれ、一人を幸福へ、もう一人を破滅へと導いたかのようだ。

背後を確かめる。

写真の少女は、友人に囲まれて一緒に笑ったり、男の子たちと腕を組んだりしていて、いまそこのソファベッドに横たわっている痩せっぽちの少女と同一人物には見えない。写真から楽しげな雰囲気が伝わってきて、彼女にも幸福な時期があったのだと安堵《あんど》した。

その幸福はどこへ消えてしまったのだろう。

一番下の抽斗《ひきだし》を開けると、かたかた音が鳴った。ガラスの破片が入っていた。鏡の残《ざん》骸《がい》だ。一つずつ手に取って確かめた。どれかに白い粉が付着しているのではないか、あるいはストローが出てくるのではないかと思ったが、見つかったのは、乾いて固まった血痕《けっこん》だった。破片を選り分けているうち、割れた鏡は一枚だけではないようだとわかった。別々の形をした鏡三枚か四枚分の破片が一緒くたに放りこまれている。

イザベルは、自分の写真を、かつての自分を最後にもう一度だけ見つめ、そして目をそむけたのだ。以前の生活を切り捨てたのは、たまたまではない。彼女は裕福な家庭の子供に特有の悩みから逃げているわけではない――俺はこのとき初めてそう理解した。

携帯電話のことを思い出し、息を殺してイザベルのそばに戻った。彼女から目を離さないようにしつつバッグに手を伸ばし、携帯電話を抜き取ると、そろそろとバスルームに入ってドアを閉め、留守電のメッセージを再生した。

「一件の新しいメッセージがあります。日付は本日です」

初めは息遣いだけだった。やがて声が聞こえた。

聞き間違いようのない、あのオクスブリッジ風のアクセント。

「イザベル、電話に出てくれるかと期待したのだが。私とは話したくないだろうね。しかし、ぜひとも話をしなくてはならない。警察が来て、おまえのことを質問された。おまえはどこにいるかと訊《き》かれたよ。ゼイン・カーヴァーという名前が出た。ドラッグの密売に関わっている人物だそうだ。イザベル、私なら守ってやれる。だから電話をくれ」短い間。「愛しているよ。わかっているね」

デヴィッド・ロシター。娘がいま置かれた状況について嘘《うそ》をつき、家に帰ってこさせようとしている。ロシターのメッセージがあるとは意外だった。娘との連絡手段はないとほのめかしていなかったか。俺は留守電サービスを終了してバスルームのドアを開けた。

イザベルが裸足《はだし》でソファの前に立っていた。パンクスタイルの髪は乱れ、アイライナーが流れて頬を汚している。履いていた靴のヒールはさほど高くなかったのに、脱ぐとずいぶん小柄に見えた。背の高さを失い、素足になったイザベルはひどく幼く見え、俺はどきりとした。

彼女の目が俺の手の携帯電話に吸い寄せられた。「何してるの」

「いや、その――」

「わたしの持ち物をのぞいてるの」

俺は電話を床に置いた。「きみを送ってきたんだ、イジー。暇つぶしになるものを探してた」

そう言ってから気づいた。イザベルは一番長い鍵《かぎ》をナイフのようにして鍵束を握っていた。

「暇つぶしならほかで探してよ」

「わかった」俺は彼女からできるだけ離れて歩いて出入り口に向かった。「謝るよ」ドアを開けてから言った。

「誰に雇われてるか、わかった気がする」

俺は振り向いたが答えなかった。イザベルのスカーフはほどけ、首筋の傷痕が露《あら》わになっていた。この子はかつて死のうと試みた。そのあと、家族の家から逃げようとした。ドラッグに逃げようとし、年上の男との情事に逃げようとした。そのすべてが、スカーフの下に、いまはほどけてしまったスカーフの下に隠れている。すべてが、彼女のか細い声に、みじめな部屋に、ネイルエナメルが剝げて冷たく青ざめた素足に、凝縮されている。彼女は十七歳で、あふれかけた涙をこらえていた。

「イジー……」

「いいから帰って」

「ちゃんと話をしよう」俺は言った。「明日はどうかな」

イザベルは片足からもう一方へと体重を移しながら、長いこと俺を見つめていた。ナイロン地のカーテンを透かして朝の光が部屋に染み入り始めていた。

「その前にあいつと話さないって約束するなら」

「ここに来たことは話さないよ」

「どうせあいつからは何一つ隠せない。これまでだってずっとそうだった」

彼女の体から空気が残らず抜けていくのが目に見えるようだった。パニック発作の前兆に似ていた。

イザベルは小さな声で続けた。「ボーイフレンドにお金を払って、わたしとどんなことをしたか聞き出すの。お酒で酔わせて、話を録音する。そのテープをわたしに聴かせることもある」一つ息を吸いこむ。「何もかも知ってるの」

「俺がここに来たことは秘密にするよ」

彼女を安心させてやりたかった。だから俺は外に出て、ドアを閉めた。

「来てよね」イザベルの小さな声が追いかけてきた。

いますぐ戻ってきてという意味か、翌日の話をしているのか、わからなかった。そこでドアに手をかけたまましばし耳を澄ました。イザベルがソファベッドにどさりと座り、大きく息を吐く気配が伝わってきた。しばらくはこらえていたが、まもなく息遣いが速くなった。イザベルはまず笑い、それから泣き出した。俺がドアのそばを離れたときは、笑いながら泣いているようだった。何をやったか知らないが、ドラッグのせいか。それとも、目が覚めたらよく知らない男が部屋にいたせいだろうか。監視されているという話が事実とは思いたくなかった。彼女の話は病的に怯《おび》えた結果の妄想と聞こえた。

疲れきった体で深夜バスに乗り、借りている部屋に帰ってベッドに横になった。眠れなかったが、名刺を握ったまま二時間ほど待って、電話をかけた。二度目の呼び出し音で応答があった。

「ウェイツか」

「お話があります」

「迎えの車を行かせる」ロシターは言った。座ってノックを待つあいだずっと、前の晩にバーで見た落書きが脳裏にこびりついて消えなかった。

これから始まる夜を忘れよ

6

帰宅したとき、家族について考えていた。覚悟のない親、秘密、そして嘘。ポケットを探り、サティから渡された手紙を取り出した。テーブルに置いたものの、やはり開けなかった。イザベル・ロシターと俺には、思ってもみなかった共通点がある。家族と離れたあと、俺は他人を信用したことがない。

オークス児童養護施設は、ヴィクトリア朝様式のだだっ広い建物だった。あれから閉鎖され、板でふさがれて、廃墟《はいきょ》になった。俺から見た大人たちは名前も顔もない存在で、区別がつかなかった。入所したとき俺は八歳、妹は五歳だった。俺は死ぬほど怯えていた。これからどうなるのとアニーから訊かれるたび、自分の頬が熱くなったことを覚えている。俺には答えられなかった。俺も答えを知らなかった。

男子寮は俺と同じような少年であふれていた。似たような年齢で、みな新顔だった。いま思えば、一人ひとり性格は違ったが――物静か、無愛想、気短か、荒っぽい――どれも内心の不安が別の形で現れただけのことだった。俺はたぶん、中間あたりの性格をしていた。

俺は周囲のあらゆるものを観察し、自分のことは必要以上に知られないようにした。

入所に当たって私物の持ちこみは許されなかった。俺は自分の人生にまつわる事実を一種の通貨と見なした。価値は高くないが、俺に最後に残された、ポケットに入れて隠しておけるもの。使う場面は緊急事態のみ。一度身についたきり、いまだに断ちきれない悪習。

アニーと俺は別々の部屋で寝泊まりしたが、日中はほとんどずっと一緒に過ごした。たいがいは俺が妹を見守っているだけだった。遊んでいる妹をつねに視界に置きつつ、見ていないふりをした。いつ家に帰るのかと尋ねられるのが怖かった。お母さんはどこと訊かれたくなかった。妹が見る夢のことをまた聞かされるのが怖かった。入所からまもなく、新しい家族候補に引き合わせる最初の面会があった。新しい父母に気に入ってもらえるかどうかのオーディションなのだと子供に教えるのはあまりにも良心が痛むからだろう。施設の職員からは、これからとてもすてきな人たちと会うのよ、いい子にしていてねとだけ言われた。

現実には、子供だって事情を察する。幼かろうと、どのような子供が選ばれやすいかも理解している。施設側はきょうだいを引き離さないよう努力はしていたが、実際問題として、そこまで広い家と心を持った市民はそういない。

廊下を歩いて園長室に行った時のことを覚えている。緊張して、俺は妹を邪険に扱った。ことの重大さをまるでわかっていなかった妹は、服の着方さえなっていなかった。

園長室では名前も顔もない職員の一人が俺たちを招じ入れた。家具の艶出《つやだ》し剤のにおいが充満し、あらゆる表面が艶やかな茶色の光沢を帯びていた。片側の壁に威圧感のある書棚が、反対の壁には机があった。そのあいだに園庭に面した窓、その隣に革張りの大きなソファ。そのソファに、若いカップルが座っていた。教会に行く日のような装《よそお》いだった。

俺たちが入っていくと、カップルは立ち上がった。

女性はにこにことアニーばかり見ていたから、前にも会ったことがあるのだろうと俺は思った。俺を見て、その笑みはしぼんだ。俺たちは簡単な質問に答えた。名前、年齢。好きな食べ物、好きなゲーム。

顔のない職員に、そこで遊びなさいと言われた。アニーは溜《た》め息をつき、おもちゃ箱をひっくり返した。それが仕事だとでもいうような顔をして、散らかったおもちゃを吟味した。小さな眉間《みけん》に皺《しわ》を寄せて考えている妹の表情は、観察されていることを知らずにいるか、知っていても気にしていないことを示していた。

俺は妹から目を離してカップルを見た。

二人の顔は喜びに輝いていた。

妹のしていることが正解だとわかった。

俺は妹のそばに行った。ちょっと意気込みすぎていたかもしれない。妹と熱心に遊び、俺たちを引き離してはいけないことを見せつけた。カップルが帰っていくとき、俺は妹にからみついて離れなかった。それから数日は期待と不安のなかで過ごした。カップルは二度と来なかった。

覚悟のない親だと俺は思った。秘密、そして嘘。

7

ノックが聞こえたとき、俺は起きていた。玉石舗装の道を歩くハイヒールのような雨音がしていた。ドアを開けると、カーニック刑事が立っていた。俺の肩越しに部屋の奥に視線をやった。しかしそれも一瞬のことで、俺の顔は見ずに向きを変えた。

カーニックの車に乗りこみ、前回と同じようにディーンズゲートをたどった。まだ朝なのに、ビーサム・タワーは霧雨の厚い幕に隠されていて、街のスカイラインは一時的に昔に戻っていた。エレベーターで四十五階に上った。前と何かが違うような気がした。カーニックと一緒に廊下を歩いてロシターのペントハウスに向かった。カーニックが自分のキーカードを使ってドアを開け、入れと身振りで伝えた。自分は入らなかった。

ロシターは肘掛《ひじか》け椅子《いす》に座っていた。俺が入っていっても、ときおり右のこめかみを揉《も》みながら、膝《ひざ》に置いた書類に目を落としたままでいた。最後まで読み終えると、親指と人差し指で紙をつまみ、裏面をさっと確かめた。

地上から見えた雲が建物全体を包みこんでいて、コーヒーテーブルの上のランプ一つではのかに照らされているだけの部屋は薄暗かった。俺の位置からも、書類の裏は空白だとわかった。ロシターは紙を膝の上に戻し、表をもう一度読み始めた。

「またあとで来ます」

「座ってくれ」ロシターは下を向いたまま言った。俺は部屋の奥に進んで座った。ロシターは、外出前に身支度を調えるように、カフスボタンをきちんと留め直した。

「ずいぶんと忙しかったようだね」

俺は無視して言った。「残念なことに、状況は悪化しているようです」

「捜査のことか」

「あなたのお嬢さんのことです」

「ほう」

「カーヴァーのビジネスモデルについては説明しましたね」

「ごく簡単に聞いた」ロシターの口調は退屈そうだった。「パブやクラブで薬物をさばき、若い女性が売上を集めて回る」

「イザベルは集金係になっているようです」

「〝ようです〟？」

「いえ、なっていました」

「自分の目で見たことしか信じないと言っていたな。確かに見たのか、それとも推測にすぎないのか」

「遠目に見ました」

「遠目に、か」ロシターは初めて顔を上げて俺を見た。「で？」

「報告することはそのくらいです。ほかは、重大な犯罪について現在進行中の捜査に関わることで、お嬢さんには関係がありませんから」

「つまりこういうことかな。現在の状況を鑑《かんが》みると、娘は危うい立場に置かれている。あまり突然に連れ帰るのは得策ではない」

「その反対です。本人がどんなに抵抗しようと連れ帰るべきでしょう。いますぐ。今日にでも」

ロシターは何も言わなかった。

「あなたとお嬢さんのあいだにどんな問題があるとしても、ほかにも身を寄せられるところは一つくらいあるはずです。友人の家、親戚《しんせき》の家」

「それだけか」

「ほかに何が？」

「一番おもしろい話は最後に回そうとしているのかと思ったよ」

「いいですか、俺はお嬢さんの状況を確認したんです、ミスター・ロシター。だからこうして報告に」

「しかし、ウェイツ、きみは状況を確認する以上のことをしただろう」

俺は黙っていた。

俺たちのあいだのテーブルに茶色い封筒がある。ロシターは身を乗り出し、ガラスの上を滑らせて俺のほうに封筒を押しやった。表にこう書かれていた――〝I・R　10月30日〟。

「開けてみろ」ロシターが言った。

俺は封筒を押しやった。「あなたがどうぞ」

ロシターは鼻から息を吐き出した。苛立《いらだ》ちを表すのに、俳優がよく使う手。批評家が酷評するような、使い古された小手先の芝居。そこにもう一つ、屈託のない笑みを重ねておいて、封を開けた。

写真が何枚か入っていた。

ロシターは写真をテーブルに投げた。写真はガラスの上を滑ってきて俺の膝の前で止まった。カラー写真だが、ぼやけている。携帯電話のカメラで撮影したものだろう。イザベルの肌は汗でうっすらと濡《ぬ》れていた。

俺たちが一緒にいる場面をとらえた写真、俺が初めてあの屋敷のパーティに行った夜の写真。一枚目の俺は、混雑した廊下でイザベルを抱き寄せているように見える。俺たちは腰のあたりをぴたりと寄せ合い、互いの目をのぞきこんでいた。二枚目には、俺がイザベルに酒のボトルを手渡す場面が、その次にはそのボトルから飲むイザベルが写っていた。一枚めくるごとに、俺たちの距離は縮まっていき、やがて言い逃れが不可能なほど密着する。

——俺たちの距離は、唇が重なりそうなくらい近かった。

ロシターは目を細めて俺の表情をうかがっていた。やがて、俺からできるだけ遠ざかろうとするように椅子の背にもたれた。

「何か言っておきたいことはあるか」

「いや——」

「そういうことではないんです、とでも言うか？　よしてくれ、ウェイツ」ロシターはポケットから煙草《たばこ》を取り出して火をつけた。「もう一度話を聞こうじゃないか。初めから話してくれ。今回は、おもしろい部分を省かずに」

俺は立ち上がって出口へ歩き、ドアを開けた。カーニック刑事はまだそこに立っていた。俺はその鼻先にドアを叩《たた》きつけた。一瞬迷ってからロシターの前に戻り、椅子に腰を下ろした。

8

ペントハウスをあとにしたとき、外はふたたび暗くなりかけていた。朝もやと夕闇のあいだに、日射《ひざ》しの入りこむ隙《すき》はまるでなかったように思えた。カーニック刑事はいなくなっていた。一人でエレベーターに乗って一階に下り、ディーンズゲートに面した乗り場でタクシーを拾った。運転手にイザベルの番地を伝えた。自宅よりもフランチャイズのほうがまだましだろうと心のどこかで思ったが、いずれにせよ、イザベルにとって安全な場所ではない。何か手を考えなくてはならない。

着いたときには街は月光を浴びていた。イザベルはまだ部屋にいるだろうか。建物のエントランスには鍵がかかっておらず、警備員も置かれていない。階段で四階まで行くあいだ、誰ともすれ違わなかった。閉ざされたドアの奥から人の話し声だけが聞こえ、ハロゲン電球がまたも低い音を立てていた。

イザベルの部屋のドアに手を滑らせた。掌《てのひら》にざらりとした木理《もくめ》が触れて、前夜の寒々とした記憶が蘇《よみがえ》った。ドアがわずかに開いていることに気づいて、そのまま押し開けた。

セックスの饐《す》えたにおいが殴りかかってきた。

カーペットの上に全裸のイザベルがいて、部屋の入口をぼんやりと見上げていた。両目が開き、腕に注射針が刺さっていた。プラチナブロンドの髪は、なぜか輝きを失っているように見えた。

イザベルは声一つ立てず、身じろぎ一つしなかった。死んでいた。

左半身全体が明るい青色に染まっていた。ところどころに静脈の密な網目が浮かび上がり、そのせいで皮膚が青みを帯びて見える。針が刺さったほうの腕はほかより色が濃い。針の周辺は黒に近かった。俺は向きを変え、足で押してドアを完全に閉めてから、イザベルに近づいた。

「イジー……」

手を伸ばし、額の上でしばしためらってから、触れた。皮膚に張りついた汗は冷え切っていた。とっさにまた廊下に出て、部屋のドアを閉めた。膝の力が抜けた。壁にもたれて考えをまとめようとした。

彼女の汗がついた掌をスラックスにこすりつけた。

過剰摂取で命を落とすことはめったにない。汚染された注射針、あくどい売人、路上生活が原因で死ぬことはあっても、過剰摂取そのもので死ぬ奴《やつ》はまずいない。ならば、部屋に戻るべきだ。イザベルの頬を叩いて目を覚まさせ、救急車を呼び、彼女を立たせて冷たいシャワーを浴びせるべきだ。なのに、俺はただ立ちすくんでいた。時間はただ過ぎていった。やがて階段を上ってくる足音が聞こえた。

　俺は動転し、壁から体を起こしてイザベルの部屋のドアにもたれ、名前を呼びかけるふりをして、階段を上ってきた人物が通り過ぎてくれることを祈った。足音はなおも近づいてきて、俺は拳《こぶし》でドアをそっと叩く真似《まね》までした。視界に人影が入ってきた。廊下を近づいてくる。人影がすぐそこまで近づいてきても、俺は視線をひたすらドアに向けていた。人影が立ち止まり、俺は振り返った。

「あら」俺だと気づいて、キャサリンが意外そうに言った。「イザベル、いる?」

「返事がないんだ」俺は答えた。

　キャサリンはあきれ顔で天井を見上げた。「いつまで寝てるの、イジー。起きなさい」ドアを二度叩く。ドアが少しだけ開いたのを見て、小さなそっけない笑みを俺に向けた。ドアを開けて入っていく。俺は止めなかった。鋭く息を吸いこむ気配がして、それは動かせない現実になった。俺も部屋に入り、ドアを閉めた。

9

キャサリンは両手で口もとを覆《おお》った。俺の存在をまったく意識していない。俺は誰かが一人で悲しんでいる様子をこっそりのぞき見しているような気分になった。

俺はイザベルの傍らにしゃがみ、無意味と知っていながら脈を確かめた。指先が冷え切り、無数のピンや針の先でつつかれているような感覚があって、ほとんど何も感じ取れなかった。イザベルの手首をそっと床に戻した。起こしてしまわないように気を遣っているかのように、そっと。俺をうつろな目で見上げているイザベルは、最期《さいご》の瞬間の表情を浮かべたままだった。ヘロインと聞いて人が想像するような恍惚《こうこつ》とした表情ではなかった。

恐怖の表情だった。

顎《あご》は歯を食いしばった状態で硬直している。顔の筋肉には痙攣《けいれん》の痕跡があった。まぶたを閉じてやると、まだ意思を持っているかのような軽い抵抗を感じた。俺もキャサリンもしばらく身じろぎせずにいたが、やがて彼女が何か言おうとしているかのように咳《せき》払《ばら》いをした。しかし何も言わず、服の裾《すそ》を整えると、死体から目をそらしたまま静かにバスルームに入った。閉まったドアの奥から嘔吐《おうと》する音が聞こえた。

俺は立ち上がり、イザベルの裸の体に視線をさまよわせた。彼女の素肌、青ざめた左半身を見ても何も感じなかったが、首の傷痕《きずあと》が目に入ったとたん、涙で視界がにじんだ。生前、あれほど気にして隠そうとしていた傷痕。肋骨《ろっこつ》は、檻《おり》の格子《こうし》のようにくっきりと浮き出ていた。裸体、美しさ、若さ。すべてが一つに合わさって何かを主張していた。俺にはとらえきれない何か。人生に叩きつけられた決死の痛烈な抗議。

——未来《ノー・フューチャー》はない。

左腕は紺に近い色に変わり、ほかにも注射痕があるとしても見分けられない。右腕には一つもなかった。膝はそろった状態で片側にやや傾いている。脚に何か発疹《ほっしん》のようなものが……

トイレの水が流れる音がして、キャサリンがドアを開けた。マスカラの色のついた涙がうっすらと頬を伝っていた。タオルで口もとを拭《ぬぐ》いながら出てきた。足もとが怪しく、壁にもたれて体を支えた。ショック状態にあるようだ。俺がイザベルの傍らにいるのを見て立ち止まった。

「あなたはここで何をしてたの」キャサリンの目は廊下に面したドアから離れずにいた。それだけが希望だとでもいうように。

キャサリンの思考が透けて見えるような気がした。イザベルを殺したのは俺なのかと考えている。俺より先にドアに飛びつけるだろうかと考えている。

「昨日の夜、イザベルをここに送ってきたんだ。今日、また来てくれないかと言われていた」

キャサリンはうなずいたが、完全に納得したわけではないだろう。「ここにはいられない」そう言って歩き出そうとした。

俺は行く手をふさいだ。

「きみは何をしに来た?」

「今日は仕事なのよ」キャサリンは答えた。「二人で集金に行く予定だったから」

「イザベルと最後に話したのはいつだった?」

「ゆうべ、ルービックで」非難がましい声にならないようにしているのがわかる。「先に帰ってって伝えてもらうように、あなたに頼んだとき」

「きみはバーテンダーと何を言い争っていた?」

キャサリンは驚いたように目を上げた。

「きみたちを見ていた。きみは〝これ以上はやめて〟と言ったね。何の話だ」

「あなた、誰なの?」

「これ以上は何をやめてと言った?」

「お酒の話だと思うけど。もう充分飲んでたから」

「ごまかすなよ」

キャサリンは肩をすくめた。「あいつ、イザベルに言い寄ろうとしたの」

「前にも同じことがあったということか？」

「わからない。ニールは若い娘《こ》が好きなの。でも、綱渡りみたいなものよ。もしもゼインにばれたら殺される」

俺はバーテンダーのことを考えた。ドラッグをトイレに流したことも。あれで奴は行方をくらますしかなくなったことだろう。

「イザベルはどこでクスリを手に入れた？」

「知らない。ゼインは私たちには使わせないし……」

「なるほど、あいつは聖人ってわけか。で、イザベルはどこで手に入れた？」

「知らないってば」

俺はポケットから電話を取り出そうとした。

「警察は呼ばないで」キャサリンが言った。「私たちでどうにかするから」

「国会議員の娘だぞ。〝彼女はいなくなりました〟ですむわけがない」

「もういなくなってたじゃないの。家から逃げ出したんだから」

俺は電話をかけようとした。

キャサリンが俺の腕を押さえた。「匿名《とくめい》で通報して。二人ともここを出てから……」

「警察は第一発見者をかならず見つける。断言してもいい」俺はキャサリンを逃がさないよう片方の腕で捕まえておいて、電話がつながるのを待った。応答した通信指令員にここの番地を告げた――フォグ・レーン。それ以上詳しいことを訊かれる前に電話を切った。できればパーズやロシターには知られずにすませたかったことも、こうなってはもう隠しきれないだろうと覚悟した。

キャサリンはまた嘔吐しそうな表情をしていた。俺は冷蔵庫を開け、昨日の夜見つけたウォッカを探した。あった。喉《のど》を焼く液体を三口あおったあと、ボトルをキャサリンに渡した。

「軽く飲むといい」

「飲めない」

「気分が落ち着く」

「飲めないの」

俺は目の高さを合わせてキャサリンの瞳《ひとみ》をのぞきこんだ。

「いまは飲めない……」

「どうして」

キャサリンは、遠くを見るような目で俺を見た。「妊娠したの」小さな声だった。

頭の奥で血管が脈打つのを感じた。鋭い痛みが鎖骨を貫き、痣《あざ》の消えかけた目に鈍い痛みが広がった。俺は完全に動きを止め、拳を握り締めて痛みが去るのを待った。

「何だって？」

「妊──」

「確かなのか？」

キャサリンは俺の顔を見た。それからバッグを開けて妊娠検査薬を取り出した。俺は受け取って光にかざした。陽性だった。

無言でそれを返した。

「フェアヴューの最初の夜……」

どちらもしばらく黙りこんだ。

「きみはどうするつもりだ？」

「私たちがどうするつもりかではなく？」キャサリンは言った。「どうやら刑務所で産むことになりそうね」

サイレンの音が通りを近づいてくる。警察はどんな質問をするだろうかと考えた。キャサリンはそれにどう答えるだろう。憎悪《ぞうお》が稲妻のように俺を貫いた。俺自身に対する憎しみ、その瞬間のキャサリンに対する憎しみ。彼ら、彼女らの誰とも知り合っていなければよかったのに。キャサリンは俺から離れ、イザベルの死体を迂回《うかい》してソファに座った。

「だめだ」俺は彼女の腕をつかんで立ち上がらせた。「きみはここにいちゃいけない」

「え？」

「きみがここにいたことは伏せておく。だからここにいちゃだめだ」

「もう遅いわ」

俺は彼女を引きずるようにして廊下に出て、階段に向かった。下をのぞくと、上ってこようとしている警察官の姿が三階下に見えた。俺たちはいま来た廊下を戻り、イザベルの部屋の前を過ぎて、反対側の非常口に向かった。

ハンドルレバーを押す。

防火扉を開けると、黒い非常階段があった。火災警報が鳴り出した。鼓膜を突き刺す悲鳴のような音。キャサリンは非常口に足を踏み出してこちらを振り返った。ドアの陰は暗く、表情は見分けられなかった。人の形をした黒い輪郭にすぎない。

キャサリンはためらった。「バスルームで見たの。バスルームに何か――」

「カーヴァーに知らせるんだ」俺は言った。「フェアヴューにやばいものがないかどうか確認しろと言え。警察が捜索に入るだろう」キャサリンは俺の手をぎゅっと握ったあと、階段を下りて消えた。俺は防火扉を閉め、急いで廊下を戻った。火災警報に驚いて、ほかの部屋の住人が顔を出し始めていた。俺はイザベルの部屋に戻った。

息を切らして部屋のドアの前まで来たところで、警察官が階段を上りきって現れた。

俺は急いで部屋に入った。彼らがここに来るまでに、わずかでも時間があることを願った。
イザベルに目をやったのは、死体をまたいだときだけだった。震えながら部屋の奥に突進し、ボトルから自分の指紋を拭《ふ》き取った。
そこで閃《ひらめ》いた——携帯電話。
イザベルが俺に宛《あ》てて送ったメッセージ。

ゼインは知っている。

イザベルのバッグをのぞいたが、そこには入っていなかった。部屋のどこにも見当たらなかった。用心しながらバスルームに入った。警報がやかましくて、まるで俺の頭のなかで鳴っているようだった。
鏡を見て、どきりとした。誰かがど真ん中を殴りつけたらしく、割れていた。だがその前に、濃い赤の口紅でメッセージが書かれていた。

誰にも知られてはならない。

動けなかった。前の晩にはこんなものはなかった。あれからイザベルは死に、携帯電話は消えた。誰かがこのバスルームに脅しめいた文言を書いた。警察が入ってくる音は聞こえなかった。警察が来たとき、俺は鏡に残されたメッセージをまだ凝視していた。

砕けたガラスの万華鏡《まんげきよう》に俺の姿が映り、その顔の上を脅しのメッセージが横切っていた。

制服警官がバスルームの戸口からのぞいた。何か言っているが、警報がうるさくて聞き取れない。唇を読んで理解しようとしたものの、もどかしくなって背を向けた。

誰にも知られてはならない。

俺はわめいた。警報を俺の声で消したかった。鏡に体当たりした。鏡が割れて壁から完全に落ちてしまえばいいと思った。騒ぎを起こしてキャサリンが逃げる時間を稼ごうとした。制服警官が俺を取り押さえようとし、俺はめちゃくちゃに拳を振り回した。手首をつかまれた。火災警報が悲鳴のように聞こえた。俺は抵抗を続けた。まもなくもう一人の制服警官が入ってきた。

その女性警官は俺の目をまっすぐに見つめ、ゆっくりと話しかけた。知っている顔だと思ったが、すぐに気づいた。俺が知っているのは、彼女の顔に浮かんでいるあの表情だ。

憐憫《れんびん》にも通じる表情。

俺は抵抗をやめ、男の制服警官の腕に力なくもたれた。女性の制服警官は警棒をそろりと持ち上げた。無害な手続きを説明しているかのように、あいかわらずゆっくりと話し続けている。それから、警棒を振り下ろした。俺の額に、実に正確に。頭蓋骨《ずがいこつ》に衝撃が響き渡った。体から力が抜け、温かな解放の波が胸に広がった。
警棒がふたたび振り下ろされ、世界は闇《やみ》に変わった。

10

ホワイトノイズ。警察無線の寸断、雑音。

――エイダン。

誰かに名前を呼ばれたが、その声に応じたくない。体が動かされているのがわかる。イザベルも同じ感覚を経験しただろうか。俺たちが見つけたとき、もしまだ意識があったとするなら。まもなく周波数がゆっくりと切り替わって別のチャンネルに移った。

雑音。

それは俺の頭に割りこみ、いつしか美しい泡とラジオ局を探す耳障《みみざわ》りな音に変わった。目を開けると、王立病院のオフホワイトの喧噪《けんそう》のただなかにいた。

死ぬほど頭が痛い。

パーズ警視がベッド脇《わき》に立っていた。灰色の顔、充血した目。壁を見つめていた目は、俺の意識が戻ったことを察して下に動いた。首だけ後ろに向けて何か言い、また俺から目をそらす。俺を拘束した男の制服警官が病室の奥の隅に立って肩を丸めていた。両方の鼻の穴から丸めたティッシュが突き出ている。俺のパンチはどうやら奴の鼻を直撃したらしい。苦渋の表情を浮かべていた。超人的な力を発揮して俺を殺そうとしている両手を、全精神力を結集してどうにか引き止めているといった風だった。

制服警官の視線は、俺をじっと見つめて動かない。

パーズが何か言うと、警官は壁から体を起こした。向きを変え、肩を丸めたままスウィングドアを抜けて出ていった。それきり戻ってこなかった。

入れ違いに若いアジア系の医師が来た。仕事を心から楽しんでいる人物、前途洋々たる若者特有の軽やかな足取りで入ってくる。明るい人柄で、笑顔はさらに明るかった。人工的に白くしたような歯をしていた。

「まぶしすぎるな。少しは暗くできないのか」俺は言った。医師はライトで俺の目を痛めつけたあと、中指を立てて、何本に見えるかと訊いた。

「一本だけ」

「心配なさそうです」医師はそう宣言し、向きを変えるとスウィングドアを押して出ていった。

パーズが険悪な目で俺を見下ろした。「何か報告しておきたいことはあるか」

俺は首を振り、痛みに顔をしかめた。「俺が部屋に行ったときにはもう、彼女はあの状態でした。現場を捜索して何か見つかりましたか」

「私のオフィスに来い。明日の朝一番で」

俺はうなずいた。痛かった。

パーズは哀れむような視線を俺に向けて帰って行った。

それからしばらく一人きりで横たわって建物が刻む奇妙なリズムに聴き入り、廊下を通り過ぎていく声の主たちを想像した。現実とは思えなかった。キャサリンは身ごもっている。その事実は俺をあらゆるレベルで揺るがした。俺の不始末が招いた結果。衝撃が大きすぎて、どう考えていいのか、なにをすべきなのか見当もつかない。彼女はどれほどの不安にさいなまれていることだろう。打ち明けられた瞬間、危うく彼女を階段から突き落としかけた。自己嫌悪の新たな鼓動が全身に轟《とどろ》き始めた。俺は起き上がり、足を床に下ろすと、持ち物をまとめた。

11

　カーニック刑事と暗めの金髪のパートナー、コンウェイ巡査部長がロビーで待っていた。カーニックは険しい視線を俺に向けて何か言いかけた。が、結局何も言わずに首を振り、先に立って病院を出て、自分の車に向かった。

　頭がぐらぐら揺れていた。脳が麻痺《まひ》したかのようだった。思考が衰え、混乱していた。土曜の夜の終わりに、俺はあの子を残してあの部屋を出た。それから日曜の午後五時までのあいだに、彼女はセックスをした。何者かがバスルームの鏡にメッセージを書き、鏡を叩き割った。彼女の携帯電話は消えた。彼女はヘロイン《エイト》を摂取した。そして死んだ。俺たちはどこかの醜悪な工業団地に向かい、安手のホテルにチェックインした。俺は片時も一人きりにされなかった。

　カーニックは遠回しにこう言った。「簡単な脱出法を選ばれても困る。そうだろう？」

　寝るときも明かりはつけっぱなしだった。心が傷つき、悲しみにあふれていたから、朝まで一睡もできなかったと言いたいところだが、疲労困憊《こんぱい》し、ひもじく、頭の奥で脈を打ち続けている鋭い痛みに気力を奪われていた。車で移動している夢を見た。目が覚めて起き上がると、顎に重たい痛みがあった。俺の歯ぎしりがやかましくて、カーニックは眠れなかったらしい。自分のベッドの端に座り、軽く眉《まゆ》をひそめて俺を見つめていた。俺が起き上がると目をそらした。

「コーヒーは？」

朝飯を食べながら朝刊を読んだ。十一月十六日月曜日。イザベルは、カーニックが買ってきた新聞の一面を占領していた。

イザベル・ロシター、十七歳で死亡

北部最大の麻薬王の家に居候《いそうろう》中

〝危険で破滅的なセックスライフ〟

精神科通院歴も

記事中にデヴィッド・ロシターの写真が掲載されていた。データベースに登録されていた写真なのだろうが、眉間に皺を寄せて一点に集中した表情をとらえていた。その下のキャプションにはこうある――「ロシター議員と娘イザベルは〝離ればなれの悲しい生活〟を送っていた」。

記事は四面に続いていた。デヴィッド・ロシターが司法大臣であることに六度も言及している。それ以外に書かれているのはロシター一家の略歴くらいだった。母親は大富豪の娘であること、父親は世界的な政治家であること、イザベルは明るく美しい子供だったこと。

しかし記事中に引かれているロシター家に近い人物の証言は、まるきり印象が違っていた。一家は狂気と不幸につきまとわれていたとほのめかしている。いくら金があろうと満たされることはなかったとそれとなく伝えていた。顔を上げると、カーニックが俺の表情を観察していた。俺は立ち上がって身支度を始めた。シャワーを浴びた。やけどしそうに熱い湯にただ体を打たせた。ついに二人のうちどっちかがドアを乱暴に叩いた。

12

市警本部から少し離れた通りに車を置いて、そこからは歩いた。本部に着いてその理由がわかった。何十人もの記者やカメラマンが待ちかまえ、通りがかった全員に質問を浴びせ、カメラを向けていた。遠くからでも同じ言葉が繰り返されているのがわかった。

「セックス？」

「ドラッグ？」

「自殺？」

南側の入口に回った。本部に入るのが怖いと思ったのは初めてだった。本部内で見かけた全員が受話器を耳に当てていた。それでもまだほかの電話がひっきりなしに鳴り続けていた。ドアというドアから制服警官が飛び出してくる。無数の人間が無数の方角に行き来するカオスだった。俺たちはエレベーターで四階に上り、パーズ警視のオフィスに向かった。俺のおとり捜査のことがばれようともう誰も気にしていない。疲れた顔をしたパーズのアシスタントは、俺たちがデスクの前を通り過ぎるわずかな時間に三本の電話をさばいた。カーニックはまっすぐドアの前に行ってノックした。

「入れ」なかから声が聞こえた。

カーニックがドアを開けた。「ウェイツを連れてきました」

パーズ警視は窓を背にしてデスクについていた。いつも以上に頬がこけて見え、顎の先は下向きの矢印のように尖《とが》っていた。デスクに電話機が二台並び、ランプがせわしなく点滅していた。どの回線もふさがっている。

「ご苦労」俺が入っていくと、パーズは言った。

カーニックはなかに入らずにドアを閉めた。

パーズの正面にデヴィッド・ロシターが座っている。睡眠不足からか顔がむくみ、スーツは皺だらけだった。シャツの一番上のボタンをはずしている。ネクタイをしていないロシターはどことなく不自然だった。

俺が入っていくと、ロシターは立ち上がって部屋の隅に移動し、こちらに背を向けて壁にもたれた。悲しみに暮れていても異質な雰囲気を放っていた。長身の背を弱々しく丸めて存在感を薄くしている。もう何度も会っているから察しがつく。そういった政治家らしい芝居がかった挙動が染《し》みついているだけのことで、かならずしも他人の視線を意識してのことではないだろう。

三つ目の椅子に、俺の知らない男が座っていた。他人行儀だがくつろいだ表情は、有能な弁護士のそれだ。年齢は三十代初めくらい、俺よりも上だが、なぜかよほど若く見えた。目の下にくまができていたりはしない。顔には一本の皺もなかった。髪は一筋の乱れもなく整っていた。生まれてこの方、毎晩九時に就寝しているとでもいった風だった。同じ部屋にいるだけで、自分がくたびれて安っぽく思えた。

パーズが充血した目を俺に向けた。「座れ」俺は座った。ロシターも第三の男も、俺を見ようとしなかった。「何があったか話せ」

「俺が部屋に行ったときにはもう死んでいました」

「どうやって入った？」

「ノックしたら、ドアが開いていたので」

第三の男が大きく息を吐いた。

「こちらはウェイツ巡査。こちらはミスター・ロシターの顧問弁護士、クリストファー・タリー」パーズが俺たちを紹介した。

「ミスター・ロシターの友人です」タリーが言った。「顧問弁護士も兼ねていますが」

俺は挨拶《あいさつ》代わりにうなずいたが、タリーはまっすぐ前を見たままだった。壁際《かべぎわ》でひとり喪に服しているようなロシターを気遣って、三人とも声をひそめて話した。

「話を始めに戻そうか」パーズが言った。「そもそもなぜ現場に行った？」

「ご存じのとおり、ミスター・ロシターからお嬢さんの身辺に目を光らせるよう頼まれていたので」

ロシターは壁から体を起こしてこちらを向いたが、何も言わなかった。

「前の夜にイザベルに会いました。酔い潰《つぶ》れたので、送っていきました」

どう聞こえるかは察しがつく。部屋はふいに静まり返った。醜悪な何かが言葉にされないままその場を漂い始めたときの沈黙。俺はその沈黙を埋めるために続けた。

「帰りがけに、次の日の夜に来てほしいと言われました。それで発見しました」

「また来いと言った理由は何だ」パーズが訊《き》く。

「話したいことがあるからと」

「どんな話だ」

ロシターの突き刺すような視線を感じた。沈黙がふたたび膨張して部屋を満たし、全員をのみこんだ。

「わかりません」

「私に嘘《うそ》をつくんじゃない」パーズが言った。

俺は黙ってパーズを見た。

「いいだろう」パーズが言った。「これからどうするかを話し合おう」メモを手にしていたが、それには目を落とさずに続けた。「イザベル・ロシターは、昨日、フォグ・レーンに借りていた部屋で死体となって発見された。おまえの通報の受信時刻は」そう言って俺に顎をしゃくる。「一七二〇《ひとななにーまる》時。現場から、麻薬と思われる物質が残った注射器が発見されている。現在検査中だが、それが死因と推定される。直前に性行為が行われた形跡があった」ここで少し間を置いた。「さて、彼女はおまえに何を話そうとしていた？」

俺は答えなかった。

「刑事さん」タリーが初めて俺を見て口を開いた。「ミスター・ロシターの心中を思いやって答えずにいるのであれば、いまこの瞬間にそれはやめていただきたい。たとえプライドや評判、気持ちに傷がつくことになったとしても、ミスター・ロシターはやむを得ないことと受け止めるでしょう。あなたの発言が、イザベルの死の背景を解明する役に立つのなら」

「俺が役に立てるとは思えません」

タリーは眉をひそめた。「パーズ警視から、病理学検査や科学検査には時間がかかるというお話がありました。それは理解できます。死因はおそらく注射器の薬物でしょう。いまわからないのは、その薬物の出どころです。イザベルの精神状態もわからない。理由がわからないのです。イザベルは酒を飲んでいたそうですね。違法薬物を使用していたかどうかはご存じですか」

「エイトはやっていない」

「エイト？」タリーはほかの二人を見た。

「ヘロインだ」ロシターが陰鬱《いんうつ》な声で言った。俺が来てから、ロシターが言葉を発したのは初めてだった。

タリーが混乱した表情を装《よそお》った。「つまり、あなたはイザベルがヘロインを使っていたとは考えていないわけですね。ほかの薬物は？」

俺はパーズを見た。何の考えも読み取れない充血した目を見た。

「酒を飲んだり、ときおり錠剤を二つ三つ使ったり。悪ぶっていました」

「悪ぶる？」タリーが言った。

「十代の少女ですから」

「十代の少女か」タリーは言った。「倍の年齢の麻薬の売人の影響下から遠ざけようとは思わなかったわけですか」

「途中までは自宅に送っていくつもりでした」俺はロシターに向かって言った。「死ぬ前日の夜、俺はあなたの家にイザベルを送っていこうとしていた」

ロシターはまっすぐな視線を俺に向けた。政治だの思惑だのといったものは振り捨てられていた。その瞬間、ロシターは一人の父親でしかなかった。

「途中でやめたのは――？」

「バッグに金が入っているのを見つけたからです」

すぐには誰も口を開かなかったが、そのあと一斉にしゃべり出した。

「ちょっといいですか」パーズが発言権を握った。「何の金だ、ウェイツ?」

「フランチャイズの金です。イザベルは売上を集金して回っていたんです」

ロシターが抑えた悲鳴のような声を漏らした。それからまた壁のほうを向いた。

「あの、すみません」タリーが言った。「それはつまり、麻薬を売った金ということですか」

俺はもう誰の顔も見ずにうなずいた。

「あなたは、十七歳の娘を悪い環境から救い出してほしいと司法大臣から直々に依頼された。娘が酒を飲み、違法薬物を摂取し、麻薬の売上を集金しているのを確認したのに——悪ぶった行為をしているのを見たのに——何もしなかったというわけですか」自分の言わんとすることが俺の脳味噌《のうみそ》に間違いなく浸透するのを待って、タリーは続けた。

「ずいぶんな茶番を演じたものですね、ウェイツ」

「俺はイザベルを連れ戻しに行ったわけじゃない」

「ああ、それは鋭い指摘です」タリーは勢いこんだ風を装った。「ミスター・ロシターによると、お嬢さんと直《じか》に接触するのは避けるよう頼んだそうですから。そうでしょう? しかし、いまのあなたの話を聞くかぎり、あなたとイザベルはかなり親しい関係を築いていたようだ。立場を考えると、度を超えた関係と言うべきでしょうね」

俺はロシターを見た。

写真が脳裏をよぎる。

「先に話しかけてきたのは――」

「イザベルのほうからあなたに接触した。あなたはそれに合わせたわけだ」

「無視したらかえって不自然に思われる」

「無視しろとは誰も頼んでいない」

「どっちかに決めてもらいたいな。イザベルと話をしたのは間違いで、組織を離れるよう説得しなかったのも間違いだと言うなら、いったいどうすればよかったんです？」

「私が言いたいのは、ウェイツ、どのような形にせよイザベルと接点ができたわけだし、イザベルが薬物を使っていることを知り、薬物の売上金を集めているのも見たのに、なぜそこから連れ出そうとしなかったのかということです」やりとりが続くうちにタリーの声は大きくなっていたが、そこで俺から目をそらし、ふたたび声をひそめて続けた。「私が言いたいのは、イザベルがあなたの助けを必要としていたのは明らかだということだ」

「言い争っていても何にもならない」パーズが言った。

タリーはロシターを見やった。ロシターはまだこちらに背を向けたままだった。肩がかすかに震えた。

「おっしゃるとおりです」タリーは立ち上がって友人を慰めようとした。彼の手がロシターの肩に触れると、ロシターは身震いをして嗚咽《おえつ》をこらえた。そのかすかな音は、死の間際に喉から漏れる喘鳴《ぜんめい》、力強くて自然な何かの命が尽きる音のように、部屋に響き渡った。

ロシターはタリーの手を振り払い、スーツのポケットからハンカチを取り出して涙を拭った。しばしじっと動かずにいたあと、ゆっくりと身なりを整えた。まず袖《そで》を引っ張って皺《しわ》を伸ばし、次にシャツの襟を正した。背筋を伸ばす。ほかの三人より優に十五センチは背が高かった。それから憎しみが刻みこまれた顔をこちらに向けて、俺をにらみ据えた。

「いまきみはこう言ったな、ウェイツ。タリーにこう言った。どちらかに決めてくれと」ロシターの声はかすれた。「私はあの子の父親だった。だから、矛盾していようが、好きなように言わせてもらう資格がある。きみがあの子と話をしたのは間違いだった。組織から離れるよう説得しなかったのも間違いだった」そう言って出口に向かった。勢いよくドアを開ける。警察本部内の騒々しさがふたたび室内にあふれた。「世界を救うには、まずは一度に一人ずつだって?」ロシターは言った。「ふん、言ってろ」そのまま出ていき、ドアが閉まった。

タリーは俺に不穏な目を向けながら、パーズに向かって言った。「次にお目にかかるまでに、パーズ警視、ウェイツ巡査が遺族に対する気遣いを学んでいることを願いますよ」それから荷物をまとめた。「この件に関してデヴィッドからアドバイスを求められたとき、きみの経歴を調べさせてもらったよ、ウェイツ。そのうえで、きみには関わらないほうがいいと彼に進言した。きみの経歴は、まもなくそのまま死亡記事になりそうだな」

俺が黙っていると、タリーは心底驚いた表情で俺を見た。「それでもかまわないとでも？　ふむ。そのようだな」

俺は口を開きかけた。

「言い訳はけっこう」タリーは病気の感染源を避けるように距離を置いて俺を迂回した。「また連絡します」肩越しにそう言い、廊下に出てロシターを追った。充満した熱気と汗と不協和音が部屋に残った。

パーズも俺も、しばらく口を開かなかった。

「さて」パーズが沈黙を破った。「便りがないのは、悪いニュースは時間稼ぎをするものだからといったところか」大きく溜《た》め息をつき、シャツの襟もとを緩めて首をほぐした。ありがたいことに、パーズは抽斗《ひきだし》からグラス二つとウィスキーのデカンターを取り出した。パーズは自分の分の酒を注ぎ、俺はもう一つのグラスを見つめた。

「グラスから目を離せ」パーズは言った。「今日。今夜、明日、来週。おまえはいつだって酒のにおいを撒《ま》き散らしている。これ以上のトラブルは無用だろう？」自分の分を飲み干す。「少なくとも私はごめんこうむりたい」

「警視」

「彼女の部屋に行った本当の理由は何だ」

「来てほしいと言われたからです」

「それはもう訊いた。なぜだ」

俺はためらった。パーズを信じて秘密を打ち明けるのはあまりにも危険だろうか。だが、このときはそうするしかないと思った。

「父親から性的虐待《ぎやくたい》を受けていると暗に打ち明けられたからです」

パーズ警視はゆっくりと顔を上げて天井を仰いだ。それからふたたび俺を見て、唇を読まなければ何と言っているか聞き分けられないくらいの小さな声で言った。

「虐待の証拠となるようなことを言ったり見せたりしたか」

「いいえ」

パーズの充血した目が俺の目を見据えた。「では、二度と口に出さずにおくことだ」

「しかし――」

「シャワーを浴びながら独り言でつぶやくだけのことでも許さん」

「あの子は何かから逃げようとしていました」

「自分からだろう」パーズは決めつけるように言った。俺をじっと見たあと、抽斗を開けてファイルを取り出し、デスクに置いて俺のほうに押しやった。俺はそれを開いた。フォグ・レーンのあの部屋で鑑識班が撮影した現場写真だった。主にイザベルの死体が写っている。「七番の写真から見ろ」

俺は写真をめくった。七番の写真はイザベルの片方のもも内側を大写しにしていた。死体を発見したとき、発疹があるように見えた部分だ。写真で見て、発疹ではなく、平行に走る何本もの細い線だとわかった。

厳密には、自傷行為の痕跡《こんせき》だ。

ほかの写真も見た。ももの付け根に近い柔らかな部分に刻まれた傷は、どれも深かった。迷いがないように見えるのは、一つずつ別のタイミングでつけたものだからだろう。何かひじょうに鋭く尖ったものを使っている。俺は抽斗に入っていた血のついた鏡の破片を思い出した。

「数の記録だ」パーズが言った。「写真をよく見ると、確かにそのようだ。線は五本セットで皮膚に刻まれている。囚人が服役年数を数えるのに似ていた。傷のほとんどは癒《い》えて固く盛り上がっていた。

「何を意味しているんでしょう」

「心を病んでいたということだろうな。ほかの意味は見当もつかん」

俺は線を数えた。五本のセットが三つ、それに端数《はすう》が三。合計で十八。最後の写真は、一番新しい傷のクローズアップだった。この一本はつけたばかりと見え、少量の血がにじんでいた。俺は生前のイザベルを知っている。好感さえ抱いていた。これが何かを意味しているのは間違いない。

日記帳はなかったが、これがある種の日記ということか。

ファイルをデスクに置いて押しやった。パーズはファイルを閉じた。自分の主張の正しさを証明し終えたということだろう。

「彼女には精神病歴があった。自傷行為に双極性障害。私なら、発言をいちいち真に受けたりはしないね」

「それだけですか」

「彼女はこの街のドラッグカルチャーの犠牲者の一人だった。〝それだけ〟ではないさ。しかし我々としてはこのチャンスを利用しない手はない」

俺は耳を疑った。「チャンス？　どんな？」

パーズはにやりとした。「国会議員の娘が、始末の悪い売人の手にかかって死んだんだぞ」

「彼女にエイトを渡したのはゼイン・カーヴァーではありません」

「違うか？」

「奴《やつ》は刑務所で死にたいと思っていないからです」

「奴にはまさにお似合いの場所だがな」

「奴は関係ありません」

「どうしてそう断言できる？」

「集金係にはドラッグの使用を禁じているからです。現場の建物に防犯カメラは設置されていましたか」

「設置はされていたが、見たところ線はつながっていなかったようだ」

そう聞いて、身勝手なことに、俺はほっとした。いまさらキャサリンの存在を説明できない。

「イザベルの友人は？　ふだん一緒に出歩いていた女たちは？」

「〝友人〟と呼べる間柄ではありません。イザベルはただの居候でした。貧乏人の暮らしぶりを体験していただけです。そのことは周囲も知っていました」

「で？」

「俺が見たかぎりでは、周囲はみなイザベルを守ろうとしていました」

「おまえは何を見た？」

「大して見ていません」

「いいか」パーズは言った。「そういう半端な真実というものは好きになれない。どうにも好きになれん。タリーはすでにおまえの職務怠慢と不適切な関係を疑っている。ほかにも何か不始末が出てきたりはしないだろうな」

写真を思い浮かべた。人いきれのする廊下でイザベルと体を寄せ合っている写真。

――唇が重なりそうなくらい近かった。

「まだ十代の子供でした」

「忘れてなどいない」

「電話は押収《おうしゅう》されていますか」

パーズが目を上げた。「電話?」

「彼女は携帯電話を持っていました。前日の夜、俺が送っていったときはバッグにありました」

「それは確かか」

「間違いありません」

「くそ」パーズはそうつぶやいて顔をごしごしとこすった。「なかった。携帯電話は押収されていない。番号はわかるか」

イザベルは携帯電話から俺にメッセージを送ってきた。

ゼインは知っている。

「いいえ。一度も聞きませんでした」できるだけ自然に言ったつもりだが、パーズのあの目に思考を読み取られているような気がした。

「調べてみよう」

「俺が行って――」

「許さん」

「片をつけるのにあと数日は必要です」

「この期《ご》に及んでどう片をつけるつもりだ?」

「せっかく組織の連中と顔見知りに……」

「接近しすぎた」パーズは言った。「数日中に正式に事情聴取を行う。それまでおまえは消えていろ」

いやな予感がした。パーズのフランチャイズに対する執着のせいで、イザベルは統計の数字の一つになろうとしている。カーヴァーの責任の有無にかかわらず、パーズが一人きりで挑んでいる戦争を正当化する道具にされようとしている。

「組織は尻尾《しっぽ》を出しませんよ、わかってるでしょう」

「いまこの本部で何が起きているか、おまえにはわからないのか?　第三者の目にどう映るか、わからないか?」パーズは廊下のほうを指さした。「この本部は今日、イギリス一金のかかったコールセンターに成り下がっている。おまえに運が巡って、私がゼイン・カーヴァーを刑務所に放りこめたら、おまえは次の職を探さずにすむかもしれない。だが、おまえには任せておけない。たとえ煉瓦《れんが》の壁だろうと、おまえは相手を飲むか、怒らせるかする。カーヴァーを逮捕しそこねるようなことがあれば、チェース警視正はカーヴァー逮捕の次に望ましい結果を求めるだろう」

俺はパーズを見つめた。

「いいか、エイダン。誰かがベッドにクソを漏らしたら、そのクソを洗い落とさなくちゃならない」

「冷たい組織だ」

「冷たい、だと?」パーズは言った。「〝冷たい組織〟? いいか、おまえの任務は、クズ野郎どもに捜査情報をリークすることだった。ところがおまえは……」適切な言葉を探す。「……ミイラ取りがミイラになった」

俺は黙っていた。

「おまえは文字どおり路上で公安に拾われ、国会議員との面会中も断酒の離脱症状に苦しみ、片目に痣を作って現れた」

「断酒の離脱症状に苦しんでなどいません。ルービックを出たところで襲われたんです」

「またそのようなでたらめを」

「本当です。ロシターに派遣された刑事が初めて迎えに来る直前に。気がついたら路上にうつ伏せに倒れていたんです」

「どうせ酔い潰れていたのだろう。以前のおまえはもう少しましな刑事だったのにな、エイダン」

しばらくどちらも口を開かなかった。

「で、これからどうするんです？」

「〝俺たち〟とは誰のことだ、エイダン」

「は？」

「〝俺たち〟。誰を指している？」

「警視と俺のことじゃないんですか」俺はよくわからないまま言った。

パーズは耳を掻《か》き、デスクの抽斗を開けた。小型レコーダーを取り出したのを見て、俺は自分のへまを悟った。手を伸ばして再生をやめさせたかった。だが、動けなかった。パーズは目当てのトラックの頭出しをして再生ボタンを押した。俺は耳の奥の脈を感じた。自分の心臓の音が轟いた。再生されたのは、俺の声だった。

「警察ですか。フォグ・レーン一九番地。グローヴ・パレスの四階の六号室」耳をふさぎたくなった。「俺たちが来たら、死体があった。若い女が過剰摂取で死んでいる」

パーズは再生を止め、充血した目で俺を見据えた。「〝俺たち〟とは誰と誰を指す？」

俺はキャサリンのことを考えた。警察がキャサリンにするであろう質問、それに答えてキャサリンが話すであろうことを考えた。

――キャサリンは、遠くを見るような目で俺を見た。「妊娠したの」

パーズはまだ俺を凝視していた。「おまえ自身を守ることを考えている場合ではない。これは善悪を超えた問題だ。若い女が死に、全世界が我々に注目している。現場に、おまえ以外の誰がいた？」

俺は答えなかった。

「カーヴァーか」

「俺一人だけでした」

「発見時に一人でなかったとしても、これからはおまえ一人だ。停職処分を言い渡す。遅くとも明日の朝までに完全な報告書を提出しろ。来週の月曜日、ここに、私のオフィスに来い。たった一秒であろうとその前には顔を出すんじゃないぞ。おまえが少しでも嘘をついているとわかれば、エイダン、たとえ死体を発見したとき履いていた靴下の色をごまかしただけのことであっても、失業するだけですむと思うな。自分がいかに男前か、刑務所で思い知ることになる。何がどうなっているのか、打ち明けるならこれが最後のチャンスだ」

――キャサリンは、遠くを見るような目で俺を見た。

俺は充血してぎらついたパーズの目をまっすぐに見返した。

「お話しすることはありません」

13

俺は当てもなく街を歩き回った。昔から不眠症で、以前はそうやって目的もなく歩いたあとなら少し眠れた。しかし、歩きながら顔を上げるたび、いつも見慣れた景色が目の前にあった。

足が覚えている。

前によく通っていたバーのネオンサインが視界に映って、五年前、まだ俺の将来に可能性があふれているように思えたころ、そこでよく顔を合わせた人々の記憶が蘇《よみがえ》った。

俺の脳はメンテナンス中だった。イザベルの死に対応すべく、配線をやり直している。彼女は俺に何を話そうとしていたのだろう。内ももに残っていた十八本の線。誕生日を刻んでいたのだとすると多すぎる。砕かれた鏡、メッセージ、行方不明の携帯電話。早くもイザベルの死を利用する算段を始めたパーズ。

イザベル自身に戻って考え始めたところで、俺は歩く方角を変えた。往来の激しい車道にうっかり足を踏み出したりした。イザベルを心の奥に押し戻し、今度はキャサリンのことを考えた。赤ん坊。俺は彼女に嘘をつき、彼女に関して嘘をつき、証拠を隠滅し、俺たち二人ともを抜き差しならない状況に追いこんだ。彼女はいまどこにいるだろう。

俺以上に暗澹《あんたん》たる気持ちを抱えているだろうか。

雨は降ったりやんだりしながら通りを煙らせ、街の灯を映した水たまりは別次元への入口のようだった。気づくと自分の家の前にいた。潜入捜査の一環で借りただけの部屋の入口に。

しばらく前から息も絶え絶えといった風情《ふぜい》でちらついていたエントランスの電球は、ついに切れていた。暗がりで階段を上るのは難儀だったが、上り切れば眠れると思うと苦にならなかった。二階の踊り場に来たところで足を止めた。俺の部屋のドアが少し開いている。俺は木のドアに手を滑らせた。錠前が壊されたところがささくれていた。

静かにドアを押し開けた。

通りの明かりだけが頼りだったが、何もかもがひっくり返されているのは見て取れた。リビングルームのソファは切り刻まれ、コーヒーテーブルは叩《たた》き壊されていた。引越のとき持ってきたペーパーバックは棚から引き出され、ばらばらにされていた。

ミニキッチンに目を向けた。

抽斗はひっくり返り、戸棚は空っぽになっていた。箱、紙包み、皿、グラス――何もかもが床に落とされて粉々になり、中身は抜かれてばらまかれていた。留守にしていてよかったと思った。

寝室に向かった。誰か潜んでいるだろうと思ったが、誰もいなかった。マットレスは刃物で切り裂かれていた。ずたずたにされ、放り捨てられている。最後にバスルームをのぞいた。暗くても、鏡が割られているのはわかった。だがその前に、何者かが真っ赤な口紅でメッセージを書いていた。

誰にも知られてはならない。

背中から壁にもたれた。イザベルの部屋の鏡にメッセージを残したのは誰だろう。なぜ俺の部屋の鏡にも同じメッセージを残す？　俺と、死んだ十七歳の少女に共通の敵などいるだろうか。ゼイン・カーヴァーと考えるのは道理に合わない。それはゼインの取り巻きにしても同じことだった。デヴィッド・ロシターの顔がふと浮かんだ。あらゆることが一時に押し寄せてきて、俺は目を閉じた。

どこかから冷たい風が吹きこんでいる。いま帰ってきたとき、一階のエントランスのドアをきちんと閉めただろうか。閉めたと思う。

いや、確かに閉めた。

まぶたを開き、暗さに目が慣れるのを待って、一歩足を踏み出した。風が強くなった。表通りの音が聞こえてきた。急いでバスルームから出て寝室を横切り、リビングルームに行った。息をひそめて廊下に出た。踊り場まで行き、下のエントランスをのぞいた。

ドアが開いていた。

人のシルエットがある。階段の上り口からこちらを見上げていた。左手のキッチンナイフがぎらりと光を跳ね返す。俺もそいつも動きを止めた。次の瞬間、二人同時に動いた。

人影はするりと戸口を抜けて表通りに出た。俺は猛然と階段を駆け下りた。勢い余って最後の何段かを転げ落ちたが、すぐに起き上がって通りに飛び出した。

人影は通りの反対側の角を曲がっていき、俺はそれを追って通りを渡ろうとした。そこへ通りかかったタクシーが俺をよけようとした瞬間、背後から手が伸びてきて俺の肩をつかみ、歩道に引き戻した。俺は地面に激しく叩きつけられた。息ができず、仰向けに転がったまま夜空を見上げた。

頭上の街灯の光を別の人影がさえぎった。グリップだった。さっき人影が消えた角に視線を投げて鼻を鳴らした。それから俺に顔を向け、いいほうの手を差し出した。

「行こうぜ」グリップは俺を助け起こし、先に立って俺のフラットに戻っていった。俺は黙って奴の表情を観察した。こいつがここに入るのは、果たしていまが初めてなのだろうか。

14

「飲み物を勧めたいところだが……」俺はグリップを追い越して部屋に入った。明かりをつけ、ガラスの破片を踏んでソファのところに行った。ソファで無事なのは肘掛《ひじか》け部分だけだった。グリップは入口をふさいで立っている。俺が逃げようとしても、奴がそこにいるかぎり部屋から出られない。

「板張りの床についた足跡を消すにはどうしたらいいだろうな」

「揮発油で拭《ふ》けば取れるんじゃねえの」グリップは室内を見回した。「部屋中に揮発油をぶちまけて火をつけたほうが早そうだけどな」

「そうするかな。ところで、何しに来たんだ、グリップ」

「さっきの奴、顔を見たか」

「いや」俺は答えた。

グリップが息を吐き出した。部屋に入ってきて簡易キッチンをのぞき、その惨状に口笛を鳴らす。それから壁にもたれて俺を見た。初めて会ったときより、寄せ集め感がいっそう進行したようだった。アンバランスもいいところだ。あのときは歩く死体のようだと思った。いまは、三つか四つの死体から集めたパーツを暗がりでつぎはぎしたように見える。服はちぐはぐな取り合わせだし、左右の腕の長さや太さも違う。過剰なほどたくましく発達した上半身に比べると、脚は発育不良といった風で、滑稽《こっけい》なくらい細かった。顔さえ左右が食い違っている。病人のようで、やつれきっているが、ほかの誰にもない独特の存在感を放っていた。

「そっちは」俺は言った。

「え？」

「さっきの奴の顔を見たか」

グリップは鼻を鳴らした。「見てねえ」

「何しに来たんだ、グリップ」俺はさっきの質問を繰り返した。

「奴ら、何か言ってたか」

「何しに来たんだ、グリップ」

グリップは俺をねめつけた。俺はつい大声を出していたらしい。

「おまえに会いに来たんだよ」グリップは言った。

「タイミングが悪い」

「誰にとってもタイミングが悪いな」

「おまえの家のカップも誰かに割られたか」

グリップは険悪な顔をした。俺はこいつがどこの誰なのかを考え、視線をそらした。

それが謝罪と受け止められることを願った。

「イザベル」グリップが言った。奴が言うと別の名前のように聞こえた。「何があった」

「キャサリンから聞いているだろうに」

「おまえの説明も聞きたいな」

「俺が知ってるのは、発見したときのことだけだ。警察は過剰摂取と考えている。混ぜ物が入っていたとかな」

「警察?」

「朝からずっと缶詰にされていた」

グリップはにやりとした。「なるほどな」

「何が?」

「俺、だいぶ前から来てたんだよ」奴は言った。「で、連中がこの部屋に入ってくのを見た。それきり長いこと出てこなかった。それも納得だろ。おまえが当分帰ってこないって知ってたなら、安心して……」

俺は室内を身振りで示した。「警察はこういうことはしない」

「俺たちの側の人間になったとたん、事情は変わる」グリップは目をそらした。「忘れたか。自分がいまどっち側の人間なのか」

「それを思い出させるために来たのか」

「会いたいって伝言を伝えに来たんだよ。ほんとだって」

「さっきはありがとう」俺は言った。

グリップはまた鼻を鳴らした。

「助かったよ、タクシーに轢《ひ》かれるところだった。ところで、これは誰の仕業だと思う、グリップ」

「おまえが現れたころから始まったんだぜ」

まともな答えになっていない。俺は黙って待った。

「誰の仕業か、おまえだってわかってるくせに」グリップが言った。

「でも、なぜこのタイミングで？」

「この時期だからじゃねえの」

「え？」

「ジョアナ・グリーンロー。十年前のいまごろ——十一月に姿を消した」

15

無言で車を走らせた。グリップの車は意外にも、クラシックなデザインの大排気量スポーツカーだった。黒っぽいボディのマスタングのハッチバック。所有者に似て、パワーがあって頑丈で、しかもコンパクトな車。裏社会の小物でもジェームズ・ディーンには憧《あこが》れる。不自由な腕で運転するのには集中力が要りそうだ。グリップは落ち着きがなく、いらだっているようだった。

「俺のフラットにいた男を見たんだろう、グリップ」

奴は答えなかった。

フェアヴューに着き、車を駐《と》めて玄関までの小道をたどった。屋内から言い争う声が聞こえた。グリップが決められたリズムでノックをすると、話し声はやんだ。グリップはドアを開けた。

廊下の椅子《いす》にカーヴァーが座っていた。携帯電話を持っていたが、珍しくそれに気を取られてはいなかった。

サラ・ジェーンが階段を上っていこうとしていた。途中で足を止めて振り返り、誰が来たのか確かめた。目の下に黒いくまができている。俺を見るなりうつろな笑い声を漏らし、こちらに背を向けてまた階段を上っていった。

カーヴァーが顔を上げた。「いったい何があった？」

サラ・ジェーンがどこかの部屋に入ってドアを閉める気配が伝わってきた。その音は、俺たち全員との関係に打たれたピリオドのようだった。

「それはこっちが訊きたい」俺は言った。

カーヴァーは目を閉じた。「キャサリンは、見つけたのはおまえだと言っていた」

「そうだ」

「で？」

「全裸だった。セックスのにおいがした。腕に注射針が刺さっていた」

「その前の晩、おまえが送っていったな」カーヴァーは俺を見た。「おまえが帰っていくところを見た」

「俺が帰ったとき、あの子は元気だった」少なくとも完全な嘘ではない。

「サラ・ジェーンがイジーを部屋に送り届けるようおまえに頼んだそうだな」

「だからって、サラ・ジェーンの責任じゃない」

「彼女はおまえの責任だと言っている。次の日また行ったのはなぜだ？　キャサリンが行ったとき、おまえは先にいたんだろう」

カーヴァーが俺に質問を浴びせかけているあいだ、グリップはそばに突っ立って俺の側頭部を見つめていた。なぜここに連れてこられたのか、嫌な予感が漂い始めた。

「イジーから、来てくれと頼まれたからだ。何か話したいことがあると」

「何だ？」

「知らない」俺は答えた。

「来いと言っておいてその日に過剰摂取で死ぬか？」

「過剰摂取かどうか、まだわからない。何を打ったにせよ、薬物に問題があったんだろう。腕が真っ青になっていた。そもそも自分から望んで打ったかどうかもわからない」

カーヴァーはごくりと喉《のど》を鳴らして床を見つめた。

「真っ青？」グリップが言った。「だとすると、責任はあんたにあるわけだ」カーヴァーのほうを指さす。

「いまはやめてくれ、グリップ」

「いつならいいんだよ」

「ともかくいまはやめてくれ。いいな？」

「まだ子供だった。そもそもこんなとこにいちゃいけなかった」

「おまえなら、家に追い返したわけか？」

グリップはカーヴァーのすぐ目の前に立った。「俺なら、あれは処分しただろうな。

あの子がくすねる前に」そう言ってカーヴァーに視線をねじこんだあと、廊下を歩いてキッチンに入り、ドアを叩きつけた。家全体が揺れた。

「飲むか」カーヴァーは立ち上がり、すぐ隣の書斎に入った。

俺も続いた。書斎に入るのは二度目だったが、室内をまともに見るのは初めてだった。部屋の主役は机だ。豊かな深い色味のマホガニー材の机で、最近の製品にはない重厚さがある。両親のものだったのだろうか。もしかしたらもっと前の世代の遺産かもしれない。

カーヴァーはグラス二つにコニャックを気前よく注ぎ、一つを俺に渡して、自分の分を一気に飲み干した。おかわりを注いで手近な椅子に腰を下ろし、廊下で取っていたのと同じようなだれたポーズをした。俺は向かいの椅子に座って待った。コニャックを飲んだ記憶はないのに、見るとグラスは空になっていた。

「いい判断だった」

「何が」

「キャサリンを逃がした。ここに戻ってきたとき、彼女はパニックを起こしていた」

「いまはどんな様子だ？」

カーヴァーは目を上げた。「知らない」様子を確かめてみようとは思いつかなかったとでもいうようだった。「それでも、おまえの言付けはきちんと伝えたよ。フェアヴューをきれいにしておけと言ったそうだな。キャサリンが戻ってきてすぐに警察が来たが、おかげで面倒を避けられた」

なぜカーヴァーに警告する気になったのか。そのときの俺はまだ潜入捜査中だったが、動機はそれだけではなかった。イザベルが死んで、俺の二重生活は終わった。いま思えば、俺はまだ終わりにしたくなかったのだろう。

「警察は何と？」

「開口一番、捜索令状があると言った。ものをいくつか押収していった。非公式の事情聴取も受けた」カーヴァーは肩をすくめた。「その程度ですんで助かった」

「何か厄介な質問はされたか」

「イジーが初めて現れたのはいつかと訊《き》かれた。なぜここにいたのか。俺とイザベルはどんな関係か……」

俺は黙っていた。カーヴァーは俺を見つめた。

「ややこしい話じゃない。ある日、サラ・ジェーンと一緒に現れて、お涙ちょうだいの身の上話をした」

〝サラ・ジェーンと一緒に〟？　サラ・ジェーンは、たとえば知り合いの友人だったのか。それとも、イザベル・ロシターの人生に何らかの関わりを持っているのか。

「身の上話というのは」

「ただの愚痴みたいな話だった」

「警察にしてみれば、逮捕者が一人もいないとなると世間体が悪い。何か出てきたなら、とっくにあんたを逮捕しているだろう。イザベルの部屋とあんたを結びつけるものは何かあるか」

「そう簡単には結びつかないはずだ」カーヴァーは言った。「書面になっているものはない」

「警察はあんた以外にも事情聴取をしたか」

カーヴァーは首を振った。「サラ・ジェーンは頭のいい女だが、今回のことは打撃だろう。自分たちは善人だというつもりでいたから」

「あんたはそうは思わないのか」

「この世に善人などいないさ。それよりおまえ、どうせならもう一つ二つ、面倒を避けるのに手を貸す気はないか」

「条件による」

「キャサリンを火の粉から守ってくれたら、五千。今後の後始末の前金として一万。このあいだ話し合った件で一万」〝このあいだ話し合った件〟とは何のことか、一瞬考えてようやく思い出した。パーズの隠密《おんみつ》作戦のことだ。本当なら今日、決行するはずだった。騒ぎにまぎれて、そのことをパーズに確認するのを忘れていた。

「悪くないな。だが返事は、何がどうなっているのか詳しく聞いてからだ。さっきグリップは、イザベルが何かをくすねたと言っていた。何の話だ？」

カーヴァーはまた酒をあおった。「〝トラブルシューティング〟が何か知っているか」

「打《シュート》ってみるってことだろう」俺は言った。「新しいブツを試し打ちする」

カーヴァーはうなずいた。「夏ごろ問題が発生した。ヘロインの新しいバッチが届くと、身内の誰かがまず試す。交替制だ。特定の一人がダメージを食らったり、中毒になったりするのを避けるために」

「量は？」

「一袋」カーヴァーは言った。「百ミリグラム。大した量じゃない。どの程度の品物か知りたいだけだ。パワーが足りなければ合成ヘロインを足す。強すぎれば混ぜ物をしてかさを増す」

「で、トラブルシューティングがどうした？」

「グリップは昔からああいうフランケンシュタインみたいな外見だったわけじゃない。試し打ちをして……」カーヴァーは言いよどみ、俺は黙って待った。カーヴァーは低い声で続けた。グリップがドアに耳を当てて聞いているとでも思っているかのように。

「体を悪くした。いきなり卒倒した。腕が動かなくなった。最初は切断するしかなさそうだって話だったが、神経にダメージを負っただけですんだ」

「そりゃ幸運だったな」

カーヴァーが俺をねめつけた。「何日か昏睡《こんすい》状態だった。意識を取り戻したとき、以前と人が変わっていた」

「どう変わった？」

「態度が攻撃的になった。かっとなりやすくなった」

「まさかグリップが──」

カーヴァーは首を振った。「ありえない。あいつはこの商売に意欲を失っている。あいつが誰かを殺すとは思えない」

「だが、問題のエイトは処分したんだろう」

カーヴァーは答えない。

「ゼイン──」

「何がまずかったのか調べようと思った。作った奴がしくじったのか、別の誰かが混ぜ物をしたのか」

「作ったのは誰だ？」

「おまえには関係ないだろう」

「十七歳の少女がそのヘロインを打ったんだぞ」

俺を無視して、カーヴァーは言った。「保管しておいた。何が起きたかわかるまで」

「で？」カーヴァーはグラスの酒を飲み干し、次の一杯を注いだ。「で、今日探したら消えていた」

「消えた？　どこに保管してあった？」

彼はすぐには動かなかった。やがて机に顎《あご》をしゃくった。俺は吐き気を感じた。足もとの地面がぽっかりなくなったような気がした。言葉を継ごうとした。

「あのとき……」

「何だ？」

「……イザベルが死んだ前の日の夜、彼女をこの部屋で一人きりにした」俺は言った。「五分かそこら、俺がサラ・ジェーンと話しているあいだだけだ。そのときは自宅に送り届けるつもりでいた。まさかすぐ近くに部屋を借りているとは知らなかったから……」

「くそ」カーヴァーはしばし考えこみ、眉間《みけん》に皺《しわ》を寄せた。「警察は押収したか」

「何を」

「問題のエイト」カーヴァーは言った。「イザベルの部屋で発見されたか」

「いや」カーヴァーの言わんとしていることがようやくぴんときた。「そのエイトはいまも流通してる。イザベルはそれを売ったか、誰かに譲るかしたということだ」二人とも立ち上がっていた。「回収しないと。今夜。いますぐ」

「行くぞ」カーヴァーは机に置いてあった車のキーをつかんだ。

16

すでに十五分ほど車で走っていた。汚染されたエイトが街に出回ったらどんな事態になりかねないか——そのことにはどちらも触れなかった。カーヴァーがグリップやサラ・ジェーンと短いが喧嘩腰《けんかごし》のやりとりを交わしているあいだ、俺は書斎で待った。戻ってきたカーヴァーは、俺に意味ありげな視線をよこした。

「さっきの前金の話。あの条件でいいか」

俺はうなずいた。

「なら、さっそく金額分の働きをしてもらおう」

車は猛スピードで街の中心部へ向かった。カーヴァーはかつての立ち回り先を確かめようとしているらしかった。仲間、恋人、ライバルが最盛期にエイトを売りさばいていた場所。だが、カーヴァー自身はとうの昔にストリートから身を引いている。彼の記憶にある人物や場所は、その後の再開発によって葬《ほうむ》り去られていた。

「やばい品物が流通してるとしたら、知っていそうな人物に一人だけ心当たりがある」

カーヴァーが横目で俺を見た。「〝ザ・バグ〟か？　あいつのことを言ってるのか？」

「悪いか？」

「冗談だよな」

俺は何も言わずにしばらく奴の様子をうかがった。「で、あんたはどこに行こうとしてる？」そう訊いたが、聞こえていないかのようだった。「ゼイン……」

「白と黒の街だ」

「バーンサイド？」

カーヴァーはうめくような声でそうだと答え、俺たちは黙って車を走らせた。それまでずっと、フェアヴューで見た塗料についての俺の解釈は間違っているといいと思っていた。街の中心部から離れるにつれ、通りは暗く醜くなっていくように思えた。街行く人の姿はない。若い女の笑い声もなければ、玉砕覚悟でその女たちに声をかける男もいない。通り沿いに並んでいるのは、老朽化した馬券屋とつぶれたパブばかりだった。アーウェル川に沿って北へ走り、荒廃した旧工業団地を目指した。

街はバーンサイドを見かぎり、警察も近づかない。何より、フランチャイズでさえ敬遠している。俺は車のウィンドウ越しに通りを観察した。ヘッドライトの光が照らし出す建物や道路。通りの名を書いた看板は当てにならない。壊されたり、あらぬ方角を向いていたり、落書きでつぶされていたりする。通報を受けて現場に向かう警察車両も、この迷路で方向を見失いそうだ。袋小路《ふくろこうじ》に入りこんで立ち往生でもすれば、火炎瓶を投げつけられる程度ではすまないかもしれない。白と黒の塗料を何度か見かけたような気がしたが、視界の隅をかすめただけだった。あったと思うと、次の瞬間には消えていた。

「この界隈《かいわい》はどうしようもなく腐っている」カーヴァーが言った。

「知り合いがいるのか」

「ここの人間とは知り合いたくないね」

俺はカーヴァーを見つめた。

「昔、うちの集金係にアディという子がいた」カーヴァーは行く手の道路に目を据えたまま言った。「アディはこの地域を担当していた。マスコミは、生産拠点が海外に移ったせいでこういう工業団地の心をずたずたに引き裂いたと論じている。だが本当のところは、そもそも心なんかありゃしなかった。

集金に回るときはかならずグリップが同行する決まりになっていた。この地域に一人で来る集金係などいなかった。バーンサイダーズは最盛期の勢いをすでに失っていたが、それでも残党はまだうろついていた。それに、女が一人で歩こうものなら、たちまちジャンキーどもにつかまる。

俺は知らなかったんだが、アディは薬物に手を出していた。自分でコントロールできるつもりでいたんだろうな。クラブに行ったときしかやらないとか、自分なりのルールを決めて。だが、いったんはまれば、誰だってかならず家でもやるようになる。アディは集めた金を少額ずつかすめ取っていた。あとはいつ本人と話をして辞めさせるか、それだけの問題だった。だが、俺は長く放置しすぎた。金に困ったアディはある日、一人きりで集金に来た」

「どんな子だった」

「度胸があって、話がうまかったよ。個性的で。その日、ここのスマイラーどもがアディを押さえつけて、注射針を耳に突き刺した。エイトを脳にじかに注射したんだ。どうなるのか、好奇心からな」

俺はウィンドウの外を見た。「こんな商売、よく続けていられるな」

カーヴァーは黙っていた。だが、先を聞くまでもなかった。カーヴァー・フランチャイズが手を引いたことでマーケットに空白ができ、バーンサイダーズのような低級低俗な組織がそこに入りこんで、想像を絶する低品質の品物が流通し始めた。

〝タール〟だ。

タールのダメージには限度というものがない。注射用の〝縦穴〟を作っている常用者をこの界隈で見かけたことがあるとサティは話していた。腕の静脈の真上を切開し、傷がふさがらないように育てる。周囲の皮膚は荒れた唇をつぼめたような形に盛り上がる。サティから聞いたときは、どうせ大げさに言っているだけだと思ったが、こうして実際に来てみると、ありえない話ではないという気がしてきた。

ところどころに黒や白の点が散った、沈んだコンクリート色の通り。くたびれ果て、荒れ果てているが、その暴力的なまでの醜悪さは、もしかしたら演出されたものなのかもしれない。工業団地だった当時の舞台装置の名残。ここには働きに来ているのだぞという、労働者へのメッセージ。

「うちの品物は引き上げた」カーヴァーが言った。「最後の一袋までな」

車は巨大倉庫の廃墟《はいきょ》の前で止まった。初めからここに来るつもりだったのか、ほかのどこよりも荒れた場所を探しただけのことなのか。よく見ると、白と黒の塗料の目印があちこちにあるが、どれもひび割れて消えかけていた。

サティの言うとおりだった。

バーンサイダーズがいまも密売組織として機能しているかどうかは別の問題として、タグ自体はもう廃《すた》れているようだ。となると、いまカーヴァーの屋敷の玄関先にタグを残しているのは一体誰なのか。カーヴァーはエンジンを切り、ハンドルに手を置いたまま指を曲げ伸ばしした。車を降りて歩き出す。カーヴァーの車は滑稽なくらい浮いていた。色彩にあふれた密林から連れてこられ、陰気な白黒の檻《おり》に閉じこめられた珍しい猛獣のようだ。

歩いていると、猛獣がうなるような声が遠くから聞こえてきた。俺は足を止めて耳を澄ました。人の声らしい。倉庫の壁は薄手のトタン板でできている。板が剝《は》がれ落ちたか、誰かに剝がされたかしたところは、隙間《すきま》が空いたままになっていた。その隙間から焚《た》き火のオレンジ色の光が漏れていた。常用者が集まって暖を取っている。同じ街のなかなのに、気温が低いように感じた。十一月が鉤爪《かぎづめ》を食いこませてきた。入口に歯のない酔っ払い女とその彼氏らしき男がいた。女は喉から絞り出すような悲壮な声で泣いていて、男のほうは女を見て笑っていた。カーヴァーは二人のあいだをすり抜けて倉庫に入っていき、俺もあとに続いた。

倉庫はだだっ広かった。荒廃する前の時代、ここが工業製品で満杯になったことがあるとは想像できないほどの広さだ。小さな入口をくぐると、かつては受付だったと思《おぼ》しきスペースがあり、さらにその奥にどこまでも続く巨大な空間が広がっていた。

唯一《ゆいいつ》の明かりは、三カ所で焚かれている炎だけだ。それぞれに四人から五人、骨と皮ばかりに痩《や》せ衰えた廃人同然の連中が集まっていた。地面に横たわっていたり、炎を凝然と見つめていたりしていて、俺たちが入っていっても誰一人として振り返らなかった。

カーヴァーは一番手前のグループに近づいた。俺もそれに従った。カーヴァーは腰をかがめ、焚き火のそばの地面で眠りこんでいる男を仰向けにした。スマイラーだった。左右の口角から傷痕《きずあと》が伸びている。カーヴァーは男の腕を光にかざし、行方不明のエイトがここに流れた証拠がないか確かめた。

「おい」男が言った。それ以上の抵抗をする体力はないらしかった。自分の手を開いてアルミホイルの包みを取るカーヴァーを無関心な目で見つめていた。カーヴァーは包みを開いてなかを見るなり、嫌悪《けんお》の表情で男に返した。

カーヴァーは焦《あせ》っていた。俺たち二人とも焦りを感じていた。カーヴァーは二つ目の焚き火でも同じ手順を繰り返したが、あったのはタールとろくでもない会話だけだった。三つ目の焚き火を調べていると、倉庫の入口が騒がしくなった。来たときに見た歯のない女に誰かが話しかけている。

「ようやくお出ましか」カーヴァーはいきなり向きを変え、直接対決に意気ごんだ様子で入口にまっすぐ歩いて行った。人影が三つ、現れた。先頭の男は丸坊主《まるぼうず》で屈強な体つきをしていた。白人だが、薄暗いせいか薄汚れて見え、肌がその色に染まっているかのようだった。口もとに金歯がのぞき、顔にタトゥーが入っていた。三メートルほど離れて、年下の男が二人、従っていた。丸坊主の男より体は大きいが、筋肉ではなく脂肪の塊だ。二人とも疲れた不機嫌な顔をしていた。丸坊主の男はこちらに近づいてきたが、二人は距離を保っていた。

「ゼイン・カーヴァーか」男は言った。「はるばるいらしてくださるとは、また何のご用で」

「以前にも会ったか?」

男は笑った。空気漏れしたアコーディオンみたいな笑い声だった。「いや」男は言った。「あんたは俺を知らねえと思うぜ。ま、夜警だと思ってくれればいい」

「いったんここを出たら最後、おまえなど二度と思い出すことはないだろう」

「だったら、せっかくの機会をせいいっぱい大事にさせてもらうよ。で、何の用だ」

「何週間も前から俺の注意を引こうとしていたな」カーヴァーが言った。

「へえ、そうだったかな」

「フェアヴューに白と黒の塗料を残した」

「だから？」

「ジョアナが行方不明になってちょうど十年だ」

丸坊主の男は口もとを歪《ゆが》めた。「美しいな、愛ゆえに来たってわけか……」

「俺の心はそこまで弱くない。一つ確かめたいことがあって来た。答えが手に入れば、俺たちみんなが安心して家に帰れる」

「へえ、家に帰れるのか」

「どういう意味だ」

「いまや有名人だそうじゃねえか。ネヴァーランドのマイケル・ファッキン・ジャクソン。警察やマスコミが群がってるんだろ。ビリー、噂《うわさ》じゃ何て言ってる？」

「有名人だって」後ろの二人のより体のでかいほうが答えた。「新聞に名前が出たって」

「新聞に名前が出たとさ」丸坊主の男が言った。

「報道を鵜《う》呑《の》みにするな」

「そうだな、あんたの言うとおりだ」丸坊主の男が言った。何か言うたびに指を折って数えている。発言回数に制限があるから、あとどれだけ話せるか把握しておきたいとでもいうようだった。「あんたが来たって話しても、シェルドンは信じないだろうな」

カーヴァーは一歩前に出て相手をにらみつけた。「なぜだ」

「電話も手紙もよこさないから……」男は唇をなめた。「あんたのとこの女の耳をちょいと痛めつけてやって以来、な」

一瞬のことだった。カーヴァーは男の両肩をつかんで頭突きを食らわせた。鋭く湿った音がばちんと響いて、血の霧が広がった。男の頭が勢いよく後ろに飛び、首が折れたかと俺は思った。俺が飛びついたとき、カーヴァーは男の首を絞め上げていた。

「ゼイン」俺は、丸坊主の男の背後に立っていたバーンサイダーズの二人組を見た。どちらも動かない。年長のビリーに至っては、こちらを見てもいなかった。もう一人は、床に転がった自分のボスの首を絞めているカーヴァーをぼんやり眺めていた。退屈そうな表情だった。男の喉に食いこんだカーヴァーの親指が青白くなり始めていた。

「ゼイン」俺は言った。「よせ」

カーヴァーはさらに何秒か男の喉に指を食いこませていたが、やがて男を床に放り出した。男が喉を詰まらせ、苦しげな悲鳴のような音を立てた。鼻は平らにつぶれ、顔は血だらけになっていた。

「引き上げるとしよう」カーヴァーはスラックスで掌《てのひら》を拭《ぬぐ》った。立ち上がり、若いサイダーズ二人組に近づいた。ビリーの鼻先に顔を近づける。「死んだ少女の話は知っているな。イザベル・ロシターだ」ビリーがうなずく。「死ぬ原因になった品物がいまも出回っている……」

「このあたりに出回ってるのは俺たちが売ったもんだけだ」ビリーが言った。

カーヴァーは小さくうなり、来たときと同じ受付を通って倉庫を出て行った。「シェルドンによろしく伝えてくれ」首だけ後ろに向けてそう大きな声で言った。

床に転がった男を正視できなかったが、空気を求めてあえいでいる気配は伝わってきた。骨片が鼻の奥に詰まっているような音だった。若い二人はのろのろと倉庫から消えた。俺は電話で救急車を要請した。緊急通報は二日で二度目だ。この倉庫の番地を伝え、男を横向きにしてやってから、カーヴァーを追いかけた。

「ここまで来た目的はそれか。言いたいことを言いに来ただけだったのか」

「え？」

「問題のエイトを探しに来たものと思っていた」

「そうさ、問題のエイトを探している」カーヴァーは額の血を拭って車に乗りこんだ。「何か冴《さ》えた思いつきはあるか」

俺は助手席に乗った。「一つだけある。二度とキレるな。行く先々で誰かの鼻の骨を折りまくるな」

カーヴァーはエンジンをかけてアクセルペダルを踏みこんだ。

「いわゆる需要と供給だ。誰かが何かを尋ね、誰かが答えを得る」俺はカーヴァーの手を見た。ハンドルをきつく握り締めていた。時刻を確かめた。出発して一時間以上が経過しているのに、俺たちは手ぶらでバーンサイドをあとにしようとしていた。

集中して考えを整理しようとした。「行方不明のエイトにサイダーズが関わってるとしたら、自分たちの縄張りじゃさばかないよな」

カーヴァーは思案顔をした。それから言った。「たしかに。俺の縄張りで売るだろうな」運転席から身を乗り出し、携帯電話で誰かを呼び出した。

スピーカーフォンからグリップの声が聞こえた。「見つかったか」

「バーンサイドにはなさそうだ」カーヴァーが答えた。「ルービック系統のバーを残らず当たってくれ。バーンサイダーズが俺たちをはめようとしているなら、バーンサイドではなく、シティでばらまくだろう」

「誰に訊いても何も知らねえ。いや、何の噂もねえって言うほうが正解だな。ところで、また問題発生だ」

「何だ?」

「これ、スピーカーフォンか」

カーヴァーはホルダーから携帯電話を取って耳に当てた。「消えた？」カーヴァーが言った。ルービックのバーテンダーの話だろう。俺がトイレに流したドラッグ。バーテンダーは命がけで逃げるに決まっている。イザベルとの関係を本人の口から説明させたいが、こうなってはもう無理かもしれない。

カーヴァーは静かな声で言った。「全員に訊け。すべてのバーで訊いて回れ。賞金を出せ。かならず見つけろ」カーヴァーは電話を切った。

車内にしばし沈黙が続いた。

俺はひとつ息を吸いこんだ。「ザ・バグ」

カーヴァーも今度は何も言わなかった。

そこで俺は先を続けた。「かさ増しされた品物が日々流通している。エイトの闇《やみ》マーケットも存在する」

カーヴァーはまだ黙っている。

「まとまった品物をさばこうとしている輩《やから》がいれば、あいつならかならず察知する」

「あの男はサイコパスだ」

「訊いたところで失《ルーズ》うものはないだろう」

カーヴァーは俺をちらりと見た。「俺がキレ《ルーズ》るかもしれないぜ」しばらく黙って運転していた。「グリップを一緒に行かせよう」

「あのキレやすい奴《やつ》を？　あいつは引っ張りこむな」

「一人でザ・バグと会おうっていうのか。俺の知らないコネがあるらしいな、ブラザー」

「ここを左だ」俺は言った。「まあな、あいつとは長いつきあいなんだ」

カーヴァーはそれ以上何も言わなかった。嫌悪を催したせいかもしれないし、感心したからかもしれないが、表情からは読み取れなかった。

17

ザ・バグは生ける都市伝説だ。全盛期には〝共食い〟と呼ばれるスタイルを確立させた、英雄的ヘロイン常用者でもある。ドラッグ・シーンのリサイクル業者のような存在で、きわめつきの常用者でも体に注ぎこまないような代物《しろもの》をどこからか集めてきては別の誰かに売りつけた。他人の使用済み注射器を使うと興奮し、複数の注射器の底にたまったかすを集めて混ぜ合わせ、一回分の混合ドラッグを作ったりもした。

いまのあだ名がついたのは、何年か前に薬物を断ってからのことだった。注射を打つことから性感を得ていた彼は、薬物をやめたあと、それまで以上に常用者たちと親しくつきあうようになった。なかでも若い常用者を好んでそばに置いた。

〝吸血虫《バグ》〟の由来は、子供みたいな年ごろの常用者につきまとい、注射を打つ様子を間近に見て、よだれを垂らさんばかりに喜ぶからだ。彼らがハイになったところで顔を近づけ、腕に優しく唇を這《は》わせながらたったいま注射針を刺した一点に近づいていき、満足げなうめき声を漏らしながらそこを吸う。ザ・バグが持つ最大の身体的な脅威は、文字どおり、伝染病の感染源であることだった。自分の血液中にはAからZまで全アルファベット型の肝炎ウィルスが含まれているというのが奴の自慢だ。

ほかに、足長おじさん《ダディ・ロングレッグス》というステージネームでもぐりのサウナやセックスクラブでトランスセクシュアルのBDSMショーに出演し、ゲイ・シーンでカルト的人気を集めている。実存主義的アート系ポルノ映画も製作した。自作の小詩集を安価に製作し、それもよく売れた。絵画は一枚数百ポンドで取引された。

ザ・バグ・チェイサーと呼ばれるファン集団のあいだで、奴は超有名人だ。チェイサーたちはHIVをステータスシンボルととらえ、向こう見ずにもそれを熱心に追い求めた。悲しいが目を背けてはいけない現実だ。ザ・バグは、彼とのセックスで感染するなら本望と考える若者たちと無防備なセックスをした。噂は大げさなものだし、おぞましいものでもあるが――一部には――真実も含まれる。ザ・バグは話がうまく、高級ブランド服を好み、自分の矛盾だらけの人格を心から愛していた。

アレクサンドラ・パークそばの元教会がザ・バグの住まいだ。カーヴァーは建物に一瞬たりとも視線を向けないまま、通りの反対側に車を停めた。

「俺がもし、十分たっても戻ってこなかったら……」

「いっそ行ったきりでも俺はかまわない」カーヴァーは言った。

18

車を降りて通りを渡った。午前零時を過ぎていた。ストレスから解放された十秒間、肺を出入りする冷え切った空気。頭がくらくらした。玄関前に立ってインターフォンのボタンを押す。教会だった建物は改装され、設備は最新のものに更新されている。バーンサイドとは天と地の違いだった。安堵《あんど》が胸に広がった。

「はぁぁぁい?」スピーカーから退屈そうな声が聞こえた。

「ウェイツだ」

何秒かの沈黙があった。

「入ってちょうだい、ハンサムちゃん」

内装は、ザ・バグのどぎついイメージとは正反対の優しいパステルカラーで統一されていた。広々としたリビングルームは、どっしりとした梁《はり》で支えられている。上半身裸の十代の少年がピアノの前に座ってソナタを弾いていた。ベートーヴェンには珍しい仰々しくない曲のどれかだろう。

部屋の真ん中のベッドに半裸の若いカップルがいて、下半身を密着させ、キスをしながらゆっくりと腰を動かしている。二人とも少年かと思ったが、よく見ると一人はショートヘアの女だった。顎が細くて尖《とが》った中性的な顔立ちと、平らな胸をしていた。ベッドは日本の布団《ふとん》のように薄く、真上から強烈なスポットライトで照らされていた。俺が入っていっても二人は顔を上げなかった。

ベッドに向かって置かれたソファに痩せた男が座り、赤ワインをむさぼるように飲んでいた。女らしさを煮詰めたような滑稽ななりをしている。ピンク色の巨大なウィッグ、タイトなコルセットにミニスカート。仕上げに、けばけばしい厚化粧とラメ入りのタイツと赤いハイヒール。

「ウェイツ刑事」男はキスをしているカップルに視線を注いだまま言った。「座ったままでごめんなさいね」

「ザ・バグと話したい」俺は壁にもたれて言った。服の下を冷たい汗が流れた。

「いまいない《アウト》のよ」男が言った。「あのしみったれたクソ野郎なら留守。あんたはゲイ《アウト》?」

「いや、残念ながら」

「エイダン男を待たず《ウェイツ》」男は初めて俺を見た。「心の解放につながる経験だって聞くけど……」

「そうらしいね。知ってる。それに、奴がここにいることもわかってる。だから奴を呼んでもらえないか、スイートハート」

男ははにかんだように微笑《ほほえ》んだ。「ご褒美《ほうび》は何かしら」

俺は近くの台にあった見るからに高そうな花瓶を床に払い落とした。派手な音が響き、ピアノの演奏がやんだ。十代のカップルがベッドで抱き合ったまま俺を呆然《ぼうぜん》と見上げた。

「ザ・バグと話したい」俺は繰り返した。

「パイプオルガン弾きに会いたいわけね」男は言った。「いいわよ、呼んできてあげる。でも彼、このところご機嫌ななめだから、あんたのパ、イ、プを弾くかどうかはわからない」男は立ち上がって俺に片目をつぶると、通りすがりにピアノの前の少年をさっと愛《あい》撫《ぶ》して部屋から出て行った。しばし静寂が続いた。ベッドの二人はうつろな視線を俺に向けていた。

やがて同じ男が戻ってきた。ウィッグを取り、コルセットの上に不格好な灰色のセーターを着て、化粧をいくらか落としていた。顔は修道女の膝《ひざ》みたいにかさついて赤くなっていた。

素足で歩いてきて、挨拶《あいさつ》のつもりか、俺に低くうなったあと、ソファに腰を下ろした。

「ディック」ピアノを弾いていた少年に言った。「ドム」これはベッドの少年らしい。

「しばらくはずしてちょうだい」二人はのろのろと立ち上がった。ベッドにいた少年はの少女の腕を引いたが、少女は眠りこんでいた。少年は肩をすくめ、枕《まくら》に顔を埋《うず》めたままの少女をベッドに残してピアノの少年と奥に下がった。

「ごゆっくり」俺は言った。

「待たせて悪かったわよ。だけど、あんたが顔を出すのはたいがい悪いニュースがあるときだし」

「俺としては、一度も顔を出さずにすませたいところだけどな」

「そう言うわりには、しじゅうその顔を見てる気がするのはなぜ」

「情報がほしい」

「それ以外の用事はないの」

「ドラッグの話だ」

「そんな話、つまんない」ザ・バグは腰を浮かせた。

「いいから最後まで聞けって。何日か前、ゼイン・カーヴァーのエイトが一袋、行方不明になった。いまどこにあるか知りたい」

ザ・バグは身を乗り出した。興味を惹《ひ》かれたらしい。「警察が来ないのはなんでなの」

俺は黙っていた。

「なるほど、噂は事実ってわけ。あんたはダークサイドに落ちた。どん底まで」

「何か聞いてないか」

「あんたが証拠をくすねてたって話なら聞いた。三度の食事にスピードを食ってるって話も聞いたわ。あんたがただ歩くだけで錠剤がチックタック(訳注/プラスチックの小さなケースに入った小粒のミント)みたいにかたかた鳴るって話も聞いた」俺は黙っていた。「あの哀れなイザベル・ロシターが汚れたエイトをやったらしいって話も聞いた」ザ・バグはにやりと笑った。「あんた、それに何か関係したの」

「いや、まったく」

「なんだ」ザ・バグは独り言のようにつぶやいた。「つまんない……」

俺は先を待った。

「あんた、昔と違ってつまんない奴になったわよね。初めて会ったころのこと、覚えてる？」

ザ・バグは俺と同じオークス児童養護施設で育った。その当時のザ・バグは、俺より十歳年上の感受性の強い少年で、ゲイの自覚を持ち始めたところだった。いつも何の見返りも期待せずに本やレコードを貸してくれた。施設の外に人生や希望があることを教えようとしているのだろうとそのころの俺は思っていた。いま振り返れば、ザ・バグはおそらく、自分をそう納得させようとしていたのだ。

ザ・バグは口もとをゆるめた。「あたしが何か過激なことを言うと、いつもかならず気《き》の利いたジョークを返してきたじゃない。笑えるけど意地の悪いジョーク。なのに、いまじゃもうそんなこと一つも言わない。気の利いたネタが尽きた？」そう言ってワインを一口飲んだ。「つまんない奴」

「あんたをがっかりさせたなら、それこそ俺は正しいことをしてるって証拠だろうな」

ザ・バグはワイングラスを肩越しに後ろに投げ捨て、手を叩《たた》いて笑った。

「すてき、それでこそエイダン・ウェイツよ。いいこと、何かを与えれば、それと引き換えに何かが手に入るの。あたしの知り合いに若いのが一人いてね」ここで俺に鋭い視線を向けた。「十八歳だってば、刑事さん。未成年じゃないわよ。ほんとに。その知り合いの若い子が、今朝、すっごい幸運に恵まれたわけ。このあたしの顔を拝んだってだけじゃない。そのあとバーンサイドに行ったら、エイトを一袋、さばきたがってる野郎に出くわしたそうなの。で、まんまと半額で手に入れた」

「名前は？」

「何だっけ。スリマーとかスイマーとか、そんなような名前。最近の連中の名前は覚えられないわよ。けど、けっこうなお坊ちゃま。家はシカモア・ウェイにあるそうだから」

「ウェスト・ディズベリーのシカモア・ウェイか」

ザ・バグはうなずいた。「今週末、ママとパパが泊まりがけで留守にしてるんだって。ダディ・ロングレッグスも慰問に行く予定」

つまり、自分もパーティに行く予定だということだ。

「番地は？」ザ・バグは黙っている。俺はまた別の花瓶に近づいた。

「三一番地」

「今夜はおとなしく家にいろ。これはあんたのためを思っての助言だ」

「あんたに借りを作るのはいや」

俺はベッドで眠りこんでいる少女を顎で指した。

「頼みがある。あの子にタクシーを呼んでやってくれ。さあ、これでおあいこだ」

19

着いたときには午前一時を回っていた。シカモア・ウェイは、いつからそこに立っているのかわからないくらい古い巨木が両側に並ぶ通りだ。学校に通っていたころ、カップルになった生徒たちがここに詣《もう》でて、樹皮にハート形と自分たちの名前を刻んでいた。話には聞いていたが、俺は一度も来たことがなかった。

十一月の寒さは並木を早くも丸裸にしていた。骸骨《がいこつ》のような枝が暗い冬空に巨大な手を伸ばしている。

街路は広くて見通しがよく、ただそこに延びているだけで富と成功の輝きを放っていた。ヴィクトリア朝様式の屋敷を修復した住宅が左右に並んでいた。

俺が次の行き先を告げたとき、カーヴァーはしばし無言《しげん》で通りの先を見つめた。あの瞬間、自分の終わりが迫っているという事実が骨まで染み透ったことだろう。汚染されたエイトがバーンサイドで出回るのと、俗塵《ぞくじん》を離れた高級住宅街シカモア・ウェイに流れ着くのとでは、話はまったく違う。カーヴァーは黙りこくったまま車を走らせ、やがて大邸宅の一軒の前で駐《と》めた。

「三一番地」カーヴァーは言った。

ゲートに番地は掲げられていなかったが、カーヴァーもこの通りに入ったところから番地を数えていたらしい。家は私道の奥に位置していた。並木が視界を邪魔しているのに、それでも表通りから屋根が見えた。

「ここのようだな」俺は言った。「あんたは車で待っていたほうがいい」

カーヴァーは黙って俺に視線を向けた。

そろって車を降り、徒歩で問題の邸宅に向かった。私道の終点に黒と金のどっしりとした自動ゲートがあった。故障なのか、誰かが閉め忘れたのか、ゲートは開いたままになっていて、完璧《かんぺき》に左右対称な景観を綻《ほころ》ばせていた。

ゲートを抜けて、敷地内の車道に入った。芝生に沿って車が何台も駐まっていた。どれも背後の豪邸とは不釣り合いだった。小型のハッチバック車が多い。十代の若者が初めて持った車なのだろう。邸内のサウンドシステムが轟《とどろ》かせる重低音が休みなく漏れ聞こえていた。

カーヴァーが屋敷に顎をしゃくった。

明かりの灯《とも》った窓越しに若い女が見えた。キッチンのシンクの前に立っている。近づいていくと、彼女がにっこりと笑い、白い完璧な歯並びがのぞいた。俺たちは思わず足を止めたが、すぐに気づいた。向こうからこっちは見えていない。女は窓ガラスに映った自分に向かって笑顔を作っている。タイトなシルエットの真っ白なタンクトップから、小麦色に焼けた腕がのぞいていた。灰色がかった金髪の女は、豪邸のなかにいることも手伝って、健康と幸福のオーラをまとっているように見えた。

カーヴァーは玄関に近づいた。屋内に入ると、サウンドシステムが鳴らす単調な重低音が大きくなり、壁のように分厚く迫ってきた。

玄関を入ってすぐに広々としたホールがあった。テーブルが一つ。そこにダイレクトメールや請求書が乱雑に積まれていた。テーブルの脇《わき》にコート掛け。ダメージ入りデニムのジャケットが何着も掛けてある。先を行くカーヴァーは、女が見えた右手のキッチンに向かった。

カーヴァーが立ち止まる。

その体が入口をふさいで、俺には奥が見えない。奴を迂回《うかい》して前に出ると、音楽のビートがなおも大きく聞こえてきた。

女は大きな血だまりに立っていた。そこから目を引き剝がして女の顔を見た。俺たちが来たことに気づいていないかのように、窓ガラスに映った自分に向かって笑みを作っていた。トレーにたくさんのグラスを載せて運んできて、ここで落としたらしい。そして痛みに気づかないまま、破片の上を何度も往復したようだった。足は傷だらけで、そこから流れた血が白いタイルを赤く染めていた。

女が振り向く。素足に踏まれたガラス片がじゃりじゃりと音を立てた。女はさっき窓越しに見たのと同じ完璧な笑顔をまたも作った。薬物を注射した腕を俺たちに向ける。その腕は体の脇に力なく垂れ下がっていた。青い静脈が地図上の高速道路のようにくっきり浮かび上がっていた。

俺はカーヴァーを押しのけ、ガラス片を踏んで近づくと、女の体を支えた。女が俺の目を見つめて小さくうなずいた。表情がコントロールできないのか、その顔は笑みを作ったままだ。俺は女を抱き上げ、キッチンの反対側のソファに運んで横たえた。

振り返ってカーヴァーを見ると、奴は重低音が聞こえている閉じたドアに向かっていた。キッチンに来たときより音が大きくなったように思えたが、カーヴァーがドアを開けた瞬間、音楽が空気を切り裂いて襲いかかってきた。

カーヴァーは入っていったきり出てこない。俺は女を見た。視線と視線がぶつかった。まだ笑みを浮かべていたが、その表情は歪んで別のものに変わろうとしていた。

「大丈夫だ」俺は声を絞り出した。ソファの隣に読書用のランプがあり、その光が女を無情に明るく照らしていた。間近で見ると、女の左半身から血の気が失《う》せ、ほのかに青みを帯び始めているのがわかった。血で濡《ぬ》れた足に刺さった無数のガラス片がランプの光を跳ね返していた。

俺はキッチンを出て音楽の聞こえているほうに行った。カーヴァーが開けたドアを抜ける。大声で名前を呼んだが、カーヴァーの返事はない。音はなおも大きく攻撃的に感じられた。嘔吐物《おうとぶつ》のにおいが鼻を刺す。その部屋は苦しみと、汗に濡れて光るむき出しの手足の地獄絵図だった。女が四人、男が三人。全員が十代と見えた。自分が吐いたものの上に突っ伏している。真っ青な顔を歪めている者、穏やかな表情で眠っている者。全員がヘロインを注射していた。

カーヴァーはその真ん中で立ちすくんでいた。俺に背を向けてがっくりとうなだれていた。が、まもなく背筋を伸ばして歩き出した。床の上で痙攣《けいれん》している女の一人の容態を確かめようとしているのかと思ったが、カーヴァーはその女のそばを通り抜けてサウンドシステムに近づいた。一瞬ためらったあと、スイッチを見つけてオフにした。

音楽が消えたとたん、苦しげなうめき声があちこちから聞こえてきた。どうしていいかわからない。カーヴァーが振り返り、ポケットから電話を取り出した。

「誰に電話する気だ」

カーヴァーは答えない。

「やめろ」

俺はカーヴァーに近づこうとした。するとカーヴァーは手を伸ばして俺の襟もとをつかみ、それ以上近づけないようにした。俺の顔を見ずに電話の相手が応答するのを待った。

「警察につないでくれ」カーヴァーは言った。「救急も頼む」

20

カーヴァーは通話を終えて外へ出た。薬物を注射した学生たちの喉《のど》から、ごぼごぼという音や低いうめき声が聞こえていた。胎児のように体を丸めている奴もいた。一人は、イザベルと同じように、仰向けになって膝を胸に引き寄せていた。まもなく全員が同じポーズを取った。どの顔もみるみる青ざめていく。

一番近くにいた少女は血を吐いていた。俺は喉が詰まらないようその子を横向きにしてやってからキッチンに戻り、ドアを閉めた。かちりと手応《てごた》えがあって確実に閉まるまで、何度も何度もハンドルを引いた。

ずっと息を止めていた。壁にもたれ、肺に空気を送りこみながら気持ちを立て直した。窓から外の様子を確かめようとした。だが、見えるのはガラスに映った自分の姿だけだった。さっき外から窓越しに見たあの女は、ほかの若者たちと同じように色が変わり始めているのかどうか、自分の顔をガラスに映して確かめていたのだろう。ソファの上で彼女が痙攣している気配を背中に感じた。

次の瞬間、ライトが閃《ひらめ》いた。

何組ものヘッドライトと青い回転灯。互いに混じり合いながら室内をまぶしく照らした。車のドアが開閉する音が聞こえた。話し声。ブーツの足音が静寂を踏みつけて乗りこんでくる。

俺は風のようにその場を立ち去った。裏口を飛び出して漆黒の夜にまぎれ、庭を横切った。初めは慎重に足を運んでいた。やがて木立を、低木の茂みを、池のほとりを、道のありかなど気にせずに歩いた。塀を乗り越え、別の邸宅の芝生を横切り、次の通りに出た。そこからはよろめき、次に歩き、それから走り出した。

Ⅲ
クローサー
Closer

1

日の光は非情だ。正気をなくした者、不治の病に冒された者をふたたび昼へと解き放ち、街は笑い、泣き、小便を垂れ流す彼らであふれかえる。それは閉店時刻を迎えて明かりがともされたバーに似ていた。美しかった女たちは平凡に戻り、男たちは最悪の一面を隠しきれなくなる。誰もが醜く、互いに見分けがつかない。

月曜の朝だった。シカモア・ウェイの惨事からほぼ一週間、俺が最後にスピードをやってから一週間。バーで噂《うわさ》が耳に入った。フランチャイズのドアマンが襲撃された。カーヴァーのタクシーが襲われてひっくり返された、集めた金が強奪されたという話も聞こえてきた。だが誰もが声をひそめていた。襲われたのが誰か、負傷したのが誰か、具体的な名前は一つもわからない。俺はキャサリンのことを思った。

車のウィンドウから外を眺めると、街のカラースキームに不似合いな要素が新しく加わっていた。制服警官の数が増え、派手な蛍光イエローのジャケットがそこかしこで光を反射した。彼らは表向き、職務質問のため、一般大衆と接して統一見解を伝えるためにそこにいる。彼らの存在はあくまでも建前だ。ピットブルに口紅を塗って、無害に見せようとするのに似ていなくもない。

パーズとの面会に備え、久しぶりにスーツを着た。まだ体に合うつもりでいたが、いざ着てみるとぶかぶかで、古い知り合いからもらったお下がりのようだった。街角の警察官を急ぎ足でかわしながら本部に向かう。約束の時刻より早かった。

本部はいつになく静かだった。頭上からエアコンの作動音が聞こえている。前回、イザベル・ロシターの死体を発見した直後に来たときは、建物ごと吹き飛ぶのではないかという混乱ぶりだった。ところがこの月曜は、ゴーストタウンの静けさに包まれていた。手の空いている者は一人残らず街に出て、人心の安定を図っている。

身分証を提示して入館した。

俺の手は無意識のうちに動いて署名した。別人の筆跡のようだった。呆然《ほうぜん》と見つめていると、受付の制服警官が控えめに咳払《せきばら》いをした。入館証を受け取って奥へ進む。心ここにあらずだった。パーズ警視に何をどう報告するかを整理することにばかり気を取られていた。知り合いと顔を合わせずにすむよう願いながら、エレベーターで四階に上がった。パーズのオフィスのすぐ手前まで来たところで、携帯電話が鳴った。

「ウェイツ」電話をかけてきた男は言った。「話がある」

「いまからパーズに――」

「知っている」男は言った。「階段室に来い」俺は答えなかった。「来たほうがおまえのためだぞ」

俺は電話を切り、そのままパーズのオフィスに行こうとして、ためらった。立ち止まって時刻を確かめた。向きを変え、いま来た道を戻って非常扉を押し開けた。階段室には、一番上の階から下の階まで、むき出しの配管が通っている。おかげで空気はいつもむっとしていて暑い。照明も当てにならない。電球がいくつも連続で切れたままのところが何カ所もある。

人影が見えた。男だ。五階からこちらに向かって下りてくる。そいつは俺とのあいだに三段を残して足を止めた。

「エイダン」カーニック刑事が言った。

「どうも」

カーニックが明かりの下に足を踏み出す。それで初めてわかった。チャコールグレーに見える髪のところどころに明るい灰色や白が混じっていた。最近になって急に白髪が増えたのだろうか。五歳くらい老《ふ》けて見えた。

「つかまえられてよかった」カーニックが言った。

「いかにもうれしそうな口ぶりだな」

「いつもどおり鋭いな。パーズとの面談だが。報告すべきことがおそらく山のようにあるだろうが……」

「そうわかっているなら、話などしている場合ではないことも……」

「わかっている」カーニックは一歩脇《わき》に寄った。光の輪からはずれ、黒い輪郭に戻る。

「そこがおまえの最大の長所だな、ウェイツ。何かというと自分から肥だめにはまろうとする」

「俺はどんな肥だめにはまろうとしている？」

カーニックは光の輪のなかに首だけを伸ばして俺をねめつけた。「同僚に友人らしい友人は一人もいないようだな」

「どんな肥だめにはまろうとしている？」

カーニックは二段下りて俺の耳もとでささやいた。「奴らは知っている」

俺は一歩後ろに下がった。いまはカーニックの全身が光に照らされていた。

「ドラッグ」カーニックは続けた。「酒、それにセックス。いったい何様のつもりでいた」俺は脇をすり抜けようとしたが、カーニックは俺の胸に手を置いて引き止めた。

「ちょっと待て」

奴《やつ》の掌《てのひら》の汗がシャツを染《し》み透ってきた。俺たちは二人とも照明の下に立っていた。奴が俺の目をまっすぐにのぞきこんだ。

「彼女とやったのか」

「誰と？」俺は言った。その声に答えがにじみ出ているような気がした。

カーニックの顔にかすかな笑みが浮かんだ。「イザベルと」

「いや、寝ていない」

カーニックは俺をじっと見た。「あの写真。カーヴァーの屋敷で親しげにしているおまえとイジーの写真だ。あれはもみ消された」

「ロシターは？」

「入手しろと依頼してきたのはロシターだ。おまえの仕事ぶりを確かめるためにな。あの写真が表に出たら、自分や私の仕事にどんな影響が及びかねないか、ロシターもわかっている。警視と話す前に知らせておくべきだろうと思った」湿った掌を俺の胸から引き剝《は》がす。「報告しなくてはならないことが一つ減るな」

「撮ったのは誰だ」

カーニックはにやりとした。「誰だろうな」

俺はその場を立ち去ろうとした。

「警視に報告する必要はない」カーニックの声が追いかけてきた。

俺はドアの前で立ち止まった。「あんたが調査を違法に進めたことは黙っていろと？」

「おまえみたいな――」

「保身のためにしたことだろうに、他人のためを考えたようなふりをするな。見苦しい」

「おまえはもう少し保身を考えたほうがよさそうだ。命が惜しければな」

カーニックは俺を追ってこようとした。俺はその鼻先にドアを叩《たた》きつけた。

パーズのオフィスの前に来たときには、吐き気が喉《のど》もとまでせり上がっていた。一つ深呼吸をしてから小さな待合室に入った。新築のビルの一室に古びたスーツ姿でいると、疎外感《そがいかん》が迫ってきた。またここに来たのは間違いだったという気がした。警視のアシスタントが顔を上げたとき、俺のなかで何かが叫んだ。

逃げろ。

2

俺が入っていくと、パーズ警視は立ち上がった。

「ウェイツ」パーズは椅子《いす》を指し示した。

俺はパーズの真向かいの席に座った。デスクの上の書類をさっと整頓《せいとん》してから、パーズも自分の席に座り直した。イザベルが死んで以来、一睡もしていないような顔だった。シカモア・ウェイの惨事の打撃はそれに追い打ちをかけたことだろう。事件は全国ニュースになった。パーズの充血した目は俺の頭のなかまでまっすぐ見透かし、スコットランド訛《なまり》の低く静かな声は煉瓦《れんが》の壁のようだった。

「これは非公式の打ち合わせだ。主な目的は、フランチャイズに関する捜査の引き継ぎと報告で、私としては――」

「組織と通じてる奴を特定できたんですか」俺は言った。

「知ってのとおり――」

「特定できたんですか」俺は繰り返した。

「いや」パーズは目をしばたたいた。「おまえも知ってのとおり、おとり捜査は十一月十六日月曜日に予定されていた……」

「イザベル・ロシターの死体が発見された翌日」

「ハードドライブは消去されていた。問題の人間が会議室に侵入したことは間違いない。だが残念なことに、あの日は仕事量が膨れ上がって、6・21A会議室は、私に断りなく別の用途に振り替えられた」

冗談かと思うようななりゆきだった。「どういうことですか。その会議室は無人にしておくという話だったでしょう……」

「ロシターの娘が死んで、その捜査本部に6・21A会議室が使われた。三十五名が出入りした。そのうちの二十三名は在職期間がそれなりに長い。つまり、そのうちの誰が組織と通じていてもおかしくない。というわけで」パーズは言った。「特定には至らなかった」

俺は言葉を失った。

「おまえの気持ちはわかる」パーズは言った。

俺は立ち上がって出ていきたいという衝動に駆られた。まともに頭が働かなかった。

「おまえのことを話し合おうか、エイダン。おまえの今後について」

「俺には〝今後〟なんてものはないと思っていました」

「それはおまえ次第だ。見方にもよるが」

俺はジャケットのポケットから封印した封筒を取り出した。「そういうことなら、俺の意思を先に表明しておきます」脅しにはもううんざりしていた。パーズの手から、先に銃を取り上げておきたかった。

パーズは封筒を持ち上げた。「これは何だ?」

「俺の報告書は受け取っていますよね」

「受け取った。よく整理されていた」

「あれを引き継ぎの基礎資料としてください」

パーズは封筒を見た。まだ俺との中間地点に掲げたままでいた。「こいつは遺書か?」

「辞表です」

パーズは封筒を置いた。「自分から辞められる立場にあると思うか」

「証拠保管室からドラッグをくすねた件で訴追する気ならどうぞ」

パーズは封筒を脇に寄せ、デスクの角に几帳面《きちょうめん》に合わせた。

「大胆な選択だ。不正行為。窃盗。違法薬物販売の意思。五年の刑? 仮出所まで三年から四年か? しかし、受刑態度良好と判断されて早期釈放になるとはまず期待できないだろうな。警察官がほかの受刑者から受ける扱いのことを考えると」

「けっこうです」俺は立ち上がって出ていこうとした。いまからでも逃げようと思った。

「座れ」パーズが言った。「本当のことを言え。何のつもりだ?」

俺は座った。「ジョアナ・グリーンローの失踪《しっそう》。ゼイン・カーヴァー。フランチャイズ。汚染されたドラッグ。そこまでは目をつぶってもいい」俺はパーズをまっすぐに見た。「でも、イザベル・ロシターが死んだ件まで見て見ぬふりはできません。さすがの俺でもそこまでは妥協できない」

「これからどうする気だ？　刑務所で苦汁をなめる以外に」

「この街を離れます」俺は言った。頭のなかでつぶやく分には無難な答え、パーズが聞きたがっている答えと思えた。しかし声に出してみると、幼稚な夢と聞こえた。「できるだけ遠くに行く」

「この件の結末を見届けるつもりはないわけか」

「どんな結末になるのか、俺は知りたくない」

パーズは目を細めた。尋問でパーズは、単純でストレートな質問をしておいて、待つ。答えが返ってきたあともまだ待ち続ける。すると相手は居心地が悪くなり、沈黙を破らなければいられなくなって、しゃべり続ける。

俺は黙っていた。

「この件からは逃げられないと思え。どこへ逃げようとな」

「ほかにどうしろと？」俺は言った。「俺にどうしろと？」

パーズは俺をねめつけた。「おまえは前にジョアナ・グリーンロー事件のことを訊《き》いたな。私は『イヴニング・ニュース』の記事を見ろと言った。おまえは事実を把握しただろうが、真実は理解しなかった」

「真実とは？」

「きちんと見て聞いていれば、事実のほかにおそろしくたくさんの真実が存在しているとわかる。十年前、ジョアナ・グリーンローは、カーヴァーとバーンサイダーズに不利な証言をすることに同意した。これは事実だ。ジョアナの友人がバーンサイドで殺された。これも事実だ。新聞が書かないことに真実がある。ジョアナを説得したのは私だったという事実もそうだ。私は何カ月ものあいだ毎日彼女と話をしたが、そのことは新聞には書かれていない。忍耐のいる仕事だった。接触のしかたを三日ごとに変えた。接触する顔ぶれも定期的に入れ替えた。警察内でもほかの者には作戦の目的や規模が知れないよう用心した。だから、私にはいまのおまえの気持ちがわかる……」

「なぜそこまで？」

「十年前のその時点でも、カーヴァーに捜査情報が漏れているとしか考えられないニアミスがいくつも起きていた。これは真実ではあるが、事実ではない」

「リークした人間に心当たりがあったのでは」

「怪しい者が多すぎてね、エイダン」

「ジョアナ・グリーンローの身に何が起きたんです？」

「私にもまったくわからない。現場に白と黒の塗料が残されていた。彼女は消えていた」

「捜査は行われたんでしょう」

「いや、残念ながら行われなかった。当時の警視正は、ジョアナは本番を前に怖《お》じ気《け》づいたのだろうと判断した。かつてのボスを刑務所に送る証言をする前に逃げたのだろうとね。私は別の捜査を割り当てられ、ジョアナの件は深追いするなと遠回しに伝えられた。それ以上時間を無駄にできなかった。ほとぼりが冷めたころ、捜査を再開しようとしたが、ジョアナが最後に接点を持ったのはゼイン・カーヴァーとシェルドン・ホワイトだ。どちらも口が堅い。ジョアナが何らかの痕跡《こんせき》を残していたとしても、そのころにはもう消えていた」ここで一瞬の間があった。それからパーズは静かな声で続けた。「私はおそらく、ジョアナは無事に逃げたと思いたかったのだろう。しかし何年たってもジョアナは姿を現さず、悲観的になるしかなかった……」

「グリップ――ダニー・グライプは、シェルドン・ホワイトが攪乱《かくらん》を図っていると考えています。行方不明から十年という区切りの年だから……」

パーズは少し思案してから言った。「バーンサイダーズが心理戦を仕掛けるような高度なことをするとは思えない。ホワイトの出所はタイミングがよかったが、単なる偶然だろう。ホワイトはカレンダーを持つタイプではないし、日付を気にするとも思えない」

「しかし、ホワイトのほかに誰が？」

パーズは動かない。

「まさか、ジョアナ・グリーンローはまだ生きているとでも？」

パーズは俺の問いかけには答えなかった。「私が言いたいのは、根比べにつきあわなくてはならない場合もあるということだよ。おまえにもそれはわかるだろう」

俺は何も言わなかった。

するとパーズは続けた。「まあいい。未消化の有給休暇が一月《ひとつき》近くあるようだな。どのみちそれを消化しろと言うつもりではいたが、状況を考えると、辞表が受理されるまで休暇を取るのがいいだろう」

「告訴の件は？」

「まだ何とも言えない。きちんとした報告が先だ」

「報告書はもう――」

「さっきも言ったとおり、よく整理できていた。事実に基づいて書いてあるな。その事実に対するおまえの感想や印象にまで踏みこめば、より今後の参考になるだろう。おまえの目には、他人の最悪の側面しか映らないようだな、エイダン」パーズはいつものサメじみた笑顔を作った。「私も例外ではないのだろう」

「はい」

パーズはデスクに置いてあった紙を手に取った。俺が書いた報告書の一ページだとわかった。パーズはそれに一度も視線をやらなかったが、そこに書いてあることが残らず頭に入っているのは明らかだった。パーズは会議で詳細なメモを取ったあと、こっそりくず入れに捨てる。抜群の記憶力の持ち主なのだ。メモを取るのは、相手の話を真剣に聞いていること、相手の仕事を重視していることを示すためだろう。俺の報告書を持ち上げたのもやはり同じことだ。

「イザベルをタクシーでカーヴァーの屋敷まで送っていったとき、イザベルのバッグを検《あらた》めているな。なぜだ」

「ルービックでの彼女の様子を見て――少なくとも酒は飲んでたし、おそらく何らかのドラッグもやっていました――自宅に送っていこうと考えました。その、家族と住んでいる自宅に」俺は言った。「ロシターの自宅の番地までは知りませんでした。だから何か住所を書いたものがあればと思ったんです」

「バッグに入っていたものを具体的に教えてくれ」

「現金。多額の現金です。それを見て、俺の気づかないうちにフランチャイズの集金をしていたようだとわかりました。金をカーヴァーに届けないと、かえって彼女の身に危険が及びかねないと判断しました」

「ほかには何が入っていた？」

「化粧品、財布、携帯電話。借りていた部屋に戻ったときにはまだその携帯電話を持っていました。生きているイザベルを最後に見た人物が携帯電話を持ち去ったと考えて間違いないと思います」

「あまり期待するな。携帯電話は見つかった」

俺は表情を変えないようにした。イザベルが俺に送ったテキストメッセージが頭に浮かんだ。イザベルの携帯電話の送信済みフォルダーに残っていたメッセージ。

ゼインは知っている。

俺は身構えた。パーズには、イザベルの電話番号は一度も聞いていないと報告していた。その嘘《うそ》がばれるだろう。

パーズは続けた。「父親が電話番号を知っていた。おかげで電波を追跡できた。最後に信号が発せられたのは現場のフラットだと判明して、隅々まで捜索した。その結果、隠してあったのを発見した。机の一番下の抽斗《ひきだし》の裏側にテープで張りつけてあった」

おかしな話だと思った。電話にどんな情報が残っていたかと訊きたかった。なぜ隠されていたのかと、俺に宛《あ》てて送信されたメッセージが残っていたかと訊きたかった。

〝ゼインは知っている〟――第三者にどう解釈されかねないか、想像がついた。

パーズは拷問《ごうもん》じみた沈黙を保った。

俺は写真のことを考えていた。

ようやくパーズが言った。「フェアヴューまで送っていったときの彼らの反応は？」

「落ち着いたものでした」

「カーヴァーとは話さなかったのか」

「サラ・ジェーンが玄関を開けたので」

「赤毛の女か」

俺はうなずいた。「イザベルより金のことを気にしていました。帰りがけに、窓の奥にカーヴァーの姿が見えたように思います。正直言って、何かの罠《わな》ではないかと思いました」

「なぜ？」

「カーヴァーは他人をもてあそぶのが好きだし、俺を信用していいものかどうか試しているのかなと。俺を尾行させたりもしていました。現金を見つけたとき俺がどうするか試すためだけに、バーテンダーに指示してこっそりイザベルに薬物を盛らせるくらいのことはやりかねません。その一件以降、それまで以上に俺を信用するようになったのは確かです」

「他人をもてあそぶのが好きと言ったな。なぜだ？」

「楽しみのためでしょう。カーヴァーは自分を策士と見ています。やっていることと考えていることは正反対だと考えていい」

「かなり大柄な男だな。体格に恵まれた人間は、自分より体格の劣る人間を下に見る傾向がある。おまえのことはどう見ているのだろうな」

「俺が考えていた以上の敬意を抱いているようです」

「ほう」

「俺がほかの誰も口にしない耳の痛い指摘をすることを歓迎しているのではないかと。立場を考えずに好き勝手な発言をするのをおもしろがっているんだと思います。ただし、上下関係を示す必要があると思えばすかさずそうします。話し好きなのに、取り巻きにはまともな話ができる奴がいないんでしょう。カーヴァーが言っていたなかで一つ、真に本当らしく聞こえたのは、自分は他人を殴ったりしないということでした。その必要がないと言っていました」

「グリップという男について話してくれ」

「口より先に手が出るタイプです」

「危険な人物か」

「少しでも目つきが気に入らなければ、たとえ相手が床だろうと喧嘩《けんか》を吹っかける。初めて会ったとき、いきなり顔に唾《つば》を吐かれそうになりました」

「それはおまえの態度にも原因がありそうだな」

俺はにやりとした。「いや、グリップはそういう奴なんです。キレかけたグリップをカーヴァーがなだめているところを何度か見ましたから」

「興味深いな」パーズは言った。「そいつは病んでいるのか。エイトを故意に汚染するような人物か。汚染されているとわかって流通させるような人間か」

その汚染されたエイトの最初の犠牲者はグリップだったことはまだパーズに話していなかった。

「カーヴァーは、あいつはかっとなりやすいと言っていました。グリップは意欲を燃やすどころか、逆に商売に意欲を失っていると。俺の印象では、グリップもほかの連中と同じです。何か別のことに怯《おび》えている」

「カーヴァーの屋敷のことを話してくれ」

「本来の住人ではない者が大勢寝泊まりしています。パーティの夜はとくにそうです。俺も二度目は朝までいましたが、誰からもとがめられませんでした。どの部屋の床でも若い連中が眠りこんでいました」

「若い連中というのは？」

「中産階級の白人。年代は、大学生かそれより上。ほとんどは二十代なかばかと。クリエーターを自称するような種類の連中です」

「出口は二カ所あるんだな」

俺はパーズを見つめた。「ガサ入れですか」

パーズは動かなかった。「次のパーティの夜に」

「泥酔《でいすい》した若者が二百人、フランチャイズの盾になりかねませんよ」

「心に留めておく」

「怪我人《けがにん》が出ます」

「おまえにとっては雲をつかむような話でしかないだろうが、私は上からの指示に従っている。ついでに付け加えると、状況を考えれば今回の指示は当を得ていると思うね。我々はあまりにも長くカーヴァーを野放しにしすぎた。汚染されたドラッグで何人もの若者が命を落としたのだぞ。そのドラッグをさばいた組織に家宅捜索が入るのは当然だろう。そういう単純な話だ」

「今日にでも令状を持って捜索に行くほうがよほど簡単だろうに」

「それはすでにやった。カーヴァーは予期していた。隅から隅まで徹底的に掃除して待ちかまえていたよ」

俺が警告したからだ。

「で、出口は二カ所だな」

「俺の知るかぎりでは二カ所です。玄関と裏口。裏口は庭に面していて、二重ガラスの引き戸になっています。玄関から突入したとたん、二百人が一斉に外へ出ようとするでしょうから、裏口で身分をチェックすると同時に、庭から路地に出るゲートに人員を配置しておくのがいいかもしれません」

「覚えておこう」

「ほかに何か？」

「タクシーが連続で襲撃された話は聞いているか」

「パブで小耳にはさみました。連続ということは、一台だけではないんですね」

「そうだ。カーヴァーが逮捕されるか否《いな》かにかかわらず、どうやら帝国の転覆が始まったようだな。金曜の夜に一台、土曜の夜にも一台、襲撃された。いずれも被害届は出されていないが、目撃者から通報があった。二台ともフェアヴューに向かっているところを大型の貨物車にぶつかられた。貨物車から降りた男が、タクシーに乗っていた集金係の女から現金を強奪した」

「集金係は誰です？　無事なんですか」

パーズは俺をじっと見つめた。「軽傷だ。我々の知るかぎりではな」

キャサリンでないことを俺は祈った。この一週間、ただ身を低くしてほとぼりが冷めるのを待っていた自分はクソ以下だと思った。

「売上を奪われたとなると、フランチャイズ側の怒りは相当なものだろうな……」

「もともと大した額ではなかった。シカモア・ウェイの犠牲者の一人の母親を取材した長い記事が『ガーディアン』に載った。ブランド商品としての〝エイト〟はすでに終わっている」

「宣戦布告も同然です」

「そうだな、フランチャイズにとってはとどめの一撃になりかねない。さて」パーズは俺が興味を新たにしたことを察して話を切り上げた。「話は以上だ」

俺は立ち上がった。めまいを感じた。パーズは立ち上がって見送ろうとはせず、俺のほうに軽くうなずいただけだった。心のどこかで、パーズの前に戻って何もかもぶちまけてしまいたいと思った。ドアを開けて出ようとしたところで、パーズに呼び止められた。

「ちょっと待て、ウェイツ」

俺は振り向いた。

またもやあのサメの笑み。

「もう一つ訊くことがあった」

俺は室内に戻った。背後でドアが閉まった。頭のなかは真っ白だった。

「イザベルの携帯電話のことだ」パーズが言った。

――ゼインは知っている。

「ちょっと見てもらえないか」

——ゼインは知っている。

俺はうなずいた。血管が脈打つ音が耳の奥で轟《とどろ》いていた。パーズがデスクの抽斗を開ける。溜《た》め息をついてその段を閉め、また別の段を開けた。ひとしきりごそごそやったあと、その段も閉めた。

——彼は知っている。

俺の報告書の内容をすべて記憶できる人物なのだ。証拠物件をどの段に入れたか忘れるわけがない。プレッシャーを高めようとしているだけだ。パーズはようやく透明なポリ袋に入った、ホットピンクの大画面スマートフォンを取り出した。

「おまえが見たのはこれか？」

違う。そんなものを見るのは初めてだった。

「そうです」

パーズは何も言わなかった。

「少なくとも、俺が見たのはそれだと思います」

「そうか」パーズは俺の視線をとらえたまま言った。「不可解なことに、家を飛び出して以来、イザベルはこれに一度も電源を入れていなかったらしい。それをバッグに入れて持ち歩くとは考えにくいな」

「でも、バッグに入っていました」俺は言った。
「そうか、ありがとう」パーズはにこやかに言った。

3

パーズはあの携帯電話についてどう考えているのか。俺は首をひねった。俺が見たのはあの電話ではないと察しているはずだ。少なくともそう疑っているだろう。尾行を警戒して、俺は街をジグザグに移動した。公衆電話を見つけ、自分の携帯電話をスクロールして、イザベルから送られてきたメッセージを探した。警察がまだ発見していない携帯電話から——イザベルが死んだとき、フラットから消えていた携帯電話から送られてきたテキストメッセージ。

背後を確かめ、スロットに硬貨を落として、ダイヤルした。呼び出し音が二つ半鳴ったところで唐突にやみ、留守電サービスに転送された。

誰かがイザベルの携帯電話を持っている。

あの電話に残っていた留守電のメッセージのことを考えた。イザベルが死ぬ前の晩に録音されたもの。

聞き間違いようのないオクスブリッジ・アクセント。

——イザベル、電話に出てくれるかと期待したのだが。私とは話したくないだろうね……。

パーズ警視は、古いほうの携帯電話が見つかったのは父親から電話番号を提供されたからだと言った。もう一台の携帯電話、イザベルが家出したあと買ったばかりの電話の番号をデヴィッド・ロシターが知っていたのだとすると、いったいどこから手に入れたのだろう。なぜ新しい番号も警察に伝えなかったのだろう。フラットから電話を持ち去ったのは誰だ?

歩き出したとき、夜までにはまだ時間がたっぷりあった。俺はふたたび街にまぎれようとした。道を渡るところが視界の片隅をかすめたとしても誰も意識しない、通りすがりの一人になろうとした。凍《い》てついた街を淡い灰色の光がぬくもらせ、人や車が血管を流れる血液のようにふたたび流れ始める。

その流れに身を委《ゆだ》ねて、自分を消してしまいたかった。カウンターの奥に並んだボトルに映る自分の姿が歪《ゆが》み、形を変えるのを見ていたかった。周囲も同じ午後の誘惑に屈しかけているのがわかる。目に見えない投げ縄が腰に巻きつき、道ばたのパブへと彼らを引きこむ。

ルービックに着いたときには夕方になっていた。心がひるみ、入口の前で長いことためらった。以前とは何かが違っている気がした。内心ではわかっていた。以前と違っているのは、たぶん、この俺だ。

4

酒を注文し、キャサリンの気に入りの角のブース席についた。彼女と話したかった。俺たちがどちらも知っていて、しかもゼイン・カーヴァーが来ないとわかっている場所は、ここしかない。シカモア・ウェイの惨事以降、カーヴァーも俺と同じことをしているだろう。なりをひそめ、話の辻褄《つじつま》を合わせようとしているだろう。あれ以来、俺はだいたい毎日ルービックに顔を出していたが、これまでのところ組織の者は誰も見かけていない。

だが、店の雰囲気は微妙に変わっていた。以前なら許されなかった行動が黙認されている。奨励されていると言ってもいい。おおっぴらにドラッグをやっている奴を見かけたし、ダンスフロアでのセックスまがいの行為、ガラス瓶を振り回しての殴り合いも見た。誰もが鬱憤《うっぷん》のやり場を探している。禁断症状なのか、慣れない薬物をやり始めたせいなのか。

どちらだとしても、俺には関係がない。

夜というにはまだ早い時間だった。俺が二杯目に取りかかったころ、キャサリンが店に入って来るのが見えた。俺に会えると期待して来たのかと思ったが、俺に気づいて軽く首をかしげたところを見ると、そうではなさそうだ。

キャサリンは小さく微笑《ほほえ》み、小さく手を振った。彼女が飲み物を注文しているあいだ、俺は彼女に伝えたいことを想像のなかで言ってみたが、どれも尻《しり》すぼみになった。ゼイン・カーヴァーは、集金係の女たちは俺が警察の人間であることを知らないと言っていたが、サラ・ジェーンはなぜか知っていた。キャサリンはまだ知らずにいることを願った。俺が自分で伝えなくてはならない。これまでルービックで見かけたときの服装を考えると、その夜はキャサリンにしては控えめだった。レザージャケット、黒いペンシルスカート、踵《かかと》の低いブローグシューズ。ふだんは肩にふわりと下ろしている栗色《くりいろ》の髪は、頭の高い位置で一つにまとめ、赤いヘアスティックを二本挿して留めていた。

このときまでキャサリンは、俺にとって漠然としたイメージだった。生命の炎、もしかしたらあり得る未来。イザベルが死んだあとでは、そしてシカモア・ウェイの惨事のあとでは、キャサリンを生きた人間と考えるのが怖くなった。ほかの人間と同じように壊れやすい存在だと思いたくなかった。だが、それを裏づけるかのように、キャサリンが俺のほうに歩き出したとき客の一人に勢いよくぶつかられて、彼女は危うく転倒しそうになった。

「おい」俺はぶつかった男に向かって怒鳴り、キャサリンに歩み寄った。初めて見る奴で、カーヴァーがバーンサイドで頭突きを食らわせた男と似た薄汚れた見た目をしていた。バーンサイダーズの一人だろう。服は流行遅れもいいところだった。この店にいる客で最年長の一人だ。五十代のなかばだろうか。

「大丈夫か」

「ええ、平気」

「いまのは？」

「知らない」キャサリンは男の後ろ姿を目で追いながら答えた。男はもう店を横切り、ドアを乱暴に閉めて出ていくところだった。

「ここで待ってろ」

「エイダン、やめて」キャサリンは俺の手を取った。「いいから座らない？」

俺たちは角のブース席に戻った。こぼれて半分になったグラスを俺が見ていることに気づいて、キャサリンが言った。

「スプライト」

俺はうなずいた。何と言っていいかわからなかった。どう反応していいのかわからない。

キャサリンも察したのだろう、早口で付け加えた。「だからって――」

「わかってる」

「どうするか、自分でもまだ決めてないの……」

「体調はどう？」

「良好」キャサリンは目を上げたが、すぐにまた伏せた。「不調。幸せ。憂鬱」

「七人のこびとの名前みたいだな」

「あの日、イザベルの部屋で会ったとき。本当に驚いた」

「わかってる。悪かった。俺もきみがいて驚いたよ」

「そうね、そういう顔してた」キャサリンはふざけて俺の胸を殴る真似《まね》をした。「知らない女を妊娠させたのは初めて？」彼女はテーブルに腕を載せた。小指が俺の小指と触れ合った。

「ああ、初めてだ」

「夜、よく眠れすぎて困ってるとしたら、ちょうどいい悩みじゃない？」

「きみのおかげで、夜はまったく眠れていないよ」

キャサリンは落ち着かない様子で身じろぎした。「いま何か困ってる、エイダン？」

「どういう意味かな」

「何かトラブルに巻きこまれてない？」

「どうしてそう思う？」

「私が知ってる人はいまみんなそうだから」キャサリンは微笑んだ。「私もよ。あなたはある日、目に青痣《あおあざ》を作った顔でどこからともなく現れた。あなたのことは何も知らないも同然……」

「何を知りたい？」

「私はゼイン・カーヴァーに近づく手段にすぎないの？」

「彼と二度と会わないとしてもかまわない」

彼女は驚いて目を見開いた。「私は？」

「これがきみと話す最後の機会でなければいいと思ってる。俺たちはふつうとは違う出会い方をしたね。ふつうの関係に発展することもないだろう。それでも試してみたいんだ。きみさえよければ」

「私について知りたいことはある？」

「焦《あせ》らずに少しずつ知っていくよ」

キャサリンはますます目を見開いた。「あなたはどう考えてるのか聞きたいわ」

おなかの子供のことを言っている。

「きみがどういう結論を出すにせよ、それに全面的に賛成する。そばにいたい」

彼女は小指を俺の小指に重ね、そっと力をこめた。「そんな風に言われたのは初めて」

「もっと早く連絡したかった。でも、きみの番号を知らなかった。シカモア・ウェイの事件が起きて、ゼインの家にも行かれなくなった。だから――」

「シカモア・ウェイ」キャサリンが言った。

いまとなってはあまりにも大きな力を持つ言葉だ。周囲が一気に暗くなったように感じた。七人のティーンエイジャーが死んだ。

「何があったの」

「わからない。イザベルがゼインの書斎で一人きりになった時間があった。そのとき、汚染されたヘロインを持ち出したんだと思う。そのあと俺が部屋に送り届けてから死んでいるのを見つけるまでに、丸一日の空白があった。大部分は売りさばいたんだろうな。手もとに残したごく少量を自分で使った。ウェスト・ディズベリーのお坊ちゃんお嬢ちゃんも」

「その子たちを見つけたとき、あなたも一緒だったってゼインが言ってた」

俺はうなずいた。

「イザベルと同じだった？　苦しんだようだった？」

「みんな穏やかに死んだんだろうと思うよ」俺は言った。本当のことを話しても何にもならないという気がした。

キャサリンはほっとした様子だった。

「ゼインは何か言っていたか」

彼女は顔を上げた。「何かって？」

「問題のヘロインが何で汚染されていたかとか。なぜ大勢が死んだ？」

キャサリンは首を振った。「海外から調達してるの。ゼインはかさを調整して売るだけ。同じバッチのほかの分は何でもなかった」

「それは確かか」

「シカモア・ウェイの事件のあと、全部試したから」

「とすると、ヘロインそのものではなく、加えたものに問題があったということか」

彼女はうなずいた。

「加えたものにも異常がなかったとゼインは言っているんだね？」

「そう、嘘をついているようには見えなかった。嘘は言ってない」

「とすると、誰かが故意に毒物を混入したわけだ」

キャサリンは顔を曇らせた。

「イザベルの状態を見ただろう。事故とは思えない」

「でも、どうして」

「ゼインには数え切れないくらいの敵がいるはずだ。彼が逮捕されて得をするのは誰だろうな」

自分でも考えてみた。パーズ警視は執念を抱いている。デヴィッド・ロシターは秘密を抱えている。シェルドン・ホワイトは恨みを抱いている。グリップも容疑者からはずすことはできない。

「逮捕されるの？　ゼインは逮捕されるということ？」

「まだわからない。逮捕できるものならとっくにしているだろう」

「その場に居合わせないようにしなくちゃ……」

俺は彼女の指をそっと握った。「どこに行くつもりだ？」

「ロンドンかな。ときどき悲しくなる。いろんなことが……」キャサリンはためらった。「終わってしまうのが」

その瞬間、俺は悟った。その夜、彼女が誰よりも顔を合わせたくなかった人間は、俺だろう。赤ん坊をどうするか、彼女はもう決めていたのだ。

「もう二度と会えないみたいな言い方だ」

「私を知らないままでいて」キャサリンは視線をそらした。「知らずにいるほうが楽だろうから」

キャサリンにはいつも芝居がかったものがつきまとっていた。彼女のことを考えるとき、本当の彼女のことを思うとき、俺が思い出すのはいつもこの夜だ。一つにまとめた髪、あのジャケット、あのスカート。そしてあの葛藤《かっとう》。二杯目の酒の酔いが回り始めていた。酔いは音楽にビートを返し、あらゆる表面に艶《あで》やかさを取り戻させる。彼女が何を考えているのか、俺には読めなかった。何を伝えようとしているのか、わからなかった。俺は最後まで彼女を知らないままだった。

5

俺は表の入口に背を向けて座っていたが、キャサリンが目を見開いたことに目をとめた。俺が振り向くより早く、男がキャサリンの隣にどさりと腰を下ろした。さっきカウンターの前でキャサリンにぶつかった男だった。

エンジンオイルのにおいがした。

たとえキャサリンでなかったとしても、そいつが若い女と並んで座っている光景は醜かった。滑稽《こっけい》と言ってもいい。大きくて不気味な笑みらしきものを俺に向けたあと、我が物顔でキャサリンの肩に腕を回し、はみ出していたブラストラップの下に指を滑りこませた。

目を見開いたとき、キャサリンはその男のほうを見ていたわけではなかったから、俺の後ろに誰かいるのだとわかった。確かめるまでもなく、誰なのか察しがついた。俺を見つめているキャサリンの目は、一週間前にイザベルの部屋で見たのと同じ不安げな表情を浮かべていた。一人目の男は、キャサリンに腕を回したまま咳払いをして言った。

「おまえも座れよ、ニール」

振り返ると、あのバーテンダーが立っていた。俺のせいでこの店から逃げ出した男。

いまも逃げ続けている。いまも偽名を使い続けている。俺は酒のグラスを握り締めた。奴《やつ》の顔に叩《たた》きつけてやりたかった。

奴は明らかにハイだった。厚い胸はあいかわらずたくましかったが、ファッショナブルな無精髭《ぶしょうひげ》はだらしなく伸びて無様になっていた。目の下に黒々としたくまができている。俺の隣に腰を下ろして尻を横にずらした。俺は壁に押しつけられた。挑発的な行為ではあったが、スペースを見誤っただけのことと好意的に解釈することにした。奴は消耗しきった顔をしていた。毎夜連続でコカインをやりまくったつけが来ているのだろう。

俺はグラスの内側できらめいている水滴を見た。周囲を漂うアルコールのにおいを嗅《か》いだ。近くの客の話し声を聞くともなく聞いた。ルービックはいつの間にか満員になっていた。店の時間はふだんどおりに流れていた。俺たちのあいだで起きていることに誰も気づいていない。気にしていない。夜は更《ふ》け、酔った客は酒にしか興味を向けない。同じ空間で何か醜悪なことが進行していたのに、俺は酒に酔っていてそれに気づかなかったことがこれまで何度あったのだろう。

「自己紹介がまだだったな」キャサリンの肩に腕を回した男が言った。険悪な表情をまるで仮面のように顔に張りつけていた。過酷な人生を歩むうちに脱ぎ捨てるのが難しくなっていく種類の仮面。いまこの瞬間、この男にしてはおそらく理性的な状態でいるのだろうに、やはりその仮面を脱ぎ捨てることはできない。その表情のせいで目の前のことしか考えられないように見え、本当はもっと賢い人間なのかもしれないが、知性と縁遠い印象を与えた。

「シェルドン・ホワイトだ」男は空いたほうの手を誰にともなく差し出した。

キャサリンも俺も、その手を握らなかった。グレン、ニール、呼び名は何であれ元バーテンダーは、俺の隣で紙のコースターをちぎってばらばらにしていた。

「いいところで会った」俺は言った。「彼に何かクスリを調達してやってくれないか。隣にいられるといらいらする」

ホワイトはまた笑みらしき表情を浮かべた。誰かが微笑んでいるのを遠くから見たことがあって、記憶を頼りにそれを真似してみたというような表情だった。「ニールとは知り合いだったな」

自分の偽名に反応してバーテンダーが顔を上げ、俺より先に答えた。「ああ」奴はコカイン常用者の常で挙動が落ち着かず、ほかの誰にも見えていないハエをひとり目で追っていた。

「おまえらのあいだで過去に何やらあったらしいが、それは措《お》くとして」ホワイトが言った。俺は黙っていた。キャサリンも黙っていた。「酒《ポイズン》は何がいい？」

俺はそわそわしている元バーテンダーのほうに顎《あご》をしゃくった。「彼がやってるのと同じものでいい」

ホワイトの顔から笑みが消えた。

「ジェイムソンをソーダ割りで」俺は言った。

「ダブル？」

「ああ、最低でもダブル」

「俺も同じのにするかな。こちらのお嬢さんはどうする？」キャサリンが答えないのを見て、ホワイトはブラのストラップをはじいた。

「赤ワイン」彼女は壁を見つめたまま言った。

ホワイトは立ち上がった。大柄な男だった。ゼイン・カーヴァーより年上で、しょぼくれている。

「おまえら、ここでちゃんと待ってろよ」奴は言った。

店には人がひしめいていた。俺たちのテーブルの周囲にも互いに密着した肉体の壁ができていた。ホワイトはそれをかき分けてカウンターに向かった。姿が見えなくなったところで俺は立ち上がり、キャサリンにうなずいて合図した。

しかし、キャサリンは動かない。

あいかわらず落ち着きのない元バーテンダーも、俺の出口をふさいだまま動かずにいた。そして立ち上がる代わりに、それまでテーブルの下に隠していた手を一瞬だけこちらに見せた。

ナイフ。

人垣のなかに、面倒くさそうにこちらを見ている顔がいくつかあった。カーヴァーと一緒にバーンサイドに行ったときに見た二人組もいた。二人組と同じような体格と目つきをした連中が俺たちを取り囲んでいる。俺は椅子《いす》に座り直した。見張っている奴らの存在を頭から追い出そうとした。

グレンだかニールだかに顔を向けた。「俺のフラットの外にいたのはあんただな」

直接の返事はなかったが、俺の脇腹《わきばら》に突きつけられたナイフの感触が代わりに答えた。

「そんなもの必要ないでしょ」キャサリンが言った。

「自白剤みたいなもんさ。あんたもこんな奴に関わったのが運の尽きだったな」

キャサリンの視線がほんの一瞬だけ俺のほうに動いた。「どういう意味？」

「教えてやれよ、エイダン」

「何の話かわからないな」

「嘘をつきすぎて、どれがばれちまったかわからねえってか。そうだな、イジーはなんで死んだのか、そこから始めるか」

「汚染されたエイトをやって死んだ」

「打ったのは誰だ？」

「本人かもしれないし、別の誰かかもしれない」

「あの晩、おまえがあの子を送ってったよな。あの子が死んだとき、おまえはどこにいた」

「自分のフラットだ。そっちはどこにいた」

ナイフの切っ先が俺の腹に押しつけられた。シャツの生地を突き通る感触があった。

「俺のことはいい。続きを話せ」

「次の日、死体を見つけた。警察に通報した。俺が殺したなら、現場に戻るわけがないだろう」そう説明しながら、頭のなかで考えを整理しようとした。目下の精神状態からして、おそらくこの元バーテンダーはイザベルの死と無関係だ。俺と同じようにすっきりしない思いでいるらしい。

「その夜、部屋に泊まったのかもしれない。それか、後始末が目的で出直したのかもしれない」

「彼は私と一緒だった」キャサリンが言った。「発見したとき一緒だったの。本当よ。命に懸けて誓ってもいい」彼女の手が腹部へ動いたように見えた。「それに、あなたがどこにいたのかというのはもっともな疑問だと思うけど、ニール」

ナイフの先端が俺の脇腹にめりこんだ。

「もっともな疑問か」奴は笑った。「俺はメルといた」

「メル?」

奴はバーカウンターのほうに顎をしゃくった。オーストラリア人の女性バーテンダーのほうに。「このエイダンはな、数千ポンド分のコカインを便所に流しやがったんだ。俺に絞首刑《こうしゅけい》を言い渡したも同然だぜ」吐き捨てるように言う。「自分の部屋には帰れっこねえ。だからメルの部屋に泊まらせてもらったんだ」

「でも、どうしてエイダンが――」

「いまこいつが話したのは本当のことだ」俺は言った。

「え……?」

「イザベルを守ってやろうと……」

「ごまかすんじゃねえよ」バーテンダーが言った。「自分を守りたかっただけだろうが。おまえらはいつだってそうだ」

「〝おまえら〟ってどういう意味」キャサリンが訊《き》く。

「教えてやりな、エイダン」刃先が脇腹の皮膚を貫いた。

「刑事なんだ」俺は言った。

キャサリンの目が俺の顔にさっと動いたが、すぐにまた壁に戻った。彼女の顔から血の気が完全に引いていた。卒倒するのではないかと思った。バーテンダーは彼女の表情を観察していた。

「おやおや、驚いたな、知らなかったらしいぞ。このエイダンの野郎はな、俺に一杯食わせておいてイジーを送っていった。次の日、イジーは死んだ。その直後に、今度はシカモア・ウェイの大学生が何人も死んだ。気づいたらゼインがどつぼにはまってたわけさ。考えてみろよ」バーテンダーは言った。「それぞれ別個の話なのか、それとも全部まとめて一つのでかい話なのか」キャサリンの目がまたしても俺の視線をとらえた。今度は少しだけ長い時間、そこにとどまった。

「彼はどこの誰なの」キャサリンは自分の隣の空席に顎をしゃくった。

「シェルドン・ホワイトか？」バーテンダーは言った。「バーンサイダーズの最古参の一人だよ」

キャサリンは目を閉じた。

「俺にほかの選択肢があったと思うか」バーテンダーは続けた。「こいつにやられっぱなしってわけにもいかねえしな」またナイフの先を俺に食いこませる。今回はシャツに血が染《し》み出したのがわかった。「バーンサイダーズに持ちかけたんだよ。ゼインが体勢を立て直してる隙《すき》に、この店で商売を始められるようにお膳立《ぜんだ》てしてやろうって。ま、奴らをうまいこと利用したってわけだ……」

奴の手は震え始め、奴はその手を見下ろした。利用されたのはおまえのほうだろうと指摘してやるまでもなかった。自明のことだった。奴の側から見た経緯を聞いただけで誰にだってわかる。

だが、こいつが与えられていたのはコカインだけではないのかもしれない。恐怖にすくんだ愚かな男、命からがら逃げ出してきた男にとって、バーンサイダーズに頼るのは名案と思えただろう。次の手を考えるあいだ庇護《ひご》を期待できる。そしてバーンサイダーズは奴を連日ドラッグ漬けにして、フランチャイズのビジネスに関する情報を残らず搾《しぼ》り取った。

ドラッグをトイレに流した自分に腹が立った。通報して逮捕してもらうこともできたのに、俺は仕返しを優先したのだ。

「やるときゃやるしかねえんだよ」バーテンダーはうつろな声で言った。「ゼインだってわかってくれるだろうよ」

それきり誰も口を開かなかった。まもなくホワイトが酒を持って戻ってきた。タトゥーで飾られた大きな両手に四つのグラスを一度に持っていた。

「俺が来たからっておしゃべりをやめなくたっていいんだぜ」そう言ってグラスをテーブルに滑らせ、キャサリンの隣にどさりと腰を下ろした。片手をまた肩に回し、反対の手で酒を飲んだ。「名前はキャサリンだったな?」

彼女はうなずいた。ふいにひどく幼く見えた。

ホワイトが俺を見る。「そっちは?」

「エイダン」俺は答えた。

「そうだそうだ、そうだった。エイダン・ウェイツな。ニュートン・ストリートから一本入ったとこに住んでるエイダン・ウェイツ」

俺はバーテンダーをにらみつけた。「まあ、別に隠すことでもない。あんたも近所か」

「いやいや、そうならよかったんだけどな。俺はもっとはずれのほうだ。バーンサイドのほう」

「いいところだな」

「まあな。先週だったか、おまえとゼインで遊びに来てくれたそうだな」

「耳に入るのはいい噂《うわさ》ばかりだ」

ホワイトの額に地層みたいな皺《しわ》が寄り、醜い表情を作った。「そいつに」バーテンダーを顎で指す。「でたらめを言うのはかまわねえ。カーヴァーにもな。なんだったらこの女にも嘘八百を並べるがいい。だがな、俺には適当なことを言うんじゃねえよ」

俺はうなずいた。

「そうさ、バーンサイドはいいとこだぜ。今後の発展が楽しみな街ってやつだ。今夜のこの店にちょっと似てるな」

俺たちは黙って先を待った。

「これだけの人間がいて」ホワイトは周囲に視線を巡らせた。「これだけの金が集まってて、これだけの女がいて」そのにおいを味わうように大きく息を吸いこむ。「ひとときの忘却を求めている。なのに、売ってやれる奴がいないって？　そりゃ犯罪だぜ」

「ゼインがいるわ」キャサリンが言った。

「このあいだまではな」ホワイトが言った。「黄金時代は終わったってことで誰にも異論はねえだろう」

バーテンダーは神妙な顔でうなずいた。おそらく、自分が何をしでかしたか、ようやく理解し始めているのだろう。

「だが、奴のスカートの好みは変わってねえらしいな、お嬢ちゃん」

キャサリンは黙っていた。

「あんたは過去の女のなかで最高の一人かもしんねえぞ」

「私は彼に雇われているだけ」

ホワイトは俺に向けて笑った。「きっかけはいつもそれなんだよな、違うか、エイド？　あの女もやっぱり奴に雇われてるだけだった」

キャサリンは何も言わない。

ホワイトは執拗《しつよう》だった。「あの女の名前は何てったっけな」

恐怖のせいか、それとも忠義心からか、キャサリンはうわずった声で答えた。「ジョアナ」

「ジョ-アナ」シェルドン・ホワイトは粘っこい発音で繰り返した。「それだ。けど、あんたが雇われる前の話だろ？」

「ええ、私は一度も会ったことがない」キャサリンは小さな声で答えた。

ホワイトは俺を見た。「セメントで固めてどっかに埋められてる。退職祝いがそれじゃあな」

「クソ野郎」キャサリンが言った。

「あ、何だって、お嬢ちゃん？」

キャサリンはホワイトの顔を見て、大きな声で同じことを繰り返した。

俺はグラスを握った手に力をこめた。ホワイトが彼女を殴るだろうと思った。目に浮かんでいた表情から察するに、彼女もそう覚悟していただろう。俺たちを取り囲んだ連中が残らず注目してなりゆきをうかがっていた。この会話の行方が、この夜の行方が、この一瞬にかかっているように思えた。

「何か話したいことがあったんじゃないのか」俺は言った。「過去の話をしに来たわけじゃないだろう」

「驚いたね」ホワイトはにやりとした。「不毛な議論は省けってさ。本題に入れとよ。さすがだな」

「さっさと話をすませて、あとは楽しく飲みたいだけだ」

「心配するな、すぐに楽しく飲ませてやるから。ただしその前に、おまえの手をちょいと借りたい」

「俺を？　何に？」

「平和の使者として、かな」

俺は説明を待った。

「カーヴァーに無断でこの店をいただくわけにはいかねえだろ。なんてったってここはあいつのもんだから。俺の代理で交渉してくれ。願ってもねえ話だぞ。ニールに聞いたところじゃ、最近のフランチャイズはこのルービックを中心に商売してる。品物はここに届いて、ここでさばかれる。別のバーやらパブやらに分配される。そうだな？」バーテンダーはテーブルを見つめてうなずいた。「ゼインの評判は肥だめに落ちて、ニールは逃げた。おかげで商売は完全にストップしてる」

「だからあんたが再スタートさせるって話か」

ホワイトの指先がキャサリンの肩に食いこんだ。

「そうさ、留守のあいだ店番しといてやろうって話だ」

俺は首を振った。

ホワイトが先を続けた。「オファーってのはそれじゃねえ。金を払う用意があるって伝えてもらいたいんだよ」そう言ってにやりとした。上唇に浮かんだ汗の粒が光った。

「利益の一パーセント」

「そんな条件、ゼインは死んでものまないだろうな」

「のむしかねえだろうよ」ホワイトが言った。「どう考えたって奴はもう終わりなんだから。贅沢《ぜいたく》言える立場じゃねえだろ」

「しかし、カーヴァーにもプライドがある。あんたがここで商売する件については説得できると思うが、それだけでもう充分に屈辱だ。利益の一パーセントなんて、プライドが許さないだろう。戦争になるぞ」

ホワイトは退屈そうな顔つきをした。

「カーヴァーが追い詰められてるのは事実だ」俺は続けた。「十パーセントなら、商売上の判断と割り切れるだろう。プライドと一緒にのみこむはずだ」

ホワイトは歯のあいだから息を吸いこみ、思案しているふりをした。

「一理あるかもしんねえな、エイド」奴は俺の顔を探るように見た。「五パーセント」

「何もかもこのためだったのか？」

「何もかも？」

「たとえば、カーヴァーの家に白と黒の塗料が残されてた」

シェルドン・ホワイトは眉間《みけん》に皺を寄せ、それから笑った。「塗料なんて、俺は知らねえな。ゼインの野郎に新しい敵ができたんなら何よりだ。それに模倣は最大の賛辞っていうしな」

俺は仕切り直した。「俺にはあんたの使い走りをする理由がない」バーテンダーが横から割りこみ、ホワイトに向かって言った。「あんた、言ってたよな。カーヴァーとの交渉は俺に――」

「それはエイドとばったり出くわす前の話だ。臨機応変ってやつだよ」バーテンダーは荒い息をしながらホワイトを見つめた。カーヴァーに弁解を試みるつもりでいたのだろうが、その目論見《もくろみ》は破れた。

ホワイトが話を続けた。「さっきおまえは俺の邪魔をしたな、エイド。ジョアナ・グリーンローの話をしたとき。俺は過去の話をしに来たんじゃないだろうとおまえは言った。それは思い違いだ」ホワイトの手はキャサリンの胸に伸び、トップスの上から乳房を荒っぽくつかんだ。キャサリンが目をつぶる。「おまえがカーヴァーを説得してるあいだ、キャスは俺とここで待つ。そうだよな、キャス？」

彼女は何も言わなかった。

ホワイトは親指と人差し指でトップス越しに乳首をつまみ、力をこめた。「そうだよな、キャス？」

「ええ」彼女は目を開いて答えた。

俺はすべてを記憶に刻みつけようとした。テーブルに落ちた水滴のきらめき、あたりを漂う酒の高揚感、断片的に耳をかすめていく周囲の会話。キャサリンの顔に浮かんでいた表情。うつろな目に涙を浮かべ、このときもまた壁を凝視していた。俺を見てもらいたかった。もう一度、俺を信じてもらいたかった。だが、俺を信じることなどできなかっただろう。

「おまえの電話。預からせてもらおうか」ホワイトが言った。

ポケットから携帯電話を出して奴に渡した。ホワイトがバーテンダーにうなずいて合図をし、バーテンダーはもう一つ電話を持っていないか、ぎこちなく俺の体を探って確かめた。俺のシャツの脇の部分、ナイフの先が刺さったところに丸い血の染みができていた。電話はないと納得して、バーテンダーがホワイトにうなずいた。ホワイトは安手のプリペイド携帯を俺に差し出した。

「こいつでかけられる番号は一つだけ──俺の番号だ。カーヴァーはたったひとこと言うだけですむ。イエス、またはノーのどっちか」酒を一口飲み、満足げに舌鼓《したつづみ》を打つ。「カーヴァーが交渉を拒否した場合。五パーセントの条件をのまなかった場合。十時までに返事がなかった場合。その場合、キャスは行方不明になる」汗の小さな粒が奴の顔に吹き出し始めていた。「俺の邪魔をしようなんて考えるなよ、エイド。自分には失《う》うものはないなんて考えるんじゃねえ。この女が消え失せることになるぞ、初めっからいなかったみたいにな」

キャサリンはまだ俺を見ようとしなかった。十秒後、俺は人をかき分けて出口に向かっていた。心は波一つない水面のようだった。雲一つない空のようだった。そこに映っているのはシェルドン・ホワイトとバーテンダーだけだ。チャンスをくれ、と思った。チャンスさえあれば、二人まとめて殺してやる。

6

サウナのように熱気がこもったルービックを出たとたん、冷たい空気がぶつかってきた。街は人であふれていた。冬物のコートを着こんだ人々がありとあらゆる方角へ向かっている。家族のもとへ。家へ。ベッドへ。男が二人、俺を追って店から現れた。俺は歩き出した。シェルドン・ホワイトから渡された携帯電話で九九九にかけ、警察につないでもらった。

「ロックス近くのルービックというナイトクラブの一階に、本人の意思に反して拘束されている若い女がいる。ブルネット、年齢は二十代初め。拘束しているのは北欧系白人男性の二人組。一人はシェルドン・ホワイト、五十歳前後、傷害と麻薬犯罪の前科あり。もう一人はグレン・スミスソン、三十代、デートレイプと麻薬犯罪の前科。武器を所持しており危険。繰り返す。武器を所持しており危険」これで通信指令員も目が覚めただろうと思い、電話を切った。

俺はふたたび街を歩き出した。パーズに電話をかけてみたが、つながらない。

通りかかるタクシーはどれも客を乗せていて、しかも反対方向に向かっていた。それでもだめもとで手を挙げてみた。カーヴァーの屋敷まで歩いたら一時間はかかる。車なら十五分だ。俺はホワイトから渡された電話を確かめた。

ちくしょう。奴は時計の設定さえしていなかった。

前から来た若い女の二人組を呼び止め、時刻を尋ねた。二人は泥酔《でいすい》した男を見るような目を俺に向けた。

「約束に遅れそうなんだ」俺は息を切らして言った。

二人とも腕時計はしていなかったが、一人が警戒しながらバッグに手を入れて携帯電話を取り出した。かっさらおうとしているわけではないと安心させるために、俺は一歩下がって距離を置いた。

「十五分前」

「十時十五分前？」

女がうなずく。

俺はもう後ろ向きに歩き出していた。

セント・アンズ・スクウェアのクリスマス市の渋滞は、見える前に音でわかった。このために特別にあつらえた木の屋台、仮設の店舗で営業するバーや小売店の軒先に施された、色とりどりのランプや華やかな装飾。ビール、スパイスを加えた温かいワイン、ホットドッグのにおいが一帯にあふれていた。

音楽も鳴っていた。どちらを向いても大勢の人がいる。満腹で疲れ顔をした子供を連れた家族、周辺の会社の勤め人、初めてのデートで舞い上がっているティーンエイジャー。押し合いへし合いしながらばらばらな方角に向かおうとしている数千の人々のあいだを強引にすり抜けた。

シェルドン・ホワイトは敵対的買収を仕掛けようとしている。あのバーテンダーは、この数週間に起きた出来事はどれもつながっているのではないかとほのめかしたが、それはあながち誤りでもなさそうだ。

イザベルの死。

シカモア・ウェイの惨事。

ゼイン・カーヴァーに向けられた疑いの目。

――それぞれ別個の話なのか、それとも全部まとめて一つのでかい話なのか。

いまとなっては、このための布石だったとしか思えなかった。ルービックだけを的にした話ではない。街を、フランチャイズを狙《ねら》った動きだ。しかし、ルービックは最重要拠点だ。ラリって判断が鈍っていたとはいえ、バーテンダーはバーンサイダーズにその鍵《かぎ》を引き渡した。カーヴァーにとって、五パーセントという数字は受け入れがたいものだろう。彼の耳は、連中が意図したとおりのものとしてその数字を聞くに決まっている。

侮辱として。

俺にできるのは、カーヴァーに真実を伝えること、少なくとも真実に近いものを伝えることだけだ。彼の大切なジョアナの名前をちらつかせて揺さぶり、バーンサイドで見せた怒り――集金係の女の話を持ち出した奴を危うく殺しかけるほどのあの激しい怒りを利用するしかない。キャサリンの身に何かあったら自分を許せない。

タクシー乗り場を目指そうとしたとき、タクシーが近づいてくるのが見えた。空車のランプが点灯している。俺は車が猛スピードで行き交う車道に飛び出し、タクシーに手を振った。タクシーが停まり、俺はゼイン・カーヴァーの住所を告げた。

「十分以内に行ってくれたら、五十ポンド払うよ」

7

「お兄さん、車を拾えて運がよかったな」

「どうして」

「すごい火事が起きたらしくてさ。ヤーヴィル・ストリートで。タクシーが二十台近く燃えたらしいよ」

「それはいつ?」

「ここ一時間くらいの話だな」

ヤーヴィル・ストリートには、フランチャイズ傘下《さんか》のタクシー会社の本部がある。おそらくシェルドン・ホワイトの差し金だろう。放火の件がまだカーヴァーの耳に入っていなければいい。

「悪いが、携帯電話を貸してもらえないかな。一本だけ短い電話をかけたい。先に十ポンド払う」

運転手はバックミラー越しに俺をじろじろ見た。

「緊急の用件ができて」俺は札を見せた。

運転手はうなずき、俺たちは現金と電話を交換した。俺はパーズ警視の番号にかけた。

留守電になっていた。

「ばれました」俺は言った。「女が――キャスが危険です。ルービックの一階、シェルドン・ホワイトに監禁されています」ほかに伝えるべきことが思い浮かばない。「助けてやってください」

通話を切って、電話を運転手に返した。運転手は俺の視線を避けてスピードを上げた。一刻も早く俺を降ろしてしまいたいのだろう。

タクシーはフェアヴューの三十メートルほど手前で停まった。俺はダッシュボードの時計を見た――21：56。財布からありったけの紙幣を引っ張り出して透明アクリル樹脂の仕切り板の向こうに押しやり、車を降りると、屋敷に向かって走った。庭を抜ける小道を駆け抜け、玄関ドアに突っこんだ。

誰も出てこない。ドアを蹴《け》った。何度も蹴り、わめき、ブザーを長々と鳴らした。ようやく廊下の明かりがついた。

ドアから一歩離れ、サラ・ジェーンがのぞき穴から俺の顔を確認できる位置に立った。ドアが開き、俺は前に出たが、グリップに押し戻された。サラ・ジェーンはその後ろに立っていた。両腕で胸を抱くようにしている。鮮やかな赤毛が肌の青白さを際立《きわだ》たせていた。疲れ、やつれて見えた。

「いますぐゼインに会わせてくれ」

グリップは戸口に立ちふさがった。「いったい何の騒ぎだよ」

「キャサリンを人質に取られた。バーンサイダーズに」

俺がそう言うと、グリップは一歩後ろに下がり、肩越しにサラ・ジェーンを一瞥《いちべつ》した。

「十時までにゼインから連絡しないと、キャサリンが行方不明になると脅されている」

握り締めていたプリペイド携帯を見せた。「番号が一つだけ登録されている。電話して
イエスと言うだけでいい」

「何に対するイエスだ？」グリップが訊いた。

「ゼインはいまどんな品物も動かせない。そのことを奴らは知っている。ほとぼりが冷
めるまで、ルービックで商売をしたいと言っている」

「ついさっき、連中はゼインのタクシーに放火した。そんな要求をのむわけがない」

「エイダン――」サラ・ジェーンが口を開いた。

「とりあえずイエスと答えろ。あとで撤回すればいい」

グリップが俺との距離を詰めた。「無理な相談だな」

「エイダン」サラ・ジェーンがあいだに割りこんだ。「ゼインはここにいないのよ」

世界から音が消えた。残ったのは俺の息遣いだけだった。

「いま何時だ？」俺は言った。

サラ・ジェーンが腕時計を見た。

「十時二分過ぎ……」

「キャスはどこだよ」グリップが言ったが、俺はもう向きを変えてその場を離れていた。手のなかの携帯電話がぬるついた。いま考えられるのはキャサリンのことだけ、俺の目を見ようとしないキャサリンのことだけだった。いまはもう俺を信じていないキャサリン。電話のキーを押してロックを解除し、アドレス帳を呼び出した。登録は一件だけ。

〝ボス〟。

屋敷の明かりからさらに遠ざかった。小道を進む。自分がひどくちっぽけに思えた。通話ボタンの上で指が迷った。

世界が停止した。

つかの間、木々の枝を渡る風の音に耳を澄ました。それからボタンを押した。一分以上待った。やっとかちりと音がした。

「時間切れだ」シェルドン・ホワイトが言った。

「時間どおりに着いたんだ。しかし、カーヴァーは留守だった」

「そうか」

「一時間以内に探すから――」電話は切れた。

携帯電話を見つめた。両手が震えていた。肺が焼けるように熱い。気づくと俺は庭の小道に座りこんで木々を見上げていた。木の枝から俺を凝視している大勢の姿が見えるよう、声が聞こえるようだった。

8

電話をかけ直したが、延々と呼び出し音が鳴るだけだった。もう一度かけると、今度は留守電につながった。女性のシステム音声を聞き、ビープ音を待った。どんな伝言を残せばいいかわからなかったが、とっさにこう言っていた。

「一パーセントで納得させる。連絡をくれ」

通話を切って電話を見つめた。一秒、また一秒と時間が永遠に失われていく。同じ時間の経過をキャサリンがどう感じているかは考えまいとした。

ルービックに戻ろうとは思わなかった。シェルドン・ホワイトが電話をかけ直してきて、カーヴァーを探す必要が生じるかもしれない。それでもとにかく立ち上がろうとしたとき、背後でドアが閉まる音がした。屋敷から漏れるほのかな光が消え、小道は闇《やみ》に沈んだ。振り向くと、人影が二つ見えた。サラ・ジェーンとグリップが近づいてくる。

「何て返事した？」サラ・ジェーンが言った。

「ゼインはいなかったと言った。電話を切られた」

「もう一度かけて」

「留守電になってる。ゼインは？」

「キャスはどこ？」

「出かけてる」サラ・ジェーンはためらった。「キャスはどこ？」

「ルービックだ。ただ、いまはもういないと思う」

「確かめてみる」サラ・ジェーンはジャケットのポケットから携帯電話を取り出してキャサリンにかけた。三人とも無言で待った。「呼び出し音は鳴ってる」サラ・ジェーンが言った。俺は彼女に近づいて耳を寄せた。呼び出し音がふいに途切れた。誰かが留守電サービスに転送したようだ。

「ルービックだな」グリップが言い、俺の脇をすり抜けて小道を歩き出した。

「俺も行く」

「だめだ。おまえは閣下を探して事情を説明してくれ。それより、キャスと何してた？」

「話をしていた」

「だよな、おまえ、口がうまい以外に取り柄はないもんな」

「誰に捕まってるの」サラ・ジェーンが訊いた。

「シェルドン・ホワイト。ジョアナ・グリーンローの名前を出せと言われた」

二人ともすぐには何も言わなかった。顔ははっきり見えなかったが、二人は目を見交わしたようだった。

「俺のフラットの前で見たのは誰だったんだ、グリップ？」

グリップは答えなかった。息遣いだけが伝わってきた。

「それ何の話」サラ・ジェーンが訊く。

「俺のフラットが荒らされた。シカモア・ウェイの事件の夜だ。グリップはやった奴を見た」

「言ったろ。やったのは刑事《デカ》だよ」

「ナイフを持っていた奴は?」

グリップは答えない。

「俺はグレンだと思う。いや、ニールか。ともかく、ルービックの元バーテンダーだ。今日、奴はシェルドン・ホワイトと一緒だった。しばらく前かららしい。もっと早くわかっていれば、こんなことにならずにすんでいただろう」

あいかわらず黒い輪郭しか見えなかったが、グリップが溜《た》め息をついて肩を落とすのがわかった。「ゼインを探せ」彼はそう言い置いて小道をたどって消えた。

俺はサラ・ジェーンを振り返った。やはりシルエットしか見えない。暗くて表情はわからないが、月明かりが赤い髪を輝かせていた。俺が握ったままでいた携帯電話が鳴り出して、俺たちは飛び上がった。画面が明るくなった。

〝発信者:ボス〟。

応答ボタンを押して、電話を二人のあいだに持ち上げた。サラ・ジェーンがそれに耳を近づける。

「一パーセントか」シェルドン・ホワイトは笑いながら言った。

「ああ」

「十時半までに返事しな」

「キャスと話させてくれ」

電話はまた切れた。

俺はサラ・ジェーンを見た。「いま何分だ?」

彼女は自分の携帯電話を見た。

「十時十分」そう言って俺の腕を取る。「来て。ゼインの居場所に心当たりがある」

9

庭の小道を抜け、街灯にほのかに照らされた通りに出た。この夜初めてサラ・ジェーンの姿がはっきり見えた。ブラックジーンズにフォックスファーのジャケット。十一月も終わろうとしていた。彼女が俺の腕を取ったのは、寒いからだろうか。だが、歩き出してすぐにわかった。彼女は足を引きずっていた。彼女が乗っていたタクシーが襲撃されたのはほんの数日前のことだった。その一件は、サラ・ジェーンから自信を少しだけ奪い去ったのかもしれない。俺たちは寒さに肩を丸め、できるだけ急ぎ足で歩いた。

「あなたさえいなければ、災難なんて一つも起きていないんじゃないかと思ったりして」彼女が言った。

「金曜の夜にも災難に遭ったと聞いたよ。そのとき俺はきみとは遠く離れた場所にいた」

サラ・ジェーンは何も言わず、足を引きずっていることを隠そうとするようにわずかに速足になった。俺たちは次の角まで歩き、醜悪だが比較的新しい建物が並ぶ一角に入った。行き先の見当がついた。すれ違った男たちがそろってサラ・ジェーンに視線を向けた。彼女はそれに気づかなかった。あるいは、気づかないふりをした。

「タクシーの件は事故よ」

「そんなわけないだろう。いったい何がどうなってる?」

サラ・ジェーンは答えなかった。

「俺が二度目にフェアヴューに来た夜、きみとゼインは何か言い争っていた。この件か? あのときにはもう始まってたということか?」

「言い争いなんてしてないわよ」

「きみが彼を殴った。そういうタイプだとは思っていなかった」

サラ・ジェーンは俺の腕を振りほどいた。「どんなタイプかなんて勝手に決めないで」

「きみは冷静な人だ。何が変わった? 足を引きずっているのはなぜだ?」

彼女は立ち止まって俺を見た。「あなたのことを話してたのよ。あなたが初めて来た夜」

「それは光栄だ」

「喜ぶようなことじゃない」

「あの時点でもう、あの家には何か不穏な空気が漂っていた」

サラ・ジェーンはまた歩き出した。「私は何も知らない」

「あのあと、汚染されたヘロインが出回った」俺は彼女の後ろ姿に向かって言った。「パーティに集まった学生が死んだ。イザベルが死んだ。何か心当たりはないのか」

「ここよ」彼女は言った。

十一月は街に行き渡り、灰色の醜い建物を霧で覆《おお》い隠していた。遠い記憶の風景のようだった。にきび痕《あと》に似た凹凸のある小石打ちこみ仕上げのコンクリート壁、無個性な窓から漏れるハロゲン電球の寒々しい光。そこはイザベル・ロシターが死んだ建物、居住用のフラットに造り替えられたオフィスビルだった。

10

サラ・ジェーンが先に立って歩き出した。無人のロビーを抜けて階段を上る。赤い髪を揺らす彼女から一メートルほど遅れて、俺も続いた。香水の香りが漂った。なぜか郷愁の念をかき立てられた。街中で懐《なつ》かしいにおいに遭遇したときのよう、忘れたつもりでいた記憶が押し寄せてきて、我知らず立ち止まったときのようだった。ただ、その香りがどの記憶と結びついているのか、思い出せなかった。

そうやって目的に向けて一緒に歩いているあいだでさえ、サラ・ジェーンは俺とはまるで縁のない存在と思えた。会うのはいまが初めてというような。彼女が他人を拒絶しているというわけではない。尊大でもない。それでも、ほかの人間と明確に違う何かがあった。自分はまだ彼女のことを何も知らないのだ、そのまま知らないままになるのだろうという気がした。

カーヴァーはここで何をしているのだろう。落ちるところまで落ちたということか。トラブルから逃げて、この建物のどこかに閉じこもっているのだろうか。サラ・ジェーンは二階へ、三階へと上っていった。俺は確信した。行き先はイザベルが使っていた部屋に違いない。

サラ・ジェーンは踊り場から廊下に出た。進むにつれて、不吉な予感が強くなった。警察のテープはちぎれて床で丸まっていた。

〝立入禁止〟。

サラ・ジェーンはドアをノックしてから振り返った。俺は体が密着するほど真後ろに立っていた。彼女はドアに背を向けて俺を見上げ、俺の胸にそっと手を置いた。俺は一歩下がった。彼女がポケットから鍵を取り出す。ドアが開いた瞬間、横たわったままのイザベルが見えたような気がした。

だが、そんなことはなく、なかの生暖かい空気が廊下にあふれ出した。強烈な汗のにおいが鼻を突いた。部屋は暗い。灯っているのは机の上のスタンド一つだけだった。イザベルが苦心して作り出した没個性的な雰囲気は、カオスに占拠されていた。全国紙がそこら中に広げられていた。地元紙もいくつか混じっている。どれもイザベル・ロシター、デヴィッド・ロシター、ゼイン・カーヴァー、シカモア・ウェイの記事のページが表に出ていた。真ん中の特等席に、ジョアナ・グリーンロー失踪《しっそう》事件の情報を求める広告があった。丸で囲まれたり下線が引かれたりしているページもあった。

暗黒街の帝王ゼイン・カーヴァーは、机の前の回転椅子《いす》で眠りこんでいた。両腕を体に巻きつけ、両膝《りょうひざ》を胸に引き寄せている。誰の血も吸えないまま一日を終えようとしている吸血鬼のようだった。起きろと揺さぶりたくなった。

サラ・ジェーンが俺のほうを向いた。「ここで待ってて」

「時間がない――」

「大丈夫だから」サラ・ジェーンは部屋に入ってドアを閉めた。俺はじっとしていられなかった。皮膚の下に指を突っこんで骨をかきむしりたい気分だった。ドアの奥から小声のやりとりが伝わってきた。ときおりサラ・ジェーンが声を荒らげていた。

一分が過ぎた。

俺は携帯電話を一瞥した。

着信なし。

廊下に面したほかのドアを眺めた。その奥で、いくつもの暮らしが時を刻んでいる。

一分。また一分。

なかに入ってわめき散らさずにいられなくなったころ、サラ・ジェーンがドアを開けた。廊下に出て静かにドアを閉め、ささやくように言った。

「手もとに残ってた品物を端から試してるみたい」声が震えていた。「いっそ死んでしまおうとしてるのかも……」目をそらし、ふたたびドアを開けて、俺をなかに案内した。

カーヴァーは目を覚ましていた。視線は俺に向けられていたが、その目は何も見ていない。

彼は立ち上がらなかった。

「電話」呂律《ろれつ》が回っていない。

俺は携帯電話を差し出した。カーヴァーの手は冷え切って湿っていた。その姿を目《ま》の当たりにして、落ち着かない気持ちになった。がっかりしたと言ってもいい。カーヴァーは携帯電話を少し見つめたあと、人差し指を使ってアドレス帳を開いた。即座に応答があって、カーヴァーは驚いたように瞬《まばた》きをした。相手の声が、俺にもかすかに聞こえた。カーヴァーはその声にじっと聞き入った。

相手の声が途切れた。

数秒が過ぎた。俺はサラ・ジェーンの視線を感じた。俺たちの目が合った。沈黙を破る勇気はどちらにもなかった。

「イエス」カーヴァーが言った。

11

カーヴァーの手から携帯電話が落ちた。サラ・ジェーンは彼に歩み寄り、俺は後ずさりした。俺が部屋を出るまでどちらも顔を上げないままだった。暴力的に明るい踊り場の電球が頭上からぶううんと低い音を鳴らし、俺は手すりに頼って転がるように階段を駆け下りた。ロビーを突っ切り、両開きのドアに体当たりして通りに飛び出した。

その夜の記憶は、細切れのイメージの連なりでしかない。出来事に時系列はなく、あとで振り返ってもどんな順序で何が起きたのか、まるで思い出せなかった。二十五の場所に同時に存在していたかのようだった。タクシーを拾おうとして大通りで手を振り回している俺。タクシーに乗っている俺、ルービックに戻った俺。午前零時を回っていた。営業時間は終わっていて、俺は外で人に話しかけていた。会話に割りこみ、キャサリンを見なかったかと尋ねる。店の裏に回り、非常口を確かめた。

ロックスをあとにし、街の中心部に向けて歩いた。クラブはまだ盛況だった。たいがいの店の前に騒がしい行列が長く伸びていた。肌。笑い声。香水。

集金係の女たちの様子を偵察したことのあるクラブばかりだ。俺は行列に並んでいる人々に話を聞き、用心棒《バウンサー》たちにも話を聞いた。

「そんな女は知らないな」

「そんな男は知らないな」

「いや、見たことはないな」

タクシーに乗っている俺、フラットに戻る俺。部屋中の抽斗《ひきだし》を開け、なかのものを床に放り出して何かを探している俺。

警察の身分証を見つけた。

スピードを一握り。

部屋を出た。

また街の中心街に戻っている。行列に並んだ人々に声をかけ、キャサリンを、シェルドン・ホワイトを、グリップを、元バーテンダーを探す。

誰かを探している俺。

どこかの路地で、上がった息を整えながら、服を直している俺。笑顔の練習。どのバーにすでに行ったかわからなくなって、もう一度端から当たっていく。バウンサーに身分証を見せる。彼らは俺の名前を記憶に刻みつける。

そして俺を店に入れる。渦を巻く重低音、話し声、笑い声。それぞれの店のキャサリンのお気に入りの席を記憶から引っ張り出す。あちこちの店の角のテーブルにつく。音楽に負けないように声を張り上げる。カップルのあいだに割りこみ、キャサリンの特徴を説明する。道沿いで見つけたパブやクラブに入る。そろそろ午前一時になろうというころ、人が俺を見る目が変わり始める。笑顔が用心深くなっている。

こいつは何者だろうと思われている。

俺は通りを歩いている。タクシーに乗っている。カーヴァーの屋敷の前にいて、ドアをがんがん叩《たた》いている。街にいる。行列が短くなって、やがて消えるのを見る。またクラブのなかにいる。片方の耳にイヤピースを入れた男が、音楽より大きな声で俺に訊《き》く。

「何か?」

俺は身分証を見せる。「若い女を探している」

バウンサーはバーの前のスツールが並んだ一角に向けて顎《あご》をしゃくった。そこなら音楽は少し静かだ。スツールに座り、話をする。

「さっきと同じ件か」

「さっき?」

「少し前にあんたのお仲間が来た。レザージャケットのブルネットと中年の男二人を探していると言って」

「そいつはどんな見た目だった?」

「俺は話してない」

「誰が話した？」

「パットだ。いま休憩中だな」

「悪いが、呼んでもらえないか」気づくと俺は立ち上がっている。

「ちょっと待っていてくれ」バウンサーは人込みに消え、俺は店内を見回す。

DJはスローな曲でプレイを終えようとしていた。どこを向いても人が踊り、キスを交わし、抱き合っている。アルコールとエナジードリンクのにおい。香水とセックスのにおい。

「どう、大丈夫？」女性バーテンダーに訊かれた。

「ウォッカのダブル、レッドブル割りで」

バーテンダーが困ったような顔をし、それで俺は気がついた。注文を訊かれたわけじゃない。それでも彼女は向きを変え、酒の用意を始めた。スピードをまた流しこんでいると、人込みからバウンサーが戻ってきた。同僚を連れていた。

「少し前に若い女を探している刑事がいたと聞いた。どんな男だったか話してくれ」

パットというバウンサーは困惑顔をして同僚に何か言った。

「どんな男だった？」俺は繰り返した。

「あんただったよ」

混じりけのない漆黒の闇のなか、俺はフェアヴューの前に立っている。通りはあまりにも静かで、まるで屋内にいるようだった。とてつもなく大きな建物のなかの防音スタジオの静けさ。俺は通りにいる。タクシーに乗っている。街にいて、クラブのなかに、外にいる。

バーンサイドに向かって歩いている。バーンサイドより手前でタクシーを降ろされた。俺はあの夜の倉庫の前に、なかにいる。ジャンキーたちに話しかけている。彼らを揺すって起こし、栗色《くりいろ》の髪をした美しい女を見なかったかと尋ねている。

12

弱々しく、灰色を帯びた、イングランドの朝日。フェアヴューには一時間前に来ていたが、玄関をノックするのは八時まで待つことにした。ときどき、スピードがそんな作用をすることがある。場違いな良識を発揮させる。フェアヴューのあるブロックを何周か歩いた。鳥たちの朝の歌を聴いた。

二時間ほど前から小雨が降って、服が濡《ぬ》れていた。出勤途中の若い女の二人組を見かけた。雨に濡れないよう新聞を頭上に掲げ、笑いながら行く。二人の視線は俺の上をするりと通り過ぎた。まるでそこにいないかのようだった。

中くらいのノックを三度。一分ほど待ってから、もう一度ノックした。あと一分待たされたら、裏の窓を破って入ろうと思ったところで、サラ・ジェーンがドアを開けた。赤毛が朝日をとらえ、肌がいつも以上に青白く見えた。白いペイントを施した玄関の飾り椅子に毛布と枕《まくら》があった。ゆうべからずっとそこに座っていたのだろう。

「キャサリン。グリップ」サラ・ジェーンが言った。「二人とも帰ってこなかった」

13

警察に通報しようとサラ・ジェーンに言った。カーヴァーは二階でつぶれている。グリップの携帯電話は電源が切れていて、誰にも連絡がない。俺はグリップとキャサリンの捜索願を出すようサラ・ジェーンに言った。

「よかったらここで一緒に待つよ」

サラ・ジェーンは嫌悪《けんお》が尽きかけたような目で俺を見た。「いいえ、それよりもう帰って」

俺は彼女を残して屋敷を出た。小道の終わりまで歩いたところで、サラ・ジェーンの大きな声が聞こえたが、俺は振り返らなかった。俺をどう思っているか、他人の意見はもうさんざん聞かされた。タクシーで街に戻り、ルービックに向かった。店の近くで公衆電話を探し、またパーズ警視に連絡した。呼び出し音が三度鳴ったところで、何かおかしいと思い始めた。そのまま呼び出し音を聞き続けた。ついに留守電に転送された。またただ。数分待ってから、もう一度かけた。今度は即座に留守電が応答した。

「集金係の一人が行方不明です」メッセージを残した。

ルービックに戻ったのは午前十時ごろだった。早くも飲み始めている客が数人いたが、おのおの自分の殻に閉じこもっていて、店は静かだった。

陽気なオーストラリア人の女性バーテンダーが挨拶《あいさつ》代わりに言った。「早起きね」

「まだ寝てないんだ」

「あら、朝なのにもう長い一日ってこと？」

俺はうなずいた。

「何を飲む？」

俺は身分証を見せた。「いくつか質問に答えてもらいたい」

「え」彼女は急に忙しく手を動かし始めた。「警察の人だったの」

「停職中だけどね。ゆうべもここで？」

バーテンダーは汚れ一つないカウンターを布巾《ふきん》で拭《ふ》いた。

迷っている。

「エイトのことを聞きたいわけじゃない。キャスの――キャサリンの――俺の友人の一人が行方不明になった。ゆうべ十時ごろこの店に来た。ゼイン・カーヴァーのところで働いている若い女性だ。きみも知っているだろう」

彼女は布巾を置いた。「キャサリンなら知ってる。ゆうべも注文を受けたけど、それきり見かけてない。無事なの？」

「ゆうべのほかの時間帯はどうかな。ふだんと違うことがあったとか。誰か来たとか」

「重要なことなんだ。俺以外の誰かに伝わることはない。彼女を見つけたいだけだ」

バーテンダーは肩をすくめた。「キャサリンはレモネードを飲んでた。珍しく」

「ほかには？」

「ニールが突然来た」

「前のバーテンダーだね……」

彼女がうなずく。「ひどい顔だった」

「話はした？」

「ニールを知ってるの」

「ああ、ろくでなしだ」

「そう。人の都合も考えずに自分のことばかりしゃべる奴《やつ》」

「名前はメルだったね？」

彼女はうなずいた。

「イザベル・ロシターの件は聞いているかな」

「国会議員の娘って子？」彼女は胸に手を当てた。「気の毒に」

「ニール本人によると、あの晩はきみのところに泊まったとか。十四日の土曜日だ」

メルは頬を赤らめてうなずいた。「何かで怒り狂ってた。うちのソファで寝たの」

「一晩中いたんだね？」

「閉店から、次の日の十時か十一時くらいまで」ここで俺の質問の意図に気づいたらしい。「待って。ニールは関係ないのよね？」

「ああ、おそらく」ついがっかりしたような声になった。イザベルが死んだ夜、バーテンダーがイザベルと寝ていないことはまず確かだ。携帯電話を持ち去ったのも奴ではない。「ゆうべはほかに何かなかったかな。どんなことでもいい」

「警察が来た。通報があったみたい。でも、とくに騒ぎとかはなかったから、すぐに帰った。ほかは、外でいつもの喧嘩《けんか》が起きたくらい。戸締まりをしてるとき、救急車が来たのを見た」

救急車か。

「あと一つだけ。携帯電話の落とし物はなかったかな。今朝でもいい」

「ちょっと待ってて」メルは共犯者めいた小さな笑みを見せ、店の奥に消えた。そのまましばらく戻ってこなかった。俺はそれぞれのグラスを見つめて瞑想《めいそう》にふけっている老人たちを眺めた。前日のこの時間帯の俺。目覚まし時計、シャワー、髭剃《ひげそ》り、コーヒー。パーズ警視との面会。

一月《ひとつき》前のことに思えた。

メルが戻ってきた。携帯電話を三つ持っている。一つは俺のだった。それを受け取って画面をチェックした。メッセージなし。着信なし。

「書くものを貸してもらえないか」メルからペンを借りて、紙ナプキンに自分の番号を書きつけた。「ニールかキャサリンが来たら、少しでも気になることが何かあったら、この番号に連絡してくれ。他言はしないと約束する」

「わかった」彼女はつぶやくように答えた。

14

病院に端から問い合わせの電話をかけた。警察官を名乗り、公的機関に対する市民の信頼という切り札を悪用した。まず、すでに死亡した状態で搬送された者がいなかったか尋ねた。平和な夜だったらしく、凍死した年配の路上生活者が何人かいただけだった。

命を取り留めた身元不明者二名のほうがそれらしく聞こえた。一人は若い女性で、午前零時前にノース・マンチェスター総合病院に運びこまれていた。

腹部に複数の刺し傷があった。

両手と両腕に防御創。

心が沈んだ。別件で、王立病院に男性が搬送されていた。こちらは激しい暴行を受けていた。

グリップとキャサリンは一緒に行動していたわけではない。二人が別々の病院に担《かつ》ぎこまれたとしてもおかしくない。王立病院のほうが距離は近いが、俺はまっすぐノース・マンチェスター総合病院に向かった。女性患者の容態は安定していて、そのときは眠っていた。彼女の両手は、無意識にだろう、何針も縫う傷を負って包帯で巻かれた腹部に置かれていた。なぜ病院のスタッフに自分の名前を告げずにいるのだろう。なぜ誰も付き添っていないのだろう。

キャサリンではなかった。俺は女性を起こさずに病室を出た。

王立病院は街のど真ん中にある。風邪、インフルエンザ、腹痛を訴える患者でごった返していた。自業自得《じごう》の連中もいた。一杯よけいだった奴、一言よけいだった奴。

気持ちは理解できる。

イザベルが死んだ日、俺が担ぎこまれた先もここだった。いやな記憶が蘇《よみがえ》ったと言いたいところだが、そもそも片時も忘れてはいなかった。受付デスクで身分証を見せ、質問をした。

「警察の人？」受付係は言った。「自分が入院しに来たみたいな顔ね」

俺は笑みを返そうとした。

俺の顔を知っているほかの刑事に出くわすのではないかと心配だった。そこで受付係の案内を断り、暴行の被害者がいる病棟に一人で向かった。病棟の看護師に尋ねると、無人のベッドに案内された。そろそろシフトの終わりらしく、看護師は疲れた調子でその患者のことを話した。

「私たちにも警察の人にも一言も話そうとしなかった。脚を骨折してるのに、今朝、勝手に退院していってしまって。無茶をする人もいるものね」

俺はグリップの特徴を話した。看護師は首を振った。

「大柄な人でしたよ。遊び人風で、薬物が切れかけてるような感じだった。目の下に真っ黒なくまができて、髭が伸び放題で」

グレン・スミスソン。別名ニール。ルービックの元バーテンダー。シェルドン・ホワイトは奴を切り捨てた。あと一時間早く来ていれば、ここで奴をつかまえられたのに。俺はわめき散らしたくなった。

看護師が眉《まゆ》をひそめた。「よけいなお世話かもしれないけれど、あなた、大丈夫？」

答えようとしたが、結局は黙ってうなずいた。それから看護師に礼を言って、病院を出た。

15

シェルドン・ホワイトは宣言どおりのことをした。キャサリンはまるで初めから存在しなかったかのようだった。元バーテンダーも、利用するだけ利用してぽいと捨てた。

俺が自分のフラットに戻ると、車が待っていた。紺色のフォード車で、駐車禁止区域にぽつんと駐《と》まっていた。俺がエントランスのドアを開ける前に車から男が二人降りてきて、俺の左右に立った。

「エイダン・ウェイツだな」一人が言った。

「彼に雇われた掃除夫です。用件は」

声をかけてきた一人が薄笑いを浮かべた。「訊きたいことがある。入れてもらえるかな」

「身分証を見せてくださいよ」俺は言った。

二人はポケットに手を入れた。最初の一人は長身で痩《や》せていた。禁酒中のアル中じみたやけに熱っぽい目をしていた。白いスーツを着せたら、福音派の宣教師で通りそうだ。そいつは俺が言い終わる前に身分証を取り出した。俺はわざと目をくれなかった。

パートナーのほうは恰幅《かっぷく》がよく、血走った目と気弱そうな顔つきをしていた。自分で自分のあだ名をつけるようなタイプに見えた。ジャケットのポケットから分厚い手帳が落ち、丸めたレシートが結婚式の紙吹雪のようにひらひらと降った。足もとに落ちた書類をあわててかき集める。数秒後、ようやくそいつが身分証をこちらに向けようとしたところで、俺はふいに背を向けた。

「もういいや」俺は言った。後頭部に奴の視線が突き刺さってきた。俺はドアを開け、せまい階段を上り始めた。「どうぞ」

「大した掃除夫じゃなさそうだな」大柄なほうの男が部屋を見回して言った。

俺なりにせいいっぱい片づけをしてあった。ドアの錠前を直し、ガラス片を掃き集め、床に散らばっていた壊れ物を処分した。

ただ、切り裂かれたソファは、いまもはらわたを露《あら》わにしていた。

瘦せた男が入ってきてドアを閉め、部屋のほうに向き直った。相棒の前に出て俺を追い越し、前の晩、俺が自分の身分証を探してひっくり返した抽斗をまたいだ。その抽斗のことに、この荒れた状態にあえて触れないでいるのは、それが意味することを知っていると暗に俺に伝えるためだろう。

「私は刑事部のラスキー巡査部長」瘦せたほうが名乗った。

「私はリッグズ巡査」でかいほうが言った。

この二人の訪問には二重の意味があるはずだ。パーズ警視と俺の個人的なつながりを断つため、そして全体像に対するキャサリンの存在の軽さを示すため。要は俺に身の程を知らせるためだ。

「パーズに言われて来たんですか」

二人は怪訝《けげん》そうに目を見交わした。

「じゃあ、彼女の件で？」

「彼女というと？」ラスキーは腕組みをした。パートナーのリッグズは、ポケットからさっきの分厚い手帳を出し、ぼんやりとめくり始めた。

「行方不明になっている女」俺は言った。

リッグズは人差し指をなめ、目的のページを見つけて読み上げた。「ブルネット、二十代初め、レザージャケットとペンシルスカート、年長の男二人と行動を共にしている」目を上げて俺を見た。「この女のことか」

ラスキーが話を引き継ぐ。「きみの記憶が少しばかりあやふやでも心配はいらないぞ、ウェイツ。きみから身分証を突きつけられたと証言しているバウンサーが、ロックスから中心街にかけて五、六人はいる。そのうちの一人が、きみが証拠の薬物をくすねて処分を受けたことまでちゃんと覚えていた」

この二人は詳しい事情を知らされていないらしい。

「まだ処分はされてませんが」

「されたも同然だろう」

「酒はいかがです？」俺は言った。

「けっこう。飲むにはまだ早すぎる。そのバウンサーは、停職中の刑事が行方不明者を探して真夜中すぎに街を駆けずり回っているのはなぜかと不思議に思ったそうだ。もっともな疑問だね」

俺はリッグズには酒を勧めず、冷蔵庫を開けて冷えたビールを取った。まだ十一時にもなっていない。ラスキーが渋面を作った。奴の神経を逆なでするために、わざと泡が少しあふれ出すように栓を抜き、喉《のど》を鳴らして飲んだ。

それから顔を上げて言った。「で、何の話でしたっけ」

「きみが話す番だ。停職中の刑事――それも不正行為で裁判を待っている刑事が、身分証をちらつかせ、失踪中の女性について市民に質問を浴びせたのはなぜか」

「失踪中の女性」俺は言った。「あんたたちは、自分で自分の質問に答えるためにわざわざ来たんですか」

「なぜ行方不明を届け出なかった？」

「報告はしましたよ。いろいろと事情があるんです」

「その事情とやらを話してくれ」リッグズが言った。

「女性の友人から今朝のうちに捜索願が出ているはずです。俺と彼女の間柄は流動的で」

「どういう意味かな」

「〝流動的〟は、今後変わる可能性がある、まだ確定していないという意味です」

リッグズはゆっくりと拍手をした。「その女性とはどういう知り合いだ」

「古い事件のからみで」俺はリッグズを見つめた。「ちなみに〝事件〟は、俺たちが割り振られて解決に向けて努力する出来事を指す言葉です」

リッグズは俺をじっと見つめたあと、部屋の反対側の壁にもたれ、拳《こぶし》を握り締めてポケットに突っこんだ。

俺はラスキーに向かって話を続けた。「その事件を担当していたのはパーズ警視です。だから、行方不明の件は警視に報告しました。ゆうべ」

「警視は何と？」

「折り返しの連絡がまだ来ていない。あんたたちが来たのが、警視の返事なんだろうな」

「私たちが来たのは、身分証を預かるためだ」

たぶん、俺は声を立てて笑ったと思う。

「楽にすませることもできるし、なんなら――」

「ちょっと待ってください」俺は言い、床に引っ張り出された抽斗の上にかがみこんだ。

書類の束から目当ての一枚を探し出す。俺の潜入捜査の道具立てとしてパーズが発行した停職処分の通知、それにホチキス留めされた預かり証。預かり証には、俺が信頼を取り戻すまでのあいだ一時返却した支給品がリストにされている。身分証もそれに含まれていることになっているが、実際は返却していない。ラスキーの前を過ぎて、パートナーのほうにその書類を渡した。奴らをいらだたせるために、そのときひねり出した手がそれだった。

リッグズは預かり証を眺め、ラスキーに渡した。ラスキーは目を走らせたあと、俺を見た。

「裁判《トライアル》はいつだ?」

「受難《トライアル》ならもう始まってる気がするな……」

「いいか、この程度ですんで運がいいと思え。ここでおまえをぶちのめすことだってできた。いまからだってやれる。身分証があろうとなかろうと、何かしでかしたのは確かだろう。その行方不明だという女。どこの誰だ?」

「姓は知りません」

「住所は」

伝えると、奴らは顔を見合わせた。

「ゼイン・カーヴァーの家か」リッグズが言った。

「そうです」俺は切り裂かれたソファに腰を下ろした。

「正式な捜索願が出ているんだな？」

「今朝。同じ番地に住んでる別の女性から。同時に、男性の捜索願も出したはずです。ゆうべ、行方不明の女性を探しに出たきり戻ってこなかった」

「その男というのは？」

「ダニー・グライプ」俺は答えた。「仲間内ではグリップで通ってます。フランチャイズの用心棒。四代目か五代目のマスタング・ハッチバックに乗っています。ボディは黒、赤のピンストライプ」

「ナンバーは」

「それも彼女が届けているはずです」

「二人の捜索の参考になりそうな情報はないか」

「最後に目撃されたとき、キャサリンはシェルドン・ホワイトと一緒にルービックにいました」

「シェルドン・ホワイト？」ラスキーはその名前を知っているようだった。「だが、ルービックはフランチャイズ傘下《さんか》だろう」

「昨日、オーナーが変わりました」

二人が眉をひそめた。

「長い夜だったようだな」ラスキーが言った。

「その女性は事件に巻きこまれたのか」

「パーズと話してくださいよ」俺は言った。

「おまえとゼイン・カーヴァーの関わりは何だ？　シェルドン・ホワイトは？　だから薬物をくすねて捕まったのか」

「そうですよ。疑惑をみごとに解明しましたね。さっき言ったでしょう、彼女とは古い事件を通して知り合ったんです。フランチャイズが崩壊しかけているとか、状況は刻一刻と変わっているとか、そんなことはとっくに知ってるでしょう。少しでも常識があるなら、いま話したことをパーズのところに持ち帰って、みんなつながってると伝えてください」

二人ともしばらくだまりこんでいた。

「そうだな。そうするとしよう」ようやくリッグズが嘘《うそ》つきの大きな笑顔を俺に向けて言った。二人は帰っていった。

俺は窓際《まどぎわ》に立ち、二人が車に乗りこむところを眺めた。ラスキーが何か言い、リッグズが笑った。顎下《あごした》の贅肉《ぜいにく》が震えていた。車が行ってしまうと、通りは静まり返った。フラットも静まり返った。パーズ警視にもう一度電話した。今回は呼び出し音さえ鳴らなかった。

16

翌日、ゼイン・カーヴァー逮捕が報じられた。新聞は、カーヴァーがイザベル・ロシターの死に関わったと匂《にお》わせていた。シカモア・ウェイの惨事とも結びつけている。代わりに誰を逮捕すべきだったか、俺はそのことを考えまいとした。唯一《ゆいいつ》の救いは、パーティのさなかではなく、平日の逮捕だったことだ。ひょっとしたら、パーズは最終的に俺の意見を取り入れたのかもしれない。

ルービックのバーテンダーとぜひとも話がしたかった。行方不明になる直前までキャサリンと一緒にいた人物、あの夜を境にシェルドン・ホワイトから厄介払いされた人物。判明している最後の住所に行ってみた。不動産ブームのころ、街の中心街に鳴り物入りで建設された、モダンで不細工な高層ビルだった。ペントハウス風の部屋が手ごろな価格で販売されるはずだったが、資金調達が不調に終わり、建設プロジェクトは数年のあいだ中断した。その後、より少ない予算、より低い期待、よりせまくてより安い間取りで完成にこぎ着けた。

奴が自宅にいると期待したわけではない。住んでいたのは中層階の部屋だ。俺は退屈顔の警備員に身分証をちらつかせて部屋に入れてもらった。

孤独でわびしい生活の饐《す》えたにおいが染《し》みついていた。俺の部屋も似たようなものだ。大あわてで荷物をまとめたのだろう。衣類や私物が山ほど残っていた。脱ぎ捨てられたスラックスのポケットにバーの領収書が丸めて突っこんであった。最近はウィグル・ルームというクラブで飲んでいたらしい。

帰ろうとしたとき、警備員から訊かれた。「今回は何か見つかりましたか」

「今回？」

「お仲間がもう来ましたから」死ぬほど退屈していて、せっかくの話し相手を逃すまいとしているのがわかった。

「それはいつの話ですか」

「いつだったかな」警備員は顎をなでて思案した。「一週間は前ですね」

俺の頭のなかで警報ベルが鳴り出した。俺の知るかぎり、元バーテンダーの失踪は公《おおやけ》になっていない。少なくとも、警察に届けは出されていなかった。ゼイン・カーヴァーとシカモア・ウェイに行った夜の記憶が閃《ひらめ》く。車中でカーヴァーは、フランチャイズを挙げてグレン・スミスソンを探せとグリップに指示を出していた。〝全員〟には、カーヴァーに買収されている警察の人間も含まれるのだろうか。

「制服警官でしたか。それとも私服の刑事？」

「私服《プレーン・クローズ》だった」警備員は言った。「ちなみに、むちゃくちゃ《プレーン》横柄《おうへい》な奴でしたよ。約束の時間に遅れてくるわ、ドアを開けろと怒鳴り散らすわ。部屋にいたのは五分かそこらでしたね」

「名前は言いましたか」

「いや、覚えてるかぎりじゃ名前は聞いてませんよ」

「どんな外見でした？」

「平凡《プレーン》。白人。背は平均くらい。平均的な顔」

やれやれ。「監視カメラはありますか」

「あるにはあるが……」警備員は少し考えてから言った。「先週の月曜日か。とすると、もう上書きされてますね。でも、どうして？」

「通信指令部のソフトウェアにバグがあるらしくて」俺は嘘をついた。「同じ仕事を複数の人員に割り振ることがあるんですよ。どうやらその私服刑事のほうが先だったようだから、どっちか一人を別の仕事に割り当て直してもらわないと。人的資源の無駄遣いですから」警備員を味方につけるために、大衆紙が書きそうな怪情報で釣った。

「そうだ、待ってくださいよ」警備員が言った。「連絡先を置いてったような……」

警備員はデスクの上の雑多な書類をかき分け、目的の一枚を探し出した。携帯電話の番号が書きつけられたポストイット。俺はその番号を自分の携帯電話に入力し、礼を言った。通りに出たところで、その番号を〝フランチャイズ・マン〟として登録した。公衆電話を探し、その番号にかけてみた。

呼び出し音は鳴ったが、応答がない。

延々と呼び出し音を鳴らしてから電話を切り、車で北へ、バーンサイドへ向かった。着いたころには暗くなっていたが、あのときの倉庫は難なく見つかった。なかは何も変わっていなかった。しかし、半分くらい見て回ったところで、入口のほうから何かを叩く大きな音が聞こえてきた。音のするほうに戻ってみると、俺とカーヴァーに突っかかってきた男が煉瓦《れんが》で俺の車のルーフを何度も叩いていた。俺が来たことに気づかない様子で、淡々とルーフにへこみを作り続けている。工場の製造ラインで働いているかのようだ。俺が車に乗りこみ、エンジンを始動して走り去ったときもまだ、そいつは煉瓦を振り下ろし続けていた。まだ調べていない先は、あと一つだけだ。

17

ジョアナ・グリーンローが保護されていた家は、ソルフォードの寂れた通りに並ぶ荒廃したテラスハウスのなかの一軒だった。十年前、ジョアナ・グリーンローはこの家の玄関を出たきり消えた。以来、ここは住人がいないまま放置されている。

窓と思《おぼ》しきところは薄汚れた波板でふさがれていた。庭だったのかもしれない荒れた空き地が家の前にあった。雑草は汚染物質と雨で黒く汚れ、草むらに捨てられて錆《さ》びかけたビール缶は、地面から生えているかのようだった。

朝から降り続く雨が、煉瓦や板、雑草を濡らしていた。波板にある落書きと見えたものに近づいてみると、スプレーペイントで書かれた無断立入を禁じる警告だった。用意してきたバールで玄関をこじ開けようとしたが、何者かに先を越されていた。頑丈な錠前は壊され、代わりに細い針金を巻きつけてあった。通り沿いのほかの家を眺めた。目の届くかぎり、どの家の錠前も壊されていなかった。針金をはずしてドアを押し開けた。途中で何かに引っかかって止まった。ドアの通り道に敷かれたカーペットが水を吸って膨れていた。

何もない暗い廊下を懐中電灯で照らす。階段が一つ、別々の部屋の入口が二つ。壁紙は端のほうが垂れ下がり、天井はカビが繁殖して腐りかけていた。ドアをいっぱいまで開けておいて、奥に進んだ。

ジョアナ・グリーンローがこの家で生活していたのはごく短期間だったとはいえ、荒廃したこの家と彼女のイメージを切り離すのは難しい。行方知れずになったとき、ジョアナは二十六歳、いまのキャサリンより少し年上だった。ここに探しに来たのは物理的な証拠というより、感覚的なものだった。空き家になって十年がたつというのに、それはまだ残っていた。

濃縮された恐怖。

懐中電灯をまっすぐ前に向けた。キッチンの残骸《ざんがい》が見えた。窓があるが、やはりふさがれていた。家具や備品はすべて処分され、かつてオーブンがあったであろう場所と冷蔵庫のスペースのあいだに何もない空間が残っている。左手の閉まったドアの奥は、おそらく食料庫だろう。息を止めてキッチンを横切った。ドアを開けると、空っぽの棚があった。

キッチンを出て、一階のもう一つの部屋に入った。こぢんまりとしたリビングルームだった。ここの窓もやはりふさがれている。懐中電灯の光が当たっているところしか見えず、そのすぐ左右に誰か立って俺を見ているのではないかという錯覚、俺が懐中電灯を動かすたびに音もなく移動して光をよけているのではないかという錯覚がつきまとった。

しばらくして、この部屋を以前にも見たことがあると気づいた。『イヴニング・ニュース』の記事の写真だ。

マンチェスター市警　情報提供を呼びかけ
ジョアナ・グリーンロー失踪《しっそう》事件に関して

自分の息遣いが耳を満たす。記事には、この部屋の暖炉の横に立つジョアナ・グリーンローの写真が掲載されていた。あれを撮ったのは誰だろう。パーズ警視だろうか。時間をかけてジョアナを口説き落としたのは自分だと言っていたが、それだけでは失踪事件にあれほど執着する理由、ゼイン・カーヴァーから反応を引き出そうと躍起になる理由に説明がつかない。パーズとジョアナは恋仲だったのだろうか。

廊下に出て階段を上った。きしむかと思ったが、湿った板はただしなっただけだった。二階の窓は一階と同じ波板でふさがれ、光源は俺の懐中電灯一つだった。階段を上りきったところに壊れかけの不潔なバスルームがあった。踊り場に面して、刑務所の独房くらいの広さの寝室が二つ並んでいた。片方は空っぽだった。

もう一つには寝袋があった。根本まで溶けきったキャンドルとペーパーバック数冊、それに食事の痕跡《こんせき》。見て回っているあいだ、俺は数秒おきに入口を振り返った。階段を下りて玄関に戻った。懐中電灯をせわしなくあちこちに向け、いもしない人間を追い回した。外に出て玄関前の通路を急ぎ足で行き、車に乗りこんだ。ほかに誰かいるという感覚に急き《せ》立てられていた。

18

パーズは壁のように沈黙していた。イザベルは死んだ。キャサリンとグリップの行方はわからない。ゼイン・カーヴァーは逮捕された。世界はふいに小さくなった。いっそう空っぽになった。俺の前に、これからの日々が果てしなく並んでいた。スピードをやめようとしたが、だめだった。すぐにまた一日一錠やるようになった。その程度なら、長い目で見たらかえって総量が少なくてすむだろうと思った。一錠でそうなら、二錠でも変わらない気がした。三錠でも四錠でも変わらない。まもなく制御がきかなくなって、昨日と今日の境界がぼやけた。無数の考えが頭のなかで渦を巻き、無関係のことがらを結びつけた。

〝考えてみろよ〟とルービックのバーテンダーは言った。ジョアナ・グリーンロー。フランチャイズ。それに関わり合った国会議員の娘。彼女の命を奪った汚染ドラッグ。カーヴァーの管理下から盗まれ、シカモア・ウェイに流れ着いた汚染薬物。シェルドン・ホワイトはルービックを乗っ取ろうと画策し、キャサリンは姿を消した。グリップも消えた。そのすべてを近からず遠からず囲んで、白と黒の塗料がある。〝それぞれ別個の話なのか、それとも全部まとめて一つのでかい話なのか〟。

俺は楽なほうの生活に沈んでいった。午後六時。その時刻を過ぎたらもう引き返せない。ルービックにいて午後六時を過ぎたら、店を出る最後の客になる。ルービックは公然の秘密だったから、朝のためのアッパー、夜のためのダウナーを難なく調達できた。アッパーとダウナーがごっちゃになることも少なくなかったし、昼と夜についても同じだった。あらゆるものが境界線を失い、溶け合った。ある日、キャサリンがふらりと現れるのではないか、何もかもが息を吹き返すのではないかと俺は期待した。

だが、彼女が戻ることはなかった。

俺はいつもの席に座っていた。窓がよく見える位置、バーカウンターがよく見える位置だ。オーストラリア人の女性バーテンダー、メルがその日の仕事を始めようとしていた。メルは小さな花束を持って出勤してきた。俺はメルがカウンターにつくと同時にカウンターに陣取った。メルはビールグラスに水道水を汲《く》み、そこに花束を挿した。

「これはこれはありがとう、メル」カウンターで飲んでいた男が言った。常連の一人で、イザベルが死んだ夜、彼女を誘おうとした男だ。そいつは毎日ルービックに通ってくる。それを知っているのは、俺も毎日通っているからだ。そいつがイザベル・ロシターやシカモア・ウェイの話をしているのを何度か耳にしていた。そいつはしきりに首を振りながら、この国はどうかしちまったと嘆いた。

男は花束にうなずいた。「俺にだろう?」

バーテンダーのメルは微笑《ほほえ》んだ。「ごめんね、そうじゃないの。部屋が殺風景だから、花でも飾ろうと思って」

「きみみたいな美人は自分で花なんか買っちゃいけない。きみがいれば部屋だって充分明るいだろう」

「いいの、花くらい自分で買うから」メルは俺に気づいて目を見開いた。「何にする？」

「ジェイムソンのソーダ割り」俺は言った。「ありがとう」

男がじろりと俺を見た。「なあ、あんたはどう思う」

「どうとも思わない。考えないようにしてるから」

「この子は自分で自分に花を買った。だから俺は言ったんだよ、男に買ってもらえって」

俺は酒代を払って席に戻った。

「みじめな野郎だな」

半分くらい飲んだころ、メルが空いたグラスを片づけに来た。俺に微笑む。彼女はキャサリンのことを一度も訊《き》かなかったし、俺がキャサリンを探してここに戻ってきた朝のことにも触れなかった。俺にほかの行き場がないことはもう、確かめるまでもなく察していただろう。

グラスを集めて回っているメルを、さっきの男が目で追っていた。彼女が角を曲がって見えなくなると、男はカウンターに身を乗り出してグラスから花束を取った。完全には手が届かず、取った拍子に花がいくつかちぎれた。形を整え直し、茎の水気を払って、メルが戻ってきても見えない低い位置に隠した。

メルが戻り、空のグラスがいっぱいに入ったバスケットをカウンターに置いて、グラスを食洗機に並べ始めた。そのあと客の注文をいくつかこなした。間に合わせの花瓶が空になっていることに気づいたのは、しばらくたってからだった。メルは困惑顔で周囲を見回したあと、近くの席に座った客のほうを向いた。

男が花束を差し出した。

愛を打ち明けるかのような仕草で。

メルが受け取ろうとしないのを見て、男は彼女の鼻先で花束を振った。メルは手を伸ばして取ろうとしたが、男は渡そうとしなかった。にやにやしながら黙って彼女を見ていた。二秒ほどあって、男がようやく手を放した。メルは背を向けた。別のビールグラスに水を汲み、めちゃくちゃにされた花をそこに挿した。そのまましばらくカウンターに背を向けていた。

カウンターで待っていた二人のうちの一方が呼びかけると、メルは向き直って注文を聞いたが、笑顔はこわばっていた。花束を取った男もさすがにメルの変化に気づいたのだろう、謝るようなそぶりを示した。そいつが次に酒を注文したとき、メルは必要最低限の対応しかせず、男はこれ見よがしにチップをはずんだ。

「どうも」メルは言った。

男は一息にビールを飲み干し、席を立ってトイレに行った。戻ってくるなりジャケットを着て店を出た。

数分後、男はロックスから中心街とは反対の方角へ歩いていた。足もとがいくぶん怪しかったが、基本的にはしゃんとしていた。路面電車が見えるところで立ち止まった。奴が振り向くかもしれないと思ったが、俺はかまわず近づいていった。奴はあたりを見回し、右手の路地をのぞきこんだ。それからジッパーを下ろしながらその路地に入った。

俺があとを追って路地に足を踏み入れたとき、奴は路地のなかほど、三メートルほど先にいた。路地は暗かったが、片側の壁にもたれかかり、反対の壁に向けて小便をしているのが見えた。俺が近づく気配は聞こえず、姿も見えていなかっただろう。俺は奴を殴り倒した。小便の軌道が乱れ、奴のズボンが濡れた。倒れたそいつを、俺はありったけの力で蹴《け》った。何度も、何度も、何度も。膝《ひざ》と足と足首が痛んだ。

ルービックに戻り、口もきけなくなるまでジントニックを飲んだ。最後に覚えているのは、グラスのなかを漂う櫛《くし》切りライムが作る、緑色に輝くグロテスクな笑みだった。

19

意外なことに、ベッドにうつ伏せの状態で目が覚めた。頭がマトリョーシカになったみたいだった。頭骨が六重の入れ子になっている。動いたり、何かをまともに考えようとしたりすると、六重の頭骨ががしゃがしゃぶつかり合う。仰向けになって目を開けたのは、かなり時間がたってからだった。

目を開けて驚いた。男が二人、ベッド脇《わき》に立って俺を見下ろしていた。ラスキーとリッグズ。部屋は暗かったが、わずかばかり存在する光は、ラスキーの半透明の皮膚を透かして内側から放たれているようだった。リッグズのほうは、いかにもゆうべ飲みすぎたという顔をしていた。奴らの目に俺がどう映っているとしても、知りたくない。二人はそろってにやりと笑い、ラスキーがシャツを放ってよこした。

「起きろよ、ねぼすけ」

声が出なかった。「勝手に入ってくるな」

「玄関が開けっぱなしだった」

ありえないことではなかった。自分の部屋に帰ってきたことさえ覚えていないのだから。

「リビングルームで待たせてもらうよ」二人は出ていった。

俺はそろそろと起き上がり、服を着て、リビングルームに行った。奴らは部屋をうろつき、表に出ているものを眺めたり、切り裂かれたソファをつついたりしていた。俺に気づいて振り返り、笑ってみせたが、どちらも口を開かない。

「キャス」俺は言った。声が震えていることに気づかれただろう。二日酔ではなく不安の震えだった。「何かわかったんだな……」

「わかるも何もない」ラスキーが言った。「虚構犯罪通報で逮捕してもいいんだぞ」

「どういう意味だ」

「おまえが最後に彼女に会ったのはルービックだった」ラスキーは言った。「そうだな」

「そうだ」

「彼女はシェルドン・ホワイトという男と一緒にいた」

「そうだ……」

「彼女はその男と店を出た。自分の意思で」

「え？」

ラスキーはあくびを噛《か》み殺した。「目撃者がいたんだよ」

「誰だ？　パーズの意見は？」

リッグズが口をはさんだ。「俺たちが来たことが警視の意見だと思え」

「おまえは実刑覚悟で深入りしたわけだな」ラスキーが言った。「なぜだ」

「彼女はゼイン・カーヴァーとつながりがある」

「カーヴァーについて知ってることを話せ」

「ほとんど何も知らない」

「聞いている話と違うな」

「キャサリン」俺は言った。「彼女のことを教えてくれ。頼む」

「どうして俺たちが彼女の件で来たと思う」

俺は答えなかった。

「金曜の午後はどこにいた」二人は俺の左右に立っていた。ラスキーが微妙に立ち位置を変え、窓から射《さ》す光が俺の目を直撃した。

「今日は何曜日だ」

二人は声を立てて笑った。リッグズは首を振りながら言った。「今日は何曜日か、だと」

「うらやましいご身分だな」ラスキーは言い、俺をまっすぐに見た。「今日は日曜だ。十一月二十九日。金曜の午後はどこにいた」

「ルービックにいた。昨日もだ」

「ほう」ラスキーがリッグズに言った。「となると、こいつじゃなさそうだ」

「ま、当てがはずれることもありますよ」リッグズが言った。「邪魔して悪かったな」

二人はそろって向きを変え、出口に向かった。

「ルービックにいたと証言できる人間はいるんだろうな」ラスキーが首だけこちらに向けた。

「バーの従業員。酔っ払いが五、六人……」

「問題は」ラスキーは体ごと振り返った。「金曜の夜、ルービックで静かに一杯やっていた酔っ払いの一人でね」

「へえ？」

リッグズが続けた。「六時過ぎに店を出たあと、ぼこぼこにされた」

ラスキーがにやりとする。「路面電車に乗ろうとしただけなのに」

「さっきも言ったとおり、俺はルービックにいた」

「現場は店と目と鼻の先だ。おまえがその酔っ払いを追いかけるように店を出たと証言している人物がいる」

「だったら、事件はもう解決したな」

「あいにく」リッグズは俺のほうに一歩踏み出した。「情況証拠にすぎない」

「ただし、人は情況証拠を信じることもある」ラスキーが言った。「法律よりおそろしいものだって存在するんだぞ、ウェイツ」

俺はラスキーを見つめた。「たとえば？」

奴は答えない。

「何か証拠を見つけたらまた教えてくれ。証拠がないなら、出口がどこかわかっているだろうから、見送りには出ないよ。出口は開いてるしな」俺は向きを変えて寝室に戻った。吐き気がして、腰を下ろした。まもなく足音が遠ざかっていった。奴らのポケットで小銭が鳴る音が聞こえた。

「来たときのままにしておくぞ」リッグズがそう言ってドアを蹴った。

俺は今回もまた窓際に立ち、奴らが車に乗りこむところを確かめた。次に玄関に行ってドアを閉め、鍵《かぎ》をかけた。それからベッドに戻って何もかも忘れようとした。

忘れられるわけがなかった。

ジョアナ・グリーンロー。イザベル・ロシター。キャサリン、サラ・ジェーン。記憶の底に押しこめようとしたが、誰一人そこでおとなしくしていてはくれない。彼女たちの笑顔、しかめ面《つら》、死に顔が浮かんできた。起きてバスルームに行き、スピードが入った袋を探した。中身を便器に空けて水を流し、切り裂かれたソファに腰を下ろした。そして考えた。

Ⅳ
スティル
Still

1

目覚ましを午前七時にセットしていたが、アラームが鳴り出す前から目が覚めて、針の動きをじっと追った。月曜日。十一月の最後の日。起床し、髭《ひげ》を剃《そ》り、シャワーを浴びて身支度をした。黒いスーツを出し、白いシャツにアイロンをかけた。黒の細いネクタイを選んで締め、何日かぶりに鏡の前に立った。

この顔にもアイロンをかけられたらいいのに。

長い夜と不品行な日々を何週間も続けたせいで肌色はくすみ、目は小さくなってぎらついていた。靴を磨き、一つ深呼吸をしてから、玄関を出た。外は凍りつくように寒かった。地球が身震いをして俺たちを振り落とそうとしているのではと勘ぐりたくなるような天気だった。

通りの向かい側に車が駐《と》まっていた。あのBMWだ。黒いペイントとクロームの光沢の塊。俺は反対の方角に歩き出した。エンジンが始動した。タイヤが砂利を踏む音が近づいてきて車が真横に並び、俺の歩くペースに合わせた。

俺は立ち止まった。

車は縁石に寄って停止した。エンジンは回ったままだった。ウィンドウがすっと下り、カーニック刑事がウィンドウ枠に腕を置いてこちらに身を乗り出した。俺と同じようにきちんとした黒いスーツを着こんでいた。強い朝日を浴びたせいか、このところストレスの多い生活をしているせいか、灰色の髪がまた少し白くなったようだった。

「やめておけ」カーニックが言った。息が白い。

「何の話だ」

「今日は行くのをやめておけ」

俺は黙っていた。

「なあ、悪気があってのことじゃないのはわかる。おまえもつらいよな。だが、俺としてはロシター家の側に立って考えなくちゃならない。向こうはおまえが来るのを望んでいない。そうでなくたって悲しみのどん底にいるんだ……」

俺は歩き続けた。

カーニックはふたたび車を出し、しばらく俺と並んでゆっくりと走らせた。「ひどい顔だな」溜《た》め息が聞こえた。「このままじゃ人生がだいなしになるぞ」

俺は前を見たままでいたが、ウィンドウが閉まったのはわかった。カーニックは次の交差点まで走ってウィンカーを出した。車が角を曲がるのを見届けてから、俺はまっすぐ歩き続けた。

数日前、ルービックに誰かが置いていった新聞で、イザベルの葬儀の日時を知った。

ゴートン修道院での葬儀は近親者のみで執り行うが、墓地では一般の弔問も受け付けると書かれていた。誰が顔を出すか興味深いところだが、俺自身は墓地に行くつもりはなかった。葬儀は絶好の機会にすぎない。

俺は一定のペースで歩きながら、頭のなかで考えを整理し直した。イザベルの携帯電話をフラットから持ち出したのは誰なのか。父親は古いほうの電話番号、抽斗《ひきだし》の裏側にテープで張りつけられていた携帯電話の番号を警察に提供したが、新しいほうの携帯電話の留守電に彼が残したメッセージを俺は聞いている。新しい番号を知っているのに、そのことを伝えなかったのはなぜか。なぜ新しいほうの番号は警察に渡さなかったのか。どうして新しい番号を知っていたのだろう。だが何より俺が知りたいのは、イザベルが死んだとき、彼女の部屋から新しい携帯電話を持ち去ったのは父親だったのかどうかだ。携帯電話はなぜ消えたのか。そこにどんな情報が残っていたのか。

ビーサム・タワーには午前九時前に着いた。タキシード姿のだらけた一団がいた。徹夜で遊び歩いて帰ってきたところらしい。葬儀は九時半から始まる。ロシターとカーニックはいまごろ修道院に向かっているはずだ。通りの向かいに並んだ公衆電話から清潔そうな一つを選び、九九九にかけた。

「警察を頼む。侵入者がいるようだ」

2

タワーのロビーに入り、フロントに行った。ありがたいことに、前回、カーニック刑事と一緒に来たときと同じ若い女性のフロント係がいた。女性は真っ白な歯を見せて微笑《ほほえ》んだ。

「おはようございます。ご用件をうかがいます」

「おはようございます」俺は身分証を差し出した。「ウェイツ巡査です。以前にもお会いしましたね」

「ああ」フロント係が言った。「覚えています。ミスター――ではなくて」苦笑して言い直す。「カーニック刑事といらした方ですね」

「そう、前回はたしかカーニックと来ました。私もミスター・ロシターの警護班の一員です」

フロント係は俺の身分証を確かめてから返してよこした。

「お嬢さんのこと、本当にお気の毒で……」

「残念ながら、マスコミは遠慮というものを知らないらしい。今日の午前中に葬儀が行われることはご存じですね」

彼女はうなずいた。「ミスター・ロシターは今週いっぱい、ご家族でお住まいのご自宅にいらっしゃると聞いていますが……」

「そのとおりです。実をいうと私もいま、その自宅のほうから来ました。一つ気がかりなのは、マスコミの連中がここに押しかけてくるのではということで。コメントを取ろうとして、こちらのゲストやスタッフ、住人に迷惑をかけないともかぎらない。それで、私がロビーに待機して、不審者には丁重にお引き取りいただこうということになりまして」

「そういうことでしたら」フロント係は言った。「このビルの警備の責任者にご紹介させていただいてよろしいですか」

「こちらからお願いしようと思っていました。責任者の、えーと、ミスター……？」

「リードです」

「ミスター・リードに連絡していただけますか」

彼女が事情を説明しているあいだ、俺はフロントから少し離れて待った。数分後、いかにも元警察官といった物腰の男がやってきた。たくましい体格、無駄のない足取り、油断なく周囲を観察している鋭い目。ロビーにはほかにも十人ほどいたが、即座に俺に目星をつけて近づいてきた。

「ミスター・リード」カーニック刑事から何もかも聞いているといった風情《ふぜい》で俺は言っ

た。「ウェイツ巡査です」男と握手を交わす。「少しお時間をいただいてよろしいですか」

「もちろんですよ」リードは言い、ロビーの右手に置かれた椅子《いす》に俺を誘った。「ミスター・ロシターの警護を担当されているそうですね」

俺は身分証を差し出した。「お嬢さんの死亡事件に関する調査が完了するまで、臨時に配属されています」

「なるほど」リードは俺の身分証を見ながら言った。「本当に痛ましいことだ」

「私が来た理由は、フロントの女性からお聞きに……？」

「マスコミ対策ですね」リードは言った。「こういうときの連中は、まるで寄生虫ですよ」

「以前は警察にいらしたのでは？」

リードは居住まいを正した。「ええ、十年ほど」

「それなら、他人の不幸に群がる連中のことはよくご存じでしょう……」

「正直なところ、犯罪現場でもここまで大勢が群がってくるのはあまり見たことがありませんよ」

「成功の代償ですね」俺は豪華なロビーをそれとなく指し示して言った。「今日くらいは遺族に配慮して取材を控えてくれるかと期待していましたが、教会周辺の騒ぎを見て、こちらにも誰か待機させておいたほうがよさそうだということになりまして」

「で、職場体験中のティーンエイジャーみたいな若者が送りこまれてきたと」

俺は微笑んだ。「おかげで今日は一日、先輩たちのお茶を買いに走らずにすみます。もしご迷惑でなければ、ここに座って雑誌でも読みながら、人の出入りに目を光らせていてもかまいませんか。そうですね、葬儀が終わるころまで」

リードは俺の身分証を返した。「もちろんかまいませんよ。私は仕事に戻りますが、もし何かあったらフロント係を通じて警備部に連絡をください」

俺たちは立ち上がって握手を交わした。「ありがとうございます、ミスター・リード」

リードはフロントに立ち寄り、いまのやりとりをフロント係に伝えたあと、俺のほうに軽くうなずいた。それからエレベーターに乗ってふだんどおりの仕事に戻っていった。

俺は椅子に座り、置いてあった雑誌を開いて、エントランスを見守った。

3

数分前に警察に電話したとき、ビーサム・タワー四十五階の隣室から不審な物音がしていると訴えた。その隣室はロシターの部屋だと言えば、警察が駆けつけるタイミングが早すぎるだろう。そこで隣室の住人は旅行に出かけて留守のはずなのにと伝えるにとどめた。

雑誌を眺めて一時間も待ったかどうかというころ、制服警官が二人、ロビーに現れた。蛍光イエローのジャケットを着て、制帽を脇《わき》に抱えていた。警察官が来たことに気づいたフロント係が俺のほうを見ているのがわかったが、俺は座って待つことにした。二人は、取り扱いに注意を要する用件であることを示すためだろう、声をひそめて話し始めた。フロント係がカウンターの奥から出て、二人についてくるよう合図したところで、俺は立ち上がって歩み寄った。

「何かトラブルでも？」

制服警官の一方が俺を見た。「あなたは……？」

「ウェイツだ」

「ミスター・ロシターの警護班のウェイツ刑事です」フロント係が言った。

俺は身分証を提示した。「何かトラブルでも？　えーと……」

「ターナーとバーンズです。四十五階の一室で不審な物音がしているという通報がありました。ミスター・ロシターの部屋は四十五階のペントハウスでしたね」

「そうだ。ただし、今日は誰もいないはずだが」

「念のため確認したほうがよさそうです」

「しかし……勝手に入っていいものかどうか」

バーンズが口をはさむ。「侵入者がいるとの通報があった以上、確認しないわけにはいきません」

「それは理解できる。だが、今日はその部屋に誰もいないとわかっている」

「今日、部屋には入りましたか」

「いや。まだ一度も」

「部屋の鍵《かぎ》は」

「いや、持っていない」俺は答えた。それからフロント係に言った。「ミスター・ロシターの部屋に電話してみていただけませんか。それで面倒が省けるかもしれない……」

「承知しました」フロント係はカウンターに戻って電話を取り、ミスター・ロシターのペントハウスにつないでほしいと告げた。呼び出し音が鳴り続け、俺たちは待った。

「どなたもいらっしゃらないようです」

制服警官がフロント係を見た。「部屋の鍵を開けていただくことはできますか」

「ミスター・ロシターのお部屋の鍵はキーカード方式です」

「ちょっと待って」俺は言った。「確認せずに行かせるわけにはいかない」制服警官二人は信じられないといった顔で俺を見た。「少し待ってくれ」俺は携帯電話を取り出し、適当な番号にかけた。

「カーニック刑事を」俺は言った。「ええ、待ちます」三人の視線を感じつつ気まずい間に耐えたあと、ようやく言った。「カーニック刑事？　ビーサム・タワーのミスター・ロシターの部屋に侵入者がいるという通報があったそうで、いま——」相手にさえぎられたふりをした。「はい、了解しました」ここで声をひそめた。「はい。お邪魔してすみません」電話を切り、フロント係に言った。「キーカードをお借りできますか」

「確認しますので、少々お待ちください」フロント係はカウンターに向き直った。

「面倒くさくて申し訳ない」俺は制服警官に言った。「今日はみな神経質になっていて。わかってもらえるね」

「もちろんです」二人は声をそろえて答えたが、俺の目を見ようとしなかった。

4

俺はキーカードを自分では受け取らず、制服警官の一人に持たせた。エレベーターで四十五階まで上るあいだ、誰も口を開かなかった。BGMが何だったか覚えていないが、何か音楽が流れていたのは確かだろう。扉が開き、俺は先に立って廊下を歩き、ロシターの部屋にまっすぐ向かった。初めて来たのかと疑われないためだ。

振り返ると、二人は内装の詳細を頭に叩《たた》きこもうとしているようにきょろきょろし、ゆったりとした造りに驚いた声を漏らしながらゆっくり歩いてきていた。キーカードを預かっているほう、ターナーが進み出てキーを差しこみ、ドアハンドルを引いた。

「どうぞ」ターナーが言った。

「俺は隣の住人の話を聞いてこよう。ここはきみたちで確認してくれ」

「了解」ターナーはドアを開けて室内に入っていった。俺は一歩脇によけてもう一人を通した。二人は室内をよく見ようと首を伸ばしていた。ドアが閉まる寸前に、どちらかが驚嘆の口笛を鳴らすのが聞こえた。

俺は廊下を進み、隣室の前の廊下で時間をつぶした。ロシターの部屋のドアが開く気配がしたところで、そちらに向かって歩き出した。

「異常なしか」

「ええ」ターナーが答えた。「議員閣下は庶民派とわかって実にうれしいですよ」

「異常なしか」俺は繰り返した。

「はい。物色の形跡はありませんでした」

「隣の住人は引きこもりのようだ」俺は言った。「引っかき回されたのは彼女の頭のなかだけらしい。雇っている掃除婦に皿を盗まれたとかで、供述書を作りたいと言っている。いま着替え中だ」

二人は苦笑しながら顔を見合わせた。「俺たちが……？」

「いや、あとは俺が引き受ける。ありがとう」

二人は俺とすれ違って廊下を進み、エレベーターの呼び出しボタンを押した。俺は二人の様子をうかがい、エレベーターの扉が開くのを待って言った。「そうだ、巡査」

二人が同時に振り返った。

「キーを」俺がそう言うと、ターナーがエレベーターから降り、もう一人は扉を押さえて待った。「ありがとう」俺はキーカードを受け取って廊下を戻った。

エレベーターの扉が閉まる音が聞こえた。

俺はロシターの部屋に直行した。

ドアを開ける。なかに入る。

時刻を確かめた。9:57。

ドアを閉め、目をつむってドア枠にもたれ、深い呼吸を繰り返した。イザベルはもう埋葬されただろうか。十時三十分までにはエレベーターでロビーに戻らなくては。それよりも長居するのは自殺行為だ。

ドア枠を背中で押してまっすぐに立つ。目を開けた。そこは前にロシターと面会した、生活感のない広大なリビングルームだった。床から天井まで届くはめ殺しのガラスの向こうに、街の景色が横たわっている。

俺は部屋をいくつかの区画に分け、一つずつ順に徹底捜索した。

探しているのはイザベルのもう一つの携帯電話だ。部屋を効率的に見て回った。このペントハウスは世間と隔絶していて、容易に入れない。秘密を隠すには持って来いの場所だ。殺風景なことも手伝って、捜索は短時間ですんだ。これだけの広さがあるのに、調べるべき場所はほとんどない。一月《ひとつき》近く前、ロシターが注いでくれたコニャックのボトルがあった。ブランドはヘネシー。

ゼイン・カーヴァーと同じブランド。

リビングルームにはほかに何もない。次に、見たこともないほど大きなキッチンを調べた。使用された形跡はなかった。冷蔵庫には脱脂乳が一パックあるきりだった。

リビングルームに戻り、反対側にある広々とした階段に近づいた。上階には寝室がいくつかあるようだが、その前に上り口の手前の書斎をのぞいた。このペントハウスのどの部屋から見るよりすばらしい眺望が広がっているのに、デスクは窓に背を向けて設置されていた。

仕事に没頭するための部屋か。

デスクの上にはノートパソコンが閉じた状態で置いてあったが、本やノートやファイルは一冊もなかった。抽斗の下の二つの段は空っぽだった。一番上の段を開けると、見覚えのあるものが入っていた。二週間前、ロシターがコーヒーテーブルの上を滑らせて俺に渡した茶色の紙封筒。それを逆さにして写真を出し、一枚ずつ見ていった。

フルカラーだが、ぼやけている。奇妙なアングルから撮影されていた。おそらく携帯電話のカメラを使ったのだろう。イザベルの肌にうっすらと汗が浮いているのが見て取れる。俺が初めてフェアヴューのパーティに行った夜、俺とイザベルが一緒にいる写真。

写真を盗もうかと考えた。俺がここに忍びこんだ本当の動機はそれだったのだろうか。自分に不利な証拠を隠滅するため、自分の身を守るため？　自己嫌悪《けんお》が心を駆け抜けた。写真を封筒に戻し、封筒を抽斗に戻して、書斎を出た。

階段を上ろうとして、立ち止まった。

書斎にとって返し、さっきの抽斗を開けた。今回は封筒を手に取らなかった。表の文字をただ見つめた。

〝Ｉ・Ｒ　10月30日〟。

階段を上って暗い廊下を進んだ。大きな寝室が二つあった。それぞれが俺のフラット全体より広かった。一つは明らかにロシターの寝室で、専用のバスルームには歯ブラシやシェービング用品など基本的な洗面用具がいくつかあった。廊下をさらに進むと、もう少しこぢんまりとしたゲスト用の寝室が二つ。一方は、このペントハウスのほかの部屋と同じで生活感に欠けていた。

もう一つは様子が違っていた。

たったいま〝10：25〟だったはずの時刻は、一瞬で〝10：30〟にジャンプしていた。

明るいピンク色の壁紙。小さなシングルベッドにピンク色のシーツと枕《まくら》。その上に人形やぬいぐるみがずらりと並んでいた。ケアベアのぬいぐるみ、バービー人形。家出したときイザベルは十七歳だった。姉はたしかもう二十代だ。とすると、ここは誰の部屋だろう。

ウォークインクローゼットの扉を開けた。

まったく同じシンプルな黒のミニドレスが数着。

ブルーデニムのオーバーオールが二着。

扉を閉め、チェストの抽斗を開けた。子供っぽいデザインのカラフルな下着が詰まっていた。かわいらしい文字やディズニーのキャラクターがプリントされている。どれもサイズはイザベルに合いそうだが、好みにはまるきり合いそうにない。百八十度違う。10：34。考えを巡らせる。イザベルのフラットに隠されていた携帯電話。あれがイザベルのいつもの手だったのか。抽斗を順に完全に引っ張り出した。一番下の段の裏にテープで紙片が張りつけてあった。時刻を確かめた。

10：36。

木の表面からセロテープをそっと剝《は》がして紙片を広げた。便箋《びんせん》だ。時刻は10：38、俺は抽斗をみな元どおりに押しこむ。階段を下りてリビングルームを突っ切った。いまならまだ写真を取りに戻れると思った。

やかましい電子音が耳に刺さった。俺はその場に凍りついた。電子音がまた響いた。それか、玄関のチャイムだ。息を殺し、そろそろと玄関に向かった。

ドアを開けると、このビルの警備責任者のミスター・リードが立っていた。顔が真っ赤で、息を弾ませている。「なぜ連絡をくれなかった？　何があった？」

「ああ、申し訳ありません、ミスター・リード。大した問題ではないとわかりきっているのに、お手を煩《わずら》わせるのもどうかと思ったので」

「いやいや、私の知らないうちに警察から――」言葉がこんがらかった。「警察の――」気を落ち着かせて言い直す。「警察官が二人、入館しているほうがよほど問題だ」言い終える前に息が切れた。

「ご自分で見ていただければわかりますが、通報は勘違いだったようです」
リードはいぶかしげな目で俺を見た。「きみ、どこかで見た顔だな」
「いや、人違いでしょう」俺はどきりとして答えた。「葬儀が終わったという連絡がちょうど来ました。私はこのままご家族の自宅に戻ります」俺は廊下を歩き出した。頭の後ろにリードの視線を感じた。エレベーターホールの呼び出しボタンを七度連打した。

待った。

扉の傍らの小さなデジタル表示板の上で焦《じ》れったいほどのろのろと変わっていく数字を見つめた。俺は振り返らなかった。エレベーターが四十三階まで来たとき、誰かが乗っているという予感に突如襲われた。カーニック。ロシター。さっきの制服警官二人。

俺は待った。

扉が開いた。

誰も乗っていなかった。

俺はエレベーターに乗り、ロビー階のボタンを押した。
「あーちょっと」ミスター・リードが小走りに追いかけてきた。「ちょっと待った」

俺はしぶしぶ腕を伸ばし、閉まりかけた扉を押さえた。

乗りこんできたリードは、肩で息をし、汗をかいていた。「キーカード」
「あっと、そうでした」俺はポケットからキーカードを出して渡した。

リードがエレベーターから下り、扉が閉まった。三十五階まで来たところで、俺は自分が息を止めていたことに気づいた。呼吸をしようとした。ふつうに見えるようにした。ペントハウスで見つけた便箋を指先でもてあそんでいるうちにロビーに着いた。扉が開く。エレベーターを下りるなりメインエントランスに直行し、ディーンズゲートに出た。ポケットのなかの便箋が気になってしかたがなかった。

通りに警察車両が何台も駐まっていた。見覚えのある警察官が何人もいた。二百メートル近く先の薄汚れた細い路地を曲がったところで、ようやく便箋を見ることにした。背後を確かめ、壁にもたれた。

深呼吸をした。

ポケットから便箋を引き出し、震える手で開いた。くっきりとした赤いインクで書かれた文字が並んでいた。

誰にも知られてはならない。

5

八歳のとき、自由というものに俺なりの値段をつけ、身勝手な嘘《うそ》を積み上げた。同じ部屋にいた全員を利用した。それが妹に会った最後になった。

そのころまでアニーは、夜になるとベッドのすぐそばに誰かの存在を感じる、その影が見えると言って怯《おび》えていた。やがてその影は男の形を取り、手を伸ばして妹の髪をなでた。妹は、自分の空想が現実に現れたのだと考えた。翌日、妹が怯えきった顔で俺のところに来て、早口にこうささやいた――〝夢で見たら、それは本当になるの?〟

施設で暮らす子供につきまとう無力さをうまく言葉にすることはできない。日々の決まりごとから、その晩どこで眠ることになるのかまで、あらゆることが一瞬で変わる。ずっと変わらないと思えたのは自分の名前くらいのもので、それさえも湿ったにおいのする誰かのお下がりの服に似て体にうまく馴染《なじ》まず、アイデンティティというより一生消えない傷痕《きずあと》のように思えた。俺たちとの縁組みを断った人々が帰り際《ぎわ》に残していく残酷な言葉。アニーと俺が以前の生活から切り離され、安心が遠ざかるにつれて、俺は悟るようになった。俺たちにとって何の不安もない生活など、幻想にすぎない。

誰も言葉にはしない嘘。俺たちに現実を見せないための嘘。

最後の養父母候補と面会したとき、俺は強情に、身勝手にふるまった。何か尋ねられたら肩をすくめ、嘆息し、ぼそぼそと答えた。妹と離れて立ち、妹の顔を見ようとしなかった。妹の視線を感じた。あの知性の詰まった大きな頭をこちらに向けているのがわかった。自分に腹を立てていると思ったのだろう、妹はニーソックスをちゃんとした位置に引っ張り上げて俺の怒りをなだめようとした。二人で遊びなさいと言われ、俺は妹と一緒におもちゃ箱のところに行った。妹は箱をのぞきこんだ。

妹が箱をひっくり返そうとしたところで、俺は妹を突き飛ばした。妹は尻餅《しりもち》をつき、目を丸くして俺を見上げた。それから下を向き、母親に教えられたように、手で顔を隠して静かに泣いた。俺はおもちゃを妹の頭に投げつけ、年長の少年たちが使っているのを聞いた汚い言葉をわめいた。プラスチックの人形を握り締めて壊した。ソファに座っていた男性がアニーに歩み寄った。

「大丈夫だよ、泣かないで」男性はそう声をかけてアニーを抱き上げた。

手続きはその日のうちに開始された。アニーの新しい養父母は、いじめっ子の兄貴とアニーを引き離すことにいっさいの罪悪感を覚えなかった。それからまもなく妹は俺の記憶から消えた。俺がどこにいても妹の姿を見るようになったのは、妹がオークスを離れて何年もたってからだ。街中で。すれ違ったバスの乗客のなかに。バーで。同じ年ごろの女性を見かけるたび、俺は思わず足を止めた。いまもどこへ行こうと妹の姿を見る。

妹はジョアナ・グリーンローであり、イザベル・ロシターだ。キャサリンであり、サラ・ジェーンだ。刑事になるための研修を受けているあいだもずっと、妹を探してみようと心のどこかで考えていた。妹に会ってあのときのことを説明したいと。だが、妹はまだマンチェスター周辺にいると確認しただけでいつも終わっていた。

ところが、妹は俺を見つけてしまった。

ポケットに手を入れ、サティから渡された手紙に触れてみた。俺が停職になったあと警察に届いた手紙。妹からの手紙だった。開いてみても、そこに書かれている言葉はやはり頭に入ってこない。熱い慚愧《ざんき》の涙があふれるばかりだ。便箋の一番下に目をやる。アン。妹はそう署名していた。アンは、新聞に載った俺の写真を見た。

〝汚職刑事エイダン・ウェイツ〟。

一目で自分の兄だとわかった。

「私たちは家族です。あなたの力になりたいです」妹はそう書いていた。

俺は便箋を元どおりに折りたたむ。返事を書かないことはわかりきっている。

路地を出て左右を確かめたときには、黒い考えを頭から追い散らしていた。俺が育った施設にいた自傷癖のある少女たちの記憶も振り払った。ときに施設から脱走し、数日後、数週間後、数カ月後に、屈辱とともに引きずり戻された彼女たち。それきり二度と噂《うわさ》を聞かないこともあった。

陰気な灰色をした朝は、陰気な灰色をした昼に変わっていた。歩道は氷の石を敷いたかのようで、靴底から冷たさが忍びこんでくる。過去のことを、黒点のことを考えた。黒々とした闇《やみ》のような俺の青春期。二度と会わない妹のことを思った。イザベルのことを思った。初めに怯えたイザベル、次にさみしげな、そして最後に、死んだイザベル。

6

葬儀はおそらくもう終わっているだろう。それでも修道院に車を向けたのは、意図してのことではなく偶然だった。中心街から五、六キロしか離れていないし、イザベルのことを考えているうち、その程度の距離なら行かないほうがおかしいと思い始めた。ロシターのペントハウスで見つけた便箋のこと、割れた鏡に書かれていたメッセージのことが頭にこびりついていた。幾度となくこう自問した。

いったい何を知られてはならないのか。

修道院を取り巻くローコスト狭小《きょうしょう》住宅は、建設当時はおそらく環境に調和しないと非難されたことだろう。だが、いまとなっては修道院のほうが町並みから浮いた存在になっている。神から与えられた力と富とを誇示するなんていまどき流行《はや》らないうえ、その神の存在は突如として否定された。修道院は近年、数百万ポンドを費やして改築されたが、その費用を捻出《ねんしゅつ》したのは教会ではなく、文化遺産を保存するための基金だった。建物は主として会議センターとして使われていて、行われるイベントは宗教とは無関係なものばかりだ。

修道院の前に参列者がまだ残っているのが車から見えた。イザベルの年ごろの少女が集まって話をしている。そろってシックな黒いワンピースに身を包み、真っ赤な口紅をつけ、弔事にふさわしい濃い色をしたベールで顔を覆《おお》っていた。イザベルとどのような友人だったのだろう。これからどんな大人に成長するのだろう。いまもまだ墓地周辺を撮影しているマスコミの関心を期待して、ぐずぐず居残っているのだろうか。そのとき、少女たちの一人が涙に暮れた友人を慰めている様子に気づいて、俺はいつからこれほどねじくれた人間になったのかと自分を恥じた。

制服警官が二人、記者連中を追い立てていた。車でその場を離れようとしたとき、俺も知っている記者の姿がちらりと見えた。ブラッドハウンドのような顔つきの男で、車中から口述で原稿を送っている。車で通り過ぎる俺を目で追いながら、あれは誰だったかと記憶をさらっているのがわかった。

ふん、とうに忘れられたニュースの男だよ。

公表はされていなかったが、埋葬先がどこか、見当はついていた。ほんの数分の距離にゴートン墓地がある。行ってみると、霊柩車《れいきゅうしゃ》がまだ駐まっていた。家族や友人が乗ってきた黒いセダン車も何台か。通りの少し先まで行って車を駐め、一番近い入口とは反対の方角に歩いた。激しい怒りを感じた。カメラマンが望遠レンズで会葬者を狙《ねら》っている。

葬儀は二件行われていた。葬儀にうってつけの日だった。俺は規模の小さいほうにさりげなく加わった。集まっているのはほんの五、六人で、俺は下を向いて立っていた。誰も俺のほうを見なかった。

三十メートルほど離れた区画をうかがうと、イザベルの埋葬はすでに終わっていた。何人かが集まって、それぞれ話したり抱き合ったりしている。一人で立っている者もいた。会葬者のほとんどは黒いセダン車に向かって歩き出している。埋葬を取り仕切った職員が会葬者と握手を交わしたり、お悔やみの言葉をかけたりしていた。

俺はイザベルのことを考えた。両手で頭を抱えて気を失っていたイザベル。首に巻いたスカーフをもてあそんでいるイザベル。俺を肘《ひじ》でつついて大笑いするイザベル。死んでいるのを見つけたとき、彼女の顔をこわばらせていた表情、大きく見開かれていた目。腕の血管、真っ白な皮膚に浮き上がった、不自然にどす黒い色をした静脈。苦痛を注入されて黒ずんだ左半身。充満していたセックスのにおい、内ももに並んでいた、何かを数えるための傷。そういったイメージを無理矢理に押しのけ、代わりにあのフラットの机で見つけた写真のイザベルを思い浮かべようとした。友達と一緒に笑っている十七歳の少女。

墓を囲んだ数人のなかで、最初に目についたのはカーニック刑事だった。サングラスをかけ、イヤフォンを耳に入れて、ゲートあたりで待機しているかと思った。ところが驚いたことに、家族の友人として葬儀に参列したらしい。黒っぽい髪の女性と女の子が一緒だ。家族だろう。ロシター一家を何年も担当していることは知っていたが、そこまで親しい間柄だとは意外だった。娘はイザベルと似た年ごろで、見るからに悲しそうな顔をしていた。イザベルと友達だったのかもしれない。

カーニックが娘に腕を回したのを見て、俺の胸を罪悪感がちくりと刺した。警察本部の階段室でカーニックと会ったことを思い出した。俺の目をまっすぐにのぞきこみ、弱っているイザベルを俺が食い物にしたのかどうかを探っていたカーニック。ロシターよりよほど父親らしい愛情を示していた。朝も、葬儀には来るなとわざわざ言いに来た。今日は仕事をしたい気分ではないからと。カーニックは娘の肩を抱いて向きを変えさせ、黒っぽい髪の女性にうなずいて合図した。妻だろうか。三人がゲートのほうに歩き出す。

俺の目は、墓のそばに一人だけ残った若い女に引き寄せられた。濃い灰色のコートを着て、小さな黒い帽子をかぶり、両腕で胸を抱いて悲しみをこらえていた。墓を離れようとしていたカップルがさりげなく彼女を見やり、有名人の噂話をするように彼女のことを話し始めた。彼女は顔を上げなかった。周囲で起きていることをまったく意識していないようだった。イザベルと同じ、いたずら好きな妖精《ようせい》のような顔立ちをしていた。髪の色も、少し暗いだけで、イザベルの髪の色と似ていた。

姉か。家出娘が帰宅したらしい。

彼女は長く息を吐き出し、墓のそばを離れた。歩道をたどってゲートに向かおうとしたところで、デヴィッド・ロシターが現れた。父親のロシター。彼だとすぐにはわからなかった。何度もかき上げた髪は乱れ、顔はむくみ、頰はげっそりとこけていた。泣いていたのだ。

ロシターと娘は向かい合った。たった一メートルやそこらしか離れていないのに、もっとずっと遠いように見えた。ロシターは何か言おうとして口を開いたが、言葉は一つも出てこなかった。娘の顔に影が差した。小さく首を振り、父親の横を通り過ぎて歩道を歩き出した。ロシターは振り向いて娘の後ろ姿を目で追おうとはしなかった。膝《ひざ》をがくりと折った。そのまま卒倒するかと思ったが、ロシターは背筋を伸ばすと、腕で顔を荒っぽく拭《ぬぐ》い、まだ墓地に残っている人々を見回した。

そのなかに、四十代半ばくらいの長身で魅力的な女性がいた。髪に灰色の筋が交じっているが、それがかえって金髪の美しさを引き立てている。ベールをかぶっていても、美貌《びぼう》は隠しきれていなかった。イザベルの死を報じた記事で、母親とされていた女性だとわかった。アレクサ・ロシター。悲嘆をまとっていても、まっすぐに伸びた立ち姿は気品に満ちて端正だ。毅然《きぜん》とした表情は、内心を封じる蓋《ふた》のようだった。瞳《ひとみ》に宿った鋭さだけが、その奥で起きていることをそれとなくうかがわせた。

アレクサと夫はにらみ合った。

ロシターの顔は、彼の口や目は、何らかの意思の疎通《そつう》を図ろうとしていた。詫《わ》びるような表情をしていた。ミセス・ロシターの表情は変わらなかった。夫の視線を真正面から受け止めた。やがてロシターのほうが先に視線をそらした。向きを変えて歩道を歩み去った。その後ろ姿が遠ざかるのを待って、ミセス・ロシターも歩き出した。

俺がまぎれこんでいた埋葬の儀式が終わり、会葬者は握手を交わして散っていった。俺はこちらの顔を知っている人物に会わないよう誰からも距離を置いて歩道を歩き出した。

ミセス・ロシターは早足で夫を追い越し、車の後部座席に乗りこんでドアを閉めた。ドライバーに何か言い、車はウィンカーを出して発進した。ロシターは途方に暮れたようにあたりを見回した。カーニックが来て腕を差し伸べた。ロシターはその腕にすがるようにして別の車に乗りこんだ。

初めてデヴィッド・ロシターと面会したときのことを思い出した。はめ直したばかりの結婚指輪の冷たい感触。鬱《うつ》状態の娘のことを話すロシター。娘は自殺を試みた。そのとき救急車を呼んだのは彼だった。新聞種にならないよう手を回した。自分で新聞社に出向いて懇願した。

あのときロシターは、妻も情緒不安定だと言った。たったいま、夫をにらみつけていたミセス・ロシターの表情。彼女は急ぎ足で夫を追い越していった。夫を置き去りにした後ろ姿は、背筋がぴんと伸びて、自信を絵に描いたようだった。
ロシターは、俺に嘘をついている。

7

街に帰る途中でパブに寄り、体を温めた。カウンターの頭上のテレビは音声が消されていたが、イザベルの葬儀の様子を流していた。画面下のテロップは、イザベルは早い年齢から性的に活発で、死因は薬物の過剰摂取だったことを改めて強調していた。

カメラはズームし、墓を囲んで立つ人々を大写しにした。俺はピーナッツをつまみ、ビールを二杯ゆっくりと飲んで、店を出た。

フラットから少し離れた通りに車を駐め、残りは歩いた。空は暗く、周囲のビルが暗い記憶のように頭上にのしかかってきた。俺は足もとばかり見ていた。歩道は霜に覆われ、俺は街全体が凍りつく季節のことを考えた。冬が来ると悪事はやみ、人々は一息ついて、数カ月のあいだ、ものも人も、すべてが滞る。

靴の下で薄氷が砕けた。足を向ける先を考えずに歩いていたから、いつのまにかフラットのある通りまで来ていて驚いた。

顔を上げた。

立ち止まった。

通りの反対側、俺のフラットのちょうど真向かいに、それは駐まっていた。四代目か五代目のマスタング・ハッチバック。黒いボディ、赤いピンストライプ。エンジンはかかったままで、街灯に照らされて白い排気ガスが広がっていた。グリップの車だ。

グリップ。

俺は手近な建物の戸口に身を寄せ、グリップの姿を探して周囲をうかがった。いくつか人影が見えた。中心街へ向かう人影、反対の方角に向かう人影。だが、グリップのあのアンバランスでぎこちない歩き方をする影は見当たらなかった。俺の部屋のある建物を見やった。通りに面したエントランスを見る。ドアは閉まっていて、戸口は暗い。自分の部屋を見上げた。通りを見下ろす窓。明かりはついていなかった。今朝、部屋を出たとき、明かりをどうしておいたか思い出せない。

「何かご用ですか」

俺はぎくりとした。俺がいる戸口のインターフォンから聞こえた声だった。気づかないうちに体でボタンを押していたのだろう。三階の窓に若い女の姿が見えた。自分の住む建物の戸口に隠れて何をしているのかといぶかっている。俺は謝罪の代わりに小さく手を振ってみせ、通りを歩き出した。

通りのこちら側をゆっくりと歩き、車の真向かいに近づいた。まっすぐ歩いて通り過ぎようと思えばまだ間に合う。エンジンの低いうなりが伝わってきた。ちょうど向かい側に来たところで、できるだけさりげなく車に視線を向けた。それから足を止めて、もう一度目を凝らした。運転席は無人だった。通りを渡る前に左右を確かめた。

車の往来にというより、グリップに用心して。

ウィンドウから車内をのぞいたが、誰もいない。キーはイグニションに差してある。

何かおかしい。グリップはこの車を分身のように大切にしている。たとえ俺のフラットをちょっとのぞきに行くあいだだけのことであっても、キーは抜くはずだ。

ドアをロックするはずだ。

一つ息をついてから、運転席側のドアを開けた。暖かい空気が吹き出すかと思いきや、車内は冷え切っていた。通りの気温と変わらない。ヒーターは切られていた。誰かがここで俺を待っていたわけではない。

もう一度、通りの様子を確かめた。

車内に手を伸ばしてキーを回す。エンジンの低い音が止まった。キーを抜いてドアを閉めた。車の後ろに回った。

またも周囲を確かめた。

通りは暗く、半径二十メートル以内に人影はない。

キーを差しこみ、トランクの蓋を細く開けた。ランプが自動で灯《とも》った。俺はなかを一瞬のぞいただけで蓋を閉めた。

息を大きく吐き出し、臭《にお》いを追い出そうとした。

震える両手を車のボディについた。そうしなければまっすぐ立っていられなかっただろう。

街の喧噪《けんそう》がふたたび聞こえて、俺は背後を振り返った。酔っ払いの集団が歌いながら歩道を歩いて近づいてくる。恋人たちは腕をからめている。

周囲の建物の戸口に人影。

さっきの若い女も見えた。

まだ窓際に立っている。まだ俺を見ている。電話で誰かと話していた。俺は車の運転席側に回り、乗りこんだ。イグニションを回し、ギアを入れて、走り出した。

8

マスタングのエンジンは、制限速度を守って走っていても独特の音を奏《かな》でるように設計されている。エンジンは獰猛《どうもう》に吠《ほ》えた。頭の奥で鳴り続ける低いうなり。車を走らせていると、トランクからリズミカルに叩く音が聞こえた気がした。

ありえない。自分にそう言い聞かせた。

フェアヴューに着いたときには五時を回っていた。敷地と平行に走る通りに駐《と》め、車から降りてしばらくそこにたたずんだ。肺を出入りする空気が冷たい。屋敷まで歩き、通路をたどって玄関をノックした。

ドアの奥で足音が近づいてくる。

足音は唐突にやみ、誰かがのぞき穴からこちらを確かめた。サラ・ジェーンがドアを開けた。意識的に表情を和らげたのがわかった。それに気づいたのは初めてだった。さみしいのだろうか。イザベルは死んだ。ゼインは逮捕された。グリップは消えた。キャサリンもだ。サラ・ジェーンは小さくて頼りない笑みを口もとに浮かべた。本当はおそろしく若いのだとわかった。

「あら」サラ・ジェーンが言った。

「やあ」俺は言った。互いに言葉が続かずに見つめ合ったあと、同時に口を開いた。

「よかったら入って――」

「グリップを見つけた」俺は言った。

サラ・ジェーンは首を伸ばして俺の背後をのぞいた。

「ここにはいない」

「無事なの」

「ばらばらではないという意味では、無事だ。よかったら案内するよ」

サラ・ジェーンは冷酷な言葉に敏感な耳を持っている。俺がなぜそんな言い方をしたのか、不思議に思っているとわかった。なぜ予告なく現れたのか、なぜ彼女をここから連れ出そうとしているのか。

「いや」サラ・ジェーンは言った。断るというより、悪い知らせに対する反応と聞こえた。彼女の顔から血の気が引いていく。

サラ・ジェーンは後ずさった。

ドアを閉めようとした。

俺は隙間《すきま》に足を割りこませ、ドアを押し開けた。なかに入ってドアを乱暴に閉めた。

「もう知ってるんだ、サラ」

彼女は身じろぎ一つしなかったが、俺を見つめていた目は焦点を失った。俺に平手打ちをされたとでもいうように、呆然《ぼうぜん》と立ち尽くしていた。俺はその横をすり抜けて奥に入り、前に着ているのを見たことがある毛皮のジャケットを取って、彼女の肩にかけた。サラ・ジェーンは反射的に腕を持ち上げて袖《そで》を通した。俺は彼女の背をドアのほうにそっと押した。彼女はそれに従った。

だがドアを開けようとしなかった。木のドアに両手を押し当てたまま動かない。反対側で燃えている炎の熱さを確かめようとしているかのようだった。まもなく振り向いたとき、目に涙をいっぱいに溜《た》めていた。

「何を知ってるの」サラ・ジェーンは言った。

「だいたい全部」

「そう」

俺は彼女の肩越しに手を伸ばして掛けがねをはずした。彼女の腕を取って外に出て、玄関を閉めた。小道から通りに出るころには、彼女はまっすぐに立っていられずに俺にもたれかかっていた。グリップの車に来ると、手で口もとを覆った。俺の手を振りほどこうとした。俺は助手席側に連れて行って車に乗せた。それから運転席側に回って乗りこみ、エンジンをかけた。

どこか静かな場所、人のいない場所に行かなくてはならない。まず市の境界線を目指し、それを越え、さらに走り続けた。サラ・ジェーンはシートベルトを落ち着きなくいじっていた。

9

未完成で、なかば忘れられたビルの建設現場を数え切れないほど通り過ぎた。そのうちのいくつかの前で俺は車の速度を落とした。するとサラ・ジェーンはウィンドウの外に目を向け、ときには手をガラスに当てた。グリップはここで見つかったのかと考えていたのだろう。自分はこれからどうなるのかとも考えただろう。

市の境界線を越え、通り沿いの街灯の数が減り始めたころから、サラ・ジェーンは俺の顔をただじっと見つめていた。すれ違う車のヘッドライトがこちらの車内を照らすたび、俺の視界の隅で彼女の目がその光を反射した。

俺は無表情のまま車を走らせた。バーンズ病院は一八〇〇年代から生き残っている建造物の一つだ。赤煉瓦《あかれんが》造りの巨大なゴシック様式の建物で、ほぼ左右対称の病棟の中心に時計塔がそびえているが、一九九〇年代に自治体の健康保険基金の予算が数百万ポンド削減されて以来、時計自体は止まっている。閉鎖された直後、病院は保護すべき歴史的建造物の一つに指定された。しかし、買収した不動産会社はただ放置し、建物はまもなく廃墟《はいきょ》と化した。

自動車専用道を降りて病院の私道に乗り入れた。エントランスに赤い看板が立っていた。〝この機会に〟という言葉が三度も使われ、関心のある方はフリーダイヤルの番号に連絡をと書かれていた。敷地を囲んで金網のフェンスが巡らされていたが、私道への進入を防ぐ杭《くい》を誰かが倒していた。俺は車を奥へと進めた。荒廃した建物をヘッドライトが照らし出した。石敷きの階段、錬鉄の手すり。サラ・ジェーンの手が助手席のドアのハンドルに伸びた。

俺は車を駐め、エンジンを切って、様子をうかがった。

敷地内に明かりは一つもない。エンジンのうなりが消えたとたん、聞こえるのは、少し離れた自動車専用道の往来の音だけになった。一分ほどたつと、サラ・ジェーンの息遣いも聞き分けられるようになった。

「イザベルは今日埋葬されたのよね」サラ・ジェーンがまっすぐ前を凝視したまま、砕けた調子で言った。いまに及んで俺とのあいだに橋を架けようとしている。

「知ってる。墓地に行ったから」俺は言った。

サラ・ジェーンは何も言わなかったが、顔をこちらに向けた。

「きみも参列したかっただろうに」

「当然でしょう」

「なぜ行かなかったんだろうな」

「こんなところに連れてきたのはどうして」

俺は答えなかった。

「どこなの。グリップはどこ？」

「グリップはここにいるよ。心配するな」

「だったら会わせてよ」サラ・ジェーンは俺の腕に手を置いた。袖を通して、その手の冷え切った感触が伝わってきた。

「その前にいくつかきみに確かめたいことがある。その答えによって、あとのことが決まる」

サラ・ジェーンは手を引っこめた。「行けなかった理由はわかってるくせに。あの子は私たちのせいで死んだのよ」

「〝私たち〟？」

サラ・ジェーンはまたまっすぐ前を見た。「私のせいで」

「きみが行かなかった理由はそれじゃないだろう」

サラ・ジェーンは黙っていた。

「俺は何度も自分にこう尋ねた。イザベルが家出したあとも、デヴィッド・ロシターがイザベルの動静をあれほど詳しく知っていたのはなぜか」

サラ・ジェーンはまっすぐに座り直した。次に口を開いたとき、彼女の声にはいつものよそよそしさが戻っていた。「まだ十七歳だった。私が面倒を見ていたのに」

「自分が彼女を殺したと言った舌の根も乾かないうちに、今度は自分が彼女を守っていた、か」

サラ・ジェーンは何も言わなかった。

「本当はどっちなんだ？」

サラ・ジェーンはもごもごと何か言った。

「聞こえない」

「私はあの子の面倒を見ていた。謝るつもりはないわ」

「誰も謝れなんて言っていない。説明してもらいたいだけだ。いまの返事は俺の質問の答えになっていない」

「質問って」

「家出したあとのイザベルの様子を、デヴィッド・ロシターがあれほど詳しく知っていたのはなぜか」

「私が伝えたから」

それきり二人とも黙りこんだ。車内は暑いくらいだった。

ウィンドウが結露し始めた。

「きみはイザベルの様子を彼に報告していた。俺のことも」

サラ・ジェーンは何も言わない。

「俺たちの写真を撮った。それをロシターに渡した」

サラ・ジェーンは何も言わない。

「イザベルの新しい電話番号をロシターに教えたのもきみだな」

「だから？」

「イザベルが寝泊まりしている部屋も教えた。いつその部屋にいるかも」

「だから？」サラ・ジェーンはまたそう言ったが、今回はささやくように小さな声だった。

「イザベルが家出したのはなぜだと思う」

「お金持ちのお嬢さんのちっぽけな悩みのせいでしょう」

「お金持ちのお嬢さんのごたいそうな悩みのせい」

「違うな」

「それも違う」

「あなたは何でも知ってるのよね、エイダン。知ってるなら教えてよ」

「きみのボーイフレンドがイザベルと寝ていたからだ」

「え？」

「俺も最初は信じられなかったよ」サラ・ジェーンは黙っていた。「見つけたとき、イザベルは服を着ていなかった。直前にセックスをした」

「でも、それがどう関係するの――」

「きみのボーイフレンドと？　ものの内側にイザベルが自分でつけた傷があった。数を記録する印だ。一度寝るごとに一つ。つけたばかりの傷もあった。最後の一度の分だ」

「イザベルが死んだとき、ゼインは私と一緒にいたわ」

「相手がゼインだなんて、誰が言った？」

サラ・ジェーンは動かない。

「きみのもう一人のボーイフレンドの話だ。その二人のほかにはいないだろうな」

サラ・ジェーンは助手席側のドアを開けて片足を降ろした。車内灯が自動で灯り、それに驚いて一瞬だけ動きを止めた。彼女が泣いていたことに俺はこのとき初めて気づいた。化粧が涙で流れていた。冷たい風が彼女の髪を乱す。青白い肌に鮮やかな赤。にじんだアイライナー。

「何の話かわからない」

サラ・ジェーンは車を降りてドアを閉めた。車内灯が消えた。俺が自分の側のドアを開けると、また灯った。周囲が見えるよう、ドアを少し開けたままにしておいた。サラ・ジェーンは自動車専用道の方角に急ぎ足で歩いていた。俺は追いかけ、腕をつかんで車まで引き戻した。

「何の話かわからない」

サラ・ジェーンは繰り返したが、さっきよりも言葉に力がなかった。俺は何も言わなかった。壁に頭を打ちつけるような真似《まね》にはもううんざりだった。俺はサラ・ジェーンをつかまえたまま運転席側に行き、イグニションからキーを抜いた。俺たちはふたたび暗闇に放りこまれた。

病院をぐるりと取り巻く自動車専用道の音。

彼女の息遣い。

俺の腕に触れる、氷のように冷たい彼女の指。

車の後ろ側に行った。手探りでキーを差す。サラ・ジェーンが怯えて俺の手を振りほどこうとした。俺は彼女の襟首をつかみ、車のほうを向かせた。トランクを開けた。ランプが灯って俺たちを照らした。

サラ・ジェーンは目をぎゅっと閉じた。「お願い、やめ――」

「見ろ」俺は言った。

サラ・ジェーンは深呼吸をして目を開いた。ふらついて俺にもたれかかった。グリップの大きく見開かれた目が俺たちを見上げていた。ふだんより大きく見えた。目玉が転げ落ちそうだ。殺した奴《やつ》は、せまいスペースにむりやり押しこめるのに彼の脚を折っていた。膝がふつうと反対に折れ曲がっている。苦痛に凍りついたままの表情が、脚を折られたときまだ生きていたことを物語っていた。手首は体の前でケーブルタイを使って縛られていた。

拘束を解こうとしたのだろう、深い切り傷がいくつも残っていた。グリップの腕は体の前にあった。針を刺しやすいように。自分に何が行われているか、本人にもよく見えるように。

左腕に注射針が刺さったままだった。その周辺は真っ黒に変色していた。左半身も黒ずんでいる。悪夢のような青い色だった。イザベルがそうだったように。シカモア・ウェイで見たように。

残忍に痛めつけられたグリップの全身をたどるサラ・ジェーンの目に、憐憫《れんびん》の情があふれた。彼の顔を見た瞬間、力なく俺にもたれかかって泣いた。事切れる寸前、グリップは激しく嘔吐《おうと》していた。大量の塗料を飲まされていた。胸を伝った塗料、口のなかや外にこびりついている塗料は、白と黒だった。

10

サラ・ジェーンの腕を支えたまま助手席側に行った。ドアを開け、彼女を乗せて、運転席側に回った。俺が乗りこむと、サラ・ジェーンは落ち着いた声で言った。

「何があったの」

「グリップはキャスを探しに行った」

サラ・ジェーンはジャケットの前をかき合わせた。「キャスは……？」

「この車は俺のフラットの前に駐めてあった。キャスの姿はなかった」

シェルドン・ホワイトはルービックでこう言っていた。

——この女が消え失《う》せることになるぞ、初めっからいなかったみたいにな。

「どうしてあなたのフラットに」

「警告だ。死体が確実に発見されるようにという意味もあっただろう。それより」俺はダッシュボードに身を乗り出した。「質問に答えてもらいたい」

「ライトはつけないで。何を訊《き》いてもかまわない。だけどライトはつけないで」

この車を降りたらもう、俺たちが言葉を交わすことは二度とないだろう。どんな理由からであれ、また会いたいと思ったとしても、二度と会うことはないだろう。俺はふたたびシートにもたれ、暗闇で話を続けた。

「デヴィッド・ロシターとはいつから？」

「一年くらい前。でも、どうしてわかったの」

「ロシターは、知っているはずのないことまで知っていた。とはいえ、ほかのルートから情報を手に入れていた可能性はあった。決め手になったのは、イザベルと俺を撮った写真だ。セックスを理解していない人間が撮影したと考えるにはあまりにもエロチックな絵だった。男が撮影したにしては、あまりにも決定的な瞬間をとらえている」

「つまり、私の写真の腕がよすぎたということ」

「いや、そういうわけじゃない。イザベルをゼインの屋敷に送っていった夜、彼女をすぐ近くのフラットに連れて行ってくれときみは言ったね。そのときフラットの番地を書いた。ロシターから見せられた写真が入っていた封筒の表書きと、筆跡が同じだった」

サラ・ジェーンは自嘲《じちょう》気味にふっと笑った。

「それとももう一つ、カーヴァーとロシターは同じ銘柄のコニャックを好む。きみが教えたのではないかな」

サラ・ジェーンはうなずいた。「あなたをトラブルに巻きこんでしまってごめんなさい」

「誰とのトラブル？」

「デヴィッド。ゼイン。警察」サラ・ジェーンは肩をすくめた。「あなたは全員とトラブルになってる」

「俺はもう警察の人間じゃない」

サラ・ジェーンはまた俺のほうを向いたが、何も言わなかった。

「ロシターとはどこで知り合った？」

「そんなこと、何の関係が――」

「一度で答えろ。さもないと、きみをグリップと一緒にトランクに押しこめて、俺は歩いて帰るぞ」

本気で言っている自分がいやになった。

「私みたいな女が彼みたいな男性と知り合うきっかけは一つしかないでしょう」

羨望《せんぼう》を感じた。それを声に出さないようにしたつもりだが、成功したとは言い切れない。「どこで？」

俺の声の変化に気づいたのだろう、サラ・ジェーンは即座に答えた。自分の答えの一つひとつが何らかの形で俺を傷つけるとわかって、愉快になったに違いない。

「クラウド23」サラ・ジェーンは答えた。

それはビーサム・タワーの二十三階にあるバーで、夜景を眺めながら、法外な値のついたカクテルのグラスを傾けられる店だ。四メートルほど空中に張りだした部分の床が一部ガラス張りになっていて、足の下に地上が見える。客のほとんどは出張で来たビジネスマンだ。そこにときおり、彼らの相手をする若い女が交じる。世の中の大半の人間にとって、クラウド23に行くのは世界の頂点に立つようなものだ。

デヴィッド・ロシターにとっては、二十二階下にある世界にすぎない。きみにもふさわしくない場所だろうとサラ・ジェーンに言いたかったが、彼女が敏感に聞き取ったように、俺も自分の声の変化に気づいた。方向転換したかった。

「仕事だったわけだ」

「売春が？　仕事だなんて思ったことはないわ」

「でも、金をもらったんだろう」

「公金横領を疑われるようなことじゃない」

「イエスかノーで答えろ」

サラ・ジェーンは口ごもった。「ときどき」

「ロシターについて話してくれ」

「知りたければ、彼のセーフワード（訳注／ボンデージプレイなどで予め決めておくプレイ中止のキーワード）だって教えてあげるけど」

俺は黙っていた。

「私のは〝もっと痛めつけて〟……」

「クラウド23で知り合ったところから始めようか」

「最初は軽く飲みに行くだけの場所だった。この辺の地下にあるバーでばかり飲んでいると、気が滅入《めい》ってくるでしょう。とくに、ゼインが販売拠点にしてるバーなんて最悪。たまに開けた景色を見ると、気分が晴れるの。

いつもお気に入りの服を着ていった。気分に合わせれば黒。どう見られたいかを優先するなら赤。若いころはよくクラウドに行ったわ。たった一時間で、母の月給よりたくさん稼げた」

「きみはいまもまだ若い」俺は言った。「ロシターから声をかけられたのか」

「相手はデヴィッドだもの、それよりもう少し対等な感じね。私はお金が大好きだから。でも、きっかけはよく覚えていない。目が合って、お互いにお酒をおごり合ったんだと思う」

「そのあとどこへ？」

「一番上の階」

「ロシターのペントハウスか。奥さんが帰ってきて見つかる心配があっただろうに」

「奥さんはあの部屋に一度も来たことがないそうよ」

「そんな言い分を信じるのか」

「本当だと思う。ひどい高所恐怖症と浪費癖の持ち主だそうだから。高所恐怖症の克服のために、イギリスで一番高いところにある部屋を買ったんですって」

「どういうことだ？」

「奥さんはね、低層階のヒルトン・ホテルに四十五日間宿泊しようとしたの。毎日、一つ上の階の部屋に移動しながら最上階まで行くつもりだった。でも十五階でパニック発作を起こして、それきり一度もあのビルには行っていない」

「そのあとロシターはペントハウスを自分専用にしているわけか」

「奥さんとうまくいってないって言ってた。もともと形だけの結婚だったって」

サラ・ジェーンが帰っていくたびに結婚指輪をはめ直すロシターの姿が思い浮かんだ。

サラ・ジェーンは少しためらってから静かな声で続けた。

「どんな男もそう言うんだろうけど」

「イザベルは高いところも平気だったんだな」

「ええ」

「イザベルとはペントハウスで？」

「たまに行ってたみたいね。デヴィッドがいないとわかってるときに。それで私と何度か鉢合わせして」

「気まずそうだ」

「初めのうちはちょっとね。ある朝、デヴィッドが仕事に出かけたあと、私がエレベーターを待ってたら、イザベルが上ってきたの。学校をサボったのよ。男の子が一緒だった。死ぬほどびっくりしてた」

「イザベルは知ってたのか」

「おおよそのところは。私たちのパターンを察してた。デヴィッドはいつも自分が先にペントハウスを出るようにしてるの」サラ・ジェーンは少し考えて言い直した。「していたの。私は二十分くらい待ってから部屋を出た。イザベルがエレベーターから下りてくるところによく遭遇したわ。ビーサム・タワーの四十五階まで上ってくる人はほかにほとんどいないから」

「そのことはロシターには？」

サラ・ジェーンは答えなかった。

「サラ――」

「話してない。でも彼も知ってたと思う。ほんの数分差だったことが何度もあったから。ロビーですれ違ったんじゃないかな……」

「きみとイザベルは何をきっかけに話をするようになった？」

「私がペントハウスに泊まったときだった。それまでそんなことは一度もなかったのに、その日はなんとなく落ち着かない気分だった。朝、彼が出勤したあと、私もすぐに部屋を出たの。

上ってきたエレベーターに、イザベルは乗っていなかった。何か変だという気がしたわ。落ち着かなかったのはそのせいかもしれないと思った。何かおかしいと思ったのよ。しばらく待ってみたけど、イザベルは来なかった。

すごくいやな予感がした。イザベルは一晩中、ペントハウスに隠れてたんじゃないか、私たちを見てた、耳を澄ましていたんじゃないかって。部屋に戻ってドアをノックした。思ったとおり、イザベルがドアを開けた」

「で？」

「本当にそうなのか確かめたかったそうよ。だからってどうとも思っていないって。私は飲み物をおごった。あの子をかわいそうに思ったわ。親にあまりかまわれていないようだったから。二人とも、娘はもう一方と一緒にいるものだといつも思いこんでいた」

「家出したのに、二人とも何週間も気づかなかったのは、それだからか」

「え、知らずにいたの？」サラ・ジェーンは黙りこんだ。「そうね、たぶんそうだわ」

「父親のことは何か話していたかな」

「いいえ、ほとんど何も……」

「ふつうの親子と違うようなことは何も？　まったく？」

「何かあれば覚えてるはず」

「ロシターのほうは？　イザベルのことを何か話していなかったか」

「たとえばどんなこと？」

「何だっていい」

「男が売春婦を買うのは話を聞いてくれる相手が欲しいからだって世間ではよく言うけど、そんなことはないのよ」

「自分のことをそう呼ぶのはよせって、もうわかったから。イザベルをゼインのところに連れて行ったのは、どうして？」

「私が連れて行ったわけじゃないわ。頼まれたってそんなことしなかった。イザベルは私にくっついて歩いてただけ」

「自分の立場を考えたら邪険にはできなかったというわけか。その気になればいくらでもそうできたのに」

「お姉さんも家族と疎遠になってた。あの子には誰もいなかったのよ……」

「きみのほうも悪い気はしなかった」

「そうかもしれない。あんな風に頼られたのは初めてだったから。あの子もあなたと同じようにしてあの家に入りこんだ。あちこちのバーで見かけるようになって、それが何週間か続いたころ、ある日、ゼインの家に現れた」

「ゼインもイザベルを歓迎したのか」

「前にも言ったわよね。ゼインははぐれ者に好かれやすいの」

「俺が二度目に行ったとき、きみとゼインは何を言い争っていた？」

「初めはあなたのことで——これはもう話したわよね。あなたを入れるなんて馬鹿《ばか》だって私が言ったから」

「俺が警察の人間だとどうして知っていた？」

「デヴィッドから聞いてたのよ、警察官が周辺を嗅《か》ぎ回ってるかもしれないって。彼があなたにイジーのことしか話さなかったのは、娘の捜索願を出していないのは奇妙だと思われるだろうから。でも……」

俺は先を待った。

「……うまく言えないけど、ときどき、あの人はイザベルを取り戻したいと思っていないように見えることがあった」

別の件でカーヴァーの家に警察の捜査が入ると聞き、捜査の過程で捜索願さえ出していない娘の居場所が判明するかもしれないと恐れたのだとすれば、俺を非公式に行かせようとしたことにも納得がいく。俺を行かせる一方で、イザベルには直接接触するなと指示すれば、イザベルに監視の目を光らせると同時に、自分の秘密を守ることができる。最悪の場合でも、撮影させた写真を利用して俺を黙らせればいい。

「ゼインは？　俺が自己紹介するまでもなく俺の正体を知っていた」

「彼は、同じ顔を二度見かけたら、誰なのか調べさせるの。私たちみんながあなたをあちこちのバーで見かけてた」

「身元を突き止めたのは誰だ？」

サラ・ジェーンはごくりと喉《のど》を鳴らした。「警察に、お金で雇った〝友人〟がいるのよ。その人たちがあなたの身元を割り出した……」

「写真で？　それとも顔を見て？」

サラ・ジェーンは答えない。

「サラ。これは大事なことなんだ」

「顔を見て。あなたが初めてフェアヴューに来た日に」

「あの夜、何者かに襲われた。目が覚めたらルービックの前で倒れていた」

暗闇《くらやみ》の奥で、サラ・ジェーンが体の向きを変えて俺を見たのがわかった。

「それにきみも関係していたのか」

サラ・ジェーンはうなずいた。

「どう関係していた？」

「ゼインはその友人に電話で連絡した。友人がルービックであなたを待ち伏せすることになったと言ってたわ。友人があなたを確認して、電話をかけてきた。あなたはきっとイザベルのことを調べてるんだろうと私は思った。デヴィッドが関わってるんだと思ったのよ。だからゼインに言ったの。あなたが来たら追い返したほうがいいって」サラ・ジェーンはふいに口をつぐんで泣き出した。俺のためにではない。自分のためにだ。あるいは、過去の自分のために。「玄関を開けて、目に青痣《あおあざ》を作ったあなたを見たとき……私をあんな風に見てるあなたを見たとき……」

「俺はきみをどんな風に見た？」

サラ・ジェーンは鼻を拭った。「何か清らかなものを見るような目で見た」

「警察にいるゼインの友人の名前を教えてくれ……」

サラ・ジェーンは首を振った。

「男か。それとも女か」

「知らない。ゼインが絶対に教えてくれないことの一つがそれなの」

「最初に言い争ったのは俺のことだったと言ったね。もう一つは？」

「イザベルのこと」

「きみはイザベルを追い出したかったのか」

「追い出したの。初めはあの家で寝泊まりしてたのよ。でもゼインを説得して、あのフラットに移させた」

「どうして」

「口を滑らせるんじゃないかと怖かったから。デヴィッドと私の関係を」

「イザベルが移ったあのフラットの所有者はゼインか」

サラ・ジェーンはうなずいた。「でも、本当なの？　デヴィッドとイザベルが？」

俺は少し考えてから答えた。「俺が近づいたら、イザベルはほとんど即座に俺の動機を見抜いた。デヴィッドに雇われているのかと訊いて、パニック発作を起こしかけた」

「だけど、それってどういうこと？」

「デヴィッドが自分を独占したがっていると言っていた。ボーイフレンドを尋問したり、酒を飲ませてイザベルとのセックスライフを話させようとしたりした。それを録音したテープを聴かせたこともあったらしい」

俺の説明を聞きながら、サラ・ジェーンは深呼吸を何度も繰り返していた。

「もう少し訊きたいことがある」

サラ・ジェーンはうなずいた。

「きみとデヴィッド・ロシターのセックスライフについて。ふつうと違う点があったかどうか」真っ暗ななかでも彼女の視線を肌で感じた。「単なる好奇心から訊いているわけじゃない」

サラ・ジェーンが自分の息遣いに意識を集中しているのが聞こえるようだった。そのまま一分ほどが過ぎたころ、サラ・ジェーンは平静を取り戻して答えた。

「ロールプレイ」

「年齢《エイジ》プレイか」

彼女がうなずく。「制服。声。私は知らなかった……」

「ペントハウスの部屋を見た。幼い女の子のものがそろっていた」

「たいがいはあの部屋に行くの。〝パパ〟って呼ぶと、彼、喜ぶのよ」サラ・ジェーンは顔を背けた。「彼がイザベルを殺したの？」

「あの夜、俺がイザベルを部屋まで送っていったことを彼に話したか」

「ええ」サラ・ジェーンは小さな声で答えた。

「だとすると、イザベルがどこにいたか、どんな状態だったか、ロシターは知っていたことになるな。あの翌日ロシターに会ったとき、写真を見せられた。俺とイザベルが親しくなりすぎていると懸念《けねん》していた」

「なのにどうしてあなたを殺そうとしなかったの。いえ、別に――」

「イザベルは俺に秘密を明かしたかもしれないが、明かした相手が俺一人とはかぎらないわけだろう。それに、ロシターは捜査から俺をはずさせた。カーニックを使って、俺が写真の件を忘れないよう念を押した」

サラ・ジェーンは助手席のドアに力なくもたれかかっていた。

「もう一つ。俺がイザベルを発見したとき、バスルームの鏡にメッセージが書かれていた。〝誰にも知られてはならない〟」

そのフレーズを知っているのではないかと期待したが、サラ・ジェーンはこう言っただけだった。

「そう……」

「警察と──俺のボスと最後に話したあと帰ったら、俺のフラットは荒らされていた。壊されたり切り裂かれたり、何もかもめちゃくちゃだった。そいつは俺の部屋の鏡にも同じフレーズを書いて、鏡を叩《たた》き割った」

「ふうん……」

「ロシターのペントハウスに行ったとき、きみたちが寝ていた部屋を調べたらこんなものが出てきた」俺はポケットから便箋《びんせん》を出してサラ・ジェーンに渡した。彼女は一瞬それを見つめたあと、ポケットから携帯電話を取り出した。画面のスリープを解除し、それを懐中電灯のように便箋に向けた。

誰にも知られてはならない。

「筆跡に見覚えは」

サラ・ジェーンは携帯電話をしまって首を振った。

「ロシターの筆跡を見たことはあるか」

「見ればわかると思う」

「彼が書いたものを何か持っていないかな。手紙。署名した文書」

「彼は用心深かったから」

「いつも会う約束はどうやって？」

「彼専用の携帯電話を持ってるの。彼も同じ。それでテキストメッセージをやりとりする。電話連絡はしない」

「最後に話したのはいつ？」

「イザベルが死ぬ前の晩。あなたは……」

「俺が何だ？」

「お酒の臭いをさせてた。イザベルは朦朧《もうろう》としてた。あの子のことが心配だった」

「いまその携帯電話を持っているかい」

サラ・ジェーンはポケットを探り、ようやく手放せてありがたいとでもいうように差し出した。

「まだ持っててくれ」俺は言った。「頼みがある」

サラ・ジェーンは本当のことを話しているのだろうと俺は思った。それでも確かめないわけにはいかない。俺はサラ・ジェーンに指示してメッセージを送信させ、それからフェアヴューに向けて車を走らせた。二人とも無言だった。

11

一刻も早く会いたいの。Sx《キス》

12

サラ・ジェーンと俺の関係はそれまでと違って感じられた。ある意味、元の他人に戻っていた。フェアヴューに戻る車中、サラ・ジェーンは助手席でずっとそわそわしていた。体のあちこちをつまんだり、引っ張ったり、爪《つめ》でかいたりしていた。自分を少しずつ解体しようとしているかのようだった。

フェアヴューに着くころには真夜中になっていた。俺は二つから選ばせた。警察の事情聴取を受けるか、どこか遠くへ行くか。俺としてはどっちでもかまわなかった。サラ・ジェーンは遠くへ行くほうを選んだ。一晩だけフェアヴューに泊まるようにと俺は言った。夜のうちに荷物をまとめ、朝を待って出発すればいい。俺もなかに入って鍵《かぎ》をかけ、サラ・ジェーンの携帯電話を預かり、固定電話の線を抜いた。

「今夜だけのことだ」俺は言った。

サラ・ジェーンは肩をすくめ、寝室に引き上げた。俺は歯を磨いた。バスルームの床で意識を失っていたイザベルの姿が目に浮かんだ。吐き出した歯磨きに血が混じっていた。

夜のあいだに、床板がきしむ音で目が覚めた。窓に映る屋外の明かりに浮かび上がった彼女のシルエットだけが見えた。彼女が一歩近づいた。体に巻きつけたシーツを片手で押さえ、もう一方に金属の尖《とが》った物体を握っていた。もう一歩前に出たとき、細く射《さ》しこむ光が彼女の顔を横切った。彼女はそのまましばらくそこに立っていた。俺が目を覚ましているのか、眠っているのか、わからずにいた。その目に葛藤《かっとう》が見えた。やがて向きを変え、足音を忍ばせて出ていった。

翌朝、二人とも早くから起床した。サラ・ジェーンは荷造りをした。夜のうちにロシターから返事が届いていた。前日こちらから送ったのと同じくそっけない文面だった。

グラフトン。11時。

サラ・ジェーンに見せて意味を尋ねると、グラフトン・ストリートの立体駐車場のことだという。そこは人目につきにくく、車で遠出するときはいつもそこで待ち合わせした。サラ・ジェーンはメッセージを一瞥《いちべつ》して肩をすくめた。「キスマークはないのね」

俺は彼女のスーツケースを持って玄関を出て、小道をたどった。サラ・ジェーンが待っていた。毛皮のジャケットに身を包んだ彼女は、どうしようもないほど無防備に見えた。風が吹き、赤い髪をあらゆる方角に持ち上げた。俺は黙って見つめた。やがて彼女が振り返り、グリップの車のほうにうなずいてみせた。トランクにまだ彼の死体が入っていることに、それまでどちらも触れていなかった。

「彼はどうなるの」

「きみを見送ったあと、俺が通報する。ちゃんと埋葬されるよ」

「彼なら火葬を希望すると思う」サラ・ジェーンは言った。それから静かに付け加えた。

「自分の体を嫌ってたから」車に歩み寄り、手袋をはめた手をトランクに置いた。「連中はどうなるの。バーンサイダーズ。シェルドン・ホワイト」

「そのことは考えないようにしよう」

「もう二度と……」彼女の声はかすれた。「もう二度と彼に会えないなんて」それから屋敷のほうを振り返った。「もう二度と誰にも会えない。あなたは私まで殺すのね」

俺は表情を変えなかった。

するとサラ・ジェーンは悲しげに微笑《ほほえ》んだ。「わかってる。あなたが殺したわけじゃない」

俺はうなずいた。俺たちは荷物を積みこんで街に向かった。

13

立体駐車場には十時少し過ぎに着いた。車で三階まで上った。サラ・ジェーンによれば待ち合わせはいつも三階だった。スペースは半分も埋まっていなかった。入口のスロープがよく見える位置にバックで車を駐《と》めた。サラ・ジェーンはジャケットの毛皮をなでつけたあと、小さな声で言った。

「彼に何て言えばいい？」

「何だっていいさ。俺は自分の目で確かめたいだけだ。イザベルのことでまだ立ち直れなくて、会いたかったとでも言えばいい」

「立ち直れていないのは本当よ」サラ・ジェーンは言った。「どこかに行こうと言われたら？」

「断れ」

「すごく怖いわ」

「きみに手を出そうとしたら、俺が殺してやる」

サラ・ジェーンは驚いた様子で俺を見た。

十時半にもならないうち、見覚えのある黒いＢＭＷがスロープを上ってきた。上向きのヘッドライトが壁を掃射したあと、車は右に曲がり、同じフロアの奥へ向かった。俺たちはシートで身を低くした。サラ・ジェーンの息遣いはいくらか速くなっていた。

俺の携帯電話が振動した。

知らない番号からの着信だった。俺は拒否ボタンを押し、サラ・ジェーンに言った。

「フロアの真ん中、向こうからきみが見える位置に立って待て。彼に近づいちゃだめだ。向こうから来させろ」

サラ・ジェーンは小さくうなずいて車を降りた。

それからフロアの真ん中あたりまで行き、ロシターを探しているふりをした。毛皮のジャケットに膝丈《ひざたけ》のスカート、踵《かかと》の高い黒いブーツという出《い》で立ちだった。俺のいる位置からBMWは見えなかったが、ヘッドライトを一瞬上向きにしたのがわかった。サラ・ジェーンが目を細め、手袋をはめた手で目を守りながら、そちらを向いた。その顔にはうつろな表情、男ならそれを埋めずにいられなくなるような表情が浮かんでいた。

車のドアが閉まる音がした。人影が近づいてきて、サラ・ジェーンはゆっくりと一歩後ろに下がった。男は黒っぽいロングコートを着ていた。その下の灰色のスーツがちらりと見えた。

サラ・ジェーンが眉《まゆ》をひそめた。かなり困惑した様子で男の話を聞いている。男は装飾のない紙袋を彼女に渡して自分の車に戻った。エンジンが始動してライトが点灯した。

サラ・ジェーンは車の通り道からよけ、とっさに俺がいるほうを見た。BMWは彼女のそばを通り過ぎ、俺の前を通って出口のスロープを下っていった。車に乗っているのは一人だけだった。

カーニック刑事だった。

俺はドアを開けてサラ・ジェーンのところに行った。

「何だって？」

サラ・ジェーンは呆然《ぼうぜん》とした様子だった。「デヴィッドからお詫《わ》びのしるしを預かったって。これで終わりだからって」

俺は紙袋に目をやった。「見せてもらえるか」

サラ・ジェーンから受け取った。手の切れるような札束が詰まっていた。俺は手紙がないかとなかを探った。ロシターのペントハウスで見つけた便箋の筆跡と比較したかった。何もなかった。目を上げると、札束をかき回している俺をサラ・ジェーンがじっと見つめていた。俺は紙袋を返した。

「駅まで車で送っていくよ」

14

ノーザンクォーター地区の手前の交差点で、右折の信号待ちの列に並んだ。駐車場を出て以来、サラ・ジェーンは押し黙ったまま、膝に置いたバッグをぼんやりいじっていた。

「何か言いたいことがあるんじゃないのか」

「ゼインが出てきたら話すつもり？　デヴィッドと私のこと」

「きみがこの街に二度と戻ってこないようにするには、それしかない」

「たしかに」サラ・ジェーンはうなずいた。向きを変えてウィンドウの外を見つめる。会えなくなるのをさみしいと思っているのは、二人のうちどちらなのだろう。ま「戻ってきたら、後悔するようなことが起きると思う？」サラ・ジェーンは俺を見た。「このままここにいたい気もするけれど」

「イザベルの身に起きたことを考えろ。キャサリンやグリップ。ゼインだってそうだ。何かよくないことが起きている。もしこのままこの街にいたら……後悔するようなことが起きるだろうな」

サラ・ジェーンはまた顔の向きを変えてウィンドウの外を眺めた。

「あなたは？」静かな声で彼女が訊いた。

すぐ前の車の後部座席で退屈した男の子が、指鉄砲をこちらに向けた。俺は両手を挙げて降参したが、撃ち殺された。

ピカデリー駅の近くに車を駐めた。その周辺なら街頭監視カメラがない。これ以上グリップの車を乗り回すのは危険だが、俺たちがこの車から降りるところを目撃されたくなかった。警察はこの車の詳細を把握している。遅かれ早かれ発見するだろう。

ピカデリー駅にはホームが十四もある。痕跡《こんせき》を残さずに街から消えるにはうってつけだ。サラ・ジェーンは出発時刻表示板をしばらく見上げていた。俺のポケットで携帯電話がまた振動し、画面を確かめると、知らない番号だった。そのまま放っておいた。数分後、サラ・ジェーンは俺にというより自分に向かってうなずき、そこを離れて歩き出した。俺は一緒に行って五番ホームでスーツケースを下ろした。サラ・ジェーンはカーニックから渡された紙袋をしっかりと抱えていた。

「お別れね」サラ・ジェーンは俺の背後に視線を漂わせた。

「これからどうするつもりだ」俺は尋ねた。

「見当もつかない」サラ・ジェーンは口ごもった。目に涙が浮かんでいた。「なんだか、いろいろ悔しくて」

俺はうなずいた。「俺もだ」

大勢が行き来するホームを歩いて列車に向かった。サラ・ジェーンが乗りこみ、俺はその隣にスーツケースを下ろした。ホームの駅員が発車の合図をした。あのとき、俺たちは二人とも伝えきれない思いを抱えていたと思う。

「デヴィッドと私のこと、ゼインに話さないでおいてくれるなら、ここにいられるのに。離れたとしても、また戻ってこられるのに……」

「二週間もしたら、戻ってきたところで何も残っていないだろう」

「それ、どういう意味？」

扉が閉まる前の警報音が鳴り出し、俺は扉から一歩下がった。列車はすぐには発車しなかった。ホームを歩き出したとき、サラ・ジェーンはきっとまだ俺を見ているだろうと思った。窓越しに目が合うものと思って振り返ると、しかし、サラ・ジェーンの姿は消えていた。

駅を出たのは十二時前だった。濃いコーヒーをテイクアウトし、橋を渡り、ガラス張りのホテルのあいだを抜けてオーバーン・ストリートに出た。ピカデリー・ガーデンズの前を通ってチャイナタウンを迂回《うかい》した。

頭上の曇り空は電気を帯びて低くうなっていた。

十二月の最初のその日、俺は最後の友人と呼べる人物を列車に乗せて見送った。携帯電話がまた振動した。今回はテキストメッセージが届いていたが、やはり俺の知らない番号からだった。

彼が来た！　メル

メル？　一瞬考えてから思い出した。ルービックのオーストラリア人の女性バーテンダーだ。昼食時で混雑した通りを横断して、俺はロックスへと走った。

15

ルービックは閑散としていたが、メインのカウンターの前には客が十人ほどいた。俺は彼らを押しのけてメルを探した。カウンターは無人だった。

「バーテンダーは？」

「さっきからいないんだよ」客の一人が空のビールグラスを持ち上げた。

俺は携帯電話を出してテキストメッセージの番号に電話をかけ直した。カウンターの奥から着信音が聞こえ、俺はなかに入った。

「兄ちゃん、シャンディ（訳注／ジンジャーエールとビールのカクテル）を頼むよ」

「失せろ」俺は言った。「警察だ。本気だぞ」

集まっていた客は顔を見合わせて散った。メルの携帯電話は床に落ちて光を放っていた。俺は通話を切った。カウンター横に、事務所のドアがあった。開けようとしたが、びくともしない。

俺はノックした。

「メル？　いるのか。エイダンだ」

人が動く気配があった。

「誰か一緒にいる？」

「いや、一人だ」鍵が回る音がして、俺は一歩下がった。

メルがドアの隙間《すきま》から俺の背後をうかがった。

「誰もいないよ、大丈夫だ」

「彼、ナイフを持ってた……」

「休憩にしよう。来いよ」俺はカウンターの奥からメルを連れ出し、いつものテーブルに一緒についた。そこからなら店全体が見え、外の通りもよく見える。酒を飲みながらメルの話を聞くと、元バーテンダーのニールまたはグレンは、一時間ほど前に松葉杖《まつばづえ》をついて現れたという。身なりも臭《にお》いもすさまじく、野宿しているらしい様子だった。納得のいく話だ。脚を骨折している上に、いまやフランチャイズだけでなく、バーンサイダーズからも逃げ回る身なのだから。

「俺に連絡をくれて正解だ」

メルは小さく肩をすくめた。「あなたに連絡しろって言われたのよ、彼から」

「え？」

「警察もあなたを探しに来た」

「それはいつ」

「うちの常連の誰かに暴行した？」

俺は答えなかった。

「あなたは首になってるって。証拠のドラッグを盗んで——」

「警察が来たのはいつだ」

「二度来た。暴行事件の直後に事情聴取に来たのが一回。もう一回は今日」

「暴行の件で？」

「殺人事件に関連してるって言ってた」メルの声が震えた。

俺は窓に目をやった。グリップの車をもう発見したのか。早すぎる。

「きみはどんなことを話した？」

「あなたのことは見かけてないって。本当なの？」

「え？　いや、俺は関係ないよ。ありがとう」

「いつもあたしによくしてくれたから。でも、もう嘘《うそ》はつきたくない」

俺は周囲に視線を巡らせた。「心配いらない。俺が話をしておく。いろいろあったがそろそろ解決できそうだ。ニールが俺に連絡しろと言ったのはどうしてだ」

「これを渡してくれって」メルは折りたたまれた薄汚れた封筒をポケットから取り出し、テーブルの上を滑らせた。

「ほかに何か言っていなかったか」

「まるで自分の店みたいな顔でいきなりカウンターの奥に入ってきて、レジを開けて現金を全部袋に空けた。止めようとしたら、押しのけられた。どのカウンターにも奥に床置きの金庫があるの。あたし、それを持って事務所に閉じこもった。彼はドアを何度も蹴《け》ったけど、何してるんだって誰かに言われたみたいで、それきり何も聞こえなくなった」メルは震える手で酒を一口飲むと、封筒にうなずいた。「それ何?」

真ん中で二つ折りにされた封筒は垢《あか》じみていて、汗の臭いをさせていた。ポケットに入れて何日も持ち歩いたのだろう。表には何も書かれておらず、封をした形跡はなかった。見たことのある新聞記事の切り抜きが入っていた。

ジョアナ・グリーンロー失踪《しっそう》事件の情報を募る広告だった。ご丁寧にも、記事中の語を油性ペンですべて黒く潰《つぶ》してある。公開前に黒塗りした国防省の古い文書のようだった。ジョアナの写真は青いボールペンで囲われていた。何度も円を描いたせいで、紙の上に青く光る溝が何重にもできていた。裏返してみたが、それだけだった。どういう意味だろう。元バーテンダーがこの記事を持っていたのはなぜか。よりによって俺に渡したのはなぜなのか。

「何なの、それ」メルが言った。

俺は窓の外を確かめた。「新しい仕事に移ると言っていたね」

「今週金曜から。フィフス・アヴェニュー・クラブ」

俺は店内を見回した。「やったな。この店には二度と来ないほうがいい」

切り抜きをもう一度よく調べた。俺に何を伝えようとしているのだろう。ジョアナの写真に目を凝らす。どこかで見覚えのあるうつろな表情。

顔を上げたとき、メルはいなくなっていた。

ジョアナは、カーヴァーやホワイトに不利な証言をするのが怖くなって遠くへ逃げたのだろうか。それとも、意外に近くにいるのだろうか。写真を囲んであるのは、そこにある何かを見ろという意味だろうが、写真のジョアナに別の誰かの影が落ちていたりはしない。彼女の目に、殺人者の姿が映りこんでいたりはしない。

部屋と、そこにいる若い女が一人、写っているだけだ。

周囲を見回す。肩越しに背後を確かめる。記事に目を走らせる。いくつかの文字が黒塗りを免れていた。残った文字をつなげてみると――

TAKE A BATH

もう一度店内を見回した。肩越しに背後を見る。窓の外に視線をやる。ラスキーとリッグズが車を降りてくるのが見えた。俺は記事をポケットに押しこみ、階段を下りて非常口から外に出た。

16

日が暮れるころ、サーズフィールド・ストリートに車を乗り入れた。家々の窓を覆《おお》う金属板がヘッドライトの光をとらえて跳ね返す。ヘッドライトを消し、運転席に座ったまま、暗さに目が慣れるのを待った。朽ちかけた廃屋が並ぶなかでも、ジョアナ・グリーンローが匿《かくま》われていた家は異彩を放っているように思えた。

肩越しに後ろを確かめた。視界の隅で影が動いたような気がした。懐中電灯とバールを持って玄関前の通路をたどった。

懐中電灯のスイッチを入れる。

錠前の代わりにドアを留めていた針金はなくなっていた。懐中電灯を足もとに向けると、切断された針金が落ちていた。

少し開いたままだったドアを押す。途中で止まった。カーペットが水を吸って膨らんでいた。体を横にして隙間をすり抜け、懐中電灯の光を廊下に向けた。前回と変わったところはないようだった。ほかに誰もいないことを確かめたくて、まっすぐキッチンに行った。

前回と変わらず、窓は波板でふさがれていた。

前回と変わらず、部屋には何もない。

前回と変わらず、白物家電があるべき場所に何もない空間が残されている。食料庫をのぞいていまも空っぽであることを確かめてから、廊下伝いにリビングルームに向かった。前回見たときと何も変わっていなかった。四メートル×三メートルほどの、深い闇に包まれた、空っぽのもの悲しいスペース。カーペットはずいぶん前に剝《は》がされ、色のそろわない歪《ゆが》んだ床板が露《あら》わになっていた。窓には波板が打ちつけられ、外の街灯の光はまったく入ってこない。

リビングルームを出て階段を上った。俺の体重で板がしなった。バスルームの前を通り過ぎて寝室をのぞいた。ここも前に見たときと同じように空っぽだった。もう一つの部屋、寝袋と食事の痕跡があった部屋も空だった。

隅々まで掃除されている。

バスルームに戻った。空気は冷え切っていて、息を吐くと目の前が白く曇った。ポケットから新聞記事を取り出し、懐中電灯で照らした。

TAKE A BATH

光がバスタブを照らす角度に懐中電灯を置き、バールを握ってバスタブの前にしゃがんだ。サイドパネルの角にバールの先を差しこもうとしたが、きっちりと目塗りされているうえに長年の汚れがこびりついていて、うまくいかない。しばらく試したあとあきらめ、バールを振り下ろした。何度も叩いた。まずくぼみができ、次に穴があいた。そしてもう一つ。

ようやくバールの先端を押しこめる隙間ができた。バールをねじる。パネルが割れた。そこで手を止めた。背後で物音が聞こえたように思った。しばらく様子をうかがってから、またバールを振り下ろした。

もう一つくぼみができ、穴があいた。バールを差しこんで引く。パネルがまた少し壊れた。バールを振り下ろす。奥をのぞきこめる程度の穴がようやくあいた。腐臭が漂って鼻腔《びこう》にまつわりついた。自分の息遣いに耳を澄ます。不安の波を受け流す。バールを床に置き、懐中電灯を取って壁の内側を照らした。

サイドパネルとバスタブにはさまれたあまりにも小さな空間に、若い女の死体が押しこめられていた。死と歳月と湿気のせいで無残な状態だった。俺は後ずさり、呼吸をしようとした。踊り場に出て嘔吐《おうと》した。

ジョアナ・グリーンローはずっとこの家にいたのだ。

ゼイン・カーヴァーのこと、シェルドン・ホワイトのことを考えた。ジョアナは一人を裏切った。両方にとって不利な証言をすることに同意した。白と黒の塗料はシェルドン・ホワイトの関与を示唆《しさ》していたが、情況証拠にすぎない。パーズ警視のことも頭に浮かんだ。パーズが見せたこだわり。ジョアナとの親密さ。その三人のうち少なくとも誰か一人は、この十年、ジョアナがどこにいたか知っていたと考えて間違いないだろう。

そのとき、玄関で物音がした。誰かが強引に入ってくる音。足音が聞こえた。懐中電灯の光が一つ、戸口に現れ、すぐに二つになって、俺の目を射た。

大きな声。悪態。

人影が俺に向かってきた。懐中電灯で腹を殴られた。後ろ向きにされ、壁に押しつけられた。歯が煉瓦《れんが》にぶつかった。背後で手錠をかけられた。荒い息が空間を埋めた。

「こっちを向け」聞き覚えのある声が言った。

「こっちを向けって言ってんだろう」もう一人がわめく。

俺は向きを変えた。見えるのは、まぶしい懐中電灯の光だけだった。懐中電灯で顔を殴られた。ガラスが割れた。俺は部屋から引きずり出された。血と煉瓦の味がした。歯がぐらついていた。背中を押されて踊り場を横切り、階段の下り口に立たされた。

「手」俺は言った。背後で手錠をかけられたままだった。

二人の一方が階段に向けて俺を押した。俺は一番下まで転がり落ち、痛みを抱えて気を失った。

17

「知ってのとおり、俺はラスキー巡査部長だ」俺のフラットを二度訪れたことのある刑事二人組のうち、痩《や》せたほうが言った。ここはおそらく、警察本部の地下にある取調室のどれかだ。窓も空気もない、換気の悪い黒い箱のような部屋。

俺は時間の感覚を失っていた。今日が何曜日なのかもわからない。いまは体の前で手錠がかけられていて、俺はテーブルに向かって座っていた。テーブルにはテープレコーダーとファイルが何冊か置いてあった。

万事休すだ。

ラスキー巡査部長は奥の壁にもたれていた。シャツの袖《そで》をまくり上げ、両手をポケットに突っこみ、小銭をじゃらじゃら鳴らしている。顔は青白い。肉付きが貧相だ。首の筋肉がワイヤのように浮いていた。何か咀嚼《そしゃく》しているように顎《あご》に力がこもったりゆるんだりしていた。

天井のプラスチックの電灯から灰色の人工光がにじみ出している。凝った首をほぐそうと顔を上に向けると、電灯の内側にたまった埃《ほこり》やそこで死んだ昆虫のおぼろな輪郭が見えた。

「リッグズ巡査は覚えているな」ラスキーが言った。

俺はリッグズを見てうなずいた。

大柄なリッグズはテーブルから少し離れた椅子《いす》にドアに背を向けて座っていた。これがふつうの取り調べなら、ここから出られると思うなという宣言と解釈されるだろう。しかしこの場合は、誰もこの部屋には入ってこないぞという通告と思えた。酒で酔ったリッグズの顔は日に焼けたように真っ赤で、鼻の頭や頰の毛細血管は破裂寸前まで広がっていた。奴《やつ》は俺にウィンクをした。俺の後頭部を鈍い痛みが駆け抜けた。

こいつなら覚えている。

部屋を満たしている熱気と体臭の発生源はおそらくリッグズだろうが、もしかしたら俺かもしれない。緊張のにおい。恐怖のにおい。髪をかき上げると、血で固まっていた。

「被疑者の権利を読み上げてもらっていない」俺は言った。

ラスキーは顎の筋肉をゆるめ、にやりとした。「これはただの世間話だよ、エイド。権利を読み聞かせなくたって、それくらいはつきあってくれるよな」

リッグズが咳払《せきばら》いした。「死んだイザベル・ロシターといつからやってたんだ」赤ら顔のせいで自分の言葉に照れているようにも見えたが、にやにや笑っていた。

「どうせ覚えていないだろう」ラスキーは歯を食いしばるのをやめて言った。「もう少し時間を遡《さかのぼ》ろうか。そもそもどこで知り合った」

俺は黙っていた。

リッグズが溜《た》め息をついた。アルコールと煙草《たばこ》のにおいがした。「いいじゃないか、ウェイツ。何がどうなってるにせよ、もうゲームオーバーだ。学生が何人も死ぬわ、女はバスタブの下に押しこめられるわ。だが、俺たちが狙《ねら》ってる男はおまえじゃない。こうしておまえとおしゃべりするより、彼らを死なせた張本人を追いかけたいんだよ。だから、さっさと楽になろうぜ」

何かしっくりこない。

俺は今日、十年前から行方不明だった女の死体を発見した。なのに、こいつらはイザベル・ロシターの話をしたがっている。いったいどういうことなのか。俺は手錠をかけられているが、逮捕はされていない。目的は別のところにありそうだ。

「イザベル・ロシターとは、ゼイン・カーヴァーの家で会った」俺は言った。

「ウォッカ・メーカーのご令嬢に似つかわしくない場所だな」

俺は肩をすくめた。痛かった。

「イザベルお嬢ちゃんはなんでまたそんなところに？」ラスキーが言った。

「招待がないと入れないと聞いてるぞ」リッグズが言った。

「知らない。俺が行った時点で、彼女はもうかなり長いことあの家にいた」

「長いこと？」

「数カ月」

「一月《ひとつき》より長いが、二月《ふたつき》には満たない」ラスキーが言った。「お嬢ちゃんのパパによるとな」

リッグズが膝に肘《ひじ》をついて前に乗り出した。「それが正しいとすると、イザベルが家出したのは、おまえが証拠のドラッグをくすねてるのが発覚したのと同時期ってことになるな……」

俺が潜入捜査の一環であの家に潜りこんだことをこの二人は知らないということだ。

「ノーコメント」

「その二つの出来事は関連しているのか。お嬢ちゃんはドラッグがお好きだったことは知っている……」

「俺がイザベルに初めて会ったのは、停職処分になってからだ」

「ドラッグをくすねてたのは事実なんだろう」

「ノーコメント」

「ドラッグがないとだめなのか」

「ドラッグが足りないときはな」

「自分用にくすねてたってわけか」

「ノーコメント」

「いいか、パパによれば、お嬢ちゃんは家出する前から何かドラッグをやっていた。誰かからドラッグを教えられたんだな。それで供給元に身を寄せたわけだ」

パパによれば、か。ロシターはイザベルが中毒者だとは一度も言わなかった。ロシターがこの二人に嘘をついているか、この二人が俺に嘘をついているかのどちらかだ。

「それも一つの説明だな」

「別の説明があるのか」リッグズが言った。

「イザベルは何か、か、ら、逃げるために家出した」

聞こえるのは、電球が立てるかすかな音だけだった。

「いいだろう」ラスキーは壁から身を起こして言った。「おまえは中毒者だが、停職処分を食らった。手持ちのクスリが尽きた。ゼイン・カーヴァーに接近してドラッグをねだろうと言い出したのは、おまえか、イザベルか」

「笑わせるな」俺は言った。「たったいま言っただろう。フェアヴューに初めて行くまで、俺はイザベルを知らなかった」

薄い笑み。「おっと、これは悪かった」

「おまえはどっちと先に知り合った」リッグズが訊《き》いた。「ゼイン・カーヴァーか、イザベル・ロシターか」

「イザベルだ。俺が初めて行ったとき、奴の家にいた」

「何をしに行った」

「買いに」

リッグズは眉を吊《つ》り上げた。

「ドラッグをな」俺は言った。「女じゃない」

「イザベル・ロシターも買いに来てたわけだ」

「彼女は何もやっていなかった」

「おまえは買いに——」

「ドラッグをな」ラスキーが口をはさむ。「女じゃない」

「そうだった。女じゃなくドラッグを買いに行って、結果的にはその両方を手に入れたってわけか。やるな」

「イザベルとは話をしただけだ」

「ああ、そうだろうよ」

「イザベル・ロシターってのは、よほどのおしゃべり好きらしいな」ラスキーが言った。

「家出したのはそのせいじゃないのか」

「何かから逃げるために家出した」リッグズが体を起こして言った。「誰彼かまわず話をする子だったらしいな。学校の男子はとっくに制覇してた。聞くところによると、女子の一部もだ。しまいには、路上のホームレスをつかまえて一晩中しゃべり倒した。ときにはホテルに部屋を取って、二、三人といっぺんに話をした」

俺はリッグズを見つめた。

いつの間にか立ち上がっていた。

俺は目をそらし、椅子に座り直した。

リッグズは愉快そうに笑った。「いつでも相手になるぜ、ウェイツ。いつでもな」

「話を続けろ、ウェイツ」ラスキーも笑いながら言った。「イザベルと話をして……？」

「廊下ですれ違った。二言三言交わしただけのことだ」

「それで話がまとまる場合もある」

「どんな話だ？」

ラスキーは肩をすくめた。「俺の質問に一つ答えたら、おまえの質問に一つ答えてやる」

俺は黙っていた。

「簡単な質問にしてやろうか。死んだイザベル・ロシターといつからやってたんだ」

「指一本触れていない」

ラスキーは俺を見つめた。それから身を乗り出した。一番上のファイルを開き、テーブルの上を滑らせた。

「じゃあ、これは何だ」

俺は目を落とさなかった。

何を見せられているか察しがついた。めまいがした。偏頭痛の前兆の光の点が視界をちらついた。リッグズが立ち上がって俺の背後に立った。肩越しにテーブルの上にかがみこみ、てっぺんの写真に目を凝らした。フルカラーの写真。ぼやけている。イザベルの肌は汗で濡《ぬ》れて光っている。

「触ってるように見えるんだがな、ウェイツ……」

「最後の発言を訂正したいか」ラスキーが言った。

「廊下は込み合っていた。話しただけだ」

リッグズがさらに身を乗り出し、写真を一枚ずつ取ってテーブルに並べた。奴の息は、どの銘柄の酒を飲んだか言い当てられそうに臭かった。

「言ったとおりだ。このお嬢ちゃんは誰とでも話をするんだよ」

サラ・ジェーンの写真の腕はなかなかのものだった。狙った被写体以外のものが最低限しか映りこまないようなアングルで撮影されている。一枚ごとにイザベルと俺は少しずつ接近していた。リッグズの体重が肩にのしかかってきた。

「これは初めて会った夜の写真だな」

俺はうなずいた。

「手が早いな」

「この写真をどこで手に入れた？」

そんなことを訊けば動揺していると思われるに違いない。実際、俺は動揺していた。

「匿名《とくめい》で送られてきた」ラスキーが言った。「おまえは誰かによほど恨まれているようだな、ウェイツ。心当たりはないか」

促されるまでもなく、俺は心当たりを考え始めていた。可能性としては、ロシターかサラ・ジェーン。おそらくロシターだろう。処分するチャンスがあったのに、そうしなかったことを悔やむしかない。

「イザベル・ロシターには何度会った？」ラスキーが言った。リッグズはまだ俺の肩に体重をかけていた。この二人はイザベル・ロシターと写真にやけにこだわっている。いやな予感がした。頭痛の兆《きざ》しよりよほど不吉だった。

「覚えていない」

「よく考えてみろ」

俺は考えた。「フェアヴューで二度か三度。ルービックで一度。その夜、ルービックから家まで送った。いったい何が知りたい？」

「ルービックで会った日のことを話してもらおうか」

リッグズの体重が俺の肩から消え、奴はテーブルの反対側に戻った。電灯の光がポリエステルのスラックスに反射して俺の目を痛めつけた。

「夜遅く、ラストオーダーのころ、偶然イザベルと会った。酒に酔っていたから、安全に家に帰してやりたかった」

「何の危険があった？」

「ルービックのバーテンダーが妙な目つきで彼女を見ていた」

「へえ？」ラスキーが言った。「そいつの名前は」

「名前は聞いていない」俺は嘘をついた。ラスキーが意味ありげな目で俺を見た。

「フラットに送っていったのか」ラスキーが言った。

「そうだ」

「タクシーの運転手によると、先にフェアヴューに行ったそうじゃないか」

俺は表情を変えないようにした。「そうだ」

「エイトを買いに？」

「違う」

「じゃあ、何のために」

「イザベルが酒に酔っていたから――」

「タクシーで酔いつぶれたらしいな」ラスキーが言った。「お嬢ちゃんの安否が心配になったと運転手は言っていた」

どの口が言うんだ？「心配されるようなことじゃない。先にフェアヴューに行ったのは、近くのフラットに寝泊まりしているとは知らなかったからだ。そこまで親しくなかった」

ラスキーは〝そうだろうそうだろう〟と言いたげな顔をした。「で、フラットまで送っていって、それから？」

「帰り際《ぎわ》に、翌日また来てくれと言われた」

「なぜ」

「何か話したいことがあるようだった」

「何だ」

「知らない」

「聞かなかったのか」

「次に行ったらイザベルは死んでいた」

「本当か」リッグズが言った。

ラスキーが俺の正面の椅子に腰を下ろした。痩せた顎の力をゆるめ、また力をこめる。

「おまえが聞きたくなかったことを言われたんじゃないのか」

「たとえば」

「家族の家に帰りたいとか」

「彼女が決めることだ。もしそうなら、俺はいい考えだと賛成していただろう」

「それは妙だな。ルービックからタクシーに乗ったとき、おまえはまずイザベルの自宅の方角に行こうとした……」

リッグズが続けた。「ところがイザベルがつぶれたとたん、行き先を変えた」

イザベルのバッグに現金が入っているのを見つけたからだ。

「運転手の記憶違いじゃないのか」

「通った経路がカーナビに記録されていた」ラスキーが言った。「で、どうして気が変わった」

俺が情報を提供する一方で、見返りはほとんど期待できないのは明らかだった。「ノーコメント」

二人は目と目を見交わした。

ラスキーが続けた。「もう会いたくないとでも言われたか」

「ノーコメント」

「おまえが名前を思い出せないという店のバーテンダーと話をしていたとでも打ち明けられたか」ラスキーはまたあの意味ありげな視線を俺に向けた。〝おまえはどこまで知っている？〟なぜあのバーテンダーにそこまで関心を示すのだろう。

「お嬢ちゃんが人と話をするのが好きだったことはおまえも知ってるよな」リッグズが言った。

「ノーコメント」

「ノーコメント」ラスキーがリッグズに言った。「誰にも知られちゃならないってわけか……」

俺はラスキーを見た。

「おや、反応したぞ」

「現場でも反応したしな」リッグズが言った。「巡査の鼻を折った」

「鏡のメッセージを見てぶち切れたのはなぜだ、ウェイツ。何を〝誰にも知られてはならない〟んだ？」

「俺のフラットを破壊したのはあんたたちか」

「おまえのフラットの〝捜索〟ならした。行ったら玄関が開いていた。誰かがバスルームの鏡に〝誰にも知られてはならない〟と書いて、鏡を割った。おまえだろう」

「ノーコメント」

「今日、おまえを捕まえたとき、同じことが書かれた便箋《びんせん》を持っていたのはなぜだ」

「ノーコメント」

「おまえの筆跡じゃない」リッグズが言った。「おまえの書く文字は、サイコパスが書く文字みたいにやたらに傾いてる。あれはイザベルからもらったのか」

「イザベルは、誰にも知られてはならないと書いた手紙をおまえに送ったあと、死体で発見された。同じ文言がバスルームの鏡に書かれているのを見て、おまえは制服警官の前で暴れた」

「ノーコメント」

「自分の部屋の鏡に同じことを書いて、自分の部屋をめちゃくちゃにした」

「見当違いもいいところだ……」

「イザベルの死体を発見したとき、一緒にいたのは誰だ」

「誰もいなかった」

「〝俺たち、、、が来たら、死体があった〟と言ったな。録音を聞いた」

「言い間違いだ」

「何を〝誰にも知られてはならない〟？」リッグズが言った。

俺は奴を見た。「俺が知りたいね」

「俺の質問に一つでも答えろ。そうしたらおまえの質問に一つ答えてやる」

「いいかげんにしてくれ」

「死んだイザベル・ロシターといつからやってたんだ」

「一度も寝ていない」

リッグズはラスキーに向かって眉を吊り上げてみせた。ラスキーはまた薄い笑みを俺に向け、別のファイルをこちらに滑らせた。

「開けてみろ」

検死報告書だった。一目でわかった。一番上に書かれた氏名はイザベル・ロシター。血
この書式は見慣れている。さっと目を走らせただけでおおまかな内容は頭に入った。血管が脈打つ音が頭にがんがん響く。全身の血液が沸き立っている。自分の心臓の音が聞こえた。

もう一度、報告書を見た。

死亡時の血中からヘロインが検出されている。それは予想どおりだ。そしてもう一つ、妊娠数週と記されていた。俺の思考が停止した。じっと動かずにいたが、地面にのみこまれていくような感覚があった。ラスキーが俺の肩に荒っぽく手を置いた。骨張った指が肌に食いこむ。もう一方の手で、ラスキーは証拠品袋をこちらに押しやった。

ロシターから渡されたイザベルの写真。俺のポケットに入っていたもの。透き通るように白い肌と砂色の髪、知的な青い瞳《ひとみ》をした美少女。写真のイザベルの目はレンズより少し上を向いている。カメラを構えた人物を見つめているのだろう。くつろいだ表情の写真だった。ラスキーがにやにや顔を俺の鼻先に突きつけ、肩に置いた手にまた力をこめた。

「おまえは指一本触れていないんだろう、ウェイツ。不安がることはない」

18

同じやりとりをさらに何度か繰り返した。室内の温度は上昇を続けた。やがて奴らは食事に出ていった。俺は時間の感覚を完全に失った。嘘と省略した言葉とが詰まって頭が破裂しそうだった。

奴らは新鮮な空気と揚げ物と煙草のにおいとともに戻ってきた。自由のにおい。俺はすぐには集中できず、口をきくこともできなかった。自分の鼓動が聞こえる。上階の、そして隣り合った部屋からかすかな音が伝わってきていた。俺たちがいる箱みたいな部屋は熱気がこもり、空気はそよとも動かない。脳震盪《のうしんとう》を起こしたような感覚にとらわれた。

ラスキーとリッグズは汗を流していた。俺も汗みずくだった。壁も汗をかいていた。ラスキーが俺を見ているのはわかった。唇が動いているのも見えた。意識を集中しようとした。

「フランチャイズの話をしようか」ラスキーは言った。

「水か何か、一杯もらえないか」

「まあ待て。その前にちょっとフランチャイズの話をしよう」

舌がもつれた。「何が知りたい？」

「連中と関わったきっかけは何だった？」

この二人がどこまで知っているか疑問だ。だから汚職刑事という俺の表向きの役割を演じることにし、その場で話をでっち上げた。

「停職処分を食らったあとだった。ドラッグを仕入れられる場所を探して……」

「しかし、元刑事なわけだろう。フェアヴューによく入れたな」

「ルービックで女と知り合った。キャサリンだ」

「それから何週間かたって、突如としてこの世から消えたらしい女か」

俺はうなずいた。脳の血管が破裂したかと思った。

「その女とは昔の捜査で知り合ったんじゃなかったのか……」

「そうだ。ルービックで偶然再会した」

ラスキーとリッグズが視線を交わした。

「で」ラスキーが言った。「そのキャサリンという女と再会して、どうなった」

「ドラッグが欲しいと話すと、どこで手に入れられるか教えてくれた」

「フェアヴューに初めて行った日に話をしたのはイザベル・ロシター一人か」

「そうだ」

「写真を撮られたのはそのとき」

「そうだ。なあ、頼む。水くらい飲ませてくれてもいいだろう」

「まあ待て」ラスキーは言った。「イザベルをルービックから送っていった日、おまえはドラッグをやっていたのか」

「いや」

「酒は」

飲んでいた。「飲んでいない」

「十一月十四日の土曜日。おまえが名前を覚えていないというバーテンダーとおまえが揉《も》めているのを目撃した者がいる」

「一度も名前を聞いていないんだ」俺は言った。

ラスキー。またしてもあのバーテンダーの話。またしてもあの意味ありげな視線。

〝おまえはどこまで知っている?〟この部屋にいる三人のうち、秘密を隠しているのは俺一人ではないという気がふいにした。

「おまえは酒を飲んでいたと証言している者が大勢いる。ビールをこぼしてずぶ濡れだったそうだな。その翌日、イザベル・ロシターが死体で発見された……」

俺は黙っていた。

リッグズが俺の頭をぴしゃりとはたいた。

「おまえは酔ってた。バーテンダーと悶着《もんちゃく》を起こしたあと、イザベルを連れて店を出た。

初めはママとパパの家に向かった。イザベルからそう頼まれたんだろう。ところがイザベルが眠りこむと、おまえは運転手にUターンさせ、フェアヴューに向かった」

「違う」

「そこに行けばドラッグを買えると知っていた」リッグズは言った。

「違う」

「ドラッグを手に入れ、それからあのフラットに行ったわけだ」ラスキーが言った。

「そこで口論になった」

俺は首を振った。テーブルのへりを握り締めていないとまっすぐ座っていられない。

「イザベルは、思いがけない場所で目を覚ました」

「しかもおまえがいた」

「初めはただの酔っ払いの言い合いだった。だが、イザベルはわがまま放題に育ってきた」

「金持ちのお嬢ちゃんだからな」

「おまえはイザベルをなだめようとする」

「騒がれちゃ困る。だが、どうやら今回は隠しおおせそうにない」

「そしてイザベルはとっておきの切り札を出す」

「女の奥の手だ」リッグズはにやりとした。「〝妊娠したの〟」

それきりしばらく二人とも黙っていた。やがてリッグズが俺の鼻先に顔を突きつけて続けた。「イザベルはそれまでの六カ月、脚を開きっぱなしだった。誰の子かわかったもんじゃない」

「〝誰にも知られてはならない〟」ラスキーが言った。「このことを指しているんじゃないのか。そんなことになったら、誰だって冷静じゃいられないよな」

「ここではっきりさせておこうじゃないか。死んだイザベルといつからやってたんだ」

「フランチャイズの話を聞きたいんじゃなかったのか」俺は言った。テーブルを見ていたが、それでも二人が俺を凝視しているのがわかった。自分の息遣いが聞こえた。顎の先から汗の滴《しずく》が落ちるのが見えた。

「おまえがそう言うなら、フランチャイズの話をしようか」ラスキーが言った。「最近になって崩壊したようだな。なぜだ」

「シェルドン・ホワイトが出所して、周辺でいろいろなことが起き始めた。おかしな場所に白と黒の塗料が塗られた。エイトが汚染され、イザベルが死に、シカモア・ウェイの事件が起きて、カーヴァーの集金システムがつぶされた」

「タクシーが襲撃された件を言っているのか」ラスキーが言った。

「そうだ」

「ヤーヴィル・ストリートの火災も」

俺はうなずいた。

「シカモア・ウェイの現場におまえもいたのか」リッグズが訊いた。

いた。俺はためらった。「いや」

「おまえと人相特徴の一致する男がいた」ラスキーが言った。「影武者でもいるのか」

「この醜い面《つら》を、一人ならともかく二人に与えるなんて、神様もさすがにそこまで残酷なことはしないだろうよ」リッグズが言った。

俺は黙っていた。リッグズが俺の顔をはたいた。

ラスキーが立ち上がった。

二人とも立って俺を見ていた。

「そんなこんながあって、おまえがルービックで古いお友達のキャサリンとまた会った日についにクライマックスを迎える……」

「ホワイトがいた。奴はキャサリンを脅した」自分の声とは思えなかった。疲れた声。哀願するような声。「俺がカーヴァーにメッセージを届けないと、キャサリンもジョアナ・グリーンローと同じ運命をたどることになると言った」

「メッセージ？」

「その日から、ルービックはバーンサイダーズのものになる」

「ジョアナの死体のありかをホワイトから聞かされたのは、そのときか」

俺は首を振った。とたんに後悔した。部屋がぐるりと回転した。

「ジョアナの名前は、脅しの材料として出ただけだ」

「その翌日、俺たちはおまえに会った」リッグズが言った。「おまえはラリっているように見えた……」

俺は黙っていた。

奴が俺の顔をはたく。「クラブからクラブへ渡り歩いてドラッグをやりまくっていたように見えた」

「違う」

「警察の身分証をちらつかせて、入場待ちの列をすっ飛ばした」

「違う」

「それから、俺たちがその件で来たものだから、麻薬密売組織の抗争と女の失踪事件をでっち上げた」

「違う」少し考えてから言った。「キャサリンとグリップの失踪を届け出たのは別の人物だ」

「サラ・ジェーン・ロック。おまえと関わったあと、この世から消えちまったもう一人の女。一人なら、うっかりですむだろうな、ウェイツ。二人となると、油断のしすぎだ」

「次の日に病院に電話をかけてキャスを探した。調べてみろ」

「もう調べた」

「で？」

「事実だった。おまえはいくつかの病院に電話をかけた」

「つまり――」

「つまりおまえは警察官の身分を騙《かた》った。おめでとう」

しばし沈黙が流れた。やがてリッグズがテーブルに身を乗り出し、俺の目をまっすぐにのぞきこんだ。

「イザベル・ロシターには指一本触れていないと言ったな。嘘だ。両親のいる家に帰したかったと言った。嘘だ。死体を見つけたとき一人だったと言った。嘘だ」リッグズの体が発する熱を感じた。「キャサリンという女とは古い事件を通じて知り合ったと言った。嘘だ。最後に見かけたとき、シェルドン・ホワイトと一緒にいたと言った。嘘だ。身分証を返却したと言った……」リッグズはポケットを探り、証拠品袋をテーブルに叩《たた》きつけた。俺の身分証が入っていた。俺のポケットにあったものだ。「それも嘘だ」

「言っただろう。パーズと話してくれ」

「もう話した。その女のことは覚えていない。おまえのことを覚えているかだって怪しい。おまえは夢でも見たんじゃないかと言っている」

すべてが停止した。

俺は椅子の背にもたれた。胸が苦しくなった。息をするのがやっとだった。

「なあ、訊かれたことは何だって話す。だから水を飲ませてくれ」

ラスキーとリッグズは顔を見合わせた。二人とも息遣いが荒い。シャツに汗の染《し》みができていた。ラスキーがリッグズにうなずいた。

リッグズがいやらしい笑みを浮かべた。「どこにも行くんじゃねえぞ」そう言って向きを変え、ドアの前にあった椅子を蹴飛《けと》ばしてどけた。部屋を出て、向こう側から鍵《かぎ》をかけた。廊下から新鮮な空気が吹きこんだ。目に染みた。

ラスキーは部屋の奥に戻って壁にもたれた。ポケットに両手を入れ、小銭を鳴らす。俺をまっすぐに見た。俺は顔をなでた。手錠をかけられているせいで一苦労だった。それから掌《てのひら》を見た。汗で濡れていた。髪になすりつけた。ジョアナ・グリーンローの家でリッグズに殴られたところから流れた血で髪が固まっていたが、汗の水分でそれがほぐれ、頭にこぶができているのがわかった。

ラスキーのことを考えた。ここでされた質問の流れ。ルービックのバーテンダーに対するこだわり。〝おまえはどこまで知っている?〟と言いたげな表情。何か隠しているとするなら、こいつの弱点はあのバーテンダーだろう。俺は考えに道筋をつけようとした。

ラスキーは黙って俺を見ている。ポケットの小銭を鳴らしている。

俺は頭の殴られたところに手を触れた。デヴィッド・ロシターに初めて会った夜の記憶を呼び起こす。キャサリンと初めて会った夜の記憶。フェアヴューに初めて行った夜、イザベルと初めて会った夜の記憶。ルービックを出たところで、誰かに殴られた。

――ゼインの友人。

サラ・ジェーンはそう言った。

意識が戻ったとき、俺は通りに突っ伏していた。若いカップルは道を渡って俺をよけた。誰かのポケットで小銭が鳴った。俺はラスキーを見て言った。「ルービックの前で後ろから俺の頭を殴ったのはあんたか」

奴の表情は変わらなかった。

「あんたが証拠を隠滅したんだな。グレン・スミスソン、フランチャイズのバーテンダーがデートレイプの容疑で起訴されたとき」

奴はまた小銭を鳴らしてにやりと笑った。

19

ドアが開く気配がして、ラスキーは真顔に戻った。リッグズが水のボトルを三つ持って入ってきた。一緒に入ってきた新鮮な空気を俺は吸いこんだ。ドアが閉まり、俺はリッグズの汗の臭《にお》いにふたたび包囲された。

ラスキーがボトルの蓋《ふた》をあけ、ペットボトルを握りつぶしながら中身を一気に飲み干した。リッグズも同じようにしたが、口の端から水があふれてシャツの前にしたたり落ち、先にあった汗染みに吸いこまれた。

俺の口は乾ききっていた。歯にまだグリーンローの家の壁の煉瓦《れんが》のくずがこびりついている。俺の分のボトルを見た。蓋があいている。よくある手だ。飲むのをためらわせようという小細工。俺は手を出さなかった。

この部屋を出られるかどうかに命がかかっている。そんな気がした。

「リッグズ、一つ訊いていいか」

奴は驚いた顔で俺を見たあと、ラスキーにちらりと目をやった。それから俺の正面に座った。腕で鼻の下を拭《ぬぐ》い、うなずいた。「何でも訊いてくれ、エイド」

「十月三十日、どこにいた？」

「さあな。おまえはどこにいた?」

「バーにいた。ルービックだ。ちなみに、その日は金曜だ。俺は酒を飲みすぎる。あんたもな。何でもかんでもメモするのはそのせいだろう。いつもの手帳はジャケットのポケットに入ってるな。その日どこにいたか、確かめてみろよ」

リッグズは振り向いてラスキーを見た。

ラスキーは壁にもたれて身じろぎもせずにいた。何が起きているのかリッグズはわかっていないが、それを知られたくないのだろう、俺に向き直って肩をすくめ、ジャケットを取ってポケットを探った。まず俺の財布、俺の携帯電話が出てきた。それをテーブルに置く。それからようやく手帳を引っ張り出した。

奴が手帳を開こうとしたところで、俺はさえぎるように言った。「予言しようか。午後六時ごろ、そいつと」ラスキーに顎をしゃくる。「勤務中だったなら、そいつは何か言い訳をしてあんたと別行動を取ったか、黙って消えた」

リッグズはためらった。確かにそんなことがあったと思い出したのだろう。手帳をめくり、また肩をすくめた。

「そうらしいな。だから何だ? おまえは死んだイザベル・ロシターと何度やったんだ」

「十一月十六日の月曜日はどこにいた?」

「おい、何なんだよ、これは」

ラスキーが歯を食いしばり、またゆるめた。「答えてやれ」落ち着き払った声だった。

俺にじっと視線を注いでいる。あの意味ありげな表情を浮かべていた。「時間ならたっぷりある」

リッグズが手帳を先へとめくり、その日付のページを見つけた。

「予言しよう」俺は言った。「イザベル・ロシターの死体が発見されて、そいつは自分が捜査の担当になるよう四方に手を回した」

「だから?」リッグズが眉《まゆ》をひそめた。「何が言いたいんだよ」

「十月三十日の金曜日。ゼイン・カーヴァーは配下の者に俺を痛めつけろと命じた。ラスキー刑事は午後六時ごろ、何か口実を作ってあんたと別行動した。俺が襲われたのは七時だ」リッグズは椅子の上でもぞもぞと身動きをした。「十一月十六日、月曜日。そいつはこの警察本部の6・21A会議室の割り当てを変更した。誰にも見とがめられずに自分が出入りできるようにな。そしてその会議室にあったハードドライブを全消去した。自分に不利な証拠が保存されていると伝えられたからだ」

リッグズは肩をすくめた。「意味がわからないな」

俺はラスキーを見た。「俺はそいつを狩り出すための潜入捜査を命じられた。パーズ警視を呼んでくれ。いますぐ」

リッグズはにやにやした。「パーズはおまえを大嘘《おおうそ》つきと――」

「パーズがそう言うのを直接聞いたのか。それともそいつから聞いたのか」

リッグズが動きを止める。ラスキーも動かない。

「俺のフラットに初めて来た日は？」

「その日が何だ」

「フランチャイズのクラブのバウンサーが警察と話をするわけがない。どこかの頭のイカレた男が警察の身分証をちらつかせてフランチャイズのクラブに潜りこんだとしたら、連中がそれを報告する相手はボスだろう。ゼイン・カーヴァーだよ。それを聞いたカーヴァーは、警察内に飼っている男に調べさせただろう」

「おまえは自分が何を――」

「もう一つある。グレン・スミスソンだ」

「誰だ、そいつは」

「フランチャイズのバーテンダーだよ。今回の尋問を思い返してみろ、ラスキーは何かというとそいつの件に話を持って行こうとした。スミスソンは何年か前にデートレイプ容疑で起訴されたが、証拠物件が行方不明になった」

「で？」

「で、二週間前、スミスソンも失踪《しっそう》した。だが、警察には何の届けも出ていない」

「それとジム・ラスキーと、何の関係がある?」

「俺がスミスソンを探して奴のフラットに行ったら、そこの警備員が、刑事が来るのは俺で二人目だと言った。一人目は、シカモア・ウェイの事件が起きた夜に来て、部屋をざっと見て帰った。ゼイン・カーヴァーがフランチャイズを挙げてスミスソンを探せと指示したのと同じ夜だ」

「それがジムだったと言いたいのか」リッグズは思案顔をした。「証拠は」

「一人目の刑事は警備員に自分の携帯電話の番号を伝えた。スミスソンが現れたら連絡してくれと言ってな。俺はその番号を携帯に登録しておいた」

ラスキーが動いた。だが、リッグズが先にテーブルから俺の携帯電話をさらった。

「何て名前で登録した」

「フランチャイズ・マン」

リッグズはテーブルを回ってこちら側に来た。俺をはさんでラスキーと向かい合って立つ。リッグズは眉間《みけん》に皺《しわ》を寄せてアドレス帳をスクロールした。顔を上げて発信ボタンをタップする。

ラスキーの携帯電話が鳴り出した。初期設定の甲高い電子音だった。落ち着き払った様子でジャケットのポケットから電話を取り出し、拒否ボタンを押す。ラスキーの表情が歪《ゆが》んで笑みを作った。それからリッグズに話しかけたが、視線は俺に据えられていた。

「ちょっと行って、警視を起こしてきてくれ」静かに言う。

リッグズは困惑顔をした。

俺はリッグズに向かって言った。「俺をラスキーと二人きりにしたら、あとできっと事故だったと言うだろうな。俺が逃走を図ったと言うだろう……」

リッグズが俺を見る。「おまえ、本当に頭がどうかしてるんじゃないのか」

「いいからパーズを呼んでこい」ラスキーがまた言った。視線は俺から動かない。

「……警視クラスをただ呼びつけるわけにはいかないだろうな。書類の上では俺は逮捕されていないわけだから。事情を理解させるのは難儀だろう」

「パーズを呼んでこい」ラスキーが言った。

「そうだな」ジョークだと思って納得しようとしているのだろう、リッグズが応じた。

「いいからパーズを呼んでこい！」ラスキーがわめいた。首筋の血管が浮いていた。リッグズは目を丸くしてラスキーを見つめた。「これは命令だ」

リッグズは携帯電話をテーブルに置いて後ずさりした。手探りでドアを開けて、自然に閉まるに任せて出ていった。ラスキーが俺を見る。足音が廊下を遠ざかっていく。

初めは歩いて。やがて走って。

ラスキーは最後にもう一度だけ小銭をちゃりちゃりと鳴らしてから、手をポケットから出した。そして俺に一歩近づいた。

俺は立ち上がった。「あのビルはセキュリティが行き届いている」口から出任せを言った。「監視カメラがある。日時が録画に残っている……」

「何の話かわからないな」

「警備員にあんたの写真を見せたら、一人目の刑事だと確認した」俺は嘘をついた。

「いいから黙れ」

奴はまた一歩近づいた。頭のなかで歯車が回っているのが見えるようだった。方針が固まっていくのが見える。俺の携帯電話を取って床に叩きつけた。何度も踏みつけ、つぶした。首から下げていたストラップを引きちぎり、テーブルに投げつける。

俺はテーブルを見た。

IDカードだった。奴は一歩下がり、鮮やかな緑色をしたパニックボタンを力いっぱい押した。警報が鳴り出したが、俺は動かなかった。奴は肩をすくめ、テープデッキを取って、その角の部分で自分の顔を思いきり殴った。

奥の壁にもたれて俺を見る。鼻から血が飛び散り、歯を赤く染め、顎《あご》を伝い、シャツに滴《したた》った。俺は瞬時に決断した。自分の財布を取り、奴のIDカードを取る。ドアを開け、廊下を走った。ドアを二つ抜け、左に曲がって非常口に飛びこんだ。

一階の扉は、フェンスで囲まれた警察車両専用駐車場に面している。そこから逃走したように見せかけるために扉を開けておいて、さらにもう一階上まで駆け上がった。息が詰まった。背後で物音がして、俺は走り出した。むき出しの配管沿いに建物の南側に向かった。一つ下の階に下り、そこの非常口からセントラル・パーク駅側に飛び出した。

そのあいだずっと、頭のなかでつぶやいていた。

ちくしょう。ちくしょう。ちくしょう。

V
コントロール
Control

1

行き先が思い浮かんだのは、タクシーに乗りこんでからだった。

「ウィグル・ルームはわかるかな」運転手に訊《き》いた。運転手は苦い顔をした。ウィグル・ルームはサックヴィル・ストリートにある違法すれすれの小汚いナイトクラブだ。色と活気と生命にあふれたゲイ・ヴィレッジから目と鼻の先の場所にある。ただ、ウィグル・ルームの見かけは色や活気や生命とはかけ離れていた。BDSMやトランスセクシュアル－クィアのショーを告知するぼろぼろのポスターに埋もれて、入口がどこにあるのかさえ日中は見分けがつかない。俺がどうしてこんな扮装でいるのか、運転手が勝手に納得してくれることを期待した。俺はまだ手錠をしたままだった。傍目にどう見えるか、気が気でない。

店から漏れ聞こえるショーのスタンダードナンバーに、通りの騒々しい笑い声が重なった。俺は料金を精算してタクシーを降りた。

派手な色のフェザーボアを肩から垂らした巨大なドラァグクイーンが二人、入口でバウンサーを務めていた。ハイヒールを履いた足もとが微妙に危なっかしい。きらきら光る透明プラスチック素材でできた、煉瓦《れんが》みたいにごつい靴底に水が入っていて、生きた金魚が何匹か泳いでいる。人の度肝を抜いてやろうと、わざと馬鹿馬鹿《ばかばか》しくて奇抜ななりをしているのだ。入場待ちの行列、レザーの服、メイクとたどっていったところで、視線と思考が急ブレーキをかけて停止する。

あれってITVニュースのキャスター？　ダイアナ元妃追悼バージョンの『キャンドル・イン・ザ・ウィンド』を歌ってた人？

列に並んでいる人々も多様だ。

ゲイ・ヴィレッジから流れてきた、好奇心の塊のような観光客。ラバーのコルセットに体を押しこめたBDSMマニア。内心の興味を顔に出さず、しかも知り合いに見つからないよう人通りに背を向けている男たちもいた。毎月一日の夜のチケットはかならず完売する。クラブ最大のスターが出演するからだ。

ダディ・ロングレッグス。

ザ・バグのステージネームは、単なる〝もう一人の自分〟ではない。メイクで装《よそお》うと同時に、まったくの別人格に切り替わり、二つの人格を完全に別個の人間として扱うよう周囲に求める。二人の意見が一致することはまずない。二人のうちではザ・バグのほうがおおよそ常識的な人間だ。厳密にはすでに日付が変わって十二月二日になっていたが、夜明けにはまだまだ時間があり、ショーは続いていた。

俺は列の最後尾に並んだ。すぐ前のピンヒールにミニスカートという出《い》で立ちの中年男はがたがた震えていた。列は順調にさばけた。うつろな表情の男たちが何人か、ふいに急用を思い出して街に消えたからだ。

ドアに俺の姿が映っていた。汗が乾き、血が固まって、頭髪が豪快に逆立っている。ただし、手錠のおかげで完全に場に溶けこんでいた。体重百四十キロの彼／彼女に五ポンド渡すと、あっさり通された。顔をまじまじと見られるようなことはなかった。めまいがした。頭がくらくらしていた。不安と興奮で肌がぴりぴりしていた。入口をくぐると、ピンストライプのスーツを着た目つきの悪いしなびたじいさんがいて、俺の手の甲にスタンプを押した。稲妻のスタンプだった。

ルービックの元バーテンダー、グレン・スミスソンのフラットをのぞいたとき、このクラブの領収書を見つけた。なんとしても奴《やつ》と話をしたい。ラスキーとの関わりも気になるが、俺をジョアナ・グリーンローの遺体に導いた手紙の件もある。おかげで答えよりも疑問が増えていた。

説明が聞きたい。

濡《ぬ》れてぐずぐずと音を立てる薄っぺらなカーペットを踏み、ろくな照明のない廊下を奥へと進む。廊下の途中にクロークがあり、ここにもまた多様な人々が列を作っていた。冷たい視線を浴びながらメインのホールに向かう階段を上った。世間に目障《めざわ》りな存在として扱われた彼らは夜、ここに集まってくる。ここでの俺はよくて観光客、意地の悪い目で見るならトラブルの元だ。俺は階段のてっぺんの両開きの扉を押し開けた。気の抜けた酒とブリーチのにおいが目に突き刺さってきた。乱舞するスポットライトの下で観客がうごめいている。二、三百人がその半分のスペースに押しこまれ、音楽に合わせて前に、後ろに揺れていた。

熱気はまるで壁だった。

結露した水滴が天井から降ってきそうだ。性別の割合は何ともいいがたい。男、女、そのあいだに位置するすべての人々。ありとあらゆる組み合わせのカップルや三人組がキスを交わしている。三分の一ほどは『ロッキー・ホラー・ショー』風の扮装《ふんそう》だが、ほとんどはふつうに街を歩けそうな服装をしていた。彼らにとってここは日常の一部なのだ。

誰もが叫び、汗を散らし、揺れ動きながら前へ、ステージのほうへと進んでいた。ステージにイラスト入りの背景幕が垂れていた。

ダディ・ロングレッグス&ザ・デリシャス・リトル・ティットビッツ

俺は人をかき分け、右手のバーカウンターに向かった。バーテンダーは、若くてきれいな手術済みトランスセクシュアルで、俺は大きなグラス三つにバーボンを注いでもらった。二つはストレート、一つはロック。バーテンダーのいくらか非難がましい視線にさらされつつ、ストレートの二つをすぐに空けた。バーテンダーは俺の手にそっと触れ、音楽に負けない大きな声で「あわてちゃいけないわ、タイガー」と言った。俺はうなずき、三つ目のグラスを手にステージに向き直った。

ダディ・ロングレッグスは、マイクスタンドに股間《こかん》をすりつけるようにしながら、もの悲しい声で歌っていた。大柄な黒人のドラァグクイーン三人組の〝ティットビッツ〟は、その後ろでバックシンガーを務めている。ロングレッグスは肘《ひじ》まで届く黒革のグローブをはめ、ナチスの親衛隊の制服に似せて作り替えたバーレスクのコスチュームを身につけていた。俺がやっとステージ前にたどりついたときには、観客のほうに尻《しり》を突き出し、消火ホースくらいある極太のディルドーを手に性行為の真似事《まねごと》をしながら、締めの曲を歌っていた。

ラウンジ風にアレンジした『ムーン・リヴァー』だった。

曲が終わるなり観客から悲鳴のような声が上がり、ステージ上でグリッターボムが炸裂《さくれつ》した。ロングレッグスとバックバンドは、ピンク色にきらめく紙吹雪にまみれた。観客の誰かが有刺鉄線を巻いた黒い花束をステージに投げ、ロングレッグスはそれを拾って胸に抱いた。深々とお辞儀をし、体を起こすときに半分空になったシャンパンのボトルを床から拾い上げた。シャンパンを一口あおり、最前列の観客に向けて吹く。バックシンガーと手をつないでもう一度お辞儀をしたあと、ステージから消えた。観客は即座に散り始めた。意識はすでに次のクラブに向いている。

俺は舞台裏の薄汚い廊下をたどり、階段を上って楽屋に向かった。ドアに星のマークが掲げられていた。

その真ん中に〝ダディ〟とある。

ドアの奥から話し声が聞こえていた。俺がノックすると、話し声は唐突に途切れた。足音が近づいてきて、ドアがほんの少しだけ開いた。

「はい？」ティットビッツの一人だった。私服に着替えていた。大きな体が入口を完全にふさいでいる。

「彼と話したいんだが」

「ダディなら、いまメイクを落としてるところ」低くて艶《つや》のある声だった。「出直して」

「ウェイツだと伝えてくれ」

男の眉間《みけん》に皺《しわ》が寄った。「筋トレで持ち上げるウェイト？」

「違うわ」楽屋の奥から別の声が聞こえた。「人の足を引っ張るおもり《ウェイト》。入りなさいよ、エイダン」

男が入口を空け、整頓《せいとん》された楽屋が見えた。ダディ・ロングレッグスはこちらに背を向け、周囲に電球を取りつけた、楽屋によくある古風な化粧鏡の前に座っていた。メイクを落とす手を止めず、振り返ることもしなかった。

「サインがほしいの？　それとも襟にキスマークでもつけてあげる？」

俺は両手を持ち上げた。

手錠をがちゃがちゃと鳴らす。

「こいつをはずせる奴がいるとしたら、あんただろうと思って」

ロングレッグスは鏡に向かって顔をしかめた。それからこちらを向いた。珍しく驚いたような顔をしていた。

「折り入って相談がある」俺は言った。

「ルイス」ロングレッグスは俺を見たまま抑揚のない声で言った。「悪いけど、二人だけにしてもらえる？」

2

洗いざらい話して聞かせた。俺が知るかぎりのことをすべて話した。

ロングレッグスはメイクを落とし終えていたが、衣装はそのままだった。俺と向かい合わせに置いた椅子《いす》の上にあぐらをかいて座り、俺の手錠を人差し指に引っかけてくるくる回していた。案の定、ハンドバッグに手錠の鍵《かぎ》を持っていた。

俺の話が終わっても、奴は手錠を回し続けていた。やがて手錠に目を留め、悲しげに首を振った。

「ハイアットの……」ロングレッグスは手錠を凝視した。「……モデル２１０３。進歩がなさすぎ」

「俺の話、聞いてたか」

奴は憎々しげな視線をよこした。芝居なのか本気なのかわからなかった。「なんだってあたしがあんたに力を貸さなきゃなんないのよ、エイダン」

「金ならある」

「金なら自分で稼ぐわよ。なんで力を貸さなきゃなんないのよ」

「シカモア・ウェイで死んだのはあんたの友達だろう」

「大事なお友達だった」ロングレッグスは笑みを作った。その笑みはすぐに消えた。「会わせてもらえなかったのよ。最後に一度だけ会いたかったのに……」

「せつない話だな」

「あんたに慰められたってうれしくないわよ。〝せつない話〟が基本設定みたいな奴だもの。子供のときからずっとそう。誰かに開発してもらったら。心を解き放って人生を謳歌《おうか》しなさいよ」

「またいつかな」

「まだ質問に答えてもらってないわよ。なんでよりによってこのあたしがあんたを助けなきゃなんないの」

「ほかに行く当てがない」俺は言った。それは事実だった。「あんたはいま装ってるような人情味のない奴じゃないだろう。昔はあんなにかわいがってくれたじゃないか」

ロングレッグスは黙っていた。

「なんならいますぐ警察に通報して俺を突き出せばいい。追い払いたいなら、それも一つの手だぞ」

「もう一つは？」

「この件には麻薬密売組織が関わってる。警察も。政治家も」俺は目を閉じた。「手を貸してくれたら、俺たちは大勢の人生をぶち壊すことになるかもしれない」

目を開けると、奴が俺を見つめていた。その顔には何の表情も浮かんでいなかった。やがて唇の端がかすかにひくついた。

もう一度。

次の瞬間、ロングレッグスは笑い出した。ヒステリックで愉快そうな笑い声だった。こちらに身を乗り出して俺の膝《ひざ》に手を置き、愛情のこもった笑顔を向けた。首を振り、一方にかしげて、椅子の背にもたれた。

「変わらないわね。何を言ったら相手が動くか、いつだってちゃんと知ってるんだから」

車を運転したのはザ・バグだった。ダディ・ロングレッグスの衣装から私服に着替えていた。俺は助手席で目立たないようにしていた。車は裏通りや路地をたどり、俺が以前の生活での持ち物を預けた貸倉庫、カーヴァーからもらった五千ポンドを隠してある貸倉庫に向かった。ザ・バグに頼ったのは賢明な判断だったと何度も自分に言い聞かせた。予想外の、レーダーに捕捉《ほそく》されない行動であるはずだと。実際のところは、ザ・バグのほかに頼れる相手がいなかっただけだ。いまの俺に友人らしい友人はいないが、それは潜入捜査前の俺についても同じだった。

3

警察が俺の捜索にどれだけの人員を割いているか、見当がつかなかった。それをいったら、捜索が行われているかどうかさえわからなかった。ラスキーとしては、隠蔽《いんぺい》工作をするにせよ、もっともらしい話をでっち上げるにせよ、あるいはうやむやにするにせよ、自分が小細工をしているあいだ、俺に警察本部にいられては困るだろう。俺が本部に連行されたのは勤務時間外だった。正式な手続きは取られていない。法律の観点から見たら、俺はいつでも自由に出て行ける立場にあった。

ラスキーが負傷して事情が変わったとはいえ、奴が経緯をどう説明するか、誰に説明するかは誰にもわからない。おそらく、カーヴァーと自分を結びつける証拠を残らず隠滅できるまで、リッグズの口を封じておくに違いない。その前にリッグズが耐えきれなくなって、誰かにしゃべってしまうかもしれないが。うまくいけば、一日くらいは時間の余裕があるだろう。

「まだなの」ザ・バグが訊いた。

「ここを左だ」

黒っぽいボディの非力なコンパクトカーは、ティットビッツの一人、ルイスから借りたものだった。ザ・バグの車は白いキャデラックで、さすがに目立ちすぎる。人格が切り替わって何よりわかりやすい違いは、ザ・バグのほうはやたらに落ち着きがなく、しじゅう体のあちこちをぴくぴく動かさずにはいられないらしいことだった。そして文字どおり煙突のように煙草《たばこ》を吸った。なぜなら——

「ダディがいやがるから」

レザーの衣装からスマートカジュアルな黒い皺だらけのスーツに着替えたとたん、ザ・バグは俺に力を貸すのを渋り始めた。そこで俺は、金のことは忘れたかと言った。ここまで追い詰められると、何を妥協したって同じだという気がしてくる。俺は次に何を妥協するだろう。

「ルービックのニールのことを話してくれないか」俺はとくに考えもなく言った。

ザ・バグは運転を続けながら言った。「どこの誰よそれ」

「ニール。このあいだまでルービックのバーテンダーだった奴」

「ゼイン・カーヴァーの血をグラスで出すっていうんでもなきゃ、あんな店には用がないわね」

「ニールはウィグル・ルームに通っていたようだが」

「フランチャイズに雇われてるなかにも趣味のいい人間はいるのよ、エイダン」

「いや、そういうのは趣味がいいとは言わない」

「はっきり言っとくけど、フランチャイズに雇われてるニールなんて男は知らない」

「昔はグレンって名乗っていたらしい……」

「あら、それなら話は変わってくる」ザ・バグは楽しげに言い、嬉々《きき》としてしゃべり始めた。「グレンとは長いつきあいなの。趣味が似てるところがあってね」

俺はとっさにニールが無罪になった裁判のことを考えた。それが顔に出たらしい。

「よしてよ、そういう趣味じゃないわよ。フランチャイズの品物を流してもらってたの」

「ちょっと待てよ」俺は声を立てて笑った。「ゼイン・カーヴァーのドラッグを盗んでたのか」

「うれしくなるでしょ」

「驚きだよ。どういうからくりだ？」

「どんな品物もかならず、グレンだかニールだか、ともかくあの男の手を経由するわけ。で、あいつはルービックに届いたエイトを少しだけくすねて、激安価格であたしに売ってた」

俺はグレンのことを考えた。ニール。元バーテンダー。

あの小ずるい目。何から何まであいつが関わっている。ラスキーは奴の裁判に提出されるはずの証拠を処分した。奴はイザベル・ロシターとも何らかの関係があった。ドラッグを融通していたのかもしれない。カーヴァーのフランチャイズ運営の中心的役割も果たしていた。フランチャイズを裏切ってバーンサイダーズに寝返り、そのあと今度はバーンサイダーズから自分が裏切られた。ジョアナ・グリーンローの死体がどこに隠されているか知っていた。そのうえエイトをザ・バグに横流しまでしていたのだから、全員をおちょくったも同然だ。

俺はその男のドラッグをルービックのトイレに流した。

奴は地下に潜るしかなくなった。

俺のフラットの前に立っていた姿が脳裏に蘇《よみがえ》る。握ったナイフがぎらりと光を跳ね返していた。キャサリンが行方不明になった夜に俺の脇腹《わきばら》に突きつけたのと同じナイフ。

あいつはなぜまた姿を現したのか。ジョアナ・グリーンローがバスタブの奥に押しこまれていることをどこで知ったのか。そのことを俺に伝えてきたのはなぜか。

「最後に奴に会ったのはいつだった」

「言われてみると、ウィグル・ルームに来たことがあったような気も……」

「そのとき話はしたか」

「最低限の意思疎通《そつう》ね。話ができる状態じゃなかったから」

「金をよこせと言われたか」

「金そのものより、金で買えるもののほうに飢えてた……」

「エイトか」俺はザ・バグを見た。

奴は体をひくつかせ、煙草を吹かし、無表情で運転を続けた。やがてうなずいた。

「あんたは何て言った？」

「こっちにしてみれば、あいつがエイトの供給源なわけじゃない。だから、それじゃ話が前後あべこべよねって言ってやった。ちなみに、プライベートでは」ザ・バグは続けた。「後ろからするほうが好きだけど、ビジネスとなると話は別」

「さっき、話ができる状態じゃなかったと言ったな。どうして」

「すごくびくついてた。ずっと背後を気にしてる感じ。ちなみに、プライベートでは、男の子が肩越しに振り返ったりすると燃えるけど、ビジネスとなると話は別」

「どんな様子だった」

ザ・バグはにんまり笑った。「苦いものを飲んじゃったみたいな顔。ちなみに、プライベートでは――」

「もうわかったって」

「目の下はたるんでるし、髭《ひげ》は伸び放題。あんなにエイトを欲しがるのは、天国行きの手土産にしようとしてるからかと思ったくらい」

「それはいつの話だ」

「あいつがウィグルに来たのは、シカモア・ウェイの事件の少しあと」

辻褄《つじつま》は合う。フラットで見つけた領収書の日付とも一致する。

「それ以来、顔を合わせたか」

「一度だけ……」

「ウィグル・ルームで？」

ザ・バグはもぞもぞと体を動かした。「違う。電話がかかってきたの」

「で、会いに行ったわけか」

ザ・バグがうなずく。「王立病院にいた。一人じゃ退院できないから来てくれって」

キャサリンが行方不明になった夜。奴が脚を折られた夜。

「どこに送っていった？」

「あとで教えたげる」

「いま教えろよ」

「その前に……」口のなかでぼそぼそ言った。

「その前に？」

ザ・バグは天に向かって大声を出した。「金を見せな《ショー・ミー・ザ・マネー》！」ハンドルから両手を離し、雄叫《おたけ》びを上げてアクセルペダルを踏みつける。車が左にふらつき、俺は手を伸ばしてハンドルを押さえた。しばらく俺にハンドル操作をまかせたあと、ザ・バグは一つ咳払《せきばら》いをしてハンドルを握り直した。「失礼」

貸倉庫に着き、俺は外で待っていてくれと奴に言ってなかに入った。暗くて湿っぽい倉庫には、箱がいくつか積んであるだけだった。箱を動かし始めたところでようやく、奴もくっついてきていたことに気づいた。戸口に立って俺の動きを目で追っている。

「こんなところに荷物を預けてるわけ」

「そうだ」

ザ・バグは眉間に皺を寄せ、同情の視線をよこした。「さすがにこれで全財産ってわけじゃないわよね」

俺はそれを無視し、ゼイン・カーヴァーの金を入れておいた肩かけ鞄《かばん》を引っ張り出した。ザ・バグは受け取るなり札を数えた。納得すると、鞄を肩にかけてうなずいた。

「あいつを病院からどこへ送って行った？」

「ちょっとしたツアーだったわよ」ザ・バグは言った。「来なさいよ。案内するから」

車で街中に戻った。午前三時を回っていて、道路はがらがらだった。着いた先は王立病院で、俺は一瞬困惑したが、すぐにわかった。その日バーテンダーがたどった道筋をここからたどり直そうというのだ。

「ここに来たら、あいつ、片脚でぴょんぴょん跳ねながら出てきた。両目に青痣《あおあざ》ができてた」

「何があったと言った？」

「バーンサイダーズとトラブったって。よりによってシェルドン・ホワイトと」

「その夜、行方不明になった若い女と一緒にいたはずだ。キャスと。彼女のことは何か言っていなかったか」

「何も。キャスなんて女の話は一言も出なかった」

文字どおり心臓が腹の底まで沈んだ気がした。

「あんたのことなら、ずいぶんひどいことを言ってたけど」

「たとえば」

「イザベル・ロシターを殺したのはあんただとか」

二人とも前を見たまま、しばし沈黙が続いた。

「ほかには」

「ねえ、それって本当なの」

「まさか」誰かが実際に口にするのを耳にしただけで、シャワーを浴びたくなった。

「あたしもそう言ってやったけどさ」ザ・バグは言った。「それ以外は大したことは話してなかった。疲れてげっそりしてたし、脚が痛くてそれしか考えられないみたいだったし。話してることの大半は意味不明だった」

「で、ここからどこに行った？」

ザ・バグの体がぴくりと動いた。「だから、ちゃんと案内するってば」

車が向かっている方角、そして寝室の一つで俺が見つけた証拠から考えて、目的地はジョアナ・グリーンローの家のようだった。ザ・バグは歩道際《ほどうぎわ》に車を寄せてライトを消した。

少し先に警察車両が何台も駐《と》まっていた。

玄関の周囲は鑑識課の白いテントで守られている。

「あいつ、ここに置いてた荷物を回収したの。一緒に入ってくれって言われたわ。何かが怖いからって。荷物っていっても、ダッフルバッグ一つだけ。それを持って、あたしの家に行った。その日は泊めてやったわよ」

「それから？」

ザ・バグはあくびを噛《か》み殺した。「朝起きたら、ニュースで言ってたわけ。ゼイン・

カーヴァーが逮捕されたって。それで思いついたみたい」

「何を」

「潜伏先」

「フェアヴューか」

ザ・バグはかぶりを振った。「カーヴァーが所有してる別のフラット。前は組織の女の子たちをそこに泊まらせてたみたいよ。フランチャイズは崩壊したし、カーヴァーは逮捕されて、女の子たちは消えるか死ぬかしたわけだから、そこなら体を休めるのに好都合だって言ってた」

「フォグ・レーンのフラットか」

「知ってるの」

イザベル・ロシターが死んだあの建物だ。

「まあな。奴はいまもそこにいるのか」

「あの脚じゃ」ザ・バグは鼻を鳴らした。「どのみちそう遠くには行けないだろうし」

ザ・バグはエンジンをかけて車を出した。ずいぶん手前からあの建物が見えた。あばたのような凹凸のあるコンクリートの塊。ザ・バグは角を曲がり、建物の前に車を寄せてライトを消した。

ここにも警察車両が駐まっていた。

どういうことだろう。もともと薬物が売り買いされている界隈《かいわい》だから、たまたまふだんどおりのパトロールに来ているだけのことかもしれない。あるいは、ルービックのバーテンダーに何かあったのか。ぜひとも奴と話がしたいところだったが、ザ・バグは車を出し、Uターンしてすみやかにそこを離れた。その判断に反論はできない。

「今夜はあきらめなさいな」ザ・バグは言った。

そのままザ・バグの家、アレクサンドラ・パークそばの元教会に向かった。俺は予備の寝室に泊まらせてもらった。この二十四時間、さんざん殴られたおかげでまだ耳鳴りがしていた。この二十四時間でわかったこと、わからなかったことがひしめいて、頭がパンクしかけていた。

俺は死人のように眠った。

4

翌日は早く起床した。睡眠を取ったのがよかったか、ザ・バグの痙攣《けいれん》の発作みたいな動きは少し治まっていたし、俺もだいぶ回復していた。乾いた汗と血で固まっていた髪はシャワーで流した。手首に食いこんだ手錠の痕《あと》も消えかけていた。鏡に映る自分を見て、あれは夢だったかと疑ったくらいだった。

車でフォグ・レーンに向かった。何がどうなっているのかわからなかったが、ありがたいことに、この日は警察車両は一台も駐まっていなかった。とはいえ、まだ九時前だ。警察がその辺で待機していないともかぎらない。

「ここで待っててくれ」俺はそう言い置いて車を降りた。ザ・バグは溜《た》め息をつき、芝居がかったお辞儀で俺を見送った。俺は通りを渡り、小石打ちこみ仕上げの灰色の建物のエントランスをくぐった。エントランスの上には前にも見た落書きがあった。

FERMEZ LA FUCKING BOUCHE.（うるせえ黙れ）

階段で四階へ。各部屋のドアの奥から聞こえる話し声。じーと低く音を立てている薄暗い電球。踊り場を横切った。足を止める。耳を澄ます。不安に駆られた。グレンが室内にいるとしても、何の物音もしなかった。奴も死んでいるのか。ドアに手をかけ、ノックすべきかどうか思案した。死ぬ前の晩のイザベルの記憶が蘇った。

一歩下がり、錠前を足で蹴《け》った。木のドアは安手で薄く、あっけなく壊れた。なかに入ってドアを閉めた。

室内は薄暗い。カーテンを透かして冬の力ない陽の光が射している。ライトのスイッチを入れた。天井の真ん中のまぶしい裸電球がともる。想像していたとおりのものが見えた。

グレン・スミスソン。ニール。ルービックのバーテンダー。

ソファで眠りこんでいる。髭が伸び、顔の大部分と首全体を覆《おお》っていた。眉毛《まゆげ》は眉間でつながりかけている。右脚を守るギプスは灰色っぽく汚れ、カビと見分けがつかない色になっていた。部屋はひどい散らかりようだ。似たような状態のゼイン・カーヴァーをここで見つけたときの名残もあった。

新聞。食べ物の包み紙。ノート。

俺が近づいてもグレンはぴくりともしなかった。小さな木の箱がある。カーヴァーが置いて行ったものだろう。グレンのすぐそばに注射器が転がっていたが、今回のエイトは汚染されてはいなかったようだ。イザベルやシカモア・ウェイの学生たちのような変化はない。ひとまず安堵《あんど》した。

奴をつついたが、反応がなかった。平手で顔を叩《たた》くと、小さな声で何かうめいた。ついには抱え上げてバスルームに運んだ。シャワーの水が上半身にかかるように横たえ、蛇口をひねった。

　水は氷のように冷たかった。

　グレンは跳ね起き、死から蘇ったように深く鋭く息を吸いこんだ。俺はもうしばらく水を出しっぱなしにしておいてから止めた。奴のすばしこく抜け目ない目がバスルームのあちこちを飛び回った。怯《おび》え、混乱した目は、最後に俺を見上げて止まった。

「何……？」

「いくつか訊きたいことがある」

「ここはどこだ」

「フォグ・レーンのゼイン・カーヴァーのフラット」

　奴はその名前に怖気《おぞけ》を震ったように立ち上がろうとしたが、濡れたタイルですべり、また尻を床につけた。

「ゼインならここにはいない。逮捕された。あんたは気を失っていたから、シャワーの水を浴びせた」

　奴は俺の背後をのぞき見ようとした。

「ほかには誰もいない」

「帰ってくれ。出口はわかるだろ」

「質問に答えてもらうまでは帰れない」

「話すようなことは何もねえよ」

見下ろされた状態では話しにくいかと、俺は腰を落とした。「あんたは根性なしだな、グレン。味方はいない、話すこともない。だが、何もかも心がけ次第で変えられる」

「どの口が言うんだよ。勝手に押しかけてきて、いきなり自己啓発セミナーみたいなスピーチか。俺をこんな目に遭わせた張本人のくせしてよ」奴は早くも涙を流し、体を震わせていた。「奴らに折られたんだよ、この脚……」

「災難だったな」俺は言って立ち上がった。本人を前にすると、本心から同情を感じた。一人で泣かせておいて、俺は部屋に戻ってタオルを探した。「ほら」

グレンは、罠《わな》を疑うような目でタオルを見つめたあと、受け取って体を拭《ぬぐ》った。俺はギプスを観察した。濡れて色が変わっていた。黄色とも茶色とも灰色ともつかない色だ。ひどい臭《にお》いをさせていた。俺の視線に気づいて、奴はばつが悪そうにギプスを拭った。

「ちゃんと診てもらったほうがいいぞ」

「外に出るわけにいかないんだよ」

「どうして」

「ホワイトに殺される」

「殺す気なら、とっくに殺してるだろう」

グレンは俺を見つめた。

「あんたは殺すほどの重要人物じゃない」俺はバスルームの床に座った。「気を悪くしないでくれ。俺だって殺すほどの重要人物じゃない。残ったのは俺たちだけだ、グレン。イザベルは死んだ。カーヴァーは逮捕された。サラ・ジェーンは街を離れたし、キャスは行方不明だ」

「グリップは」

「死んだ。ホワイトに殺された。あんたが脚を折られたのと同じ日に。だから、な、あんたも殺す気でいたなら……」

もとより青ざめていたグレンの顔から血の気が完全に引いた。しばらくしてようやくうなずいた。

「いつ……」そう言いかけて顔をしかめる。「どのくらいたった？　その、俺らが最後に会ってから」

「二週間」

「あんた、ずいぶん年食ったぜ」俺の言葉を疑うようにグレンは言った。

俺はうなずいた。自分でもそう感じた。「一つ提案がある。俺の質問に答えてくれないか。正式な事情聴取ってわけじゃない。この件を解決したいだけだ。質問にさえ答えてくれたら、あんたはもうこの件と無関係だ。食事をして、病院に連れて行ってやる。

その脚を治してもらえよ。その気があれば、薬物依存の治療も受けるといい」

グレンはきつく目を閉じた。脅したり怒鳴りつけたりするより、予期せぬ思いやりを示したほうがよほど相手に響くことがある。同じポーズを取り続けてきた相手の腰がふいに砕ける。グレンはタオルに顔を埋《うず》めてまた泣いた。それから怯えた目で俺を見上げた。

「イザベルを殺したのはあんたか」

「違う。あんたはあの晩、メルのところに泊まってたんだよな」俺は立ち上がり、手を差し出してグレンを助け起こした。「というわけで、あの子を殺した奴の話をしよう」

5

足の踏み場もないワンルームの部屋のソファにグレンを座らせた。

まず、イザベル・ロシターとの関係を質《ただ》すところから始めた。グレンとイザベルが初めて会ったのはルービックで、数カ月前のことだったという。家出するしばらく前からイザベルをバーで見かけるようになっていたというサラ・ジェーンの話とも一致する。未成年であることは一目見るなりわかったから、ルービックでは酒を飲ませなかった。一方で、彼女を締め出さないよう気を遣った。

「ほかに行くところがないみたいだったからさ」グレンは洟《はな》をすすり、顔を拭ってせり上がってきた感情を隠した。どこにも行く当てのない人間の気持ちを知っているのだろう。

「寝てたのか」俺は訊《き》いた。

彼は目をそらした。

「とやかく言うつもりはないよ、グレン。事実を確かめなくちゃならないだけだ」

「どうして？　どうして確かめなくちゃいけない？」

「あの子は、性的虐待《ぎゃくたい》を受けていた。または、過去に受けたことがあった。あんたと寝てたなら、あんたが何か知ってるかもしれない。自分では知ってるつもりがないかもしれないが」

「知ってるって、たとえば何を」

俺は肩をすくめた。「どんな行為が好きか、何をいやがったか、どの程度の経験があったか……」

「俺に罪を着せるつもりか」

「いや」

「俺のせいにするつもりじゃないんだな」

「誰かに何らかの容疑をかけようなんてつもりはまったくない。犯人はイザベルの家族の誰かだ。ひょっとしたらあんたが何か知ってるんじゃないかと思っただけのことだよ。あの子と親しかったなら」

「家族の誰かだって？」グレンはソファに崩れるように座りこみ、掌《てのひら》で顔をなでた。「ほんとかよ。なあ、俺はあの子が気に入ってた。見た目も可愛《かわい》かったが、話していて楽しかったから。一度だけキスをしたよ。でもそれだけだ。あの子は……」

「あの子は、何だ？」

「苦しそうにした。こう、息がうまくできないみたいに。泣いてた」

「パニック発作？」

グレンはぼんやりと答えた。「そう、そんな感じかな……」

「理由を言っていたか」

「訊かなかった。俺のせいかなって心配だった。で、家族の誰かって誰だよ」

俺は黙っていた。

「父親か」

「イザベルが父親の話をしたことはあったか」

「いや、一度も」グレンはそう答え、そこで何か別のことを思い出したように言った。

「けど、なんで家を飛び出したのかは訊いたよ」

「で？」

「どうせ逃げられないって言ってた」

「どういう意味だ？」

「こんな風に言ってたな。〝どこに行ってもどうせ居場所がばれるから〟」

俺は次にザ・バグとの取引の話を確かめた。グレンの答えはザ・バグの説明と一致していた。カーヴァーからくすねた品物を横流ししていた。イザベルが死ぬ前の晩は、俺がイザベルを酔い潰《つぶ》そうとしていると思ったらしい。集めたグラスの飲み残しを俺の顔にぶっかけた夜。俺が奴のドラッグを店のトイレに流した夜。

あのあと、グレンは逃げた。

まずメルを頼り、次にバーンサイダーズを頼った。シェルドン・ホワイトに脚を折られ、最終的にはザ・バグを頼った。

「あの晩のことを話してくれ」俺は言った。「俺がルービックを出たあと何があった?」

「ホワイトが匿《かくま》ってくれた。初めのうちはよくしてくれてたよ。でもしばらくしたら、フランチャイズのことをしつこく訊かれるようになった。仕組みとか。匿ってもらうのと引き換えに、多少の情報は渡さなくちゃならないだろうって覚悟はしてた。けど、どこまで話しても終わらないんだよ。だんだんプレッシャーがきつくなっていった。何日も眠らせてもらえなかった。バーンサイドでだぜ。朝から晩まで酒を飲まされた。コカインをやらされた」

グレンはしばし黙りこんだあと、ごくりと喉《のど》を鳴らして続けた。

「結局何もかも話した。あの最後の日、俺はバンに押しこまれた。しばらく車で走った。ちびりそうになったよ。だって俺はもうただの役立たずなわけだろう。話すことは何一つ残ってないんだから。着いた先がルービックで、ほっとしたくらいだ。ホワイトから、店を案内してくれって言われた。自分の目で確認したいからって。店をざっと見せて回ってるとき、あんたがキャスのいつものテーブルに座ってることに気づいた。俺はシェルドンを脇に呼んで、あんたのことを話した。知ってることを全部話した」そこで俺を見た。「あんたに心底腹が立ってたんだよ、ウェイツ。やつが酒をおごってやるって言って、みんなで店の奥のテーブルについた。そこからあんたに気づかれないよう観察した。そのうちシェルドンが、ちょっとびびらせてやろうぜって言い出した。まさかキャスをどうこうしようなんて……」

「彼女はどうなった？　俺が店を出たあとどうなった？」

「俺は酔ってた。コカインもキメてた。だからよく覚えてない」グレンは小さな声で続けた。「けど、何か言い合いになってたよ」

俺を守るために〝命に懸けて誓ってもいい〟と言ったとき、彼女は手でおなかを守るようにした。

「奴は彼女をどうにかしたのか、グレン」

グレンは一心に記憶の糸をたぐった。「ジョアナ・グリーンローの話をしてた。ゼインの昔の彼女だ」

「ジョアナのどんな話だ」

グレンは首を振った。「わからない。その名前が何度か出たことしか覚えてない。結局は、キャスも一緒に店を出るってことで話がついたんだと思う。一緒にどこかに行くってことで。そのころには俺はもうふらふらで、連中にくっついて店を出た。ホワイトが俺のほうを向いて言った。〝じゃあな、グレン〟。

俺だって自分の立場はわかってた。ちゃんと自覚があったよ。でもこう言った。礼の一つもねえのかよって。何もかも教えてやったのに、礼はねえのかよって」グレンは折れた脚に手をやった。「その結果がこれだ」

シェルドン・ホワイトは、通りでグレンを殴り飛ばした。それから膝を何度も踏みつけて脚を折った。

「喉を絞められて、気が遠くなりかけた。そこにキャスが……」思い出しただけで恐怖にとらわれたのだろう、体が震えていた。「おい、誰かいるのか」グレンは俺の背後を見て言った。

俺は振り返った。「誰もいない。本当だ」

「人の声が聞こえたぜ」

「誰もいないさ。話を続けてくれ」

「キャスが奴《やつ》をなだめてくれた。あいつの腕に手を置いて、優しくさすりながら、小声で何か言った。誘惑するみたいな表情をした。それで奴は俺から離れた」

〝誘惑するみたいな表情〟。

「彼女はどこに行った」

「奴と一緒に行った。すぐに」

「行き先を言ったんじゃないのか」

「言わなかった」

「どっちの方角に?」

「見てなかった……」

無駄だ。こいつの話からは何の手がかりも得られそうにない。必死で記憶をかき回した。「グリーンロー」ようやく思いついて言った。「死体のありかを知ってたのはなぜだ」

「死体?」

「ジョアナ・グリーンロー。ゼインの元恋人。ルービックのメルに新聞記事を預けただろう。ジョアナの死体の件で……」

「あれか。キャスだ」

「え?」

「ホワイトを俺から引き離したあとで、俺の手に手紙を押しつけた。あんたに渡せって言って。そのまま自分で持っておくつもりだった。でも、意味がわからなかった。キャスがあれきり行方不明になったって聞いて、いたたまれなくなった。あの手紙が役に立てばと思った」奴は期待に満ちた視線を俺に向けた。自分が何か一つでも正しいことをしたと思いたがっている。「役に立ったか……?」

「まあな」俺は答えた。「二人の行き先に心当たりはないか、グレン」

「バーンサイドのどこかだ。移動するときはかならずあのバンを使った。なあ、キャスはまさか……？」

「キャスの行き先にほかに心当たりは」

「たとえば」

「どこだっていい。何か言ってなかったか。友達とか、家族の話は」

「俺は何も聞いてない」

「カーヴァーはほかに不動産を所有してないか」

「え？」

「この部屋はカーヴァーの持ち物だ。フェアヴューも……ほかにもあるはずだ」

「さあ、俺は知らないな」

俺は奴を見据えた。

そのとき、戸口から咳払いが聞こえた。グレンは立ち上がろうとしたが、折れたほうの脚にうっかり体重をかけたらしく、顔をしかめてまた腰を下ろした。ザ・バグが部屋に入ってきた。痙攣みたいな動きはきれいに消えていた。そして落ち着いた低い声でグレンに言った。

「あたしにした話と違うじゃないの、グレン」

グレンが怯えた目を俺に向けた。「誰もいないって言ったよな」

「こいつは何のことを言ってる、グレン」

グレンは泣き出していた。ザ・バグが歩み寄り、奴の頭を抱き寄せた。

「ほらほら、泣かないで。あたしに言ったとおりのことをエイダンに話しなさい」

グレンは洟をすすり、涙を拭った。「キャスから鍵を預かったんだ……」

「何の鍵だ」俺は訊いたが、奴は答えない。「何の鍵だ」

「ロンドンのフラットの鍵だって」ザ・バグが言った。「そこもやっぱりカーヴァーが所有してるフラット。万が一に備えた隠れ家ね、きっと。キャスって子、グレンに番地も教えたのよ。あんたに伝えてほしいって」

「どうして俺に言わなかった」

「その……」

「お金に換えられるようなものがないか、自分で先に見てみるつもりだったからよ」

腹さえ立たなかった。これは道しるべだ。希望だ。

「鍵と番地」俺は言った。「早く」

二人がかりでグレンを助け起こし、階段を下りて車に乗せた。王立病院に向かうあいだ、誰も口を開かなかった。ザ・バグは病院のエントランスのぎりぎりに寄せて車を停めると、振り返ってグレンに言った。

「ここからはもう一人で大丈夫ね」

グレンはうなずいた。大丈夫と言ってもらって自分が安心したような顔をしていた。

「キャスを見つけてやってくれ」

奴はそう言って車を降り、折れた脚をかばいながら歩き去った。ザ・バグはシートに背中を預けて大きく息を吐き出した。それから、ジャケットのポケットから番地を書いたメモを取り出して光にかざした。

「このキャスってのは誰なのよ」

俺が答えずにいると、メモをポケットに戻し、誰にともなく微笑《ほほえ》んでから、車を出した。

「あのフラットであんたが話してるのを聞いてたら、何とも言えない気持ちになったわよ。だってあの話を聞いたら、あんたはその子に惚《ほ》れてるみたいだって誰でも思うでしよ……」

6

ザ・バグはそれきり一言もしゃべらないまま、高速M五六号線に乗った。そこからひたすら南に向かった。ストーク。バーミンガム。ミルトン・キーンズ。名前さえない数百の土地。ザ・バグは制限速度を少し超えた程度のスピードを維持した。俺にはありがたかった。疲れきっていたが、期待に胸を膨らませてもいた。その気持ちを燃料にしたかのように、灰色の空、灰色の街、灰色の人々を置き去りにして、車は着実に進んだ。ロンドンまでは四時間の道のりだったが、最初の百キロほどは二人とも無言だった。俺はそれまで狂騒に救われていたのだと初めて気づいた。それに振り回されていなければ、記憶は腫《は》れ上がり、青黒く変色してあふれ出し、顔全体が目の周りの痣のように感じられたことだろう。俺は顔の向きを変えてウィンドウの外を眺めた。

陰鬱な英国《グレイ・ブリテン》。

ロンドンのカーヴァーのフラットに何があるのか、想像せずにはいられなかった。心のどこかで、キャサリンがいるのではないことを祈った。臆病者《おくびようもの》の俺は、彼女がはるか遠くのどこかで幸せに暮らしていると夢想した。グリップの姿が思い浮かぶ。痛めつけられ、怯え、殺されたグリップ。俺は臆病者らしく、キャサリンとこれきり会わずにすむことを願った。

「で、あんたとその子は何かあったわけ」ザ・バグが言った。

道路脇にガソリンスタンドの案内板が立っていた。

疲労は命取り
「スタンド、入ってくれるか」

「いいわよ」ザ・バグはウインカーを出した。「ボスはあんただから」

パーズ警視に連絡しなくてはならない。携帯電話を使うのは馬鹿《ばか》だ。街中の固定電話も簡単に居場所を探知されるだろう。高速道路沿いのガソリンスタンドなら、探知して駆けつけた側が脱力しそうな場所と思えた。

まだ朝早い。木曜の午前十時を回ったところだ。ザ・バグはバックシートからネオンピンク色のウィッグを取って売店に向かった。

「ストレートの連中をちょっと脅かしてくる」そう言って肩をすくめた。

俺はその後ろ姿を見送ってから、ガソリンスタンドの入口に設置された公衆電話のところに行き、番号をダイヤルした。呼び出し音が鳴り出したとたんに相手が出た。

かちり。「パーズだ」

「俺です」

「ウェイツ」パーズ警視は言った。「いまどこにいる」

「フランチャイズに飼われてるのはラスキーです」

パーズは大きく息を吸いこんだ。「いますぐ本部に来い」

「それはできません」

「どうやら二股《ふたまた》をかけていたようだな、ウェイツ。昨夜、グリーンローの家でおまえを見つけたと聞いている。しかもラスキーに暴力行為を働いた。そのあと逃走した」

「それは違います」

「チェース警視正閣下はそう考えている」パーズは声をひそめた。「私と連絡が取れて幸運だったと思え。いま私物をまとめているところだ」

俺は受話器を耳から離し、電話を切ろうかと考えた。

「リッグズを少し締め上げれば、俺の主張を裏づける話をすると思います」迷ったあげく、俺はそう言った。「ラスキーは、自分たちは警視から命令を受けて動いているものとリッグズに信じこませていました。奴の嘘《うそ》に決まってます。それを証明すれば、あとは簡単でしょう」

パーズは何も言わずにいた。

「昨日の真夜中すぎに本部に連行されました。殺されなかっただけましという目に遭わされました」

「セントラル・パークの本部か？　それなら記録が残っているはずだろう」

「奴らは正式の手続きをしませんでした。しかし、ラスキーが出入口の録画テープを消去するところまでまだ手を回していなければ、興味深い場面が映っているかもしれません」

「仮に私がおまえのその言い分を信じるとして、ラスキーの狙《ねら》いは何だ？」

「俺がどこまで知ってるか確かめたかったんだと思います。どう辻褄を合わせたらいいか」

「おまえは何を知っている」

「グレン・スミスソン」俺は言った。「今朝、王立病院に入院したはずです。骨折した脚の治療で。そいつから話を聞いてください」

「その名前に聞き覚えがあるのはなぜかな」

「数年前、レイプ容疑で起訴されましたが、証拠の紛失を理由として無罪になりました。ラスキーの仕業です」

「なぜしゃべると思う」

「スミスソンは当時、フランチャイズ傘下《さんか》のバーを取り仕切っていました。ところが、少し前からフランチャイズに追われる立場になった。いや、全員に追われる立場になりました。保護を約束すれば、一切合切話すと思います」

パーズは黙っていた。

「至急、ラスキーの身柄を押さえてください。こうしてるあいだにも、証拠隠滅に励んでるに決まってる」

パーズはすぐには返事をしなかった。五秒ほど俺をじりじりさせたあと、ようやく言った。「断る。私は家に帰るところだし、おまえはいますぐ出頭しなくてはならん」

俺は気持ちを鎮《しず》めようとした。周囲に視線を巡らせた。

「ジョアナ・グリーンローと警視はどういう関係でしたか」

パーズが低い声で言った。「何だって？」

「俺は昨日、バスタブの奥に押しこまれてた死体を見つけたんです。さっさと質問に答えてください」

落ち着け。

「おまえが疑っているようなことは何もない」

「俺が何を疑ってると思うんです？」

「おまえは長い夜を過ごしたようだな」

「今回の広告の写真を撮影したのは警視でしょう」

「なぜそう思う」

「隠れ家のなかで撮った写真だった。つまり、撮影したのは警視、あなたか、別の刑事ということになる。ただ、ジョアナは信頼できる相手にしか見せないような表情をしています。笑おうとしているのか、顔をしかめてみせようとしているのか」

「よりによってあのエイダン・ウェイツから、人間について講釈を受けることになるとはな」

俺は黙って待った。

「そうだ。あの写真は私が撮影した」

「彼女と寝ていたんですか」

「彼女と寝ていたんですか。やれやれ、ウェイツ。訊きたいことがあるなら単刀直入に訊け」

「あなたが殺したんですか」

「違う」

「彼女はカーヴァーに不利な証言をすることに同意した。それまで何年もシェルドン・ホワイトと敵対する組織の一員だった。あなたとのあいだには秘密があった……」

「私は彼女を守ろうとしていた」パーズの声に珍しく感情が忍びこんだ。

「どうして見逃したんでしょうね。バスタブの下に押しこめられているのを、どうして？」

「おまえはどうして彼女を見つけた」

「いましているのは俺の話じゃない」

「そうだな、ウェイツ。これはおまえの話ではない」

「ジョアナ・グリーンローの失踪《しっそう》に、警視、あなたは何か関係したんですか」俺の声は張り詰め、いまにもぷつりと切れそうだった。

「していない」

「警察本部の監視カメラの録画を探してください。グレン・スミスソンから事情を聴いてください」

「話はまだ終わっていないぞ、ウェイツ。いまどこにいるのか言え」

「あんたは信用できない」

「私を信用せずに、誰を信用する？」

ザ・バグがガソリンスタンドから出てきた。片手にピンク色のウィッグを、もう一方には買い物の袋を提げている。四人家族が立ち止まってザ・バグを目で追った。下の子供は母親の背中に隠れている。ザ・バグは四人とすれ違いかけたところで、ふいに振り返った。

「わっ」

四人はそろって飛び上がった。ザ・バグはひとり笑いながら車に戻っていく。

「すみませんが、これで」俺は言い、受話器を置いた。

7

ウェスト・ケンジントン。午後二時ごろに着いた。別世界に迷いこんだかのようだった。建物の壁は磨き上げられて純白に輝き、人々は引き締まった体をして小麦色に焼けていた。悩みとは無縁そうだ。番地を頼りに行くと、ノースエンド・ロードから一本はずれた、フィッツジェラルド・アヴェニューというゲートで守られたヴィクトリア朝風の邸宅が並ぶ一画に来た。ザ・バグは路肩に車を寄せ、番地表示に目を凝らした。高さ二メートルくらいありそうなオートロック式のゲートがそびえていた。そのゲートと壮麗な建物のあいだに、手入れの行き届いた庭と、テニスコートほどもありそうな車寄せがあった。

俺はスミスソンから渡された鍵《かぎ》の束を見つめた。チェーンにタッチキーが下がっていた。

「来るか」

ザ・バグはひくひくと体を動かした。「他人の人生なら喜んで壊すけど、エイダン、自分の人生を壊すのはいやだから」

「エンジンをかけたままにしておいてくれ」

俺は車を降り、通りを渡ってゲートのタッチパッドにキーをかざした。ロックが解除された。庭を横切って建物のエントランスに向かった。大きいほうの鍵でドアが開いた。静けさに包まれた品の良いエントランスホールに入った。

廊下を進んで1Cを探す。スミスソンから聞いた部屋番号がそれだった。一つ深呼吸をしてから鍵を使ってドアを開けた。静寂に迎えられた。なかに入って室内を見回す。細い廊下が延び、相当な広さのあるリビングに続いていた。そこを通り過ぎて、二つある寝室をのぞいた。誰もいない。しばらく誰も使っていないようだった。リビングルームに戻り、コーヒーテーブルにぽつんとある、たった一つだけ場違いな品物の前に立った。

携帯電話だ。

イザベル・ロシターの携帯電話。

それを手に取ったところで、驚いて動きを止めた。

下に手紙があった。きれいな筆記体の文字が書かれていた。

ごめんなさい。

一瞬、その場に凍りついた。それから部屋を出て、静かにドアを閉めた。

ザ・バグはすぐに車を出して通りを走り始めた。しばらく左に曲がったり右に曲がったりを繰り返したあと、ファミリーカーにはさまれた目立たないスペースに車を駐めて、エンジンを切った。

「収穫はあった？」ザ・バグが訊いた。

俺は携帯電話を取り出した。自分でも信じられなかった。

「何それ」

「イザベル・ロシターの電話。死んだ夜、部屋から消えた携帯電話」

ザ・バグに眉毛があったら、勢いよく吊《つ》り上がっているところだろう。

俺は震える手で携帯電話を調べた。電源を入れた。起動するなり電話は振動を始めた。不在着信やメッセージ、ボイスメールがたまりにたまっている。俺はそれを無視し、メッセージを開いた。送信済みフォルダー。知り合ってすぐ、言葉を交わした数少ない日の真夜中すぎに、イザベルから送信されたメッセージを探す。


ゼインは知っている。


削除した。

送信済みフォルダーに戻った。日付の古いものから最新のものへと見ていった。初期のものはありふれたやりとりばかりだった。待ち合わせはいつ、どこにするか。

イザベルが死んだ夜のメッセージに来た。俺がフラットを出たあと、せわしないやりとりがあった。いくつかの疑問が明解になった。俺はスクロールしながらすべてに目を通した。読み、また読み直した。心が沈んだ。メッセージアプリを閉じた。

写真フォルダーを開いた。写真は前にも見ていた。どうということもない写真、夜の街に繰り出したときの写真ばかりだった。グレン、キャサリン、サラ・ジェーン、ゼイン、グリップ。一枚残らず消去されていた。残っているのは、動画ファイル一つだけだった。俺がフラットを出たあとに撮影されたものだ。十一月十五日の日曜日。

イザベルの死の当日。

ファイルを開いた。画面の一番下に表示されたバーを見ると、再生時間は二十三分。ぼやけて揺れ動くイザベルのフラットの映像が映し出された。

まもなくイザベル本人が現れた。

彼女の呼吸は浅くて速い。携帯電話を何かの上に置いた。おそらくソファだろう。それから向きを調節して、部屋のもう半分が映るようにした。

机。

差し錠が動く音。イザベルがドアの鍵を外している。それから机の前に来た。前日の夜と同じ外出着のままだ。体が震えていた。寒いのか、怯えているのか、その両方なのか。

そこで誰かを待っている。

ここまでで二分が経過していた。電子音が三度鳴って、画面が暗くなった。電池が切れた。ザ・バグの息遣いがすぐ横から聞こえた。

「何よ、いいところだったのに」

俺が黙っていると、ザ・バグは続けた。

「充電器がいるわよ。さっきの家に戻って――」

「途中で買おう」

「どういうこと？　どこに行くのよ？」

「帰るんだ。マンチェスターに」俺は言った。

8

北へ。

ミルトン・キーンズ。バーミンガム。ストーク。市街に入る手前で渋滞につかまった。一日を終えて帰宅する人々。週の四日目、仕事でへとへとに疲れている。そのうえ仕事に行くにも帰るにも、一滴ずつ垂らす水責めの拷問《ごうもん》のような通勤渋滞に耐えなくてはならない。ただ、何もせず待つしかないその時間がそのときの俺にはありがたく思えた。久しぶりにじっくりと考えを整理した。

周囲を見る。世界を観察し、そこにあるものを見て、自分を忘れる。

空が暗くなって二時間ほどたっていた。俺たちの車のヘッドライトがほかの車の暗がりを貫くと、背景をぼかした肖像写真のように、さまざまな人物が照らし出された。ぼんやりと見つめ返し、ザ・バグと俺はいったいどんなカップルなのかといぶかる人もいた。うつろな視線をただ前に向けている人もいた。車がまた動き出したとき、俺のなかで何かがよろめいた。そこで永遠に渋滞につかまっていたい気もした。終わりだと思った。ただの終わりにすぎない。

市街に入り、最初の行き先に立ち寄った。携帯電話の充電器を買い、ある住所を調べて車に戻った。

二つ目の行き先は、そこまで気軽ではなかった。俺が目的地を伝えると、ザ・バグはいやそうな顔をした。車でそこに向かった。郊外の閑静な住宅街。その家の私道にある車は一台だけだった。

「何があっても絶対に入ってくるなよ」俺は言った。「今回は本気だ」

ザ・バグはうなずいた。俺の目的を量りかねていた。

俺は穏やかで冷ややかな心境で通路をたどり、玄関のチャイムを鳴らした。終わりのない静かな夜だけが俺を取り巻いていた。玄関を開けたのは少女だった。とてもきれいな子だった。そしてまだ幼さを残していた。どことなくイザベルに似ていて、その子のことをあれこれ尋ねたい気持ちを抑えつけた。俺が何も言わずにいると、少女は小首をかしげた。口もとが小さな笑みを作りかけていた。俺に好意も敵意も抱いていない。ただ対応に困っているだけだ。俺はお母さんはいるかなと尋ねた。

「どんな用ですか」

「残念だが、悪いニュースを伝えに来たんだ」

少女は一歩後ずさり、少しためらったあと、母親を呼んだ。

「どうぞ」少女が言った。

俺はなかに入ってドアを閉めた。

ざっと一時間後、俺はふたたび玄関前の通路をたどった。足が重かった。陰鬱《いんうつ》な気分だった。喉もとにせり上がったものがそのまま腫瘍《しゅよう》になりそうだった。

車に乗ってドアを閉めた。

「大丈夫？」ザ・バグが俺をまじまじと見て言った。

「ビーサム・タワー」俺は言った。

ザ・バグはうなずいて車を出した。

俺は胸に手を当て、掌で自分の鼓動を感じた。それから、イザベルの携帯電話で膨らんだジャケットのポケットに触れた。生地の上からさらに探す。あった。なめらかでくっきりとした、結婚指輪の輪郭。

9

アラン・カーニック刑事は、警察官としてキャリアを歩み始めた。いろんな部署を渡り歩いた。重大犯罪。殺人。風俗犯罪。その後、かつては公安部、現在は正式にはテロ対策司令部と名称の変わった部門に移り、要人警護を担当して現在に至っている。通称公安の仕事は警備会社と警察を足して二で割ったようなものだ。刑事部とはまったく別の部課だが、公安の職員には〝刑事〟の肩書きを使う資格が与えられており、大部分がそう名乗っている。

カーニックが平均より上の公安部員であり、知的でタフな人物であることは間違いない。仕事を通じ、数多くの政府高官、国会議員、その家族や友人の知遇を得てきた。その一人がデヴィッド・ロシターだ。

遺憾ながら、そのコネを悪用させてもらわなくてはならない。デヴィッド・ロシターの四十五階のペントハウスにまたも潜りこむ必要が生じたからだ。

カーニック刑事は颯爽《さっそう》とした足取りでBMWに近づいてきた。黒いペイントとクロームの光沢の塊。一月《ひとつき》前、道ばたで俺を拾ってビーサム・タワーへ送り届けたのと同じ、BMW。

小難から拾って大難へ送り届けた車。

カーニックは車の横に立ち、リモコンキーでロックを解除してドアを開けた。運転席に乗りこみ、ほっとしたように溜《た》め息をついた。俺は一呼吸置いてから両手をカーニックの頭越しに伸ばし、首に紐《ひも》をきつく巻きつけた。

そして引いた。

カーニックが飛び上がった。一瞬抵抗したが、すぐにパニックを起こし、両手でダッシュボードを叩《たた》いた。

「よせ」俺は紐を引く力を少しだけゆるめて言った。

カーニックは両手を喉にやり、紐の下に指を入れようとした。

「よせ」俺はもう一度言った。「手をハンドルに置け」

カーニックの手はすぐに動いた。降参の印にその手を挙げる。

「ハンドルに置け」

カーニックはハンドルをつかんだ。両手で握り締めた。

俺は紐をまた少しゆるめ、息ができるようにしてやった。

奴があえぎながら言った。「目当ては何だ」

「デヴィッド・ロシターに会わせろ」

「ウェイツか?」カーニックはしばし黙って息を整えた。「クソ食らえだ」

俺はシートに体重を預け、紐を思いきり引っ張って五まで数えた。カーニックはまた抵抗した。両手を喉もとにやり、次に空中で振り回した。〝やめろ〟の合図のつもりだろう。

俺はまた力をゆるめた。「次から五秒ずつ加算するぞ」

「クソ食ら――」

俺はふたたび体重をかけて紐を引き、今度は十まで数えた。カーニックの喉の奥から死に物狂いのかすれた音が漏れた。息の無駄遣いだ。そして見るからにぐったりした様子でシートに沈みこんだ。紐をゆるめたとたん、乾ききった弱々しい咳《せき》の発作に襲われた。それが治まるのを待って、俺は言った。

「デヴィッド・ロシターに会わせろ」

「そう言われても――」

「大きく息を吸え、アラン」俺はシートにもたれて紐を引いた。

五秒ほどでカーニックはあえぎ、喉からごぼごぼと音を立てた。〝わかった、わかった、わかった〟と言おうとしているらしかった。

俺は十五まで数えた。次に紐をゆるめると同時に、カーニックの体も萎《な》えた。二度ほど深呼吸を繰り返した。吸って、吐く。吸って、吐く。それから空嘔吐《からえずき》をした。嘔吐《おうと》物《ぶつ》のにおいがした。それを喉に詰まらせないよう、俺は紐をまた少しゆるめてやった。

「デヴィッド・ロシターに会わせろ」俺は繰り返した。そして低い声で付け加えた。「次は二十秒だぞ、アラン」

それから二分近く、奴は黙りこんだままだった。

息を整えるための、そして逃げ道を探すための時間稼ぎ。だが、探したって逃げ道などない。たとえどうにか紐を振り払ったとしても、衰弱しきっているのだ、あっという間に俺に組み伏せられるに決まっている。カーニックは咳払いをした。うまく声が出ないらしい。

「わかった」ようやく奴はそう言った。「わかった。わかった……」さらに一分ほど深呼吸を繰り返した。「何があったにせよ、まずは話し合って――」

俺は体を反らした。紐を思いきり引き、二十まで数えた。

奴はダッシュボードを、ウィンドウをでたらめに叩いた。次にハンドルに両手を置いて、クラクションを鳴らした。

いい兆候だ。

非常事態を周囲に知らせる以外、助かる道はないと直感したのだろう。クラクションの音は、暗い地下駐車場にやかましく響いた。もうこれ以上、何をしていいかわからないということだ。

それは俺にしても同じことだった。

俺は力いっぱい紐を引いた。紐で奴の首を切るくらいの覚悟で引いた。カーニックはハンドルから両手を離し、血が凍るようなおぞましい声を漏らした。それは喉が鳴る音と悲鳴との中間くらいの音だった。

まもなくカーニックの体から完全に力が抜けた。俺は二十まで数えて力を抜いた。奴はまた咳の発作に襲われた。それが治まったあとも、体はごくわずかに揺れ続けた。奴は泣いていた。

「デヴィッド・ロシターに会わせろ」俺は言った。

カーニックはもう何も言わなかった。無言で小さくうなずいただけで、泣き続けた。

奴の両手は小刻みに震え、車内に小便とゲロと恐怖のにおいが充満した。こいつにはお似合いだ。

10

ロビーを通らずにすむよう、駐車場のすすけた階段で五階まで上がり、いつもと別のエレベーターホールに向かった。俺はカーニックのキーカードを取り上げていた。奴はまだ息苦しそうにしていて、足取りも重かった。目には涙がにじんでいた。

「おまえを首にしてやる」カーニックが声を絞り出した。

「とうに首になったも同然だ」俺は言った。

奴は黙りこんだ。

「一緒に来ても来なくてもかまわないが、俺がこれからする話をあんたもぜひ聞いておいたほうがいいと思う」

「何の話をする気だ?」

「イザベルの話」

「相手は娘を埋葬したばかりの父親だぞ」

「ゼイン・カーヴァーの話も」

カーニックは眉間《みけん》に皺《しわ》を寄せた。

「俺は追い詰められている。この街を出るつもりだ。何もかもカーヴァーに押しつければ、一応の片はつけられると思う。しかしその前にロシターと話をする必要がある。自分が何から逃げようとしてるのか、知っておきたい」

カーニックは俺をねめつけた。「面会の段取りをつけてくれとふつうに頼めばすんだことだろうに」

「あんたなら断っただろう。いまから一時間たってもまだ俺たちのあいだの問題が解決していなかったら、好きにするといい。どのみち俺はおしまいだ」

俺は奴のキーカードを使ってエレベーターを呼び、俺たちは無言で待った。無人で到着したエレベーターに乗った。四十五階のボタンを押す。カーニックは手すりにもたれ、一瞬たりとも俺から目を離さずにいた。

奴の瞳孔《どうこう》は大きく広がり、虹彩《こうさい》はほとんど見えなくなっていた。黒目しかない生き物に付け狙われているようだった。俺はカーニックをじかに見るのではなく、周囲の鏡や磨き上げられたスチールに映った姿を観察した。エレベーターは延々と上昇を続けた。

「お先にどうぞ」四十五階で扉が開くと、俺は言った。

カーニックはエレベーターを降りて廊下を歩き出した。ロシターのペントハウスの一つ手前の部屋の前を通り過ぎざま、そのドアを平手で叩いた。異変を知らせようというつもりだろう。

俺はカーニックの顔を壁に押しつけた。

鼻から血が流れ出す。

カーニックは目に涙を浮かべ、必死に視線を巡らせた。俺は奴の顔を平手で叩き、向きを変えさせ、ロシターのペントハウスのほうに押した。カーニックは肩を怒らせて俺をにらみつけた。俺は一歩後ろに下がった。

「やめておくんだな」俺は言った。「今日はストレスだらけの一日だった。自分でも何をするかわからない」

カーニックは鼻の下を拭《ぬぐ》い、また肩を丸めた。俺は追い越してロシターのペントハウスの前に立つと、キーカードを使ってドアを開けた。カーニックを先に入らせた。コーヒーテーブルの読書用ランプ一つだけが灯《とも》っていて、デヴィッド・ロシターはそのそばの椅子《いす》に座っていた。ほぼ百八十度開けた眺望、眼下できらめく街の灯。空の一点に浮かんでいるような錯覚にとらわれた。

「忘れ物か——」ロシターはそう尋ねかけて、カーニックと並んで立っている俺に気づいた。

「酒を注いでもらえませんか、デヴィッド。話があります」

「いったいどういうことだ、これは」

「酒を注いでもらえませんか、デヴィッド」俺は繰り返した。「話があります」

ロシターの目が一瞬だけ動いてカーニックの惨憺《さんたん》たる有様を見て取った。

「いいだろう」ロシターは立ち上がり、カウンターでグラス三つにたっぷりと酒を注いだ。主導権を取り戻すチャンスと見たか、自信に満ちた足取りでこちらに戻ってくると、カーニックと俺に酒のグラスを渡した。それから元の椅子に座った。読書用ランプに照らされて、その顔一つが漆黒の闇《やみ》に浮かび上がった。「きみたちも座ったらどうかね」ロシターは言った。何が起きても動じない人物を長年演じてきた政治家らしい態度だった。

「聞こえただろう」俺はカーニックを前に押しやった。彼は俺に背を向け、ロシターのほうを向いて座った。ロシターはこのとき初めてカーニックの様子をしげしげと観察したあと、俺を見た。

「正気を失ったか」

俺はうなずいた。「加えて、お嬢さんに関していくつか発見がありました」

「二週間ほど遅すぎたな」ロシターは冷え切った声で言った。関心を顔に表さないようにしているのがわかる。「まあいい。聞こうか」

カーニックが咳払いをした。こちらも失点を取り返そうと必死だ。「ウェイツによると、カーヴァーに原因があるとか。証明もできるそうです」

ロシターの目がさっと動いて俺を見た。「それは本当か」

「いいえ」

カーニックが振り返りかけた。「おい、さっき——」

俺はロシターから視線をそらさずに言った。「さっきはさっき、いまはいまだ」

ロシターは無表情に俺を見ていたが、やがて強烈な自意識からにじみ出た笑みが顔を歪《ゆが》ませた。自嘲《じちょう》気味の小さな笑い声が唇から漏れた。それからカーニックに言った。

「わからないか、アラン。父親が殺したと言いたいのだろうよ。違うかね、ウェイツ」

「さあ、それは俺が訊《き》きたいですね」

「言っておきたいことは二つある。きみが人の話を誤解しがちであることは知っている。だから注意して聞きなさい。第一に、私は娘の死に関わっていない。第二に、これはちょっとしたアドバイスだ」

俺は先を待った。

「私の視界から消えてくれ。出て行け。この部屋から、この建物から」ロシターの声は少しずつ大きくなった。悪意そのものといった声で、彼は続けた。「この街から出て行け。この国から消えろ。二度と戻ってくるんじゃない。おまえはおしまいだ」

「断る」俺は言った。

「何様のつもりだ。人を痛めつけて、暴力を利用して他人の家に入りこんで。私に罪を……おまえはこの私が娘を死なせたというのか」ロシターは立ち上がった。「出て行け。いますぐ。二度と言わせるな」

「ここには監視カメラはありません、ミスター・ロシター。大げさな芝居をしても、誰も見ませんよ」

「いいか――」

「まずは落ち着いて俺の話を最後まで聞いてください。そうすれば三人とも無事にこの部屋を出られます。それはいやだというなら、好きなだけ騒げばいい。三人ともこの部屋から出られなくなろうと、俺は別にかまいませんから」

ロシターは驚いたように俺を見た。眉《まゆ》をひそめ、カウンターに近づいて酒のおかわりを注いだ。サラ・ジェーンが彼のために買い求めたコニャック。俺に向けて乾杯のしぐさをしてみせてから、椅子に腰を下ろした。

「イザベルが家出したあと、あなたはそれを一月《ひとつき》も警察に届け出なかった。なぜです?」

「話したところできみには理解できんだろう」

「とりあえず話してみてください」

「前にも言ったと思うが、デリケートな問題でね。妻は心の弱い女だ。情緒が安定しない。イザベルがいなくなっていることに気づいたのは、だいぶ日にちがたってからだった」

「奥さんは元気そうに見えましたが」

「きみはいつ……?」

「イザベルの葬儀で。ご夫婦のうち、情緒が不安定なのは一人だけのようでした」

「そう思うのはきみの勝手だ」

「カーニック」俺は奴《やつ》の背中に向かって言った。「あんたの任務はミスター・ロシターの警護だな。その延長で、家族の警護も担《にな》う。その一月《ひとつき》のあいだ、あんたは何をしていた？」

「いまデヴィッドが話したとおり、イザベルがいなくなっていることにアレクサが気づいたのは、だいぶたってからのことだった」

「とすると、サラ・ジェーンとは無関係だということか」

ロシターの表情が険しくなった。視線がわずかに動いてカーニックを見る。カーニックは俺に背を向けたままだった。テレパシーで口裏を合わせようとしているかのように見えた。数秒が過ぎ、二人が同時に口を開いた。

「どういうことか――」

「いや、それは――」

「振り出しに戻りましょう。俺たちが初めて顔を合わせた夜に……」

カーニックが居住まいを正した。「酔っ払って道ばたで気絶しているおまえを私が見つけた夜のことか」

「あんたの車に乗ったとき、バニラの香水の香りがした。ブランドものの香水だ。あんたにも、あんたのパートナーにも似合わない香りだった」

カーニックは黙っていた。

「しばらくして、その香りを残した女性に会った。すぐには結びつかなかったが。ゼイン・カーヴァーの恋人だった女性だ」俺はロシターを見た。「どういうわけか、あなたと彼女が一緒にいるところを想像できなかった」

「香水か」ロシターは言った。「証拠にならん」

「もう一つ。初めてここに来てあなたと握手したとき、手は温かかったのに、結婚指輪は冷たかった。その直前にはめ直したからでしょう」

「こんな話につきあう暇はない」

「いいから聞いてください」

ロシターは黙った。

俺は続けた。「俺がフェアヴューに行ったのは、あなたの指示を受けてのことでした。ただし、あなたは非公式のルートを使った。自分の指示だということを隠すためでしょう。なぜ隠す必要があったんでしょうね」

ロシターは表情を変えなかった。

「あなたはフェアヴューにいる俺の写真を撮らせた。疑われてもしかたがないような写真です」ロシターの表情はまだ変わらなかった。「俺は愚かにもこう思ってました。あなたは本気で娘を心配してるのかもしれないとね……」

「何が言いたい？」

「あなたが心配していたのは自分のことです。娘の家出をあれ以上長く警察に届け出ずにいるのはまずい。マスコミに嗅《か》ぎつけられたら、何を書かれるかわかりません。一方で、警察には知られたくないことがあった。そこで俺を送りこんだわけです。写真を撮らせたのは、イザベルと俺が親しくなりすぎた場合の保険だった。イザベルが、俺に話してはいけないことを話してしまった場合の保険です。カーニック、俺がパーズに報告に行った日、あんたは核心に触れるせりふを吐いたな。〝警視に報告する必要はない〟。そのときは、手続きの話をしているんだろうと思った。内密の捜査を非合法に進めていることを心配しているんだろうと。だが、あんたが本当に心配してたのは、俺がどこまで知っているかだ。俺がパーズ警視に何を報告しようとしているか」

「おまえのためを思ってのことだった」カーニックが言った。

「イザベルが俺に何を話していたらまずいと思った？」

どちらも答えなかった。

「デヴィッド・ロシター議員が、商売女と不倫していることか？　変態じみたロールプレイを好むことか？　それとも、公安から警護要員として派遣されている刑事が、不倫相手の送迎係を務めていることか？」

二人とも黙りこんだままだった。

「あなたはサラ・ジェーンに俺の写真を撮らせた。それを脅しの材料にした。おまけに」俺はロシターを見た。「彼女に手切れ金を渡して追い払った」

ロシターは酒のグラスを見つめて咳払いをした。「私はそのようなことはしていない」

「そうだった、代理の人間に行かせたんでした。いずれにせよ、監視カメラがある立体駐車場でのことです。俺はその場にいたんですよ、デヴィッド。ごまかそうとしても無駄です」

ロシターは俺に刺すような視線を向けた。

「あなたはサラ・ジェーンと不倫関係にありましたね」

ロシターは顔を伏せた。グラスを揺り動かし、氷がぶつかり合う音に聞き入った。

「セックスの代償に金を渡していた」

ロシターが顔を上げた。

「彼女とイザベルが顔を合わせたことも知っていた」俺は一歩前に出た。「娘の捜索願を一月《ひとつき》も届け出ずにいたのは、娘が自分と不倫関係にある商売女を頼っていたからだ。それをきっかけに不倫が表沙汰《おもてざた》になることを恐れたからだ」

ロシターは顔を歪め、うつろな目でまっすぐ前を見つめた。やがてうなずいた。

「その判断の結果について話をしましょうか」俺は言った。

ロシターは座ったまま微妙に姿勢を変えたが、何も言わなかった。

「あなたがイザベルの捜索願を出さなかったせいで、本人の意思に反して連れ戻すことをあなたが拒んだせいで、イザベルはグレン・スミスソンと関係を持つことになった」

「それは私が知っているはずの人物かね」

「フランチャイズの売人です。以前はあちこちのナイトクラブでデートレイプ・ドラッグをさばいていました」

ロシターの喉《のど》がごくりと鳴った。立ち上がり、またも酒を注ぎ直して、椅子に戻った。

俺はそのあいだ黙って待った。

「サラ・ジェーンと不倫関係になった時点で、彼女がゼイン・カーヴァーと同棲《どうせい》していることをあなたは知っていましたか」

ロシターの視線が動いてカーニックを見た。そこで俺はカーニックの後頭部に向かって言った。

「どうなんだ？」

カーニックがこちらを向いた。「尾行したよ、もちろん。犯罪者が主催するパーティの常連だった。だから何だ？」

「あなたの行為は、彼女の命を危険にさらしました」俺はロシターに向き直った。「あなた自身の命も。お嬢さんの命もです」

「いや、さすがにそれは……」

「自分の女が別の男と寝ていると知って、カーヴァーのような男ならどうするでしょうね」

イザベルはロシターの弱点だった。一方のサラ・ジェーンは、いざとなれば切り捨てられる存在だった。ロシターは自信を取り戻した様子で言った。

「そうなったら、どこか安全な場所に匿《かくま》ってやろうと私は考えただろう」

「それで守り切れると思いますか。ジョアナ・グリーンローという名前に聞き覚えは？」

ロシターは目を見開いた。「少し前に情報を求める記事が出ていた女性か。失踪したとかいう……」

「二日前、俺はその女性の死体を見つけました。バスタブの裏に押しこめられていました。カーヴァーの元恋人です。彼女のほうからカーヴァーと別れた。犯した間違いといえば、それだけです」

ロシターは目に見えて動揺した。娘がどんな危険人物の家に身を寄せていたか、ようやく理解したのだろう。

「サラ・ジェーンは一人前のおとなだ。自分のことは自分で決められる」

「イザベルも自分について同じことを言ってましたよ」

「二人を比べても意味がない」

「どうして」

「イザベルには将来があった。前途があった。しかしサラ・ジェーンは……」

「価値のない人間だから？」

「そうは言っていない」

　俺はロシターを見つめた。

「こう言えば満足か？　サラ・ジェーンは非の打ち所のない善良な女で、私はそれを踏みつけにするモンスターだと？」ロシターの目に涙が浮かんでいた。「人はみな平等だなどと私は思わない。それは弱い者だけが口にする理想だ。この話はいったいどこに向かっている？」

「イザベルが自傷行為をしていたことは知っていましたか」

　ロシターはしぶしぶといった風にうなずいた。

「迷いのないまっすぐな線が、ももの内側に刻みつけられていた」

　ロシターは、俺にそれを見られたことに憤慨した様子だった。その夜、彼が父親らしい反応を示したのはそれが初めてだった。「何かの数を数えていた」ロシターは言った。「二年ほど前から始まった。思春期に入ってから。主治医は、何か耐えがたい出来事を記録していたのではないかと言っていた」

「性的暴行を受けた回数を表しているのではないかと俺は思いますね。亡《な》くなったときには十八本か十九本あった」

「出ていけ」ロシターが言った。

カーニックが立ち上がってこちらを向いたが、何も言わなかった。引き攣《つ》ったおそろしい形相をしていた。鼻血を除けば、死人のように青白い。

俺はカーニックを無視してロシターを見た。「あと一分もあれば俺の話は終わります。亡くなる前の夜、イザベルはパニック発作を起こしました。俺があなたに雇われていると考えたからです。あなたに監視されていると言った。ボーイフレンドに尋問のようなことをすると。その録音を脅迫の材料に使うと。威嚇《いかく》。嫌がらせ」

ロシターは顔を歪めていた。その顔を汗が伝っている。それから首を振った。「何かの間違いだ……」

カーニックが歩み寄り、出口に向けて俺の胸を突いた。「話はすんだだろう、ウェイツ」

「まだだ」俺は言った。それからロシターに向き直った。「イザベルの電話番号を知っていたのはどうしてです、デヴィッド?」

ロシターは思案にふけっていた。「え？　サラ・ジェーンが……」いったん口をつぐんで言い直した。「サラ・ジェーンから聞き出した」

「イザベルが亡くなったあと、その番号を警察に伝えなかったのはなぜですか」

「知られてしまうからだ」ロシターは答えた。「サラ・ジェーンとの関係を知られてしまう」

「伝えていれば、あなたも俺もずいぶん手間が省けたのに」

カーニックがまた俺の胸を突いた。「こんな奴の話を聞くことはありませんよ」

「携帯電話を見つけました」俺は言った。

　すべてが静止した。

　街のきらめきだけがあった。それが俺たちを取り囲み、俺たちをのみこむ。カーニックが後ずさりし、ロシターは立ち上がった。目は俺を見下ろしているが、俺を見ているわけではなかった。

「俺は携帯電話が気になってしかたがなかった。亡くなる前の晩に、携帯電話を持っているのを見たんですよ。ところが遺体を発見したとき、部屋のどこを探しても見当たらなかった」

　俺はポケットから電話を出して見せた。

「殺害した人物が持ち去ったのだろうと思っていました。自分の犯行の証拠が保存されているから。実際に持ち去ったのは、別の人物だった。フランチャイズの一員、薬物と関連して自分の名前が取り沙汰されるのを望まない人物のうちの一人だった」

「どんな証拠が保存されている?」ロシターが言った。

「こんな奴の言うことを聞いちゃいけませんよ」カーニックが言った。

「思いつきで話をでっち上げているだけに決まってます」

「どんな証拠が保存されている？」ロシターが繰り返した。

俺はカーニックに視線をねじこみ、通り道を空けさせた。部屋の奥に進み、ロシターの隣に立つ。このときもまた、ロシターの圧倒的な存在感を肌で感じた。イザベルの携帯電話に保存された動画ファイルを呼び出し、再生ボタンをタップした。

そしてロシターに電話を渡した。

ぼやけて揺れ動くイザベルのフラットの映像が映し出された。

まもなくイザベル本人が現れた。

彼女の呼吸は浅くて速い。携帯電話を何かの上に置いた。おそらくソファだろう。それから向きを調節して、部屋のもう半分が映るようにした。

机。

差し錠が動く音。イザベルがドアの鍵を外している。それから机の前に来た。前日の夜と同じ外出着のままだ。

イザベルはそのまま待った。

数分後、物音がした。イザベルが飛び上がる。ドアが開き、閉まる。イザベルは顔を背け、壁を見つめた。足音が聞こえ、男が入ってきた。部屋を横切ってイザベルに近づく。イザベルの髪をかき上げる。イザベルの体が硬直した。男はキスをした。首筋に優しく唇を這《は》わせながら顎《あご》に近づいていく。閉じたままの唇にキスをする。やがてイザベルが降参したようにキスに応《こた》え始めた。俺はロシターの隣に立っていたが、もう動画を見てはいなかった。まもなくロシターも画面から目をそらした。

「十三分まで早送りしてください」

ロシターは無言で画面を指でなぞった。イザベルが部屋を横切って近づいてきた。電話を持ってバスルームに行く。レンズを鏡に向けた。男がイザベルの口紅でそこに書いたメッセージが映し出された。

誰にも知られてはならない。

画像がぼやけた。携帯電話が床に落ち、イザベルが何かを叩く。ガラスが割れる音、そしてイザベルの震え声。〝最初は十五歳のときだった……〟。

ロシターが携帯電話を持った手を下ろす。

カーニックを見つめる。

カーニックは動かなかった。

「きさま」

カーニックはまだ動かずにいた。

ロシターがカーニックに飛びかかった。カーニックの反応は素早かった。ロシターの勢いを逆手に取って彼を壁に叩きつける。ロシターはふらつきながらも立ち上がった。

「やめてください」カーニックが言った。ロシターは奴を平手打ちした。カーニックは動かなかった。

「よせ」俺は言った。

二人は汗をかき、震えながら立っていた。相手の顔を見ることができずにいる。二人の中間地点に携帯電話が落ちていた。カーニックは涙を拭い、ロシターを壁に向かって突き飛ばした。一瞬のうちに携帯電話を拾い、ロシターの体をまたいでドアに突進した。ロシターは床にうずくまってあえいでいた。カーニックはドアを開けたところでこちらを振り返った。みじめな顔だった。

ロシターは顔を覆《おお》って泣いた。

「どこに行くつもりだ」俺はカーニックに言った。奴はこの何分かで初めて俺の顔を見た。俺がいることをすっかり忘れていたといった風だった。

「おまえがほのめかしているようなことじゃない」

「イザベルの動画を見れば明らかだろう、アラン。どこに行くつもりだ？」

カーニックは荒い息をしていた。手のなかで携帯電話を何度も反転させている。「家に帰る」

「あいにくだが――」

「何だ？」奴は携帯電話を持ち上げた。「証拠は何もないぞ」

「あんたにはもう何も残っていない」

カーニックは首をかしげた。

「その動画を奥さんとお嬢さんに見せた。いまから三時間前に」

カーニックは腰を抜かしかけた。

「あいにくだが、あんたに会うつもりは当面ないそうだ」

「おまえって奴は……」カーニックは薄く笑い、首を振った。それから声を立てて笑った。「おまえって奴は本当にどうしようもないな。出任せばかり言いやがる」

「どうやってあんたより先に車に乗っていたか、疑問に思わなかったか。クリスからスペアキーを借りたんだ」

カーニックは目を閉じた。俺はジャケットのポケットに手を入れた。

「あんたにと、これを預かってきた」

「何だ？」カーニックは顔を上げた。

「これだ」俺は握ったままの拳《こぶし》をカーニックのほうに差し出した。

カーニックは首を振った。「そんな手には乗らないぞ」

「いいからこっちに来て見てみろよ」

カーニックは弱気になりかけている。全身を駆け巡っていたアドレナリンが引いていくのが目に見えるようだった。

「これを見れば本当だとわかる」

奴は戸口を離れて室内に戻ってきた。小さな黒い目で俺の動きを油断なくうかがっている。

俺は手を開き、奴の妻の結婚指輪を見せた。「あと一秒たりともこんなものはしていたくないといった様子だった」

カーニックは指輪を手に取って確かめ、がっくりと肩を落とした。

「おそらく、家族にはもう二度と会えないだろうな」

「え?」

「あんたは死ぬまで刑務所で暮らすからだよ、アラン。わかってるだろう。このビルの全部の出入口に警察官が待機している。逃げようとしても、寿命が縮まるだけのことだ」

カーニックは打ちひしがれた。俺はその手から携帯電話を取ってロシターのところに戻り、彼を助け起こした。ロシターはカーニックを見つめ、次に俺を見た。

「彼の家族に」ロシターは言った。「そこまでやることはなかっただろうに」

「そうかもしれない。でも、帰る家があると思うと、人はよからぬ考えを起こすものですから」

ロシターは後ずさりした。顔にありありと嫌悪《けんお》の色を浮かべていた。

「あなたがどこに住んでいるか、俺は絶対に忘れませんよ、デヴィッド」

カーニックのところに戻り、背中を押して出口に歩かせた。二人とも振り返らなかった。俺はカーニックの腕をつかみ、廊下の先のエレベーターホールに向かった。カーニックは到着したエレベーターに抵抗せずに乗った。俺は一階のボタンを押した。扉が閉まった。カーニックの右手は拳を作っていた。しばらくしてその手を開いたのを見ると、そこにはまだ妻の結婚指輪があった。中層階にさしかかるまで、カーニックは俺の存在を完全に忘れているように見えた。だが、いま向かっている先をふいに思い出したのか、びくりとした。腕で顔を拭い、笑みを浮かべようとした。

「ところで……金ならあるんだが……」

俺は無言で奴を見つめた。ありったけの力で手すりを握り締めた。カーニックは目をそらして壁のほうを向いた。スチールの表面に映った奴の顔が見えた。目を閉じている。自分の顔を見ていたくないのだろう。一階に着くと、カーニックは向きを変えて背筋を伸ばした。エレベーターの真ん中、扉のすぐ前に立つ。扉が開いた。目の前に制服警官が十名ほど待ちかまえていた。カーニックはうなだれた。

俺は奴の腕をつかみ、一番近い制服警官のほうに引き立てていった。

制服警官が進み出た。「アラン・カーニック刑事。イザベル・ロシターに対する性的暴行の容疑であなたを逮捕します。あなたには黙秘権がありますが、質問に答えなかった場合、それがのちに法廷であなたの不利に働き、弁護に悪影響を及ぼす場合があります。あなたの発言はすべて証拠として法廷に提出される可能性があります」

カーニックは曖昧《あいまい》にうなずいた。

「連行しろ」俺は言った。

制服警官はカーニックの向きを変えさせ、ロビーを抜けて連行していった。チェックインやチェックアウトの手続き中の華やかに着飾った人々は、いったん手を止めてその様子を目で追った。制服警官の最後の一人が見えなくなったとたん、中断していたことを再開し、いま見たことを忘れた。ロビーの片隅に立っていたパーズ警視が、煙のようにゆっくりと近づいてきた。

俺はイザベルの携帯電話を手渡した。「証拠はすべてそこに」

パーズはほんの一瞬、俺の顔を見つめたあと、携帯電話に目を落とした。

「ラスキーの件」いつものサメの笑み。「お手柄だった」

それから一つうなずくと、パーズは向きを変えて立ち去った。

11

数週間後、あの少女と再会した。何曜日だかわからないが、平日の昼ごろのことだった。俺は歩いていた。頭を空っぽにしたかった。ビーサム・タワーのあの日以来、眠れずにいた。見る夢はどれも退屈で、息が詰まりそうだった。

夢のなかの俺は一人きりで生きている。もう死んでいるはずの人々が出てくることもあった。まもなくラジオをつけっぱなしで寝ることを覚えた。意識の背景を一本調子で流れ続ける、有益で重要な情報。その甲斐《かい》あって、代わりに時事問題の夢を見た。戦争。飢餓。政治。

あらゆる夢、彼女たち以外のあらゆる夢を見た。

毎日が新たなチャレンジだった。初めのうち、俺は車に乗り、最悪のタイミングを見計らって街に出た。渋滞にはまり、ウィンドウの外をただ眺めた。だが、あの最初のときほど心は安らがなかった。そこでまた徒歩に戻った。その日、俺は何も考えていなかった。小さな判断ミスを一ダースほど重ねた結果、十二月の終わりのマーケット・ストリートに突っこんでいくという愚を犯した。

サラ・ジェーンに連絡を取ってみようかと真剣に考えたこともあった。だが、考えただけで終わった。サラ・ジェーンがどこに行ったのかさえ知らない。俺も彼女にならうべきだろうか。

荷造りをして、列車に乗って、二度とこの街には戻らない。

否応《いやおう》なしに人の流れに巻きこまれかけては、それに抗《あらが》おうとする。そのたびに人に押され、行きたいのとは別の方角に運ばれる。あきらめて流れに身を委《ゆだ》ねた。無数の人間が俺の周囲を流れていく。

あの少女だと、すぐにはわからなかった。人込みのなかの顔の一つにすぎなかった。俺が最後に見たときとはすっかり印象が変わっていた。彼女は俺と反対の方角に行こうとしていた。血の気のない、やつれて痩《や》せこけた顔。

別人のようだった。

すれ違いかけた刹那《せつな》、視線が交差した。一瞬、視線が俺をかすめたのを感じただけだった。白目が閃《ひらめ》くのが見えた。次の瞬間にはもう消えていた。俺は振り向いて彼女を探した。

足を止めた。

彼女も振り向いていた。だが、数百の人々が俺たちを別々の方向へ押し流そうとしていた。俺は足を踏ん張って抵抗した。彼女も同じように流れに逆らっていた。喧噪《けんそう》が俺たちを取り巻いていた。声は届かない。それでも、彼女の目は俺の目をまっすぐに見つめていた。

どこで会ったのかと考えている。

男がすり抜けていき、俺は彼女のコートの空っぽの袖《そで》がピンで留められていることに気づく。リディア・ハーグリーヴズ。俺がシカモア・ウェイで見た女子学生。窓ガラスで自分の姿を確かめていた少女。割れたガラスの上を何度も行ったり来たりした少女。あのあと、片方の腕を切断した。あの惨事の唯一《ゆいいつ》の生存者。

俺と彼女の共通点は、それかもしれない。

俺たちはまったく同じ表情を浮かべて立ちすくんでいた。喜びの表情でもなく、悲しみのそれでもない。彼女がまた押されて人込みのなかへと遠ざかる。俺は追いかけようとしたが、見失った。最後にはあきらめ、人にのまれた。パレードの一部になった。大きく見開かれた彼女の目。俺を思い出して驚いていた。俺は再会できてよかったと思った。

人の渦は勢いを増すばかりだった。奴らに気づかなかったのは、そのせいかもしれない。全方位から押されていたせいで、肩に置かれた手に、腕をつかんだ手に、すぐには気づかなかった。やっと人の少ないところに出たのに、それでもまだ前に押されていることに異変を感じて、ようやく顔を上げた。

片側にビリーがいた。

反対側には奴の相棒。

バーンサイダーズの下っ端《ぱ》コンビ。俺は抵抗したが、奴らは俺を逃がさず、路肩で待つバンのほうへ押していった。俺は奴らを振り払おうとした。一人が俺の腕を背中にねじり上げた。バンのスライドドアが開く。車内から誰かの手が伸びて俺の右脚をつかむ。

「よせ」俺は言った。「やめろ！　やめてくれ！」

ドアが勢いよくスライドしてきて、俺の脚をはさんだ。

何かが砕ける湿った音。悲鳴。俺は衝撃で呆然《ぼうぜん》としたままバンに押しこまれた。後ろの二人が一緒に乗りこみ、ドアがまた勢いよく閉まった。

車内は真っ暗だった。俺はモーターオイルのにおいのする薄汚れたフロアにうずくまった。三人が、いや四人が俺を取り囲んでいる。男たちの黒い輪郭、男たちのにおい。時間が速度を落としたように思えた。現実にそっくりな虚構に放りこまれたようだった。自分の脚は見えないが、膝《ひざ》から下がなくなっているように感じた。何か温かくて濡《ぬ》れた感触が体の下にある。小便のにおいのする水たまりが広がっていく。

歯を食いしばり、喉にせり上がってきたものを押し戻す。パニックに陥りかけた。男たちの一人が腰を浮かせ、バンの運転席に移動した。

エンジンがかかり、車は走り出した。

複雑なルートをたどった。急ハンドルを切って角を曲がるたびに俺は左右に投げ出され、脚に激痛が走った。しばらくして車内灯がついた。

「よう、エイダン」

「ゼイン……」

「驚いたか、ブラザー」

俺は答えなかった。車はまた急に曲がり、俺は内壁に押しつけられた。

「ビリーとアレックスは知ってるな……」

俺はうなずいた。「いつからあんたの下に？」

「つい最近だな。おまえとバーンサイドに足を延ばした夜よりはあとだ」ゼイン・カーヴァーはにやりとした。「誓ってもいい」

「シェルドン・ホワイトはどうした」

「どうしたかって？　おまえのお仲間に捕まった。連中はおまえのお仲間なんだよな、エイダン」

いまさら嘘《うそ》をついてもしかたがない。「以前はな」俺は答えた。「初めてあんたの家に行ったときはそうだった」

「おまえは俺をペテンにかけた……」

「目当てはあんたじゃなかった」みじめな気持ちでいっぱいになった。「おとり捜査の目的はラスキーを燻《いぶ》り出すことだった」

潜入捜査は実を結んだ。

俺と電話で話したあと、パーズは即座にリッグズを問い詰め、パートナーを裏切るよう仕向けた。身柄を押さえに行くと、ラスキーは荷造りの最中だった。説明のつかない多額の金を持っていた。顔写真は奴のものだが名義は別人のパスポートも所持していた。奴にとどめを刺したのは、グレン・スミスソンの証言だった。

ラスキーの運は尽きた。

「あいつが何を話すか楽しみだ」俺は言った。脚に負担がかからないよう、バンの床の上で懸命に体を支えた。

カーヴァーは肩をすくめた。「塀の内側でいつまで生きられるかのほうが楽しみだな」

それから、ふいに真顔になって続けた。「イザベルのことを訊かせてくれ」

このときには周囲のすべてがぐるぐる回り始めていた。視界に真っ白な点々が散っていた。

「性的な虐待《ぎゃくたい》を受けていた」俺は言った。「父親の身辺警護のために派遣された公安の刑事だ。もっと幼かったときは自殺を試みた。年齢が上がると、今度は逃げようとした。だが、逃げ切れなかった。回数を記録していた。そいつはイザベルが一人になるタイミングを狙《ねら》って来た……」

「とすると、そいつだったのか？　そもそもドラッグを教えたのは」

「わからない。そいつは、ドラッグをやらずにいられない状況に追いやったというだけのことかもしれない。イザベルが問題のヘロインをくすねたのは、金を調達するためだったんだろう。もっと遠くに逃げるための資金を」

「なぜ」

「俺のせいだ」俺は言った。つばをのみこんだ。ねじれて血まみれになった右脚を初めて見下ろした。「イザベルが死ぬ前日の夜、俺はあの子を送っていった。そのとき、問い詰められた。俺がカーニックに雇われてると思ったんだよ。俺は否定したが、イザベルは納得しなかった。彼女は問題のヘロインをバーンサイドで売ったが、自分の分を少しだけ取っておいた。翌日、カーニックが来て、また裏切られたと思ったんだろう。我慢の限界を超えた。ことがすんだあと、ヘロインを打って忘れようとしたんじゃないかな」俺はそこで言葉を切り、少し考えてから続けた。「服を着る時間さえ惜しんで打った」どこへ向かおうとしているのか、バンは走り続け、後部にいる俺たちを静かに揺らした。俺はバンの動きを予測しようとした。どうにか踏みこたえようとした。

「だが、なぜ俺だった？」カーヴァーが言った。「なぜ俺の家に逃げてきた？」

サラ・ジェーン。彼女とロシターの関係。彼女には、浮気の件をカーヴァーに伝えると言った。彼女が二度とこの街に戻ってこられないように。二度とカーヴァーに近寄ろうと夢にも思わないように。しかし、彼女の命を本当に危険にさらすつもりはなかった。

カーヴァーはいつか真実を突き止めるかもしれないし、知らないままになるのかもしれない。

「それがあの子の利口なところだ。フェアヴューは、カーニックが絶対に近づけないと確信できる場所だった。フェアヴューにいれば安全だった。ところがあんたは、イザベルをあのフラットに移らせた」

「キャスは？　サラ・ジェーンは？」

「わからない。ホワイトは、ルービックについて俺が午後十時までにあんたを説得できなければ、キャスは初めから存在しなかったも同然になると言った。俺は時間までにあんたと話せなかった」俺は左右にいるバーンサイダーズの二人に顎をしゃくった。「キャサリンがどうなったか、こいつらのほうがよほどよく知ってるんじゃないのか」

二人は黙っていた。二人のうつろな視線を、カーヴァーが翻訳した。「こいつらによると、キャスは自分の意思でホワイトのもとを離れた」

俺はつばをのみこんだ。「そう信じておくのが幸せかもな」

車が何かを踏み越え、激烈な痛みが俺の右脚を貫いた。ジョアナ・グリーンローを思い出した。誰にも見つけてもらえないまま、じめじめした空間に十年も押しこめられていたジョアナ。

カーヴァーに話を続けさせようとした。

「ホワイトは逮捕されたと言ったな。容疑は何だ？」

「グリップの殺害」カーヴァーは言った。「発見されたとき、死体は白と黒の塗料まみれだったらしい。ホワイトの指紋とＤＮＡもあちこちから検出された」

「捜査はさぞ楽勝だったろうな」

カーヴァーはにやりとした。「そうだろうな」

「死体は俺のフラットの前に遺棄されていた。そこなら警察が確実に発見する……」

「へえ、そうだったのか？　俺はおまえのフラットがどこにあるのかさえ知らない」

「ホワイトのＤＮＡをどうやって手に入れた」俺は元バーンサイダーズ二人組を見た。

「おっと、訊くまでもなかったか……」

カーヴァーは動かない。

「そのころあんたは留置場にいたわけだから、二重に好都合だ。あんたが自分でやれるわけがない。参考までに訊くが、あんたを逮捕したのは誰だった？」

「たしかラスキーって刑事だ」カーヴァーが言った。「たしかに、俺には好都合だった。まさか、俺が関係したなんて思ってないよな。俺が親友を殺すと思うか」

グリップが仕事への意気込みを失ったころ、シェルドン・ホワイトが出所した。グリップ殺害の罪をホワイトに押しつければ、カーヴァーにとって一石二鳥だ。

「ああ、思うよ」俺は言った。

車が突然停止し、エンジンが止まった。

これで死ぬのだと覚悟した。だから、思ったとおりのことを口にした。「ジョアナ・グリーンローのときも同じ手を使ったんだな」

「俺は何も知らないね」

ドアがスライドして開き、バーンサイダーズの二人が俺をつかんでコンクリートの上に放り出した。ずたずたになった右脚から、言葉にできない激痛が全身に響き渡った。

カーヴァーが降りてきて俺を見下ろした。

「だが、今回は見逃してやる。おまえの命を救ったのは彼女だ」

「え？」俺は訊き返した。毛穴という毛穴から汗が噴き出した。「誰だって？」

「キャス」カーヴァーはバンのほうに顎をしゃくった。「あの二人によれば、あの夜、ホワイトはおまえを殺す気でいた。しかしキャスが自分の体と引き換えにおまえの命を救ったそうだ」

ビリーが肩越しに振り向いて意地の悪い笑みを浮かべた。

俺は立ち上がろうとした。

だが尻餅《しりもち》をついた。カーヴァーが笑った。

「またな、エイド」

カーヴァーはバンに乗りこんだ。ドアがスライドする音、エンジンが始動する音。車が遠ざかるまで、目で追うことさえできなかった。

俺は見慣れた通りに転がっていた。

ここ数カ月、俺が暮らしたフラットのある通り。俺は路上に横たわって空を見上げた。空は動いていた。初めは時計回りだったが、少しずつ速度が落ちていった。まもなく静止した。次に反対向きに回り始めた。速度がどんどん上がっていく。目を閉じた。頭を地面に下ろし、両手で顔を覆った。そして泣いた。体中が痛みの塊になるまで。

Ⅵ
パーマネント
Permanent

1

あのあと、俺は夜勤に戻された。俺を日の当たる場所には二度と出せない。俺は午前四時の緊急通報に応じ、動かないエスカレーターを上り、下った。何も考えないようにした。以前なら造作ないことだった。数カ月が過ぎ、吐いた息が白くなるのを見て、愕《がく》然《ぜん》とした。また十一月が巡ってきたことが信じられない。

ラスキーとカーニックの逮捕でパーズ警視の首はつながった。いずれの件に関しても俺の関与は伏せられ、俺は深夜勤務に、俺に与えられた最後のチャンスに戻された。元のパートナー、ピーター・サトクリフ警部補に縛りつけられた。俺の落ちぶれたざまをサティは嗜虐《しぎやく》的に喜んだ。若い女が死体で発見されたことを報じる新聞記事を俺に見せたとき、奴《やつ》の顔は愉快そうだった。

あれから時間が過ぎた。初めはのろのろと。やがては飛ぶように。週が過ぎ、月が過ぎて、一連の出来事は現実らしさを失った。俺はその月日の大部分をリハビリに費やした。折れた脚は悲惨だった。「再起不能だな」最初の理学療法士はそう言った。二度と元どおりになりそうにない。

酒は飲んだ。といっても、以前のように限度のない飲み方はしない。カーヴァーははからずも俺に恩恵を施した。キャサリンが俺の命を救ったと言ったのはその場の思いつきだったのだろうが、どういうわけか、その嘘《うそ》のおかげで命が貴重に思えるようになった。キャサリンが守ろうとした命をただ捨てるような真似《まね》はできない。俺は頭を低くして日々をやり過ごした。そして一年近くたったある日、電話が鳴った。

「わかった」俺は驚きながら言った。「一時間で行くよ」

人を急がせたくせに、ザ・バグは二十五分遅刻した。窓の外に姿が見えたとき、ザ・バグは煙草《たばこ》をフィルターぎりぎりまで吸っていた。スリーピースのスーツ姿でカフェに入ってきた奴は、どこにでもいるストレートの男のようだった。たった一つ、決定的な違いにさえ目をつぶれば。堅苦しい七三分けのウィッグは、ターコイズ色だった。

「これが地毛なのよ」奴はそう言って腰を下ろし、とてつもなく贅沢《ぜいたく》なコーヒーをありえない組み合わせで二つ注文した。俺は笑い、ザ・バグは元気かと俺に訊《き》いた。

「あいかわらずだ」俺は答えた。

「もう忘れなさいよ」

「どうしてもっと早く見抜けなかったかと悔やんでるだけだ」

「刑事と、父親と、強姦魔《ごうかんま》がバーに行きました。〝やあ、アラン〟とバーテンダーが言いました」ザ・バグはテーブルを見つめた。「そういう小噺《こばなし》みたいな単純な話じゃないのは確かだけどさ」

「どうしても頭を離れないんだよ」

ザ・バグは鼻を鳴らし、俺は奴を見た。

「みんながみんな、二つの人格を使い分けられるわけじゃない」

ザ・バグは俺を見つめ返した。驚いた様子だったが、楽しげだった。

「持てるわよ」そう言って紙片をテーブルに滑らせ、俺に向かってウィンクをして立ち上がった。

「これは？」

ザ・バグは肩をすくめた。「車でロンドンまで往復しただけで五千ポンドはもらいすぎかなと思って。あんた、もう一往復して来たら？」

それだけ言って行ってしまった。入れ違いに、丹精こめて淹《い》れた馬鹿《ばか》高いコーヒーが運ばれてきた。

「ありがとう」俺はバリスタに礼を言い、無駄な労力だったと思わせないよう、コーヒーを一口飲んだ。

紙片を開くと、住所が書かれていた。ロンドン、ウェスト・スクウェア、28B。グーグル検索した。ジョージ王朝風タウンハウスの一室。検索トップのページに飛ぶと、その部屋は目下売りに出されているとわかった。とくに考えもなく不動産業者に電話をかけ、その日の夜に物件を見せてもらうことにした。ロンドンまでの往復は長い旅だが、時間ならたっぷりある。運がよければ、サティとのシフト開始時刻に間に合わないかもしれない。

2

約束より早く着き、近くの路上に車を駐《と》め、そこから徒歩でウェスト・スクウェアに行った。詩的で美しい小さな公園を囲んで、ジョージ王朝風のタウンハウスが並んでいた。真ん中で近くの学校の生徒が輪になって野外授業を受けていた。俺はここで何をしているのだろう。近隣をゆっくりと散歩しながら二八番地に向かった。

不動産業者は物件の前で待っていた。いかにも不動産の営業マンといった風采《ふうさい》だった。スーツ、ピンク色の万人受けしそうなネクタイ、重力を否定するかのような前髪。握手を交わした。彼はマーカスと自己紹介した。やり手なのだろうと思った。彼が俺のなりを一瞬のうちに値踏みした瞬間、その印象は確信に変わった。着古した黒いスーツ。同じように着古したシャツ。睡眠では消せなくなった目の下の皺《しわ》。そんな男がロンドンのこの界隈《かいわい》で不動産購入を検討するなんて、笑止の沙汰《さた》と思えただろう。

マーカスは短い石段を上って俺を玄関に案内しながら、近隣の様子や地区の来歴、時代背景などを説明した。俺はろくに聞いていなかった。インターフォンのボタンの名札から目を離せずにいた。〝28B　Cat・G〟。

俺がドアの前でためらっているのを見て、マーカスは励ますように肩に手を置き、インターフォンのボタンを押した。

「来たことを売主に知らせるだけですから」マーカスはジャケットのポケットから鍵《かぎ》を取り出した。玄関を開けてなかに入った。洗練された明るい玄関ホールには法律書が並んでいた。ナショナル・トラストの管理下にある歴史的建造物のようだった。

「ハーヴィー・ストリートのマーカスです」マーカスは大きな声で言った。

上階で人の気配がした。

朗らかで張りのある声が聞こえた。「いま行きます」

そして、彼女が現れた。

生きて。元気で。輝いて。俺は階段を見上げた。まず見えたのは、ストラップサンダルだった。次に肌が見えた。次に軽やかなクリーム色のワンピース。目と目が合ったとき、奇跡だと思った。彼女は階段の途中で足を止め、半歩下がった。俺がそこにいる事実、俺が玄関から入ってきた事実に、殴られでもしたかのように。

マーカスが即座に気づき、彼女を見上げたあと、腕時計を確かめた。「早かったかな」

「いえ。いいえ、大丈夫です」彼女が言った。目は俺を見つめていた。

マーカスが俺たちを見比べた。「お知り合いでしたか」

「ずっと前に会ったことが」俺は答えた。「キャサリン《Catherine》・グリーンロー……だったね？」

彼女の目は俺の目を見つめたまま動かない。イザベルのフラットで見たのと同じ、そしてルービックで見たのと同じ、追い詰められたような表情をしていた。

「そうです」彼女が言った。

この瞬間を幾度となく思い描いてきた。なのに、言うべき言葉が見つからない。どんな言葉で埋めていいのかわからない。沈黙が続いた。やがてマーカスが言った。

「こちらはエイダン。エイダン……えっと……」

「ウェイツ」彼女が言った。「ええ、覚えています」

「それなら」マーカスが言った。「ご自分で案内されます？」

「いまちょっと手が離せないの」彼女はそう答えながら階段を上り始めていた。「何かあったら呼んでください」

「ありがとう、キャット《cat》」マーカスが言った。

内見はすぐに終わった。この家には四フロアあり、ほかに地下室もあって、28Bは二階を占めている。寝室が二つあるフラットだ。最低限の設備と家具、抑えた色調の内装。上品。控えめ。

俺とマーカスがキッチンに行くと、キャサリンはぼんやり窓の外を眺めていた。窓は家の裏にある小さな庭に面していた。

「子育てにぴったりの家ですね」キャサリンが庭を見ていたことに気づいて、マーカスが言った。

俺はキャサリンをまっすぐに見た。「お子さんはいらっしゃるんですか、ミス……？」

キャサリンは窓からこちらを振り返った。「グリーンローです」その口調は、シェルドン・ホワイトと話したときの挑むような物言いを連想させた。窓から射《さ》す冬の淡い陽光が彼女の顔立ちを美しく浮かび上がらせていた。麻薬の密売人というより、画学生といった風だった。俺の目はなぜそのことをずっと見逃していたのだろう。「キャットと呼んでください」彼女は付け加えた。

俺は質問の答えを待った。彼女は黙っていた。

「お子さんはいらっしゃるんですか、キャット」

沈黙が続き、マーカスの顔に溶接されたような笑みさえ消えかけた。

「いいえ」彼女がようやく答えた。それからうわべの笑顔を俺たちに向けたあと、立ち上がって出ていった。マーカスは反対の方角に俺を案内し、内見を続けた。それきりキャサリンの姿は見なかった。気づいたときには俺たちは玄関に戻っていた。マーカスが肩越しに二階に向けて何か言い、次の瞬間、俺たちはまるで何事もなかったように通りに立っていた。マーカスが俺に何か話し、俺は上の空でうなずいた。そのあいだずっと、どうやって彼を追い払おうかと考えていた。

「では、ミスター・ウェイツ」マーカスはうなずき、俺の手を握った。俺は通りを歩き出し、マーカスは自分の車に戻った。俺が次の角にさしかかったころ、エンジンが始動する音が聞こえた。マーカスは公園を周回する一方通行の道をたどって消えた。

通りは静まり返った。聞こえるのは、公園で遊んでいる子供たちの声だけだった。俺はあの家の前に戻った。石段を上り、インターフォンに手を伸ばした。ボタンを押す前にドアが開いた。キャサリンが俺を見つめていた。

「入って」彼女は言った。

3

彼女は玄関ホールを抜け、階段を上った。俺はそのあとを追った。初めは時間稼ぎをしているのかと疑った。俺にどんな話を聞かせるか、頭のなかで台本を書いているところなのではないかと。しかしその機械的な動作を見ているうち、家族の死の知らせを受け取った人々を連想した。彼女はいまショックで呆然《ぼうぜん》としているのだとわかった。

階段で二階に上り、そのまま部屋に入った。ドアの脇《わき》にスーツケースが置いてあった。さっき来たときはなかったものだ。彼女はキッチンに入っていく。やはり型どおりの行動をなぞっているだけと見えた。そして家族を失ったばかりの人々が最初に口にするのと同じことを言った。

「飲み物はいかが。紅茶、コーヒー……」

「きみは死んだと思っていた」俺は彼女の背中に言った。

彼女が振り返った。「そう思わせたかったの」

「なぜ」

彼女は肩をすくめた。「死にたかったから」

「あれからどうした？」

答えを探しているのがわかった。無難な返事を探している。「あなたがルービックを出て——」

「赤ん坊はあれからどうした?」俺は言った。

「ああ」彼女は湯沸かしに向き直り、マグを二つそろえた。「赤ちゃんなんて最初からいなかったの」優れた俳優に共通する特質は失われていなかった。どんな役柄を演じているときも、過不足のない真実味を醸《かも》してリアリティを保つ。話している途中でふいに人格を切り替えたとしても、いずれか一方が悪目立ちすることはない。彼女はこちらを向いた。俺を見る。「怖かった。警察が来ると思うと怖かった。あの部屋から逃げ出すことしか考えられなかったの。イザベルのフラットに妊娠検査薬があった」

俺は目を閉じた。

「あの子……?」

俺はうなずいた。

「誰の子?」

「わからない。ニールは、イザベルとの関係はそこまで行っていなかったと話している。おそらくアラン・カーニックだろうな」

キャサリンは、それは誰というように眉《まゆ》をひそめた。

「イザベルの父親の警護担当だ」

「動画に映ってた人」

俺はまたうなずいた。

彼女は鉢植えの枯れた葉をむしり始めた。「家出の理由はそれ？」

「まあね。あの携帯電話はどこで見つけたんだ」

「あの子のフラットで。死体を見つけたとき。気分が悪くなってバスルームに行ったとき」キャサリンはいったん言葉を切ってから続けた。「トイレのタンクにものを隠してたのを知ってたから」

「もの？」

「マリファナとか。軽めのドラッグ。それをトイレに流しておこうと思ったの。死体と一緒にドラッグが見つかったらまずいだろうと思って」

「タンクには何があった？」

「お金。かなりの額のお金があって、その下にドラッグが隠してあった。さらにその下から、ジッパー付きのポリ袋に入った携帯電話が出てきた。私のメッセージや写真が保存されてるだろうと思って持ち帰ったの。妊娠検査薬もタンクから出てきた」彼女は口をつぐんだ。一つ大きく息を吸った。「部屋を出たあと携帯電話を調べたら、動画が保存されてた。あなたに話したかった。ルービックで会ったあの日、全部説明しようと思った。でも、そこにシェルドン・ホワイトが現れて、あんな騒ぎになって。とっさに何か考えなくちゃならなかった。私は少しでも役に立った？」

俺はそれには答えなかった。「ジョアナ・グリーンローはきみの母親か」

キャサリンは首を振った。「母親とは呼べないわ。私がまだ赤ん坊だったときに厄介払いした女だもの。私は施設で育ったの」彼女は俺を見た。俺を透かして遠くを見た。「施設で育った人間の気持ちなんて理解できないわよね。とくに女の子の気持ちは。お芝居がうまくなるわ。人をだますのがうまくなる。ずっと嘘ばかりついて育つから、嘘と本物の記憶の区別がつかなくなる。自分の嘘を信じてしまうのよ」

「つらかっただろうな」俺は言った。

「どこかの時点で法律が変わってね、母親を探す権利が与えられたわけ。そのときまで、母親に会ってみたいなんて考えたこともなかったけど、行方不明になったっていう記事を読んで、私のなかで何かが壊れた。ゼインに近づいたのは復讐《ふくしゅう》のためではなかった。何か別のものに引き寄せられたの。そして彼に気に入られた」キャサリンは笑った。「彼に有能だと思われたのよ。フランチャイズでまずまずの仕事をした。たぶん、私を見て母を思い出したんじゃないかしら」また言葉を切る。「母はもう死んでるんだろうとは思ってた。それでも、どこにいるのかどうしても突き止めずにはいられなかった。その、物理的な意味で……」

俺は黙って先を待った。

キャサリンは俺に完全に背を向けていた。「ゼインを揺さぶってみるだけのつもりだった。彼を裏切ってやろうと思った。警察に行って、彼に不利な証言をすると言うつもりだった。彼がどう反応するか、それを見るためだけに。反応を見れば、彼が母に何をしたかわかると思ったから。ときどき、彼に喉《のど》を絞められている夢を見たわ。その夢を見た朝は、いつも幸せな気分で目が覚めた。彼が私を殺そうとするなら、母にもきっと同じことが起きたと確信できるから」

「でも、途中で気が変わったわけか」

「いまは後悔してる。ゼインとグリップは、自分たちでトラブルシューティングしてた。届いたドラッグをほんの少しだけ試していたの。どれくらい強い品物か見るために」

「それに混ぜものをしようと思いついた」

「インターネットって驚異よ。どんなものでも買えるの」キャサリンは言った。「青酸カリのカプセル、ストリキニーネ、使用禁止になった農薬……」

イザベルの無惨《むざん》な死体が思い浮かんだ。「それを混ぜたのか」

「最終的には全部混ぜた。手に入ったものは全部」キャサリンは抑揚に欠けた声で言った。次の瞬間、瞳《ひとみ》に生気がきらめいた。「グリップを見てたちまち後悔したわ。ゼインはそれきりそのヘロインに指一本触れなかった。保管してたなんて知らなかったの。それをイザベルが盗んで、自分で使ってしまった。残りは売りさばいた。あんなに何人も死ぬなんて」彼女は言った。「シカモア・ウェイで、あんなに大勢……」

「きみには予想できなかったことだ。フェアヴューに白と黒の塗料を残したのもきみか」

「母を忘れるなんて絶対に許せなかったから」

「ジョアナの居場所はどうやって？」

「グリップから聞いたの。昏睡《こんすい》から醒《さ》めたあと、唐突に、何でもないことみたいに言ったのよ。母が彼に不利な証言をすると決めたとき、ゼインは母の隠れ家を突き止めたって」

「ルービックで最後に会ったあと、きみはマンチェスターを出たんだな」

キャサリンは目を伏せてうなずいた。俺はゼインが言っていたことを思い出した。

――おまえの命を救ったのは彼女だ。

「きみを探した」俺は言った。

「馬鹿ね」彼女は目を上げた。「ごめんなさい。でも、探すなんて馬鹿よ。探さないでって言ったのに。私を知ろうとしないでって言ったのに。あなたは最後まで私をよく知らないままだった。ねえ、外に出たら警察が待ってるの、エイダン」

「まさか、そんなことはしない。でも、急いでここを出たほうがいい。できるだけ遠くに行くんだ。俺に居場所が探せたんだから、ゼインにも探せる」

「でも……」彼女は俺を見つめた。「どういうこと」

「いいから行ってくれ。急げ。行き先は言うな。このフラットがきみのものなら、ここにいなくても売却の手続きはできる」

キャサリンは首をかしげた。すぐには動かなかった。それから一歩近づいて、俺の目をのぞきこんだ。冷酷さを探して。嘘を探して。

「どうして行き先を教えてはいけないの」

「誰に訊かれるかわからないから」鈍い痛みが脚をうずかせた。「誰がどんな手段で答えを引き出そうとするかわからないから」

彼女は手を挙げて俺の頬に触れた。目の見えない人が、相手の顔を記憶に刻みつけようとするように。人生が変わると錯覚させるような感触だった。彼女はもう一歩近づいて、頬にそっとキスをした。俺は顔の向きを変え、目と目を合わせた。二人とも動かなかった。その小さな距離を踏み越える向こう見ずさはどちらにもなかった。それはほんの一瞬のことだった。キャサリンのほうから離れた。俺の横をすり抜けて玄関に向かった。彼女が出ていき、ドアが閉まる気配がした。つかの間、鼻腔《びこう》に残った彼女の香りを味わった。俺は窓際《まどぎわ》に立って待った。日が暮れかけていた。昼が終わり、夜が始まろうとしている。

カーヴァーが予言したとおり、ラスキーの命は公判までもたなかった。アラン・カーニックは法定強姦罪とそれに付随する罪で有罪を言い渡された。終身刑で服役したが、その期間はやはり短かった。解剖の結果、ダニー・グライプ、〝グリップ〟は、汚染されたエイトがおぞましい効果を発揮する前に、白と黒の塗料を喉に詰まらせて死んだと判明した。それを幸運と思うべきなのかどうか、俺にはわからない。グリップの火葬に立ち合ったのは俺一人だった。シェルドン・ホワイトはグリップ殺害の罪で有罪となり、ゼイン・カーヴァーは何事もなかったようにストリートに復帰した。

サラ・ジェーンは体を売る生活に戻った。

俺がそのことを知ったのは、彼女を列車に乗せた日から一年後、サティから新聞記事を見せられたときだった。スーツケースに押しこまれて窒息した死体は、彼女の生まれ故郷である陰鬱《いんうつ》な工業都市で発見された。俺がほんの短いあいだだけ知っていたあの美しい女は、死んだ。

俺はキャサリンを見送った。窓際に立ち、ガラスに掌《てのひら》を押し当てて。それを言い表す言葉があっていいはずだ。胸から伸びる目に見えない手、決して自分のものになることのない何かに向けて伸びる幻の手。彼女は背筋の伸びた優雅な足取りで通りを渡った。あれからどうしただろう。その思いが頭にこびりついて離れない。夕陽の最後のひとすじが髪を輝かせたその刹那《せつな》、彼女は角を曲がった。一つが始まり、一つが終わる。夜と昼のはざま。それきり彼女と会っていない。

訳者あとがき

池田真紀子

『堕落刑事』は著者ジョセフ・ノックスのデビュー作。そして刑事エイダン・ウェイツ・シリーズの第一作でもある。

イギリス北部の大都市マンチェスター郊外で生まれ育ったノックスは、なんと子供のころから不眠症ぎみだったとか。眠れぬ夜を読書でやりすごし、未読の本が手もとになければ自分で物語を書いた。シリーズの主人公エイダン・ウェイツの原形となったキャラクターとはそのころからのつきあいだという。

ノックスは社会に出てからの一時期、マンチェスター市内のバーで働いていた。その帰り道、人通りの絶えた夜の街の美しさに魅せられ、部屋に帰ってもどうせ眠れないのだからと、通りから通りへと何時間でも歩き回った。また、誰が主催者なのか誰に訊《き》いてもわからないハウス・パーティに何度か遭遇し、そのたびに『グレート・ギャツビー』を連想した。この時期に夜の街で目にしたもの、感じ取ったものが、漆黒の夜にネオンカラーの絵の具をさっと刷《は》いたような魅惑的な背景幕となってシリーズを彩《いろど》っている。
その後、イギリス最大の書店チェーン、ウォーターストーンズでバイヤーとして働きながら、自作の執筆を本格的に開始。七年かけて一作書き上げたものの、後半の仕上がりにいまひとつ納得がいかず、その半分をばっさり削除して書き直したという。そうやって執筆開始から八年後に完成したのが、本書『堕落刑事』である。

マンチェスターのナイトシーンを牛耳る麻薬密売組織〝フランチャイズ〟に潜入し、組織に君臨する若き帝王ゼイン・カーヴァーの懐《ふところ》に入りこめ――それが市警の刑事エイダン・ウェイツに秘密裏に与えられた任務だった。それだけでも命がけの困難な仕事だ。なのに、家を飛び出したあと、なぜかカーヴァーのもとに身を寄せている有力政治家の十代の娘をドラッグに染まる前に救い出して家族のもとに帰すという任務まで追加された。

二つとも成功させて生還するのはまず不可能だろう。警察のスパイであることがカーヴァーに知れたら、消されるに決まっている。しかし彼がこの任務に選ばれたのは、だからこそだった。保管室から証拠品のドラッグをくすねて停職処分を食らい、裁判と解雇を待つ身であるウェイツは、市警から見ればただの〝捨《す》て駒《ごま》〟なのだから。
ウェイツはカーヴァーの屋敷で週末ごとに開かれる華やかなパーティにもぐりこみ、

じりじりと核心に迫っていく。しかし潜入捜査に手応《てごた》えを感じ始めたころ、政治家の娘イザベルが死体となって発見され、それをきっかけに事態は思ってもみない方角に転がっていく。

デビュー作には八年の歳月を費やしたノックスだが、その後の執筆ぶりはかなりハイペース。二〇一七年初めに本書『堕落刑事』でデビューしたあと、翌一八年には早くもシリーズ第二作 *The Smiling Man* を発表している。現在は書店の仕事を辞めて執筆に専念しており、一九年には第三作 *The Sleepwalker* を刊行したばかり。シリーズものでありながら三作それぞれ異なった空気感を漂わせることで抽斗《ひきだし》の多さ、奥行きの深さを示してみせたあたり、作家としてものすごい力量の持ち主なのではないかと今後の活躍に期待がふくらむ。

第二作 *The Smiling Man* を簡単に紹介すると、一九四八年にオーストラリアで起きた未解決事件をベースにした、ファクト（fact）＋フィクション（fiction）＝「ファクション」作品。単に現実の事件の謎解《なぞと》きを試みるのではなく、ストーリーを動かす力点として事実を配したうえで、アイデンティティをテーマに、現代的な要素をちりばめて構成し直した力作だ。身元不明の「笑う死体」が被害者となった殺人事件の解明という本筋はもちろん、主人公エイダン・ウェイツの生い立ちが明かされる壮絶なサブストーリーも読みどころとなっている。こちらの邦訳版は二〇二〇年の刊行予定。ぜひ楽しみにお待ちいただきたい。

なお、著者はかなりのロック音楽好きと見え、本書『堕落刑事』のパートのタイトルはマンチェスター出身のバンド、ジョイ・ディヴィジョンの作品名からとられている。最後にもう一つ、原題の *Sirens* について。これは緊急車両のサイレン（siren）、美しい歌声で船乗りを幻惑し、船を難破に導いたギリシャ神話の半女半鳥の魔物セイレーン（Siren）、あるいは妖婦《ようふ》（siren）といった複数の意味合いをこめたタイトルとのこと。神話のセイレーンはまた、歌声を耳にしてもなお生き延びた人物と再会すると自分が死んでしまうともいわれる。その伝説をふまえて本書を読むと、結末のせつなさがよりいっそう胸に迫ってくる。

（二〇一九年七月）

今野敏著

去就
―隠蔽捜査6―

ストーカーと殺人をめぐる難事件に立ち向かう竜崎署長。彼を陥れようとする警察幹部が現れて。捜査と組織を描き切る、警察小説。

早見和真著

イノセント・デイズ
日本推理作家協会賞受賞

放火殺人で死刑を宣告された田中幸乃。彼女が抱え続けた、あまりにも哀しい真実――極限の孤独を描き抜いた慟哭の長篇ミステリー。

大沢在昌著

ライアー

美しき妻、優しい母、そして彼女は超一流の暗殺者。夫の怪死の謎を追ううちに神村奈々は想像を絶する死闘に飲み込まれてゆく。

月村了衛著

影の中の影

中国暗殺部隊を迎え撃つのは、元警察キャリアにして格闘技術〈システマ〉を身につけた、景村瞬一。ノンストップ・アクション！

佐々木譲著

警官の掟

警視庁捜査一課と蒲田署刑事課。二組の捜査の交点に浮かぶ途方もない犯人とは。圧巻の結末に言葉を失う王道にして破格の警察小説。

深町秋生著

ドッグ・メーカー
―警視庁人事一課監察係　黒滝誠治―

同僚を殺したのは誰だ？　正義のためには手段を選ばぬ〝猛毒〟警部補が美しくも苛烈な女性キャリアと共に警察に巣食う巨悪に挑む。

Title : SIRENS
Author : Joseph Knox

堕《だ》落《らく》刑《けい》事《じ》

マンチェスター市警 エイダン・ウェイツ

新潮文庫 ノ－1－1

Published 2019 in Japan by Shinchosha Company

令和元年九月一日発行

訳者 池《いけ》田《だ》真《ま》紀《き》子《こ》

発行者 佐藤隆信

発行所 株式会社 新潮社

郵便番号 一六二―八七一一
東京都新宿区矢来町七一
電話 編集部(〇三)三二六六―五四四〇
読者係(〇三)三二六六―五一一一
https://www.shinchosha.co.jp

価格はカバーに表示してあります。

乱丁・落丁本は、ご面倒ですが小社読者係宛ご送付ください。送料小社負担にてお取替えいたします。

印刷・株式会社三秀舎 製本・株式会社植木製本所

ISBN978-4-10-240151-4 C0197